मन की शक्तियों

को जागृत करने की

तकनीक

THE SILVA MIND CONTROL METHOD

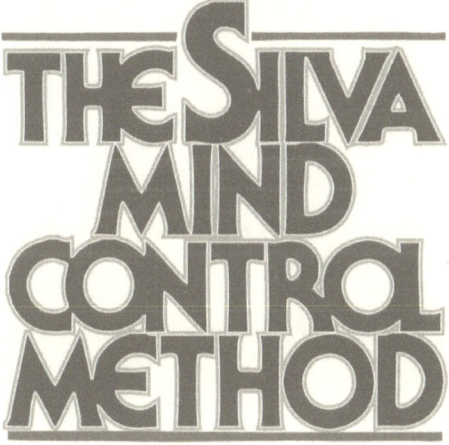

मन की शक्तियों
को जागृत करने की
तकनीक

THE SILVA MIND CONTROL METHOD

जोस सिल्वा

विश्व के सर्वाधिक लोकप्रिय माइंड कंट्रोल कोर्स के संस्थापक
की ओर से एक क्रांतिकारी कार्यक्रम

मन की शक्तियों का जागृत करने की तकनीक

Silva Mind Control

The Silva Mind Control Method **इस अंग्रेजी पुस्तक का हिंदी अनुवाद**

Hindi Language Translation copyright © 2018
by WOW Publishings Pvt Ltd

(Original English language title from Proprietor's edition of the Work)
Copyright © 1977 by **José Silva**
All Rights Reserved.
Published by arrangement with the original publisher,

सर्वाधिकार सुरक्षित

वॉव पब्लिशिंग्ज् प्रा.लि. द्वारा प्रकाशित यह पुस्तक इस शर्त पर विक्रय की जा रही है कि प्रकाशक की लिखित पूर्वानुमति के बिना इसे व्यावसायिक अथवा अन्य किसी भी रूप में उपयोग नहीं किया जा सकता। इसे पुनः प्रकाशित कर बेचा या किराए पर नहीं दिया जा सकता तथा जिल्दबंद या खुले किसी भी अन्य रूप में पाठकों के मध्य इसका परिचालन नहीं किया जा सकता। ये सभी शर्तें पुस्तक के खरीददार पर भी लागू होंगी। इस संदर्भ में सभी प्रकाशनाधिकार सुरक्षित हैं। इस पुस्तक का आंशिक रूप में पुनः प्रकाशन या पुनः प्रकाशनार्थ अपने रिकॉर्ड में सुरक्षित रखने, इसे पुनः प्रस्तुत करने की प्रति अपनाने, इसका अनूदित रूप तैयार करने अथवा इलेक्ट्रॉनिक, मैकेनिकल, फोटोकॉपी और रिकॉर्डिंग आदि किसी भी पद्धति से इसका उपयोग करने हेतु समस्त प्रकाशनाधिकार रखनेवाले अधिकारी तथा पुस्तक के प्रकाशक की पूर्वानुमति लेना अनिवार्य है।

प्रकाशक	:	वॉव पब्लिशिंग्ज् प्रा. लि. पुणे
प्रथम आवृत्ती	:	फरवरी 2018
पुनर्मुद्रण	:	दिसंबर 2018
अनुवादक	:	**रचना भोला 'यामिनी'**
अनुवाद संपादक	:	अभिषेक शुक्ला

Mann ki Shaktiyon ko Jagrut karne ki Taknik
by José Silva

विषय सूची

	परिचय	7
1	मन के अधिकतम उपयोग के लिए विशेष उपाय	14
2	जोस से एक मुलाकात	20
3	ध्यान कैसे करें?	28
4	डाईनैमिक मेडीटेशन	34
5	स्मरण शक्ति में सुधार	42
6	स्पीड लर्निंग	50
7	रचनात्मक निद्रा	54
8	अपने शब्दों में छिपी ताकत	63
9	कल्पना की शक्ति	71
10	सेहत में सुधार के लिए मन का प्रयोग	80
11	प्रेमियों के लिए एक परिचयात्मक अभ्यास	91
12	आप ईएसपी का अभ्यास कर सकते हैं	98
13	अभ्यास के लिए अपना एक समूह बनाएँ	114

14	माइंड कंट्रोल से दूसरों की मदद कैसे करें	120
15	मेरे कुछ अनुमान	128
16	एक चेकलिस्ट	135
17	एक मनोचिकित्सक का कार्य माइंड कंट्रोल के साथ	137
18	आपका आत्मविश्वास बढ़ेगा	153
19	व्यावसायिक जगत में माइंड कंट्रोल	171
20	हम यहाँ से कहाँ जाएँगे?	180

पहला परिशिष्ट

माइंड कंट्रोल और इसका संगठन 190
जोस सिल्वा

दूसरा परिशिष्ट

सिल्वा माइंड कंट्रोल व मानसिक रोगी 201
क्लैंसी डि मैकेंजी, एम.डी.
लांस एस. राईट, एम.डी.

परिचय

इस पुस्तक के माध्यम से आप जीवन में संपूर्ण रूप से परिवर्तन लानेवाली एक मुहीम पर ही निकलनेवाले हैं। इस मुहीम के हर कदम पर आपका स्वयं के प्रति और इस संसार के प्रति दृष्टिकोण बदलने में आपको सफलता मिलनेवाली है। आपको मिली नई शक्ति के साथ आपके पास एक जिम्मेदारी भी आती है। अपनी शक्ति का उपयोग 'मानवता के कल्याण के लिए' करना, यह आपकी जिम्मेदारी है। जल्द ही आपको समझ में आएगा कि बिना इस जिम्मेदारी के आप अपनी शक्ति का उपयोग भी नहीं कर पाएँगे। यह शक्ति है, अपने मन पर नियंत्रण पाकर उसका इस्तेमाल करने की संकल्पना, जिसे 'माइंड कंट्रोल' कहा जाता है।

यह पश्चिम के एक शहर की घटना है। एक शहर योजनाकार (City Planner) ने अपने शहर में बननेवाले एक नए शॉपिंग मॉल के कुछ नक्शे बनाए थे। अगले सप्ताह उसकी अपने शहर के मुख्य अधिकारियों के साथ एक अंतिम मीटिंग होनेवाली थी, जिसमें उसे वे नक्शे दिखाने आवश्यक थे। वे नक्शे देखकर ही उसे इस कार्य के लिए मंजूरी मिलनेवाली थी। लेकिन अचानक उसके ऑफिस से वे नक्शे गायब हो

गए। उसकी सेक्रेटरी को भी इस बारे में कुछ पता नहीं था इसलिए वह बहुत परेशान थी। ऑफिस में सब जगह ढूँढ़ने पर भी उसे नक्शे कहीं नहीं मिले। हालाँकि शहर योजनाकार के काम करने का तरीका ज़रा अलग था। उसे यह कतई पसंद नहीं था कि कठिन समय आने पर अपनी ही सेक्रेटरी को बलि का बकरा बनाकर काम से निकाल दिया जाए।

अपने केबिन के अंदर जाने के बाद उसने दरवाजा बंद कर दिया। वह अपनी डेस्क पर बैठा और अपनी आँखें बंद कीं। वह पूरी तरह शांत और स्थिर हो गया। इतने कठिन समय में भी उसे शांत बैठा देखकर कोई सोचता कि शायद वह आनेवाले नुकसान के लिए खुद को तैयार कर रहा है।

पूरे दस मिनट बाद वह धीमे से उठा और अपनी सेक्रेटरी के पास जाकर उससे कहा, 'मुझे लगता है कि हमें वे नक्शे मिल जाएँगे। ज़रा देखो तो पिछले मंगलवार को जब मैं हार्टफोर्ड में था, तो मैंने अपना डिनर किस रेस्त्राँ में लिया था?'

जब उस रेस्त्राँ में फोन किया गया तो पता चला कि उन्होंने उन नक्शों को सँभालकर रखा हुआ है।

दरअसल उस शहर योजनाकार ने 'सिल्वा माइंड कंट्रोल' का प्रशिक्षण लिया था। **सिल्वा माइंड कंट्रोल यह ऐसी तकनीक है, जिसके माध्यम से हम अपने मन की उस प्रतिभा का उपयोग कर सकते हैं, जो सुप्त अवस्था में है।** इसी तकनीक के सहारे उस शहर योजनाकार ने अपनी यादों को मन के उस हिस्से से निकालना सीख लिया था, जो बिना प्रशिक्षण के नहीं सीखा जा सकता।

पाँच लाख से भी अधिक स्त्री-पुरुषों ने सिल्वा माइंड कंट्रोल का प्रशिक्षण प्राप्त करके अपने अंदर सुप्त पड़ी मानसिक प्रतिभा को जगाया और अब यह प्रतिभा उनके लिए बेहद लाभदायक सिद्ध हो रही है।

जब वह शहर योजनाकार दस मिनट के लिए आराम से बैठा, तो वह निश्चित क्या कर रहा था? इसका जवाब आपको माइंड कंट्रोल में प्रशिक्षित हुए एक अन्य इंसान का अनुभव पढ़कर मिल सकता है।

'कल बरमूडा में मुझे एक अद्भुत अनुभव हुआ। मुझे हवाई जहाज़ से न्यूयॉर्क लौटना था और केवल दो घंटे ही बाकी थे। मैं अपना टिकट कहीं

रखकर भूल गया था और उसे ढूँढ़ने के लिए मैंने करीब एक घंटे तक उस अपार्टमेंट का कोना-कोना छान मारा, जिसमें मैं रह रहा था। मैंने कालीनों के नीचे, पलंग के आसपास और हर उस जगह पर देखा, जहाँ टिकट मिलने की संभावना हो सकती थी। मैंने तीन बार अपने सूटकेस का सारा सामान बाहर निकालकर फिर से उसे सहेजा, मगर टिकट नहीं मिला। आखिरकार एक कोने में बैठकर मैंने अपनी लेवल (भीतरी स्तर) पर जाने का निर्णय लिया। भीतर जाने के बाद जल्द ही मुझे वह टिकट अपनी कल्पना में कुछ इस तरह दिखने लगा, मानो वह मेरे सामने ही रखा हो। मेरी लेवल के अनुसार वह टिकट एक अलमारी के निचले हिस्से में रखी एक किताब के अंदर कुछ इस तरह दबा हुआ था कि बिलकुल दिखाई नहीं दे रहा था। मैंने अपनी आँखें खोली और तुरंत उस अलमारी के पास जाकर देखा तो टिकट को ठीक उसी जगह पाया, जहाँ मैंने उन्हें अपनी कल्पना में देखा था।

जो लोग माइंड कंट्रोल के प्रशिक्षण से अनजान हैं, उन्हें यह बात पढ़ने में अजीब लग सकती है। लेकिन जब आप इस तकनीक के संस्थापक जोस (होज़े) सिल्वा की बताई माइंड कंट्रोल तकनीकों को जानेंगे तो आपको इस बात से हैरानी होगी कि आपका अपना मन कितनी सारी अद्भुत शक्तियों को अपने अंदर छिपाकर बैठा हुआ है। शायद आपको यह जानकर आश्चर्य होगा कि आप बड़ी सहजता से माइंड कंट्रोल की सारी तकनीकों को सीख सकते हैं।

मि. सिल्वा ने अपने जीवन का अधिकतर समय इसी शोध में लगाया कि हमारे मन को प्रशिक्षित करने से क्या-क्या चमत्कार हो सकते हैं। इस शोध के बाद उन्होंने 40-48 घंटे का यह कोर्स तैयार किया, जो किसी को भी वह सब याद रखने में प्रशिक्षित कर सकता है, जो वह अकसर भूल जाता है। यह कोर्स दर्द को नियंत्रित करने, बीमारी को जल्दी ठीक करने, अनचाही आदतों को छुड़ाने, छठी इंद्रिय (सिक्स्थ सेन्स) को जागृत करने जैसे कार्यों में भी अपना सहयोग देता है। सिल्वा माइंड की तकनीक सीखने के बाद अपने जीवन की समस्याओं का समाधान रचनात्मक तरीके से करना आपकी आदत बन जाएगी। इसके साथ ही आपको अपने भीतर एक सुखद शांति का एहसास भी होगा। इस कोर्स के प्रशिक्षण के बाद आपने कभी सोचा भी नहीं होगा, इतना आपको अपने जीवन पर नियंत्रण महसूस होगा और घटनाओं के द्वारा इसके सबूत भी आपको मिलेंगे। इस कोर्स द्वारा आपके जीवन में एक नई उम्मीद पैदा होती है।

इस किताब के जरिए आप पहली बार इस कोर्स में सिखाई जानेवाली बातों का प्रशिक्षण लिखित रूप में प्राप्त करेंगे। वे सारी बातें अपने जीवन में उपयोग में लाने का मार्गदर्शन भी इस किताब से आपको मिलनेवाला है।

मि. सिल्वा ने भले ही इसमें पूर्वी और पश्चिमी शिक्षाओं को शामिल किया हो लेकिन उनका यह कोर्स पूरी तरह से अमेरिकी ही है। अपने संस्थापक की तरह ही यह कोर्स पूरी तरह से व्यावहारिक है। इस कोर्स में मि. सिल्वा ने जो भी सिखाया है, वह आपको कहीं अधिक खुश और प्रभावशाली इंसान बनने में मदद करेगा।

जब आप इस किताब के अध्यायों में बताए गए अभ्यास एक-एक कर पूरा करते जाएँगे तो सफलता भी आपके साथ-साथ चलेगी और आपका आत्मविश्वास अधिक मजबूत होता चला जाएगा। माइंड कंट्रोल तकनीक सीखने से पहले जो बातें करना आपके लिए असंभव लग रहा था, वे बातें अब आप सहजता से कर पाएँगे। अब इस बात का वैज्ञानिक प्रमाण भी मौजूद है कि आपका मन किसी जादूगार की भाँति अद्भुत चमत्कार कर सकता है। इसके अलावा हज़ारों लोगों का अनुभव भी यह बताता है कि उनके जीवन को इस प्रशिक्षण ने हमेशा के लिए बदलकर रख दिया है। आगे दिए गए एक अनुभव से इस बात को अधिक विस्तार से समझते हैं।

कल्पना करें कि आप अपने मन की मदद से अपनी कमज़ोर होती नज़र में सुधार ला सकते हैं।

> 'जब मैंने सिल्वा माइंड कंट्रोल तकनीक में पहला कोर्स किया तो पाया कि मेरी नज़र पहले से कहीं अधिक बेहतर हो गई है। इससे पहले, मैं दसवीं कक्षा से लेकर अपना ग्रेजुएशन पूरा होने तक चश्मा लगाता आया था। फिर उसके बाद मैं अड़तीस वर्ष की आयु से दोबारा चश्मा लगाने लगा। मुझे हमेशा यही कहा जाता था कि मेरी बाईं आँख दूसरी आँख से तीन गुनी कमज़ोर थी।
>
> 1945 में मैंने जो पहला चश्मा लगाया, वह रीडिंग ग्लास था पर सन 48-49 के दौरान मैं बाईफोकल चश्मा (द्विफोकसी काँचवाला चश्मा, जिसमें एक काँच नज़दीकी दृष्टि के लिए और दूसरी दूर दृष्टि के लिए होती है।) लगाने लगा। मेरे चश्मे का नंबर बढ़ता ही जा रहा था लेकिन इस कोर्स के बाद मैंने पाया कि भले ही मैं अब भी चश्मे के बिना पढ़ नहीं पाता मगर मेरी नज़र पहले से बेहतर हो गई है। चश्मे के नंबर में भी तेज़ी से बदलाव आ रहा था। लेकिन आँखों की जाँच करने के लिए मैंने कुछ समय रुकने का निर्णय

लिया। इस दौरान मैं अपना बीस साल पुराना चश्मा पहनकर भी ठीक-ठाक काम करने लगा।

जब स्थानीय नेत्ररोग विशेषज्ञ ने मेरी आँखों की जाँच की तो उसने भी माना कि नए लेंस की ज़रूरत पड़ने तक पुराना चश्मा पहनना ही सही होगा।'

उपरोक्त उदाहरण पढ़कर निश्चित ही आपको आश्चर्य होगा और आप सोचेंगे कि ऐसा कैसे हो सकता है? लेकिन जब आप इसी पुस्तक का दसवाँ अध्याय पढ़ेंगे तो आपको समझ में आएगा कि माइंड कंट्रोल का प्रशिक्षण लिए हुए लोग प्राकृतिक रूप से अपनी बीमारी से मुक्ति पाने के लिए किस प्रकार अपने शरीर का नियंत्रण अपने मन के हाथों सौंप देते हैं। ये तकनीकें अद्भुत हैं और बहुत आसान भी हैं। उपरोक्त बात को आप एक महिला के अनुभव से समझ पाएँगे। जिसने केवल चार महीने में ही अपना 26 पाउंड तक वज़न घटा लिया।

'पहले मैंने एक गहरे रंग के फ्रेम और मेज की कल्पना की, जिस पर बहुत सारी आइसक्रीम और केक आदि रखे थे – ये वही सब चीज़ें थीं, जिन्हें खाने से वज़न बढ़ता है। फिर मैंने मन ही मन उस मेज पर लाल रंग का गलत का निशान (X) लगाया और खुद को एक आइने में देखा, जिसमें मैं बहुत मोटी और बदसूरत दिख रही थी। (मेले में इस प्रकार के आइने होते हैं, जिसमें आपकी छवि बड़ी-छोटी, लंबी-नाटी दिखाई देती है। वह आइना ऐसा ही था।) इसके बाद मैंने अपने मन में एक दूसरे फ्रेम की कल्पना की। सुनहरी रोशनी से घिरे उस फ्रेम में एक टेबल था, जिस पर मछली और अंडे जैसा प्रोटीनयुक्त आहार रखा था। मैंने उस दृश्य पर बड़ा सा सुनहरा सही का निशान (✓) लगा दिया और आइने में देखा तो मैं अपने आपको बहुत पतली और लंबी नज़र आई। उसके बाद मानसिक स्तर पर मैंने अपने आपसे कहा, 'जिस टेबल पर प्रोटीनयुक्त आहार है, मैं यही भोजन पसंद करती हूँ।' अपनी कल्पना में मैंने यह भी सुना कि किस तरह मेरे सारे दोस्त मेरी तारीफ़ कर रहे थे कि 'मैं कितनी सुंदर दिख रही हूँ।' यह सब एक विशेष दिन पर हो रहा है, ऐसा मैंने अपनी कल्पना में देखा। मैंने अपने लिए एक लक्ष्य तय कर लिया था और वह लक्ष्य मैंने पूरा भी किया। मैंने हमेशा से अपने आहार पर नियंत्रण रखकर अपना वज़न कम करने का प्रयास किया है। आखिरकार सिल्वा माइंड तकनीक मेरे लिए कारगर रही।'

यही माइंड कंट्रोल है – इसमें ध्यान की गहराई में जाकर आप अपने मन को, उसी की, शब्दों और छवियों से भरी भाषा द्वारा प्रोत्साहित कर प्रशिक्षित कर सकते हैं। इस तकनीक का निरंतर अभ्यास करनेवाले लोगों के लिए इसका कोई अंत नहीं है। उन्हें जीवनभर इस तकनीक के अधिकाधिक अद्भुत नतीजे मिलते रहेंगे।

आप देख सकते हैं कि यह कोई साधारण पुस्तक नहीं है। यह आपको ध्यान के गहरे स्तरों से ले जाते हुए, वे सभी उपाय बताएगी, जिनकी मदद से आप नियमित तौर पर वह सब कर सकेंगे, जो करने के बारे में लोग कल्पना तक नहीं कर सकते।

इस पुस्तक में एक और पुस्तक शामिल है। बाहरी किताब में अध्याय- 1, 2 और 17 से 20 शामिल हैं, जिन्हें फिलिप माइली ने लिखा है। इनमें माइंड कंट्रोल के तीव्र गति से हुए विकास की चर्चा करते हुए बताया गया है कि इस तकनीक का प्रशिक्षण लिए हुए लाखों लोगों को इसका कैसे लाभ हुआ है।

भीतरी पुस्तक में मि. सिल्वा ने माइंड कंट्रोल तकनीक की अनेक शिक्षाओं का विस्तार से वर्णन किया है। माइंड कंट्रोल की कक्षाएँ सामूहिक अनुभव के रूप में होती हैं, जिसका लाभ पूरे संघ को मिलता है। इसका प्रशिक्षण कुशल लेक्चरर के मार्गदर्शन में मिलता है इसलिए उसके परिणाम भी तीव्र गति से होते हैं और स्पष्ट रूप से दिखाई देते हैं। इससे ऐसे कमाल के नतीजे मिलते हैं, जिन्हें आप आगे चलकर अकेले भी हासिल कर सकेंगे। अगर आप पूरे ध्यान से मि. सिल्वा के निर्देशों का पालन करेंगे, उनके अभ्यासों को बार-बार दोहराएँगे तो ये नतीजे हमेशा के लिए आपका जीवन बदल देंगे। भले ही ऐसा तुरंत न हो लेकिन भरोसा रखें, यह होगा जरूर।

इस किताब को पढ़ने का एक खास तरीका है। अन्य किताबों की तरह ही इस किताब को आप शुरुआत से अंत तक पूरा पढ़ें। लेकिन पहले पठन के दौरान किसी तरह का अभ्यास न करें।

इसके बाद किताब के 3 से 14 तक के अध्यायों को दोबारा गहराई से पढ़ें ताकि आपको जिस राह पर चलना है, उसका अनुमान हो सके।

इसके बाद तीसरा अध्याय फिर से एक बार पढ़ें और उसमें दिए गए अभ्यासों से आरंभ करें।

कुछ सप्ताह तक तीसरे अध्याय का अभ्यास करने के बाद चौथे अध्याय में

दिए गए अभ्यासों की ओर बढ़ जाएँ। इसी प्रकार से आगे का हर अध्याय पढ़ते जाएँ।

जब आप अध्याय चौदह पर होंगे, तब तक आप माइंड कंट्रोल तकनीक की गहरी जानकारी हासिल कर, अनुभवी अभ्यासकर्ता बन चुके होंगे। यदि आप अपने अनुभव को और भी बढ़ाना चाहें तो अपने मित्रों का एक समूह बना लें और उनके साथ मिलकर यह अभ्यास करें। इस किताब के अध्याय 13 में इसके बारे में विस्तार से समझाया गया है।

1
मन के अधिकतम उपयोग के लिए विशेष उपाय

कल्पना करें कि आप उस सर्वव्यापी महान प्रज्ञा के संपर्क में आ रहे हैं और गहरे आनंद के साथ उसे सीखते हुए, अपना रहे हैं। ऐसी भी कल्पना करें कि यह संपर्क आप इतनी सहजता से साध रहे हैं कि इसके बाद जीवन में कभी भी आपको उस आंतरिक प्रज्ञा के संपर्क में न आने की वजह से निराश होने की आवश्यकता नहीं होगी। वह आंतरिक प्रज्ञा यानी किसी घटना के दौरान अचानक आपमें आनेवाली समझ। इस प्रक्रिया में आपके सहायक हैं– आपका विवेक, आपकी सहज बुद्धि, ज़रूरत पड़ने पर आपकी सहायक सोच और एक स्नेही व ताकतवर उपस्थिति।

यह आपको शिखर तक ले जानेवाला निराला अनुभव है, जिसे आप एक आध्यात्मिक चमत्कार से कम नहीं मान सकते।

चार दिन के सिल्वा माइंड कंट्रोल प्रशिक्षण के बाद ठीक ऐसा ही अनुभव होता है। अब तक 5 लाख से भी अधिक लोगों को यह अनुभव आया है, जिन्होंने यह प्रशिक्षण लिया है। ये सारे लोग सिल्वा माइंड के प्रशिक्षण का अभ्यास करने में निपुण हो चुके हैं। इस प्रशिक्षण से लोग शांति और आत्मविश्वास से भरकर अपने जीवन में नई शक्ति और नई ऊर्जा का उपयोग करते हैं। इसके परिणामस्वरूप

उनका जीवन पहले से कहीं संपन्न, सेहतमंद और समस्यारहित हो जाता है।

जोस सिल्वा इन उपायों को आपके सामने संक्षेप में प्रस्तुत करेंगे ताकि आप उन्हें स्वयं प्रयोग में ला सकें। सबसे पहले यह समझें कि इस माइंड कंट्रोल कक्षाओं की शुरुआत कैसे होती है और वहाँ पर क्या-क्या होता है, उसकी जानकारी भी आपको मिलेगी।

शुरुआत में एक घंटा बीस मिनट का व्याख्यान होता है। इस व्याख्यान में विषय की भूमिका स्पष्ट की जाती है और 'माइंड कंट्रोल' का अर्थ भी बताया जाता है। आगे इस व्याख्यान में माइंड कंट्रोल के बारे में और पिछले दो दशकों में इसके विकास पर हुए शोध के बारे में जानकारी दी जाती है। इसके बाद व्याख्याता छात्रों को बताते हैं कि किस तरह माइंड कंट्रोल तकनीकों के अभ्यास से, वे सेहत और रोज़मर्रा के जीवन से जुड़ी समस्याओं को दूर करते हुए, अपनी आध्यात्मिक सजगता बढ़ा सकते हैं। इसके बाद बीस मिनट का अवकाश (ब्रेक) दिया जाता है।

कॉफी के समय छात्र आपस में भेंट करते हैं। ये सारे छात्र अलग-अलग क्षेत्रों से आते हैं। जैसे फिजिशियन, सेक्रेटरी, टीचर, टैक्सी ड्राईवर, गृहिणी, हाई स्कूल और कॉलेज के छात्र, मनोविज्ञानी, धार्मिक नेता, सेवानिवृत्त लोग आदि इस समूह में शामिल होते हैं।

ब्रेक के बाद एक घंटे बीस मिनट का एक और व्याख्यान शुरू होता है, जिसमें सवाल-जवाब होते हैं। इसके बाद इस प्रशिक्षण का पहला अभ्यास करवाया जाता है, जो मन को ध्यान के स्तर तक ले जाता है। व्याख्याता (लेक्चरर) बताता है कि यह विश्रांति का गहरा (deep relaxation) स्तर है, जो नींद से भी बेहतर आराम देता है। लेकिन इसमें एक खास तरह की सजगता शामिल होती है। वास्तव में यह चेतना का बदलता स्तर है, जिसे ध्यान के हर अनुशासन और गहन प्रार्थना के दौरान प्रयोग में लाया जाता है।

माइंड कंट्रोल के व्याख्याता इस अवस्था के बारे में कहते हैं कि 'यह अवस्था यानी अपने स्तर तक या अल्फा स्तर तक जाना।' तीस मिनट के अभ्यास के दौरान व्याख्याता सामान्य अंग्रेजी भाषा का प्रयोग करते हुए छात्रों को उस अवस्था में ले जाते हैं। वास्तव में माइंड कंट्रोल का यह कोर्स सीधी, सरल अंग्रेजी भाषा में होता है और इसमें कोई वैज्ञानिक शब्द या पुराने कठिन शब्दों का प्रयोग नहीं होता। इस कोर्स में किसी तरह के नशीले पदार्थों और बायो-फीडबैक मशीन का भी इस्तेमाल

नहीं किया जाता।

यह कोर्स करनेवालों में अनेक छात्र ऐसे भी होते हैं जिन्होंने कई हफ्तों और महीनों की कड़ी मेहनत से ध्यान करने की कला सीखी है। परंतु इस कोर्स में बताए जानेवाले केवल 30 मिनटों के सरल अभ्यास के परिणामों से वे आश्चर्यचकित हो जाते हैं।

इस प्रशिक्षण में छात्र पहला वाक्य यह सुनते हैं कि 'आप अपने मन को एक खास और बेहतर तरीके से प्रयोग में लाना सीख रहे हैं।'

इस सरल से वाक्य को सुनने के बाद छात्र इसे अपने भीतर उतारने लगते हैं। उपरोक्त वाक्य का पूरा अर्थ जानकर आप आश्चर्यचकित हो जाएँगे। हर इंसान के पास अपने मन की अद्भुत शक्तियाँ होती हैं। उन शक्तियों का उपयोग किस प्रकार करना है, इसका प्रशिक्षण इस कोर्स में दिया जाता है। शुरुआत में कोर्स करनेवाले लोगों को इस बात पर विश्वास नहीं होता कि मन के पास भी कोई शक्ति होती है। लेकिन जब वे स्वयं अपने मन की शक्ति का अनुभव करते हैं तो उनका सारा संदेह दूर होता है और वे इस पर विश्वास करने लगते हैं।

इस कोर्स में छात्रों को जो एक महत्वपूर्ण बात बताई जाती है। वह है, गहरी विश्रांति यानी रिलॅक्सेशन। इसके लिए अपने मन में उस आदर्श स्थान की कल्पना करें, जहाँ आपको मानसिक स्तर पर संपूर्ण रूप से विश्रांति का अनुभव होता है। यह अभ्यास बहुत ही सुखद, शांत और आप आसानी से समझ पाएँ, ऐसा ही है। इस अभ्यास से आपकी कल्पनाशक्ति तीव्र होती है और आपको गहरी विश्रांति पाने में मदद मिलती है।

ध्यान के बारे में दो शब्द

रोज़मर्रा के जीवन में जब आप ध्यान के विषय पर बात करते हैं, तब आमतौर पर ध्यान यानी किसी बात पर सोच-विचार करना, ऐसा अर्थ माना जाता है। जैसे अगर आप इस किताब को एक ओर रखकर यह सोचते हैं कि आप कल डिनर में क्या लेंगे तो आप ध्यान कर रहे हैं। ऐसा अर्थ होता है।

लेकिन ध्यान की तकनीकों और पद्धतियों की बात करें तो इस शब्द के गहरे अर्थ सामने आते हैं। ध्यान का गहरा अर्थ मन की एक खास अवस्था को बयान करता है। कुछ पद्धतियों में इस खास अवस्था तक पहुँचना ही अंतिम बिंदू माना

जाता है। इस स्तर पर आते ही मन के सारे सजग विचार मिट जाते हैं। इससे मन शीतल और सुखद अनुभव महसूस करता है। इसके साथ ही तनाव से जुड़े रोग दूर होने में बहुत मदद मिलती है। यह बात अनेक अभ्यासों द्वारा साबित हो चुकी है।

लेकिन एक तरह से यह एक निष्क्रिय ध्यान है। माइंड कंट्रोल इससे कहीं आगे चला जाता है। यह समस्याओं को सुलझाने के लिए मन के उन स्तर का उपयोग करना सिखाता है, जिसमें छोटी से छोटी और बड़ी से बड़ी मुश्किलें भी शामिल की जा सकती हैं। यह डाइनैमिक मेडीटेशन है; इसकी शक्ति वास्तव में अद्भुत है।

मन की विभिन्न अवस्थाएँ

इन दिनों हम अल्फा अवस्था के बारे में सुन रहे हैं। यह हमारे मस्तिष्क के वेव-पैटर्न में से एक है। यह एक तरह की विद्युत ऊर्जा (इलैक्ट्रिकल एनर्जी) है, जिसे हमारा दिमाग पैदा करता है और आप इसे ईईजी (EEG) यानी इलैक्ट्रोएन्सीफैलोग्राफ (electroencephalograph) से माप सकते हैं। इस ऊर्जा की लय प्रति सैकेंड चक्र के हिसाब से मापी जाती है, जिसे सीपीएस (cycler per second - CPS) कहते हैं। अकसर चौदह या इससे अधिक सीपीएस को बीटा तरंगें कहा जाता है। सात से चौदह सीपीएस को अल्फा, चार से सात सीपीएस को थीटा और चार से कम को डेल्टा अवस्था के नाम से जाना जाता है।

जब आप पूरी तरह से जागृत हों और रोज़मर्रा के अपने सारे काम कर रहे हों, तो उस समय आप अपनी बीटा अवस्था में होते हैं। माइंड कंट्रोल की भाषा में इसे 'बाह्य जागृति' कहते हैं। जब आप दिन में झपकी लें और पूरी तरह से नींद में न हों या फिर नींद से जाग रहे हो मगर पूरी तरह से जागृत न हों तो आप अल्फा अवस्था में हैं। माइंड कंट्रोलवाले इस अवस्था को 'आंतरिक जागृति' का नाम देते हैं। जब आप सोते हैं, तो आप अल्फा, थीटा और डेल्टा अवस्था में होते हैं। कई लोग मानते हैं कि उस समय आप केवल अल्फा अवस्था में होते हैं, जबकि ऐसा नहीं है। माइंड कंट्रोल प्रशिक्षण से आप सजग रहकर भी अल्फा स्तर में प्रवेश कर सकते हैं।

आप सोच रहे होंगे कि मन के इन अलग-अलग स्तरों पर रहने से क्या-क्या अनुभव आता होगा।

बीटा में रहने या पूरी तरह से जागने पर किसी खास तरह की भावना का एहसास नहीं होता। 'बीटा' में अनंत संभावनाएँ होती हैं। जैसे कभी आप आत्मविश्वास से भरे

होते हैं या कभी भयभीत होते हैं। कभी आप अपने कार्य में पूरी तरह से मग्न होते हैं या कभी आपके पास कोई काम ही नहीं होता। कभी आप किसी बात में तल्लीन होते हैं तो कभी बहुत उदास महसूस करते हैं।

अधिकतर लोगों के लिए गहरे स्तरों पर संभावनाएँ बहुत सीमित होती हैं। प्रकृति ने लोगों को अल्फा या थीटा की बजाय, बीटा अवस्था में काम करना सिखाया है। अधिक गहरे स्तर पर लोगों के लिए कम चुनाव होते हैं। जैसे लोग या तो दिन में झपकी लेते हैं, नींद लेने की सोचते हैं या फिर सो ही जाते हैं। लेकिन माइंड कंट्रोल प्रशिक्षण के साथ बीटा अवस्था का उपयोग करने की अनंत संभावनाएँ बढ़ती जाती हैं। सिल्वा माइंड कंट्रोल के सहायक निर्देशक हैरी मैकनाइट कहते हैं, 'अल्फा आयाम में बीटा की भाँति ही अलग ऐसा संवेदनाओं का संच (set of sensing faculties) होता है। इसका अर्थ ही अनुभव या बोध के सभी पहलू उसमें होते हैं।' दूसरे शब्दों में बीटा अवस्था में आप जो बातें करते हैं, उससे अलग बातें आप अल्फा अवस्था में कर सकते हैं।

यह माइंड कंट्रोल का एक खास पहलू है। जब आप एक बार इन संवेदनाओं को जान जाते हैं और इनका इस्तेमाल करना सीख लेते हैं, तो आपको अपने मन का प्रयोग एक खास तरह से करना आ जाता है। तब आप उस उच्च स्तरीय प्रज्ञा (समझ) के संपर्क में आकर, मानसिक स्तर पर इसका उपयोग करके अपनी कल्पना को भी हकीकत में बदल सकते हैं।

माइंड कंट्रोल का मिशन

अधिकतर लोगों को यही लगता है कि माइंड कंट्रोल अनिद्रा दूर भगाने, शांत होने, सिरदर्द ठीक करने या धूम्रपान जैसी कुछ बुरी लतों को छुड़ाने का साधन है। इसके अलावा लोगों को यह भी लगता है कि इससे उन्हें वज़न घटाने, याद्दाश्त सुधारने और अधिक प्रभावी ढंग से अध्ययन करने जैसी तीव्र इच्छाशक्ति से पूरी होनेवाली चीज़ों में मदद मिलेगी। लेकिन वास्तव में माइंड कंट्रोल प्रशिक्षण से लोग इससे भी बढ़कर कई सारी बातें सीखते हैं। लोग जितना अधिक सीखते जाते हैं, उतने ही अधिक अनुभव लोगों को मिलते जाते हैं।

स्पर्श, स्वाद, सुगंध, श्रवण और दृष्टि ये पाँच इंद्रियाँ इंसान को जन्म के साथ ही मिलती हैं। लेकिन इनके अलावा हमारी अन्य इंद्रियाँ भी हैं। उन्हें चाहे आप शक्ति कहें या फिर संवेदना। कुछ अद्भुत शक्तियाँ केवल कुछ प्रतिभाशाली लोगों

को प्रकृति की ओर से मिलती हैं या कुछ सिद्ध पुरुषों को जीवनभर की साधना के बाद मिलती हैं। इन्हीं शक्तियों को सक्रिय करना माइंड कंट्रोल का मिशन है।

इन शक्तियों को जागृत करना यानी निश्चित क्या करना, यह मेडमॉयसेल्स के ब्यूटी संपादक नेडाइन बर्लिन ने अपने मार्च 1972 के मैगजीन में लिखा है-

'मन का विस्तार यानी उसकी सुप्त शक्तियाँ जागृत करने के लिए 'ड्रग संस्कृति' में अलग-अलग नशे की गोलियाँ, पाउडर या इंजेक्शन्स होते हैं। लेकिन मेरा उपाय सीधा और सरल है। माइंड कंट्रोल तकनीक से मन का विस्तार हो सकता है। माइंड कंट्रोल अपने आपमें अनूठा है। यह आपको सिखाता है कि अपनी शक्तियों को जागृत कैसे करना है। 'माइंड कंट्रोल' इस नाम से पता चलता है कि इसमें आप दवा या सम्मोहन के बिना भी स्वयं को पूरी तरह से नियंत्रण में रखते हैं। मन का विस्तार, आत्मज्ञान और दूसरों को मदद करते समय माइंड कंट्रोल के उपयोग की कोई सीमा नहीं है। दरअसल माइंड कंट्रोल की सीमा आपकी अपनी सीमाओं से ही निर्धारित होती है। अन्यथा कुछ भी करना माइंड कंट्रोल प्रशिक्षण से संभव है। किसी घटना को आपने दूसरों के साथ घटते हुए सुना होगा, लेकिन अचानक आप पाते हैं कि वही घटना आपके साथ घट रही है। ऐसे समय पर माइंड कंट्रोल प्रशिक्षण बहुत उपयोगी साबित होता है।'

2
जोस से एक मुलाकात

11 अगस्त 1914 को टैक्सास के लारेडो में जोस (होज़े) सिल्वा का जन्म हुआ। चार वर्ष की आयु में ही उनके पिता चल बसे। उनकी माँ ने जल्द ही दूसरा विवाह कर लिया। इसके बाद वे अपनी बड़ी बहन और छोटे भाई सहित दादा-दादी के घर रहने आ गए परंतु घर की आर्थिक परिस्थिति को देखते हुए सिर्फ दो साल बाद ही उन्होंने परिवार के लिए पैसे कमाने शुरू कर दिए। उन्होंने अखबार बेचे, जूते चमकाए और ऐसे ही कई तरह के काम कर पैसे कमाए। दिनभर मेहनत कर, शाम को जब वे घर आते, तो यह ज़रूर देखते थे कि बड़ी बहन और छोटा भाई पढ़ाई कर रहे हैं या नहीं। इन दोनों से ही जोस ने पढ़ना-लिखना सीखा। वे पढ़ने तो नहीं, लेकिन दूसरों को पढ़ाने के लिए स्कूल ज़रूर गए।

जोस के जीवन को नया मोड़ देनेवाली घटना

एक दिन, नाई की दुकान में अपनी बारी का इंतजार में बैठे जोस को, अपनी आर्थिक स्थिति में सुधार लाने की राह मिली। उन्होंने पढ़ने के लिए कुछ उठाया, वह 'रेडियो की मरम्मत' इस विषय पर करेन्सपोन्डन्स् कोर्स का एक अध्याय था। जोस ने वह अध्याय पढ़कर पूरा करने के लिए साथ ले जाना चाहा। नाई ने सारे अध्याय

जोस को किराए पर देना मंजूर किया। साथ ही, यह शर्त रखी कि जोस अध्याय के पीछे छपी परीक्षाएँ नाई के नाम से पूरी करे। जोस ने नाई की यह शर्त मान ली। अतः जोस हर सप्ताह के अध्याय के लिए एक डॉलर का किराया देता और परीक्षा भी पूरी करता था।

जल्द ही नाई के दुकान में डिप्लोमा का प्रमाणपत्र था और केवल 15 साल की उम्र में जोस पूरे शहर में रेडियो सुधारने का व्यवसाय करने लगे। कुछ ही सालों में जोस ने इस व्यवसाय से अपनी एक अलग पहचान बनाई। उनका व्यवसाय उस शहर का सबसे अधिक पैसे कमानेवाला व्यवसाय बन गया। इसी व्यवसाय के बूते पर जोस ने अपने भाई-बहन की पढ़ाई पूरी करवाई और इसी दौरान उन्होंने शादी भी कर ली। इसके अतिरिक्त जोस ने अपने व्यवसाय से लगभग 5 लाख डॉलर्स से भी अधिक पूँजी जमा की। इसी पूँजी से अगले 20 वर्षों तक जोस के उस अनुसंधान कार्य को आर्थिक सहायता मिली, जिसने आगे 'माइंड-कंट्रोल' का रूप लिया।

ऊटपटांग सवाल बनें प्रेरणास्त्रोत

शुरुआत के समय में एक अन्य घटना घटी। डिप्लोमा किए हुए एक इंसान ने अनजाने में ही जोस की 'माइंड कंट्रोल' की खोज को चालना दी। वह एक मनोवैज्ञानिक था। दूसरे महायुद्ध में 'संकेत दल' (Signal Corps) में शामिल किए गए लोगों से सवाल पूछना और उनका इंटरव्यू लेना उसका काम था।

'क्या आप बिस्तर गीला करते हैं?' पहली ही मुलाकात में उस मनोवैज्ञानिक द्वारा ऐसा सवाल सुनकर जोस हैरान थे।

'क्या आपको औरतें पसंद हैं?' इस प्रश्न ने उन्हें हैरत में डाल दिया क्योंकि तब तक जोस को तीन बच्चे हो चुके थे और आनेवाले समय में वे दस बच्चों के पिता बननेवाले थे। इसलिए उसका दूसरा सवाल सुनकर जोस आश्चर्यचकित हो गए।

जोस जानते थे कि इस मनोवैज्ञानिक को मानवी मन की जानकारी है। अतः ऐसे प्रश्न सुनकर वे हैरान थे।

ऐसे ही हैरान करनेवाले पलों में जोस ने अपना वैज्ञानिक शोध एक ओडिसी (प्राचीन ग्रीक महाकाव्यों में से एक) पर शुरू किया। यह हैरानी जोस को उस यात्रा पर ले गई, जिससे बिना किसी डिप्लोमा अथवा सर्टिफिकेट के ही, वे अपनी पीढ़ी के सबसे रचनात्मक विद्वान कहलाए। आरंभ में फ्रायड, जुंग और एडलर की किताबें

उनकी गुरु बनीं।

मनोवैज्ञानिक द्वारा पूछे गए उटपटांग सवालों के गहरे अर्थ तक जोस पहुँच गए। उन्होंने अपने आपको इतना तैयार किया कि अब वे खुद कुछ सवाल तैयार करके, पूछने लगे। जैसे, क्या सम्मोहन की मदद से किसी इंसान की सीखने की योग्यता यानी उसका बुद्ध्यांक (आय.क्यू.) बढ़ाया जा सकता है? उन दिनों माना जाता था कि आय.क्यू. एक पैदाइशी चीज़ है, इसे बढ़ाया या घटाया नहीं जा सकता। लेकिन जोस को उस दौर की इस सोच पर पूरा विश्वास नहीं था।

अपने मन में उठे आय.क्यू. से संबंधित सवाल के जवाब पाने के लिए जोस को काफी इंतज़ार करना पड़ा। इस दौरान वे एडवांस इलैक्ट्रॉनिक्स सीखकर सिग्नल कॉर्प्स में बतौर प्रशिक्षक कार्य करने लगे। वहाँ प्रशिक्षक का कार्य छोड़ने के बाद उनके पास केवल दो सौ डॉलर्स की धनराशि ही बची हुई थी। धीरे-धीरे उन्होंने फिर से अपना रेडियो की मरम्मत करने का व्यवसाय बढ़ाना शुरू किया। इसके साथ ही उन्होंने लॉरेडो जूनियर कॉलेज में हर रोज आधा दिन छात्रों को पढ़ाने का जिम्मा भी ले लिया। इस कॉलेज में वे तीन अन्य प्रशिक्षकों के सुपरवाइजर होने के अलावा इलैक्ट्रॉनिक प्रयोगशालाओं के निर्माण की जिम्मेदारी भी सँभालने लगे।

लगभग पाँच साल बाद टी.वी. का युग आया और टी.वी. की मरम्मत का काम तेजी से बढ़ने लगा। जोस ने यह काम भी सीख लिया और रेडियो की मरम्मत के साथ-साथ अब वे टी.वी. की मरम्मत का काम भी करने लगे। इस बीच उन्होंने लॉरेडो जूनियर कॉलेज में अपने प्रशिक्षक के पद से इस्तीफा दे दिया और अपने व्यवसाय को ही अधिक समय देने लगे। परिणामतः फिर से एक बार उनका यह व्यवसाय उस शहर का सबसे कामयाब व्यवसाय साबित हुआ। प्रतिदिन रात को नौ बजे तक उनका मरम्मत का कार्य चलता था। उसके बाद फिर खाना खाकर वे अपने बच्चों के साथ खेलते और फिर उन्हें सुलाते थे। घर में पूरी शांति होने के बाद उनकी अपनी पढ़ाई शुरू होती थी। लगभग तीन घंटे तक वे अध्ययन करते, इसी से उन्हें सम्मोहन की गहरी जानकारी मिलने लगी।

सम्मोहन के बारे में उन्होंने जो जाना, इलैक्ट्रॉनिक्स की जो शिक्षा ली और अपने बच्चों के परीक्षा में अनुत्तीर्णता की रिपोर्ट पढ़कर, उनके मन में फिर से वही सवाल उठने लगा कि क्या किसी प्रकार के मानसिक अभ्यास से आय.क्यू. में सुधार हो सकता है?

जोस पहले से जानते थे कि मन इलैक्ट्रिसिटी यानी विद्युत ऊर्जा पैदा करता है। उस शतक की शुरुआत में हुए संशोधन और उन प्रयोगों के बारे में जोस ने पढ़ रखा था, जो बताते थे कि अल्फा तरंग क्या करती है। इलैक्ट्रॉनिक्स में अपने काम की वजह से वे यह भी जानते थे कि सबसे कम प्रतिरोधवाला सर्किट ही आदर्श माना जाता है। क्योंकि यह इलैक्ट्रिकल ऊर्जा का बेहतर उपयोग कर सकता है। अगर दिमाग का प्रतिरोध घटा दें तो क्या यह और बेहतर तरीके से काम करेगा? क्या इसके प्रतिरोध या बाधा को घटाया जा सकता है?

सम्मोहन का प्रयोग

जोस ने अपने बच्चों का मन शांत करने के लिए सम्मोहन की मदद लेना आरंभ किया। इससे जो बातें सामने आईं, उसमें बहुत विरोधाभास था। उन्होंने पाया कि जब दिमाग किसी काम में व्यस्त नहीं होता तो वह अधिक उत्साही होता है। दिमाग को जितनी कम फ्रीक्वेंसी (बारंबारता) दी जाए, वह उतनी अधिक सूचना ग्रहण कर सकता है। लेकिन इसमें सबसे बड़ी दिक्कत यही थी कि दिमाग को कम फ्रीक्वेंसी (बारंबारता) पर सक्रिय कैसे रखा जाए क्योंकि उस फ्रीक्वेंसी का, दैनंदिन कामों की बजाय दिन में सपने देखने और नींद लेने से ज़्यादा गहरा संबंध है।

सम्मोहन से जोस को वह ग्रहणशीलता प्राप्त हुई, जिसकी उन्हें उम्मीद थी। लेकिन ऐसा कोई स्वतंत्र विचार सामने नहीं आ रहा था, जिसे समझा जा सके। दिमाग में केवल तथ्यों को याद रखना ही काफी नहीं होता। इसके साथ अंतर्दृष्टि और समझ का होना भी जरूरी है।

जोस का नया प्रयोग

जल्द ही जोस ने एक नए प्रयोग पर कार्य शुरू किया। सबसे पहले उन्होंने सम्मोहन का विचार त्याग दिया।

सम्मोहन के बिना दिमाग को शांत करना और उसी समय पर दिमाग को सजग भी रखना, ऐसे मन को प्रशिक्षित करनेवाले प्रयोग पर उन्होंने काम शुरू किया।

इससे समझ तो बढ़ेगी ही, मगर इसके साथ ही स्मरण शक्ति भी अच्छी होगी। परिणामतः हमारा बुद्ध्यांक (आय.क्यू.) अधिक बेहतर होगा, ऐसा जोस को लगता था।

इस प्रयोग से ही 'माइंड कंट्रोल' का जन्म हुआ। मन के सबसे गहरे स्तर तक

पहुँचने के लिए शांत, तनावरहित, एकाग्रता और काल्पनिक चित्र को अपनी आँखों के सामने स्पष्ट रूप से देखने की क्षमता आदि बातों की इस प्रयोग में आवश्यकता है। एक बार अभ्यास में आने के बाद, ये स्तर बीटा अवस्था से भी अधिक फायदेमंद साबित हुए। जोस अपनी तकनीकों में सुधार लाते गए और इन तीन सालों के भीतर उनके बच्चों के ग्रेड्स में भी आश्चर्यकारक रूप से सुधार हुआ।

जोस को यह पहली और महत्वपूर्ण सफलता प्राप्त हुई थी। मुख्य रूप से बायो-फीडबैक (जैस प्रतिक्रिया) जैसे संशोधन से इस बात को पुष्टि मिली। जोस वे पहले इंसान बने, जिन्होंने यह साबित किया कि हम मस्तिष्क की अल्फा और थीटा फ्रीक्वेंसी (बारंबारता) की सजगता के साथ भी काम करना सीख सकते हैं।

इसके बाद जल्द ही एक और अनूठी खोज सामने आनेवाली थी।

अपनी बेटी को दिया ईएसपी का प्रशिक्षण

एक शाम जोस की बेटी अपने पिता की तकनीकें सीखकर अपने स्तर (माइंड कंट्रोल की भाषा में 'लेवल') तक आ चुकी थी और जोस उसकी पढ़ाई के बारे में उससे सवाल कर रहे थे। जब वह अपने पिता के सवाल का जवाब दे रही थी, ठीक उसी समय पर जोस अपने मन में दूसरा सवाल तैयार रखते थे। यह बहुत ही सामान्य प्रकिया थी। यह सत्र पहले हो चुके सैकड़ों सत्रों जैसा ही था और इसमें कोई नई बात नहीं थी लेकिन आज अचानक यह सिलसिला तब बदला, जब जोस की बेटी ने उस सवाल का जवाब दिया, जो उसने अपनी बेटी से पूछा ही नहीं था... उसके बाद एक अन्य सवाल का जवाब... फिर एक और सवाल का जवाब... इस तरह उसने एक-एक करके जोस के उन सारे सवालों के जवाब दिए, जो उसके मन में थे। इसका अर्थ ही वह अपने पिता का दिमाग पढ़ पा रही थी।

यह बात 1953 की है, जब ईएसपी (Extrasensory perception) वैज्ञानिक शोध के लिए एक सम्मानीय विषय बन रहा था। इसमें ड्यूक विश्वविद्यालय के डॉ. जे.बी. राइन का बड़ा योगदान था। जोस ने डॉ. राइन को एक खत लिखकर बताया कि किस तरह उन्होंने अपनी बेटी को ईएसपी में प्रशिक्षित किया है। लेकिन जोस को डॉ. राइन से जो जवाब मिला, उसे पढ़कर उनके हाथ निराशा ही आई। डॉ. राइन को जोस की बात पर विश्वास नहीं था। उन्होंने जोस को एक खत के ज़रिए जवाब दिया कि उनका मानना था कि क्योंकि जोस ने अपनी बेटी को प्रशिक्षण देने से पूर्व उसकी जाँच नहीं की थी, अतः यह संभव है कि उसमें ऐसे गुण जन्मजात ही हो।

इस दौरान जोस के पड़ोसी हैरान थे कि जोस के बच्चे पढ़ाई में इतने होशियार कैसे हो गए। जब जोस ने कुछ नए प्रयोग करने आरंभ किए थे तो इन पड़ोसियों का सोचना था कि न जाने जोस क्या करनेवाला है इसलिए बेहतर होगा कि हम जोस का साथ न दें। लेकिन जब जोस के प्रयोग, उनके बच्चों की सफलता के रूप में सामने आने लगे तो वे इसे नज़रअंदाज़ नहीं कर सके। भला कौन सा इंसान अपने बच्चों के लिए कुछ बुरा चाहेगा। अब वे सारे पड़ोसी यह जानना चाहते थे कि क्या जोस उनके बच्चों को भी ऐसा ही प्रशिक्षण देंगे?

डॉ. राइन का पत्र आने के बाद जोस तो खुद भी यही चाहते थे। अगर वे किसी एक बच्चे को इतना योग्य बना सकते थे तो दूसरे बच्चों को भी बना सकते थे। इस तरह जोस इन सभी अनुभवों को संग्रहित भी कर सकते थे, जो बाद में उनके वैज्ञानिक शोध का आधार बनेंगे।

अगले दस सालों के अंदर उन्होंने लॉरेडो शहर के 39 बच्चों को प्रशिक्षण दिया। उनके सामने जो नतीजे आए, वे पहले से भी बेहतर थे क्योंकि हर बच्चे के प्रशिक्षण के साथ उनकी तकनीक और भी बेहतर होती गई थी। उन्होंने दुनिया का वह पहला उपाय विकसित कर लिया था, जिसकी मदद से किसी को भी ईएसपी में प्रशिक्षित किया जा सकता था। अब तक के इतिहास में ऐसा प्रशिक्षण देनेवाले जोस पहले इंसान थे और इसे साबित करने के लिए उनके पास 39 प्रयोग भी मौजूद थे, जो उनकी सफलता के गवाह थे।

अगले तीन सालों में उन्होंने अपने प्रशिक्षण को एक कोर्स में बदल दिया। जो अब सर्वत्र प्रचलित है। इस कोर्स को पूरा करने में 40 से 48 घंटे लगते हैं और यह बच्चों और बड़ों, दोनों के लिए उपयोगी है। अब तक 5,00,000 से भी अधिक लोगों ने इस कोर्स द्वारा प्रशिक्षण लेकर, इन प्रयोगों की वैज्ञानिकता पर बल दिया है। अतः खुली सोच रखनेवाला कोई भी वैज्ञानिक इसे अनदेखा नहीं कर सकता।

जोस के सफलतापूर्वक चल रहे इलैक्ट्रॉनिक्स के व्यवसाय ने सालों तक चलनेवाले इस शोध के लिए पैसों का प्रबंध किया। अलग क्षेत्र में हो रहे इस संशोधन कार्य के लिए किसी भी नामांकित यूनीवर्सिटी या फाउंडेशन से कोई अनुदान नहीं मिला। आज माइंड कंट्रोल एक फलती-फूलती पारिवारिक संस्था है। जिससे मिलनेवाला अधिकतर लाभ इसी दिशा में होनेवाले शोध-कार्यों और संस्था के विस्तार में लगाया जाता है। आज अमेरिका के सभी 50 राज्यों और 34 अन्य देशों

में 'माइंड कंट्रोल' संस्था के व्याख्यातें और प्रशिक्षण केंद्र मौजूद हैं।

इतनी सफलता मिलने के बावजूद भी जोस सिल्वा कोई सेलिब्रिटी नहीं बने और ना ही कोई आध्यात्मिक गुरु या लीडर बने, जिसके कई सारे अनुयायी हों। वे सौम्य बोली में बात करनेवाले एक आम मैक्सिकन-अमेरिकी हैं। अपने आपको वे सीधा-सरल जीवन जीनेवाला एक आम इंसान ही मानते हैं। एक शक्तिशाली और मज़बूत शरीर के जोस के करुणापूर्ण चेहरे पर मुस्कान आने में देर नहीं लगती।

सफलता के कुछ उदाहरण

आपके अनुसार सफलता की परिभाषा क्या है? ऐसा सवाल यदि कोई जोस से पूछे तो उनके पास इस सफलता के किस्सों का पूरा पिटारा है। उनमें से ही कुछ चुनिंदा उदाहरण हैं :

1) एक महिला के पति कई सालों से माइग्रेन की बीमारी से पीड़ित थे। अपने पति की तकलीफ देखकर, 'क्या माइग्रेन पर कोई अच्छा उपाय सुझा सकता है?' इस विषय पर उस महिला ने बोस्टन के 'हेराल्ड अमेरिकन' नामक अखबार को पत्र लिखकर मदद माँगी। अखबार में उसका पत्र छपा और अगले ही दिन एक इंसान ने माइग्रेन को नियंत्रित कैसे किया जाए, इसी आशय से पत्र लिखा।

    एक महिला डॉक्टर ने 'हेराल्ड अमेरिकन' अखबार में छपे वे दोनों पत्र पढ़े और जवाब में उसने भी एक पत्र लिखा। वह महिला भी माइग्रेन से पीड़ित थी। उसने पत्र में लिखा कि 'माइंड कंट्रोल पद्धति को अपनाने के बाद फिर कभी भी मुझे माइग्रेन की तकलीफ नहीं हुई।'

    आप यकीन नहीं करेंगे, उस महिला डॉक्टर के इस पत्र के बाद माइंड कंट्रोल के परिचयात्मक व्याख्यान में भारी भीड़ जमा हो गई।

2) एक और प्रसिद्ध मनोचिकित्सक ने अपने रोगियों को माइंड कंट्रोल अभ्यास अपनाने की सलाह दी। यह अभ्यास करने के बाद रोगियों को अपने कुछ ऐसे मसलों को नए सिरे से सुलझाने में मदद मिली, जिन्हें सुलझाने के लिए दो साल का समय लगता है।

    माइंड कंट्रोल में ग्रेजुएट हुए लोगों ने एक मार्केटिंग कंपनी के काम की जिम्मेदारी ली। इस कोर्स की तकनीकों के उपयोग से उन्होंने कुछ नए उत्पाद विकसित किए और बाकायदा उनकी मार्केटिंग के नए-नए मार्ग भी ढूँढ़े।

इसका नतीजा यह हुआ कि कंपनी अपने तीसरे ही साल में बाजार में अठारह उत्पाद उतार चुकी थी।

3) विज्ञापन की दुनिया के एक व्यवसायी को अपने नए ग्राहकों के लिए कोई विज्ञापन अभियान तैयार करने में दो महीने का समय लगता था। विज्ञापन के लिए इतना समय लगना उस क्षेत्र के लिए बिलकुल सामान्य बात थी। अब माइंड कंट्रोल अभ्यास की मदद से उसके दिमाग में बीस मिनट में ही विज्ञापन अभियान का बुनियादी विचार आ जाता है और बाकी का काम अगले दो सप्ताह में पूरा हो जाता है।

4) शिकागो व्हाईट सॉक्स के चौदह खिलाड़ियों ने माइंड कंट्रोल अभ्यास में हिस्सा लिया। व्यक्तिगत रूप से उन सभी में बहुत सुधार दिखाई दिया और कुछ खिलाड़ियों में हुआ सुधार तो काबिले तारीफ था।

6) एक महिला अपना वज़न कम करने के लिए हर तरह के डाइट अपनाकर हार चुकी थी। फिर उसके पति ने उसे 'माइंड कंट्रोल' का कोर्स करने के लिए कहा। यह कोर्स करने के लिए वह राज़ी हो गई मगर इस शर्त पर कि उसका पति भी उसके साथ यह कोर्स करेगा। उसके पश्चात माइंड कंट्रोल के अभ्यास से केवल छह सप्ताह में ही उस महिला ने अपना बीस पाउंड वज़न घटाया और उसके पति की धूम्रपान की लत छूट गई।

7) एक फार्मेसी कॉलेज के प्रोफेसर अपने छात्रों को माइंड कंट्रोल अभ्यास का प्रशिक्षण देते हैं। उनका कहना था, 'इस प्रशिक्षण के बाद बच्चों के ग्रेड बढ़ रहे हैं, वे कम पढ़ाई करके भी बेहतर नतीजे दे रहे हैं और बहुत सहज रहते हैं। दरअसल हर कोई अपनी कल्पना का उपयोग करना पहले से जानता है। मैं अपने छात्रों को इसका अधिक अभ्यास करने के लिए कहता हूँ। कल्पना में भी वास्तविकता (सत्य) का अंश पाया जाता है, जिसका प्रयोग अपने लाभ के लिए किया जा सकता है।'

हालाँकि, जब कोई जोस से कहता है कि 'आपने मेरा जीवन बदल दिया।' तो उनके चेहरे पर मुस्कान आ जाती है। वे कहते हैं, 'नहीं, मैंने नहीं, आपने स्वयं अपना जीवन बदला है, अपने मन की मदद से!'

अब अगले अध्याय से जोस स्वयं आपको बताएँगे कि मन की ताकत से आप अपने जीवन को कैसे बदल सकते हैं।

3
ध्यान कैसे करें?

(नोट : अध्याय 3 से लेकर 16 तक के सारे अध्याय जोस सिल्वा ने खुद लिखे हैं। ये सारे अध्याय बहुत ही महत्वपूर्ण हैं। इनमें दी गई जानकारी आपके लिए बहुत उपयोगी हो सकती है। इन अध्यायों द्वारा जोस आपको 'सिल्वा माइंड कंट्रोल' कोर्स की बुनियादी बातों के बारे में बताने जा रहे हैं। अगर आप उनके अध्यायों का पूरा लाभ चाहते हैं तो आपको उन्हें एक खास ढंग से पढ़ना होगा, जिसके बारे में आप इस प्रस्तावना से जान सकते हैं।)

ध्यान कैसे करना है, इस विषय पर मैं आपको मार्गदर्शन देनेवाला हूँ। ध्यान करके आप अपने मन के स्तर पर पहुँच जाएँगे। जब आप ध्यान में बैठ पाएँगे, तब आप अपने जीवन की समस्याओं को सुलझाने और अपने आंतरिक सवालों के जवाब पाने के लिए अपनी कल्पना शक्ति का भरपूर उपयोग कर सकते हैं। लेकिन अभी हम केवल ध्यान के विषय पर ही जानकारी लेंगे। समस्याओं को किस प्रकार सुलझाना है, यह हम बाद में सीखेंगे।

चूँकि आप किसी अनुभवी गाइड के बिना सीखेंगे इसलिए मैं आपको एक अलग प्रकार का उपाय बताने जा रहा हूँ। यह माइंड कंट्रोल कक्षा में सिखाई गई विधि से जरा अलग और धीमा है। लेकिन आप निश्चिंत रहें, इस उपाय से आपको कोई परेशानी नहीं

होगी।

आप केवल ध्यान सीखकर भी अपने जीवन की समस्याओं को हल कर सकते हैं। ध्यान के दौरान कुछ सुंदरतम घटित होगा और वह सौंदर्य शांतिदायक होगा। आप जितना ज़्यादा ध्यान करेंगे, अपने भीतर उतनी ही गहराई तक पहुँच पाएँगे। ध्यान की गहराई में आपको ऐसी शांति का अनुभव होगा, जिसे दुनिया की कोई ताकत या आपके जीवन की कोई समस्या मिटा नहीं सकेगी।

इस आंतरिक शांति से आपके शरीर को भी लाभ मिलेगा। ध्यान करते हुए सबसे पहले आप अपने मन की चिंता और अपराध बोध की भावना को विलीन होते हुए अनुभव करेंगे। अल्फा स्तर पर ध्यान लगाने की एक सुंदरता यह भी होती है कि गुस्से या अपराध बोध की भावना आपके साथ नहीं रह सकती। अगर ये भावनाएँ उभरीं भी तो आप उसी समय ध्यान की अवस्था से बाहर होंगे। जैसे-जैसे आप निरंतरता से ध्यान करते जाएँगे, ऐसी नकारात्मक भावनाएँ आपके मन से सदा के लिए विलीन हो जाएँगी। इसका मतलब होगा कि हमारे शरीर को बीमार करनेवाली, मन की वे गतिविधियाँ अपने आप बंद हो जाएँगी। दरअसल इंसान के शरीर की रचना ही हमेशा सेहतमंद और स्वस्थ रहने के लिए की गई है। हर व्याधि से मुक्त होने के लिए हमारे शरीर के पास अपना एक आरोग्य तंत्र मौजूद होता है। लेकिन आपका मन ऐसे तंत्रों को ब्लॉक कर देता है क्योंकि उसका खुद पर नियंत्रण नहीं होता। 'ध्यान' यह माइंड कंट्रोल का पहला कदम है। ध्यान के ज़रिए ही हमारे शरीर में हर बीमारी को ठीक करने की शक्ति बढ़ती है और पहले तनाव में व्यर्थ जानेवाली ऊर्जा हमें फिर से प्राप्त होती है। (इस विषय से संबंधित कुछ उदाहरण हम आगे के अध्यायों में पढ़नेवाले हैं।)

सुबह के समय ध्यान कैसे करें

अल्फा स्तर या मन की ध्यानमग्न अवस्था तक पहुँचने के लिए निम्न कुछ बातों की आवश्यकता है।

सुबह सोकर उठने के बाद अगर ज़रूरी लगे तो ही बाथरूम जाएँ, फिर बिस्तर पर वापस आ जाएँ।

ध्यान करते समय अगर नींद आने की आशंका हो तो सावधानी बरतने के लिए पंद्रह मिनट बाद का अलार्म लगा दें।

अपनी आँखें बंद कर, अपनी पलकों के भीतर ऊपर की ओर बीस डिग्री के कोण पर देखें। आँखों की यह स्थिति ही मस्तिष्क को अल्फा तरंगें पैदा करने के लिए तैयार करती है। वास्तव में यह कैसे होता है, इसका कारण अभी तक किसी को समझ में नहीं आया है।

अब धीरे से, दो-तीन क्षणों के अंतराल पर, सौ से लेकर एक तक उल्टी गिनती करें। ऐसा करते समय आपका पूरा ध्यान वहीं होना चाहिए जहाँ बताया गया है। इस दौरान आपको पहली बार अल्फा अवस्था का अनुभव होगा।

माइंड कंट्रोल की कक्षाओं में छात्र इन पहले अनुभवों को अलग-अलग तरह से प्रकट करते हैं। जैसे कोई कहता है कि 'यह बड़ा सुंदर अनुभव था।' तो किसी का कहना होता है कि 'उस समय मुझे कुछ भी महसूस नहीं हो रहा था।' दरअसल उनके इन अनुभवों में अधिक फर्क नहीं होता है मगर वे उस अनुभव से पहले से कितना परिचित थे, इसमें फर्क होता है। हर एक को इस अनुभव का कम या अधिक मात्रा में परिचय हो सकता है क्योंकि सुबह उठते समय अधिकतर हम अल्फा अवस्था में ही होते हैं। प्रतिदिन सुबह उठते समय हमें नींद के थीटा स्तर से होकर, जागृति के स्तर बीटा तक आने के लिए, अल्फा अवस्था से गुज़रना होता है। अकसर अपनी सुबह की दिनचर्या के बीच हम उसी अवस्था में होते हैं।

अगर आपको लगे कि पहली बार ध्यान के अभ्यास के दौरान कुछ नहीं हुआ, तो इसका अर्थ ही आपने जाने-अनजाने में कई बार अल्फा अवस्था का अनुभव लिया है। इसलिए आपको कुछ नया महसूस नहीं होता। ऐसे समय पर शांत रहें, इस पर मन में खुद से ही सवाल न करें और एकाग्रता से ध्यान का अभ्यास करते रहें।

एकाग्रता रखकर पहले ही प्रयास में आप अल्फा अवस्था में जा सकते हैं। फिर भी अल्फा के अधिक गहरे स्तर पर जाने के लिए आपको कम से कम सात हफ्तों तक अभ्यास करना आवश्यक है। इसके लिए पहले दस दिन तक आप सौ से लेकर एक तक की उलटी गिनती गिनें। इसके बाद अगले दस दिन तक पचास से एक तक गिनती गिनें। फिर पच्चीस से एक... फिर दस से एक और अंत में पाँच से एक तक गिनती गिनें।

जब आप पहली बार अपनी अल्फा अवस्था में जाते हैं, तब उस अवस्था से बाहर आने के लिए एक ही विधि का प्रयोग करें। सहजता से बाहर आने के लिए यह विधि आपको अधिक नियंत्रण प्रदान करेगी।

अपने ध्यान स्तर को कैसे छोड़ें

माइंड कंट्रोल में हम ध्यान की अवस्था से बाहर आने के लिए जो विधि अपनाते हैं, उसमें हम मन में दोहराते हैं कि 'मैं एक से पाँच तक की गिनती गिनते हुए धीरे-धीरे बाहर आ रहा हूँ... अब मैं जागृत हूँ और पहले से कहीं बेहतर हूँ। एक-दो - आँखें खोलने के लिए मैं तैयार हूँ... तीन - मैं आँखें खोल रहा हूँ... चार-पाँच - अब मैंने आँखें खोली हैं, मैं पूरी तरह से जागृत हूँ और पहले से कहीं बेहतर महसूस कर रहा हूँ।'

इस तरह से आपको दो पद्धतियाँ तैयार करनी होंगी। एक में आप अपने स्तर तक जाएँगे और दूसरे में आपको उससे बाहर आना होगा। ये पद्धतियाँ एक ही बार बनाएँ और हमेशा उनका उपयोग करते रहें। ये पद्धतियाँ आपने अपने अभ्यास से आत्मसात की हैं। अतः इन्हें बदलने से आपको दोबारा शुरुआत से आरंभ करना होगा, जिसमें काफी समय ज़ाया होगा।

दिन के किसी भी समय में ध्यान कैसे करें

जब आप सुबह के समय पाँच से एक तक की उलटी गिनती गिनकर अपने स्तर पर जाना सीखते हैं, तब आप दिन में किसी भी समय अपने स्तर यानी अवस्था में जा सकेंगे। इसके लिए आपको केवल दस से पंद्रह मिनट का समय देना होगा। क्योंकि आपको उस समय अल्फा के हल्के स्तर की बजाय, बीटा से अपने स्तर में आना है, जिसके लिए थोड़े से प्रशिक्षण की ज़रूरत होती है।

अपने पैर फर्श पर टिकाते हुए, पलंग या कुर्सी पर आरामदायक मुद्रा में बैठ जाएँ। अपने हाथों को हलके से अपनी जाँघों पर रखें। अगर आप चाहें तो पालथी लगाकर, कमल मुद्रा (पद्मासन) में भी बैठ सकते हैं। आपका सिर पूरी तरह से संतुलित होना चाहिए। अब अपने शरीर के पहले एक भाग पर अपना ध्यान एकाग्र करें, उसे शिथिल और शांत होने दें।

अब दूसरे भाग पर अपना ध्यान केंद्रित करें... ऐसा करते-करते संपूर्ण शरीर को शिथिल करें। अपने बाएँ पैर, बाईं टाँग, दाएँ पैर, दाईं टाँग आदि से होते हुए गले, चेहरे, आँखों और अंत में अपने सिर तक आएँ। जब आप पहली बार ऐसा करेंगे तो आपको यह समझ में आएगा कि इससे पहले आपका पूरा शरीर कितने गहरे तनाव में था।

अब सामने की दीवार या छत पर, आँखों के स्तर से 45 डिग्री के कोण पर एक बिंदु निश्चित करें। उस बिंदु को तब तक एकटक देखें, जब तक पलकें भारी होकर बंद न होने लगें। अब अपने मन में पचास से एक तक की उल्टी गिनती गिनें। ऐसा दस दिनों तक करें।

फिर अगले दस दिनों तक, दस से एक तक की गिनती गिनें और उसके बाद पाँच से एक की गिनती गिनें।

केवल सुबह के समय यह अभ्यास करने की आवश्यकता नहीं है बल्कि दिनभर में दो या तीन बार आपको यह अभ्यास करने की आदत लगानी है। एक सत्र कम से कम पंद्रह मिनट का होना चाहिए।

अपनी इस अवस्था तक पहुँचने के बाद अब आगे क्या? आप किस बारे में सोचेंगे।

मानसिक चित्रण का पहला चरण – मानसिक स्क्रीन का निर्माण

शुरुआत से ही यानी ध्यान के स्तर पर पहुँचने से बहुत पहले से ही अपनी आँखों के सामने एक काल्पनिक दृश्य देखने का अभ्यास करें। यह माइंड कंट्रोल का केंद्रबिंदु है। आप जितने बेहतर तरीके से काल्पनिक दृश्य देखना सीखेंगे, माइंड कंट्रोल के साथ आपका अनुभव उतना ही शक्तिशाली होगा।

काल्पनिक दृष्टिकोण से अपनी आँखों के सामने कोई भी दृश्य लाने के लिए मानसिक स्क्रीन का निर्माण करना, यह पहला कदम है। यह स्क्रीन फिल्म के बड़े स्क्रीन के जैसी ही होनी चाहिए लेकिन आपके सारे मानसिक दृष्टिकोण को अपने भीतर समानेवाली नहीं होनी चाहिए।

कल्पना करें कि यह स्क्रीन आपकी पलकों के पीछे नहीं बल्कि आपसे छह फीट आगे है। अब जिस भी चीज़ पर आप अपना ध्यान एकाग्र करना चाहते हैं, उसे इस पर्दे पर देखें। इसके बाद इसके और उपयोग भी हो सकते हैं।

जब आप अपनी आँखों के सामने यह स्क्रीन लाते हैं, तब शुरुआत में उस पर कोई साधारण और जानी-पहचानी छवि देखें, जैसे कोई संतरा या सेब। जब भी आप अपने स्तर पर हों तो किसी एक ही छवि को देखें, अगली बार आप इसे बदल सकते हैं। यह छवि अधिक वास्तविक लगे इसके लिए एकाग्रता से उस पर ध्यान लगाएँ। इसे थ्रीडी, रंगीन और पूरे विस्तार के साथ देखने की कोशिश करें। इसके

अलावा किसी भी अन्य बात पर न सोचें।

दिमाग को प्रशिक्षण दें

कहते हैं कि इंसान का दिमाग एक बंदर की तरह होता है क्योंकि यह एक से दूसरी चीज़ पर और एक विचार से दूसरे विचार पर छलाँग लगाता रहता है। यह आश्चर्य की बात है कि हमारा अपने दिमाग पर कम नियंत्रण होता है। कई बार हमारा दिमाग अच्छे काम भी करता है लेकिन कभी-कभी यह हमारी पीठ पीछे हमारे ही खिलाफ काम करने लगता है और हमारे लिए परेशानियाँ खड़ी कर देता है। कभी यह दिमाग आसान बातों को भी मुश्किल बना देता है। हमारा दिमाग इतना ताकतवर है कि उसे अपने नियंत्रण में रखना मुश्किल है। जब हम मन के सहयोग से अपने ही दिमाग को प्रशिक्षित करना सीख लेते हैं, तो यह हमारे लिए कुछ आश्चर्यजनक कार्य करेगा। उन कार्यों को हम जल्द ही देखनेवाले हैं।

इस दौरान पूरे धीरज के साथ यह सरल सा अभ्यास करें। अपने मन का उपयोग करते हुए दिमाग को अल्फा में जाने का प्रशिक्षण दें। अपने मन में एक काल्पनिक छवि तैयार करके, उसे अधिक स्पष्ट रूप से देखने का अभ्यास करें। इस अभ्यास के शुरुआत में आपके दिमाग में कई सारे विचार एक साथ आ जाएँगे। क्षमा की भावना के साथ उन विचारों को स्वीकार करें और धीरे-धीरे अपना ध्यान फिर से उस काल्पनिक छवि पर केंद्रित करें। इस दौरान यदि आप परेशान होंगे या आपके मन में अधिक तनाव की स्थिति निर्माण हुई तो यह स्थिति और परेशानी की भावना आपको अल्फा अवस्था से बाहर निकालेगी।

इसी तरह पूरी दुनिया में ध्यान का अभ्यास किया जाता है। अगर आप इस प्रकार नियमित ध्यान करना शुरू कर दें तो अंग्रेज कवि विलियम वर्ड्सवर्थ के शब्दों में आप 'मन की एक प्रसन्नतापूर्ण स्थिरता' (A happy stillness of mind) का अनुभव कर सकते हैं। इससे भी महत्वपूर्ण बात यह कि ध्यान करने से आपको गहरी आंतरिक शांति का अनुभव होगा। जैसे-जैसे आप मन के गहरे स्तरों तक जाएँगे, यह आपके लिए एक रोचक अनुभव बनता जाएगा। धीरे-धीरे आपको इस अनुभव में कोई नयापन महसूस नहीं होगा। इस अवस्था तक आने के बाद कई सारे लोग यहीं पर रुक जाते हैं और फिर ध्यान करना ही छोड़ देते हैं। लोग यह भूल जाते हैं कि यह कोई छोटी सी यात्रा नहीं बल्कि यह आपके जीवन की सबसे अहम यात्रा का पहला महत्वपूर्ण हिस्सा है।

4
डाईनैमिक मेडीटेशन

पिछले अध्याय में आपने 'ध्यान कैसे करें' इस विषय पर समझ प्राप्त की। उसमें बताए गए ध्यान को 'निष्क्रिय ध्यान' कहते हैं। मुझे उम्मीद है कि आपने उस ध्यान का अनुभव किया होगा। उस अनुभव को अन्य तरीकों से भी पाया जा सकता है। आँखों से दिखाई देनेवाली किसी छवि पर ध्यान लगाने की बजाय आप किसी ध्वनि पर भी ध्यान लगा सकते हैं। जैसे आप 'ओम,' 'वन' (ONE) या 'आमेन' (AMEN) जैसे पवित्र शब्दों का अपने मन में या एक सुर में बोलकर भी जाप कर सकते हैं। इसके अतिरिक्त आप अपनी साँसों पर भी ध्यान केंद्रित कर सकते हैं। आप शरीर के किसी ऊर्जा बिंदु, नगाड़े की धुन या नृत्य पर भी ध्यान लगा सकते हैं या जब आप किसी धार्मिक अनुष्ठान से जुड़े चित्र को देख रहे हों, तो उस समय ग्रेगोरियन चैंट (रोमन कैथोलिक चर्च का पवित्र मंत्र) का उच्चारण भी कर सकते हैं। इन सभी उपायों से होनेवाले एकत्रित परिणामों से आपके मन को ध्यानावस्था जैसी शांति प्राप्त होगी।

मैं आपको उल्टी गिनती करने की सलाह भी दूँगा क्योंकि इससे मन को एकाग्र होने में मदद होती है। यही एकाग्रता सफलता की कुँजी है। जब आप इस उपाय से कई बार अपने 'स्तर' पर आ चुके

होंगे, तो अपने सफल परिणामों के साथ आपके मन में यह उपाय अंकित हो जाएगा। इस तरह यह प्रक्रिया और भी सहज एवं स्वयं प्रेरित हो जाएगी।

माइंड कंट्रोल में हर सफल परिणाम को 'संदर्भ बिंदू' कहा जाता है। जाने-अनजाने में हम माइंड कंट्रोल में मिलनेवाले अनुभव को बार-बार देखते हैं, इस अनुभव पर आ सकते हैं, इसे दोहरा सकते हैं या इससे आगे भी जा सकते हैं।

एक बार जब आप ध्यान के स्तर पर पहुँचते हैं, तो यह जरूरी नहीं कि आप वहीं पर रुक जाएँ या कुछ घटित होने का इंतजार करें। वह अवस्था बहुत ही सुंदर और सुकून देनेवाली अवस्था होती है। उसका आपके शारीरिक स्वास्थ्य पर भी अच्छा परिणाम होता है। लेकिन वास्तव में ध्यान में जो संभावनाएँ छिपी हुई हैं, उसके मुकाबले ये उपलब्धियाँ साधारण ही हैं। इसलिए आपको 'निष्क्रिय ध्यान' से आगे बढ़ना है। नियमबद्ध और क्रियाशील गतिविधियों के लिए अपने मन को प्रशिक्षित करें। मुझे लगता है कि इसके लिए ही मन की निर्मिति हुई है। इसके बाद आपको जो नतीजे मिलेंगे, उन्हें देखकर आप स्वयं आश्चर्यचकित हो जाएँगे।

गतिशील ध्यान (Dynamic Meditation) का प्रशिक्षण

मेरा मानना है कि अब वह समय आ चुका है, जब आपको निष्क्रिय ध्यान से भी आगे जाना है और ऐसा प्रशिक्षण लेना है, जिसके माध्यम से आप गतिशील ध्यान (Dynamic Meditation) जारी रखते हुए अपनी बहुत सारी समस्याओं से छुटकारा पा सकें। अब आप देखेंगे कि किस प्रकार मन की स्क्रीन पर एक सेब या आपके द्वारा चुनी हुई किसी भी छवि का काल्पनिक चित्रण करने का अभ्यास कितना महत्वपूर्ण होता है।

अपने अगले स्तर पर जाने से पहले आज या कल घटी किसी अच्छी घटना के बारे में सोचें - फिर चाहे वह कोई मामूली सी घटना ही क्यों न हो। मन ही मन उसका विश्लेषण करें, फिर अपने 'स्तर' तक जाने के लिए उस घटना का अपने मन में एक फिल्म की तरह काल्पनिक चित्रण करें। उस घटना के दौरान आप क्या देखते हैं... क्या सुनते हैं... कौन सी सुगंध आपने महसूस की... और उस समय आपके मन में कौन सी भावनाएँ थीं, इन सभी बातों को याद करें। उसी घटना को अपनी बीटा अवस्था में याद करना और फिर अल्फा अवस्था में याद करना, इन दोनों अवस्थाओं के बीच का अंतर देखकर आपको आश्चर्य होगा। यह अंतर उतना ही होगा, जितना बातचीत में 'तैरना' शब्द इस्तेमाल करने और वास्तविकता में तैरने में

होता है।

ध्यान के साधारण तरीकों से होनेवाले लाभ

अब इस अभ्यास का महत्त्व समझें। यह अभ्यास यानी आगे आनेवाली बड़ी-बड़ी बातों की तैयारी है और इससे बहुत लाभ भी मिलता है। आइए अब यह देखते हैं कि आप इसे कैसे इस्तेमाल कर सकते हैं :

मन ही मन अपनी किसी ऐसी चीज़ के बारे में सोचें, जो गुम न हुई हो लेकिन जब भी आपको उसकी ज़रूरत पड़ती हो, तो उसे तलाश करने में थोड़ा समय लगता हो। जैसे, आपकी कार की चाभी। फिलहाल वह चाभी कहाँ है? आपकी ऑफिस की मेज पर, जेब में अथवा कार में? यदि आप नहीं जानते, तो अपने पिछले स्तर पर वापिस जाएँ और उस क्षण को याद करें, जब आपने चाभी का इस्तेमाल किया था। अब धीरे-धीरे उस स्तर से आगे चलें। ऐसा करने पर आपको अपनी चाभी ठीक वहीं मिल जाएगी, जहाँ आपने रखी थी। (यदि इस दौरान आपकी चाभी को किसी ने वहाँ से उठाया हो, तो आपके लिए एक नई मुसीबत पैदा हो सकती है, जिससे निपटने के लिए माइंड कंट्रोल के इससे भी बेहतर तरीके का इस्तेमाल करना होगा।)

ऐसे विद्यार्थी की कल्पना करें, जो इस बात को लेकर दुविधा में है कि उसके टीचर ने कक्षा में क्या कहा था। उसे याद आ रहा है कि टीचर ने कहा था कि इस बुधवार को परीक्षा होनेवाली है। मगर अब उसे यह ठीक से याद नहीं आ रहा है कि परीक्षा इस बुधवार को होगी या फिर अगले बुधवार को? ऐसी परिस्थिति में वह विद्यार्थी अपनी इस दुविधा को अल्फा मेमोरी के सहारे सुलझा सकता है। अल्फा अवस्था में जाकर वह अपने टीचर की बात को याद कर सकता है। इस प्रकार रोज़मर्रा के जीवन में होनेवाली छोटी-छोटी घटनाओं व मुसीबतों को ध्यान के साधारण तरीकों से ठीक किया जा सकता है।

काल्पनिक घटना को साकार करने के कुछ नियम

अब किसी बड़ी घटना की ओर बढ़ते हैं। हम आपके इच्छा की किसी काल्पनिक घटना को आपके जीवन की वास्तविक घटना से जोड़ने जा रहे हैं। फिर आपको देखना है कि काल्पनिक घटना का क्या होता है? अगर आप नीचे दिए कुछ सामान्य नियमों के अनुसार चलेंगे, तो आपकी काल्पनिक घटना भी साकार रूप ले लेगी।

नियम १ : यदि आप अपनी काल्पनिक घटना को सच करना चाहते हैं, तो आपको यह 'प्रबल इच्छा' रखनी होगी कि 'मेरी काल्पनिक घटना वास्तव में साकार हो।' लेकिन याद रखें कि बेकार की बातें सोचने से कुछ नहीं होगा, जैसे 'मैं कल सुबह सबसे पहले जिस भी इंसान को देखूँगा, वह गली में जा रहा होगा और उसकी नाक बह रही होगी।' इस तरह की बातें इतनी तुच्छ हैं कि आपका मन इन पर ध्यान लगा ही नहीं पाएगा और यह काम नहीं करेगा। आपको ऐसी घटनाओं की कल्पना करनी होगी, जिससे आपकी इच्छाशक्ति प्रबल हो। जैसे - आपके बॉस पहले से ज़्यादा विनम्र और स्नेही बन गए हैं, आप जिस वस्तु की बिक्री कर रहे हैं, उसके लिए आपको ग्राहकों का अच्छा प्रतिसाद मिल रहा है, आपको पसंद न आनेवाले कार्य से भी आपको संतुष्टि ही प्राप्त हो रही है आदि। ऐसी संभावनाओं के बारे में सोचने पर आपको इसमें अपनी तीव्र इच्छाएँ प्रकट होती हुई दिखाई देंगी।

नियम २ : आपको इस बात पर पूरा 'यकीन' करना होगा कि वह घटना साकार ज़रूर होगी। जैसे यदि आप किसी खास चीज़ के व्यापारी हैं और आपके ग्राहक के पास वही चीज़ भरपूर मात्रा में उपलब्ध है। ऐसे में वह ग्राहक फिर से वही चीज़ आपसे खरीदेगा, इस बात पर आपको विश्वास नहीं होता। ऐसी स्थिति में विश्वास रखने से यह दृश्य वास्तव में आ सकता है, लेकिन बिना विश्वास के आपका मन भी विपरीत दिशा से काम करता है।

नियम ३ : आपके लिए वह दृश्य या घटना 'अपेक्षित' होनी चाहिए, जिसे आप वास्तव में लाना चाहते हैं। पहले दो नियम सरल एवं सहज संभवनीय थे। परंतु, यह तीसरा नियम सूक्ष्म तथा गूढ़ है और हमें नए आयामों पर ले जाता है। मान लीजिए आप चाहते हैं कि कल ऑफिस जाने के बाद आपका बॉस आपको प्रसन्न दिखाई दे। आपको विश्वास भी है कि आपका बॉस खुश रहेगा। लेकिन फिर भी आपको कहीं न कहीं लगता है कि ऐसा नहीं हो सकता। ऐसे समय पर ही माइंड कंट्रोल प्रशिक्षण और काल्पनिक दृश्य को वास्तव में साकार करने की कला काम आती है। इसके बारे में हम आगे जानेंगे।

नियम ४ : याद रखें कि इस तकनीक के द्वारा आप किसी के लिए भी कोई मुसीबत पैदा नहीं कर सकते। ऐसा नहीं है कि आपको ऐसा करने की अनुमति नहीं है बल्कि बात यह है कि असल में ऐसा हो नहीं सकता। यह एक बुनियादी और सभी बातों पर नियंत्रण लानेवाला नियम है। जिस समय आप निरंतरता से अल्फा अवस्था में कार्य करते हैं, तब आप उच्च ज्ञान के संपर्क में आते हैं। उस उच्च ज्ञान

के अनुसार आपका ऐसा सोचना उचित नहीं होगा कि 'मेरा बॉस कोई गलती कर बैठे, जिससे उसकी नौकरी चली जाए और उसका पद मुझे मिल जाए, तो कितना आनंद आएगा।' बीटा अवस्था में होते हुए आप अपने बॉस को किसी गलत कार्य में फँसाकर, उसे उसकी नौकरी से बाहर निकलवा सकते हैं। लेकिन अल्फा अवस्था में ऐसा करना संभव नहीं है।

गलत कर्म किस अवस्था में होते हैं

अगर अपनी ध्यान की अवस्था में आप किसी ऐसी जानकारी के संपर्क में आना चाहें, जो आपको अपने गलत उद्‌देश्यों को पूरा करने में मदद करे तो यह उतना ही निरर्थक होगा, जितना रेडियो पर कोई ऐसा स्टेशन लगाने की कोशिश करना, जिसका कोई अस्तित्व ही न हो।

कुछ लोग इस बिंदु पर मुझे ज़रूरत से ज़्यादा आशावादी होने का इल्ज़ाम लगाते हैं। जब मैं यह बात कहता हूँ कि 'अल्फा अवस्था में होने पर किसी का बुरा करने की कोई संभावना नहीं बचती', तो हज़ारों लोग इस बात को सुनकर व्यंगात्मक रूप से मुस्कुराते हैं। लेकिन जब लोगों ने इस बात पर अभ्यास किया तो उन्हें मेरा कहना उचित लगा। हालाँकि इस संसार में बुराई की कोई सीमा नहीं है और इंसान अपने हिस्से के गलत कर्मों से भी अधिक गलत कर्म करता है। ऐसे गलत कर्म बीटा अवस्था में ही होते हैं। अल्फा, थीटा या डेल्टा अवस्था में कोई भी गलत कर्म नहीं होते। मेरे शोध ने यह बात साबित भी की है इसलिए इन बातों के लिए अब फिर से किसी को अपना समय देने की ज़रूरत नहीं है। लेकिन फिर भी आप अपने लिए इन बातों को साबित करना चाहें तो अपने स्तर पर जाकर, किसी को सिरदर्द देने का प्रयास करके देख लें।

ऐसी सोच के साथ आप जितना चाहे स्पष्ट रूप से कल्पना करें, लेकिन आपके सोचनेभर से सामनेवाले के सिर में दर्द हो जाए तो आप पाएँगे कि वास्तव में उसके नहीं बल्कि आपके अपने सिर में ही दर्द होने लगेगा या फिर आप उस समय अल्फा अवस्था से बाहर होंगे। मगर इस तरह आपको अपने मन की अच्छी और बुरी क्षमता से जुड़े सभी सवालों के जवाब नहीं मिल सकते। इसके बारे में आगे विस्तार से चर्चा होगी। फिलहाल आप कोई ऐसी घटना के बारे में सोचें, जो आपकी किसी समस्या का हल हो। आप चाहते हैं कि वह घटना हो और वह घटित होगी, इस पर आपका विश्वास भी है। निम्नलिखित अभ्यास द्वारा आप उस घटना के होने

की उम्मीद कर सकते हैं।

ध्यान के ज़रिए समस्या सुलझाने के तीन चरण

किसी ऐसी चुनौती को चुनें, जिसका आपने स्वयं सामना किया हो और वह अभी तक सुलझी न हो। जैसे मान लेते हैं कि आपके बॉस का स्वभाव बुरा है और उनका व्यवहार आपके लिए एक चुनौती है। जब आप इस अभ्यास के लिए अपने स्तर तक आ चुके हों तो फिर आपको ये तीन चरण अपनाने चाहिए।

पहला चरण : अपने मन की स्क्रीन पर ऐसी घटना देखें, जिसमें आपकी चुनौती या समस्या दिखाई दे रही हो। एक पल के लिए उस घटना को फिर से जीएँ।

दूसरा चरण : अब धीरे से इस घटना को स्क्रीन की दाईं ओर करें। अब अपने मन की स्क्रीन पर वह सीन सामने लेकर आएँ, जो कल दिखाई देनेवाला है। इस सीन में ऐसी कल्पना करें कि बॉस के आस-पास सभी खुश हैं और बॉस को भी कोई अच्छी खबर मिली है। आज वह बेहतर मूड में है। अब निश्चित समस्या क्या है, यह आपको पता है। उस समस्या के हल के लिए आपके ऑफिस में जो उपाय योजना की जा रही है, वह सफल हो रही है, ऐसी कल्पना करें। जिस तरह आपने समस्या के बारे में संपूर्णता से सोचा था, ठीक उसी तरह उसके हल के बारे में विचार करें।

तीसरा चरण : अब इस सीन को भी अपनी स्क्रीन के दाईं ओर रखें और बाईं ओर से मन की स्क्रीन पर दूसरा सीन देखें, जिसमें आपका बॉस बहुत खुश है। इस सीन का अनुभव इस तरह लें, मानो यह सब असल में हुआ हो। थोड़ी देर इस सीन के साथ रहें और इसका भरपूर अनुभव लें।

इसके बाद पाँच की गिनती पर आप अपने स्तर से पूरी तरह बाहर निकलकर जागृत अवस्था में आएँगे। अब आप पहले से बेहतर महसूस करेंगे। आपको यह विश्वास है कि जिस घटना को आप अपने जीवन में घटते हुए देखना चाहते हैं, उसे वास्तव में लाने के लिए आपने अपनी सारी शक्तियों को सक्रिय किया है।

लेकिन क्या यह बगैर किसी दिक्कत के, हमेशा कारगर होता है?

जवाब है – जी नहीं।

हालाँकि, अगर आप सिल्वा माइंड का प्रशिक्षण जारी रखेंगे तो आपको ऐसे अनुभव आएँगे, जिसमें समस्या सुलझाने का आरंभिक ध्यान सत्र आपके लिए

सहायक होगा। जब ऐसा होगा तब आपको ऐसा लग सकता है कि यह कोई संयोग हो। आखिरकार, आपने जिस भी घटना को चुना, उसके साकार होने की इतनी संभावना तो थी कि आपके भीतर वह घटना घटित होने का विश्वास जागृत हो। लेकिन फिर आपका दूसरा प्रयास भी सफल होगा, फिर तीसरा भी सफल होगा। इस तरह 'संयोग' बढ़ने लगेंगे। जब आप माइंड कंट्रोल में सिखाए गए तरीकों को अपने जीवन में इस्तेमाल करना बंद कर देंगे तब यह संयोग भी कम होने लगेंगे। जब आप दोबारा ऐसा करेंगे, संयोगों की संख्या बढ़ेगी।

धीरे-धीरे जब आपका हुनर बढ़ता जाएगा, तो आपका विश्वास और उम्मीद भी इतनी बढ़ती जाएगी कि ऐसी घटनाएँ वास्तव में घटित होंगी, जिनकी होने की संभावनाएँ बहुत कम थीं। समय के साथ, धैर्यपूर्वक अभ्यास करने से आपको और भी हैरतंगेज नतीजे मिलने लगेंगे।

बेहतर से बेहतर बनें

अब हर समस्या पर काम करते समय अपने पिछले सफल अनुभवों को भी ध्यान में रखें। जब भी किसी पिछले अनुभव के मुकाबले कोई बेहतर अनुभव आपको मिले तो पिछले अनुभव को छोड़ दें और नए व बेहतर अनुभव को संदर्भ के तौर पर इस्तेमाल करें। इस तरह आप 'बेहतर से भी बेहतर' होते चले जाएँगे। माइंड कंट्रोल के संदर्भ में यह वाक्य हम सबके लिए और भी अर्थपूर्ण हो जाता है।

टिम मास्टर्स नामक एक विद्यार्थी, जो अमेरिका के न्यू जर्सी के फोर्ट ली में एक टैक्सी चलाता है, वह यात्रियों का इंतज़ार करते समय ध्यान करता है। यह खाली समय का इस्तेमाल करने का उसका अपना तरीका है। जब टैक्सी चलाने के स्थानीय व्यवसाय में मंदी आती है, तब इस समस्या को सुलझाने के लिए वह अपने मन की काल्पनिक स्क्रीन पर एक दृश्य देखता है कि 'कोई यात्री अपना सूटकेस उठाए उसकी ओर चला आ रहा है, जो कैनेडी एयरपोर्ट की ओर जाना चाहता है।' अपना अनुभव बताते हुए टीम मास्टर्स कहता है, 'शुरुआत में यह तरीका आज़माने पर मुझे कोई नतीजा नहीं मिला। लेकिन कुछ दिनों तक यही अभ्यास करने के बाद ठीक वैसा हुआ जैसा मैंने सोचा था। एक यात्री सूटकेस लेकर मेरी टैक्सी के पास आया और मुझसे कैनेडी एयरपोर्ट चलने को कहा। अगली बार जब मैंने अपने मन की काल्पनिक स्क्रीन पर यह कल्पना की तो उसमें किसी काल्पनिक यात्री को देखने के बजाय, मैंने इसी यात्री को देखा। सब कुछ मेरे मनमुताबिक ही हो रहा है, ऐसी

भावना मेरे भीतर आ गई। तभी मुझे दूसरा ऐसा यात्री मिला, जो एयरपोर्ट जाना चाहता था। यह तरीका वाकई में कारगर है और कभी असफल नहीं होता।'

इससे पहले कि हम दूसरे अभ्यासों और पद्धतियों के बारे में बात करें, मैं आपको बताना चाहूँगा कि हम मन की काल्पनिक स्क्रीन पर दृश्यों को बाईं से दाईं ओर क्यों ले जाते हैं? अभी मैं आपको केवल संक्षिप्त में बता रहा हूँ। इसके बारे में विस्तार से चर्चा बाद में करेंगे।

मेरे प्रयोग ने दर्शाया कि हमारे मन के गहरे स्तरों पर, समय का प्रवाह बाईं से दाईं ओर होता है। दूसरे शब्दों में कहें तो, ऐसा माना जाता है कि हमारे दिमाग के बाईं ओर भविष्य और दाईं ओर अतीत रहता है। मुझे पता है कि यह पढ़कर आपको इसके बारे में विस्तार से जानने की इच्छा हो रही होगी, लेकिन उससे पहले आपको और भी बहुत कुछ सीखना होगा।

5
स्मरण शक्ति में सुधार

माइंड कंट्रोल में सिखाई गई स्मरण शक्ति संबंधी तकनीकों की मदद से आप कई सारे टेलीफोन नंबर्स याद रखकर अपने दोस्तों को प्रभावित कर सकते हैं। हालाँकि जब मुझे ज़रूरत पड़ती है, तो मैं टेलीफोन नंबर को डायरेक्टरी से ही देखता हूँ। माइंड कंट्रोल में प्रशिक्षित हुए कुछ लोग शायद नंबरों को याद करने के लिए भी इस हुनर का इस्तेमाल करते होंगे, पर जैसा कि मैंने पिछले अध्याय में कहा था कि किसी भी काम को करने के लिए उसकी इच्छा होना सबसे महत्वपूर्ण है। टेलीफोन नंबर्स याद रखने के लिए इस हुनर का इस्तेमाल करने की मेरी कोई इच्छा नहीं है। हाँ, यदि कोई नंबर जानने के लिए मुझे ज़्यादा प्रयास करना पड़ रहा है, तो यह इच्छा मुझमें ज़रूर जागृत होगी।

इच्छा, विश्वास और उम्मीद इन तीनों के मेल से माइंड कंट्रोल की तकनीकों का उपयोग साधारण सी बातों के लिए भी होता है। अतः मेरे ख्याल से इसका उपयोग महत्वपूर्ण कार्यों के लिए होना चाहिए।

हममें से कितने लोगों के पास जितनी हमें चाहिए, उतनी तीव्र स्मरण शक्ति होती है? हो सकता है कि आपने माइंड कंट्रोल के

पिछले दो अध्यायों में दी गई तकनीकों में महारत हासिल की हो, तो अप्रत्याशित रूप से आपकी स्मृति में पहले से अधिक सुधार हो सकता है। अल्फा अवस्था में रहते हुए, अतीत में हुई घटनाओं को फिर से काल्पनिक दृश्य में देखना और उनका पुनः एक बार अनुभव करने की क्षमता ही आपको बीटा अवस्था तक पहुँचाती है। इसका अर्थ, बीटा अवस्था पर भी स्मरण शक्ति की तकनीकों का परिणाम होता है। इस प्रकार, कोई भी विशेष प्रयास किए बिना आपका दिमाग आपके लिए नए तरीके से काम करने लगेगा, पर अब भी सुधार की बहुत संभावना है।

काल्पनिक स्तर पर दृश्य देखने का अभ्यास

माइंड कंट्रोल की कक्षाओं में, काल्पनिक स्तर पर, कोई दृश्य देखना यानी विज़्युअलाईज़ेशन (Visualization) के लिए विशेष अभ्यास कराया जाता है। इस अभ्यास में लेक्चरर, एक ब्लैकबोर्ड पर एक से तीस तक संख्या लिखता है और फिर छात्र अचानक मन में आई कोई भी तीस वस्तुओं के नाम लेते हैं, जैसे स्नोबॉल, रोलर स्केट और ईयर प्लग आदि। लेक्चरर हर संख्या के सामने इन वस्तुओं के नाम लिखता है और फिर ब्लैकबोर्ड की ओर पीठ करके, उन्हें सिलसिलेवार ढंग से दोहराता है। फिर छात्र किसी भी वस्तु का नाम लें, लेक्चरर बिना ब्लैक बोर्ड की ओर देखे उसका नंबर बता देता है।

यह कोई हाथ की सफाई नहीं है बल्कि काल्पनिक स्तर पर दृश्य देखने का अभ्यास है। लेक्चरर ने पहले ही हर संख्या के साथ लिखे शब्दों को याद कर रखा है। उसके मन में हर संख्या के साथ एक शाब्दिक छवि तैयार हो जाती है। हम इन छवियों को मेमोरी पेग्स (Memory pegs) कहते हैं। जब भी कोई छात्र किसी शब्द का उच्चारण करता है, तो लेक्चरर उसे कोई सार्थक या काल्पनिक तरीके से उस नंबर के मेमोरी पेग (अंक से जुड़ी काल्पनिक छवि) से जोड़ता है। जैसे, 10 इस अंक का मेमोरी पेग है, 'टोज़' यानी पैरों की अंगुलियाँ। यदि दस नंबर के लिए छात्र ने स्नोबॉल यह शब्द बताया है तो लेक्चरर सृजनात्मक रूप से यह कल्पना कर सकता है कि स्नोबॉल आपके टोज़ यानी पैरों की अंगुलियों पर है। अगर आप काल्पनिक दृश्य देखने में प्रशिक्षित हैं तो आपके लिए इसे करना कठिन नहीं होगा।

छात्र अपने-अपने स्तर पर रहते हुए, मेमोरी पेग सीखना शुरू करते हैं और लेक्चरर बार-बार उन्हें दोहराता है। इसके बाद जब बीटा अवस्था में शब्दों को याद करने लगते हैं तब यह और आसान हो जाता है क्योंकि सारे शब्द परिचित होते हैं।

इसके बावजूद, मुझे इस पुस्तक से मेमोरी पेग और उनके अभ्यासवाला अध्याय हटाना पड़ा क्योंकि उसे जानने के लिए बहुत समय और पन्नों की आवश्यकता होगी। हम आपको अपनी स्मरण शक्ति और काल्पनिक स्तर पर दृश्य देखने की कला में सुधार लाने के लिए एक और शक्तिशाली तकनीक दे रहे हैं, जिसे आप 'मानसिक (मेंटल) स्क्रीन' का नाम दे सकते हैं।

भूली हुई बातों को याद करने की तकनीक

ऐसी बातें, जो आप समझते हैं कि आप भूल चुके हैं, किसी न किसी घटना से जुड़ी होती हैं। जैसे, यदि आप किसी का नाम भूल गए हैं तो यह बात उस घटना से संबंधित होगी जब आपने वह नाम पहली बार सुना या कहीं पर पढ़ा था। मन की काल्पनिक स्क्रीन के अनुसार काम करना सीखते हुए, ऐसी कोई घटना अपनी आँखों के सामने लाएँ, जिससे संबंधित कोई बात आप भूल चुके हैं। फिर वह बात आपको याद आएगी।

जैसे, आपको लगता है कि आप किसी घटना को भूल गए हैं पर असल में आप उसे पूरी तरह से नहीं भूले होते। बस आपने उसे याद नहीं किया। इन दोनों बातों में अंतर है।

विज्ञापन जगत से हमें मेमोरी और यादें इन दोनों के बीच के अंतर का एक अच्छा उदाहरण मिलता है। हम सभी विज्ञापन देखते हैं। ये विज्ञापन छोटे और मात्रा में अधिक होते हैं। इन ढेर सारे विज्ञापनों को देखने के बाद अगर आपसे पिछले सप्ताह देखे गए विज्ञापनों की सूची बनाने को कहा जाए, तो आप केवल तीन या चार विज्ञापनों का ही उल्लेख कर सकेंगे।

विज्ञापन इसीलिए बनाए जाते हैं ताकि विज्ञापन निर्माता हमें अपनी सजगता के स्तर से भी परे जाकर, बार-बार उनके उत्पादन की याद दिला सकें और अपनी बिक्री बढ़ा सकें।

इस बात पर विश्वास करना मुश्किल है कि हम कभी किसी चीज़ को वाकई में भूलते हैं। हमारा दिमाग अकसर मामूली घटनाओं की छवियों को दूर कर देता है। घटना की छवि जितनी अधिक स्पष्ट और महत्वपूर्ण होगी, हमारे लिए उसे याद करना उतना ही सहज होगा।

अगर किसी रोगी की सर्जरी के दौरान, दिमाग के खुले हिस्से पर किसी

इलैक्ट्रोड को हौले से छुआ जाए तो इससे उसे कोई घटना इस तरह याद आ सकती है, जैसे वह उसे पूरी महक, ध्वनि और दृश्य के साथ याद कर रहा हो। हालाँकि ऐसा केवल दिमाग को छूने से होता है, मन को छूने से नहीं। दिमाग रोगी को सभी पुरानी यादों का एहसास करवाता है, लेकिन उस दौरान रोगी को यह पता होता है या किसी ने उसे बताया होता है कि वह इन सभी पुरानी यादों को फिर से नहीं जी रहा है। यह काम मन कर रहा होता है। मन एक उच्च समीक्षक और दुभाषिया (Interpreter) की तरह हमेशा काम करता है। कोई भी इलैक्ट्रोड मन को छू नहीं सकता। जिस प्रकार हम अपनी नाक की नोक को स्पष्ट रूप से दिखा सकते हैं, उस प्रकार हम अपने मन को किसी विशेष स्थान पर दिखा नहीं सकते।

अब वापस स्मरण शक्ति पर आते हैं। आप जहाँ बैठे हैं, उससे मीलों दूर एक पेड़ से पत्ता गिरता है। आपको यह घटना याद भी नहीं रहेगी क्योंकि इस घटना का आपने अनुभव नहीं किया है और न ही यह घटना आपके लिए महत्वपूर्ण है। हालाँकि, हमारा दिमाग इतनी घटनाओं को दर्ज करता है, जिसकी हम कल्पना तक नहीं कर सकते।

अभी, इस समय यह पुस्तक पढ़ते हुए भी आप कई सारे अनुभव ले रहे हैं, जिनके बारे में आप कुछ नहीं जानते। आप इतनी एकाग्रता से पुस्तक पढ़ रहे हैं कि उन अनुभवों से आप अनजान हैं। जैसे, आपके आसपास की महक और आवाजें... आँखों के कोनों से दिखाई देनेवाले दृश्य... आपके पैरों का जूता, जो शायद बहुत तंग है और आपको काट रहा है... कुर्सी पर बैठे होने का एहसास... और कमरे का तापमान... इन सब अनुभवों का कोई अंत नहीं है। ये सभी संवेदनाएँ हमें महसूस होती हैं, मगर इनके बारे में हम सजग नहीं होते। यह बात आपको विरोधाभासी भी लग सकती है। मगर साधारण चेतनालोप (General anesthesia) किए हुए एक स्त्री के उदाहरण से इस बात को विस्तार से समझें।

चेतनालोप का एक उदाहरण

अपनी गर्भावस्था के दौरान यह महिला डॉक्टर के पास गई और कुछ ही समय में उसकी डॉक्टर के साथ अच्छी दोस्ती हो गई। डॉक्टर के प्रति उस महिला का रवैया दोस्ताना और विश्वास से भरपूर था। डिलीवरी के समय उस महिला को इंजेक्शन देकर बेहोश किया गया। कुछ ही समय बाद उस महिला ने एक स्वस्थ बालक को जन्म दिया। डिलीवरी के कुछ समय उपरांत वह महिला होश में आई। मगर, जब

डॉक्टर उस महिला से मिलने गया, तब वह उनसे बहुत ही रूखे ढंग से पेश आई। उस समय डॉक्टर के प्रति उस महिला का बरताव बहुत ही अजीब था। वह महिला भी अपने बदले हुए स्वभाव को महसूस कर रही थी। लेकिन दोनों को भी यह समझ में नहीं आ रहा था कि अचानक उसके स्वभाव में इतना परिवर्तन कैसे आया। वे दोनों ही इसकी वजह जानना चाहते थे इसलिए उन्होंने तय किया कि वे सम्मोहन यानी हिप्नोसिस के माध्यम से अचानक आनेवाले इस बदलाव को जानने की कोशिश करेंगे।

हिप्नोसिस के दौरान उस महिला को समय वापसी (Time regression) की प्रक्रिया से गुज़ारा गया यानी उसे उन सभी अनुभवों को याद कराया गया जो डॉक्टर के साथ जुड़े थे। इस प्रक्रिया में उन्हें बहुत आगे तक नहीं जाना पड़ा। एक दिन सम्मोहन के दौरान ही उस महिला को डिलीवरी कक्ष में, बेहोशी की अवस्था में, उसके आस-पास उसे क्या सुनाई दे रहा था, वह सब याद आ गया। जैसे, उस समय उसे याद आया कि जब वह डिलीवरी कक्ष में थी तो डॉक्टर और नर्सों के बीच क्या बात हुई। उस समय डॉक्टर और नर्सों ने उसके बारे में मज़ाकिया बातें कीं और कभी-कभी उसकी धीमी डिलीवरी को लेकर परेशानी भी जताई। उस दौरान उनके लिए यह महिला केवल एक वस्तु की भाँति थी और वे उसके बारे में कुछ भी बोलने के लिए स्वतंत्र थे। बातचीत के दौरान डॉक्टर और नर्सों के लिए उस महिला की भावनाओं का कोई मोल नहीं था। वे तो उसे बेसुध मान रहे थे।

मेरा सवाल यह है कि 'क्या वाकई में हम कभी बेसुध हो सकते हैं?' भले ही हम अपने अनुभव को याद कर सकें या नहीं, पर ये हमेशा हमारे दिमाग में कहीं न कहीं दर्ज होते रहते हैं।

क्या इसका अर्थ यह हुआ कि आप जो मेमोरी तकनीकें सीखने जा रहे हैं, उनके जरिए आप दस साल बाद भी इस पन्ने का नंबर याद कर सकेंगे? हो सकता है कि आपने इस पर गौर न किया हो; पर यह कहीं न कहीं आपकी स्मृति में दर्ज हो गया है। शायद यह आपके लिए कोई अहमियत न रखता हो पर इसके होने से आप इंकार तो नहीं कर सकते।

पर क्या आप उस खूबसूरत इंसान का नाम याद कर सकते हैं, जिससे आपकी पिछले सप्ताह डिनर पर भेंट हुई थी? जब आपने पहली बार उसका नाम सुना था, तो यह भी अपने आपमें एक घटना थी। अब उस घटना को फिर से याद करने के

लिए, उस घटना से संबंधित सारी बातें आपको अपनी मन की काल्पनिक स्क्रीन पर फिर से निर्माण करनी होंगी। ऐसा करने पर कुछ ही समय में आपको वह नाम फिर से सुनाई देगा।

तीन अंगुलिसयों की तकनीक

अब आप जहाँ हैं वहाँ सहज होकर बैठें और अपने स्तर पर जाएँ, स्क्रीन का निर्माण करें और उस घटना को होते हुए महसूस करें। अपने मन की काल्पनिक स्क्रीन पर उस दृश्य को फिर से रचें और उस घटना का अनुभव करें। इस पूरी प्रक्रिया में पंद्रह से बीस मिनट लगेंगे। हमारे पास एक और उपाय है। इसे आप आपतकालीन उपाय भी कह सकते हैं, यह आपको तुरंत मन के उस स्तर तक ले जाएगा, जहाँ से आपके लिए इस सूचना को याद करना सहज होगा।

इस पद्धति में एक छोटा सा ट्रिगर तंत्र (Triggering mechanism) शामिल है। जब आप सही मायनों में इस तंत्र को आत्मसात करते हैं, तब इसके बार-बार प्रयोग करने से आपके लिए उसकी उपयोगिता बढ़ती है। मगर इस ट्रिगर तंत्र को आत्मसात करने के लिए आपको कई ध्यान सत्रों की आवश्यकता होगी। ध्यान के साथ इसे समझना आसान होता है। अपने एक हाथ के अंगूठे और पहली दो अंगुलियों को आपस में जोड़ें। ऐसा करते ही, तुरंत आपका मन एक गहरे स्तर तक जाने के लिए तैयार हो जाएगा। अगर आप अभी इसे आज़माकर देखना चाहते हैं तो ऐसे परिणाम नहीं मिलेंगे, जैसे बताए गए हैं क्योंकि अभी यह ट्रिगर तंत्र नहीं बना है। इसके लिए आपको अभ्यास करना होगा। उसके लिए सबसे पहले आप अपने स्तर पर जाएँ और खुद को बताएँ (मन ही मन या ज़ोर से दोहराकर), 'जब भी मैं अपनी अंगुलियों को इस तरह जोड़ता हूँ – अब उन्हें जोड़ दें – एक गंभीर उद्देश्य के लिए इस प्रकार अपनी अंगुलियों को जोड़ते ही मैं मन के उस स्तर तक आ जाऊँगा, जहाँ मैं अपनी मनचाही इच्छा पूरी कर सकूँगा।'

इन शब्दों को कम से कम एक सप्ताह तक प्रतिदिन दोहराएँ। जल्द ही ऐसा होगा कि जैसे ही आप अंगूठे और अंगुलियों को आपस में जोड़ेंगे तो आपका मन ध्यान के एक गहरे स्तर तक आ जाएगा। फिर, एक दिन आप कुछ याद करना चाहेंगे, जैसे किसी का नाम, जो लाख कोशिशों के बाद भी याद नहीं आ रहा होगा। अब ज़रा सहज होकर, खुद को यह एहसास दिलाएँ कि आपके पास एक ट्रिगर तंत्र है, जो आपको वह नाम याद दिला सकता है।

काल्पनिक स्क्रीन की तकनीक से हुआ बच्चों को लाभ

डॅनवर संयुक्त राज्य, यह अमेरिका के कोलोरैडो राज्य की राजधानी और वहाँ का सबसे बड़ा शहर है। इस शहर के एक बड़े स्कूल में चौथी कक्षा की एक टीचर ने बच्चों को स्पैलिंग याद करवाने के लिए मन की काल्पनिक स्क्रीन और तीन अंगुलियोंवाली तकनीक की मदद ली। इसके जरिए बच्चों को एक सप्ताह में बीस शब्द याद करवाए गए। लेकिन इस बात की जाँच करने के लिए, उन्होंने बच्चों से एक-एक शब्द नहीं पूछा बल्कि बच्चों से कहा कि वे पूरे सप्ताह के दौरान याद करवाए गए सारे शब्दों को अपने नोटबुक में लिखें। बच्चों ने अपने मन की काल्पनिक स्क्रीन पर अपनी टीचर को देखा, जो उन्हें अंगूठे और अंगुलियों को जोड़ते हुए शब्द को याद करने की कला सिखा रही थी। इस प्रकार बच्चों ने स्पैलिंग के साथ सारे शब्दों को याद किया। टीचर ने कहा कि 'कुछ बच्चों ने बड़ी फुर्ती से टेस्ट पूरा किया और कुछ धीमी गतिवालों को भी सारे शब्द लिखने में केवल पंद्रह मिनट का समय लगा।'

टीचर ने उसी तकनीक की मदद से, बच्चों को बारह तक पहाड़े भी याद करवा दिए। नवंबर माह तक बच्चे पहाड़े याद कर चुके थे, जबकि आमतौर पर ऐसा करने में उन्हें कक्षा का पूरा साल लगा करता था।

पिछले अध्याय में, टैक्सी चलानेवाले कॉलेज छात्र, टिम मास्टर्स का जिक्र किया गया था। उसका कहना था कि जब भी उसे यात्रियों को लेकर आसपास के किसी ऐसे शहर में जाना होता, जहाँ वह बहुत समय पहले कभी जा चुका था और उसे निश्चित स्थान का पता याद नहीं आता था, तो वह अकसर इसी तकनीक की मदद लेता। टीम के ग्राहक जान भी नहीं पाते थे, निकलने से पहले उसने कब ध्यान किया। वह अपनी तीन अंगुलियाँ जोड़कर, कुछ क्षणों में रास्ता याद कर लेता था।

न्यूयॉर्क इंस्टीट्यूट ऑफ टैक्नोलॉजी में पढ़ाई करनेवाला टिम, माइंड कंट्रोल की कक्षा में आने से पहले केवल एक विषय को छोड़कर, हर विषय में B ग्रेड ही पाता था। अब टिम का कहना है, 'मैं पहले से कहीं बेहतर पढ़ने लगा हूँ। अब मेरे पास सिर्फ एक विषय को छोड़कर हर विषय में A ग्रेड है।' अब पढ़ाई करते समय वह स्पीड लर्निंग (जलद गति से अध्ययन) करता है। इसके बारे में हम अगले अध्याय में विस्तार से जानेंगे। वह अकसर अपनी परीक्षाओं के दौरान अंगूठे और पहली दो अंगुलियों को आपस में जोड़कर, मन के गहरे स्तर तक उतरने के लिए तकनीक

की मदद लेता है।

     इस तीन अंगुलियोंवाली तकनीक के और भी कई लाभ हैं और हमने कई तरह से इस तकनीक का प्रयोग किया है, जिसके बारे में आपको आगे बताया जाएगा। इसे सदियों से दूसरे ध्यान से संबंधित अभ्यासों से भी जोड़ा जाता रहा है। अगली बार जब भी आप किसी ध्यान मुद्रा में बैठे हुए योगी का चित्र या प्रतिमा देखें तो आप पाएँगे कि उसके हाथ की तीन अंगुलियाँ भी इसी तरह जुड़ी हुई हैं।

6
स्पीड लर्निंग

पिछले अध्याय में बताई गई स्मरण शक्ति संबंधी तकनीकों को सीखने के बाद, अब आप अगले स्तर पर जाने के लिए तैयार हैं। अगला स्तर है – 'स्पीड लर्निंग यानी तेज़ी से सीखना।'

आपकी प्रगति कुछ इस तरह होगी

सबसे पहले आप अपने ध्यान के स्तर में उतरना सीखेंगे; फिर उस स्तर पर मन की एक काल्पनिक स्क्रीन तैयार करेंगे, जो अनेक प्रकार से उपयोगी होगी, जैसे किसी चीज़ की जानकारी याद करना। फिर एक शॉर्टकट के तौर पर, आप बाकी सभी तकनीकों के अलावा तीन अंगुलियोंवाली तकनीक भी सीखेंगे ताकि किसी भी चीज़ के बारे में जल्द से जल्द याद किया जा सके। यह सीखने के बाद आपको नए तरीकों से नई-नई जानकारियाँ पाने के लिए तैयार रहना होगा, इस तरह आपके लिए सब कुछ याद रखना और भी आसान हो जाएगा। यह बात भी बहुत अहमियत रखती है कि इस तरह सीखना न केवल कई सारी बातों को याद रखने में सहायक होगा बल्कि आपने जो भी सीखा, उसकी गति और समझ, दोनों को बढ़ाने में भी मदद मिलेगी।

सीखने की दो तकनीकें हैं। हम पहले साधारण तकनीक से शुरुआत करते हैं। हालाँकि, इस साधारण तकनीक को भी आसान

नहीं कहा जा सकता।

तीन अंगुलियोंवाली तकनीक में एक बार माहिर होने के बाद आप आसानी से अपने स्तर तक आकर, उसी समय अपने कार्य को अंजाम दे सकते हैं। इसे आप किताब पढ़ते हुए या लेक्चर सुनते हुए भी प्रयोग में ला सकते हैं। इस तरह आपकी एकाग्रता में सुधार होगा और आपके मन में सूचना या जानकारी गहराई से दर्ज होगी। इसके बाद, आप बीटा अवस्था में वह जानकारी आसानी से याद कर सकेंगे और अल्फा अवस्था में आने के बाद जानकारी याद करना बीटा अवस्था से भी आसान होगा। तीन अंगुलियोंवाली तकनीक के साथ परीक्षा देनेवाले छात्र को ऐसा महसूस हो सकता है, मानो उसकी किताब उसके सामने खुली रखी है। परीक्षा देते समय भी वह महीनों पहले कक्षा में सुने हुए पाठ को फिर से ज्यों का त्यों सुन सकता है, जैसा उस समय उसके अध्यापक ने पढ़ाया होगा।

दूसरी तकनीक इतनी साधारण नहीं है पर अगर आपने माइंड कंट्रोल में इसका अभ्यास किया है तो आप इसके लिए भी तैयार होंगे। इस दूसरी तकनीक में अल्फा स्तर पर सीखना असरदार होगा और बीटा स्तर पर वह सीखा हुआ ज्ञान अधिक प्रबल (पक्का) किया जा सकता है। इसके लिए आपको एक टेपरिकॉर्डर की ज़रूरत होगी।

मान लेते हैं कि आपको एक कठिन अध्याय याद करना है। आपको इसे केवल याद ही नहीं करना बल्कि इसे समझना भी है। पहले चरण में, अल्फा में न जाते हुए, बाहरी जागृति यानी बीटा अवस्था में ही रहें। इस अध्याय को ज़ोर से पढ़कर टेपरिकॉर्डर में रिकॉर्ड कर लें। अब अपने स्तर पर जाएँ और रिकॉर्ड किया हुआ वह अध्याय फिर से सुनें। अपनी ही आवाज़ में यह अध्याय सुनते समय पूरी तरह से एकाग्र हो जाएँ।

अब मैं आपको बताता हूँ कि माइंड कंट्रोल की आरंभिक अवस्था में क्या होता है। जिस टेपरिकॉर्डर में आपने वह अध्याय अपनी आवाज़ में रिकॉर्ड किया है, यदि आपने उसका अधिक उपयोग नहीं किया है या उस टेपरिकॉर्डर के बारे में आपको ज़्यादा जानकारी नहीं है तो प्लेबैक का बटन दबाते ही आप अचानक बीटा अवस्था में जा सकते हैं। हो सकता है कि उस टेप की आवाज़ से आपको वापस अल्फा अवस्था में जाना कठिन हो रहा हो। जब तक आप वापस लौटेंगे, तब शायद उस अध्याय का कुछ भाग या पूरा अध्याय ही आप छोड़ चुके होंगे। लेकिन निरंतर

अभ्यास करते-करते यह समस्या कम होती जाएगी। इसके लिए आपको कुछ उपाय दिए जा रहे हैं :

बटन पर अपनी अंगुली रखने के बाद ही अपने स्तर तक जाएँ। इस तरह आपको अपनी आँखें खोलकर बटन नहीं खोजना होगा। किसी ऐसे इंसान की सहायता लें, जो आपके इशारा करने पर प्लेबैक का बटन दबाएगा।

अल्फा में पुन: वापसी के लिए तीन अंगुलियोंवाली तकनीक का प्रयोग करें।

दरअसल यह समस्या उतनी गंभीर नहीं है, जितनी दिखाई दे रही है। यह आपकी प्रगति का संकेत भी हो सकती है। निरंतर अभ्यास करके आप इसमें निपुण होते जाएँगे और फिर आपको अल्फा अवस्था में कुछ अलग सा महसूस होगा। यह आपको बीटा अवस्था जैसा ही लगने लगेगा क्योंकि आप इसे सजग रहते हुए उपयोग में लाना सीख रहे होंगे।

अल्फा अवस्था के दौरान मानसिक स्तर पर पूरी तरह से सजग और जागरूक रहना, यह माइंड कंट्रोल का विशेष लक्षण है।

जब आप प्रगति कर रहे हों और खुद को अल्फा अवस्था में महसूस कर रहे हों, तो इसका अर्थ है कि आप गहरे स्तर तक यानी शायद थीटा अवस्था में जा रहे हैं। माइंड कंट्रोल कक्षाओं में मैंने अकसर छात्रों को आँखें खुली रखते हुए, गहरी अवस्था में प्रभावी रूप से कार्य करते हुए देखा है। इस अवस्था में वे पूरी तरह से जागृत होते हैं... जैसे अभी आप हैं, वैसे ही... वे एक-दूसरे से बातचीत करते हैं... सवाल-जवाब पूछते रहते हैं... और चुटकुले भी सुनाते हैं।

अब वापस आपकी टेप रिकॉर्डिंग की बात पर आते हैं। उसका अधिक उपयोग होने के लिए कुछ समय बीतने दें, हो सके तो कई दिन बीतने दें। अब बीटा अवस्था में जाकर रिकॉर्ड किया हुआ अध्याय फिर से एक बार पढ़ें और अल्फा अवस्था में उसे सुनें। ऐसा करने से वह अध्याय आपके मन में दृढ़ (पक्का) हो जाएगा। इस पुस्तक के ज़रिए माइंड कंट्रोल का प्रशिक्षण लेते हुए आपके साथ अन्य भी कुछ लोग होंगे। समय बचाने के लिए आप सभी को एक-एक अध्याय टेपरिकॉर्डर में रिकॉर्ड करने के लिए कह सकते हैं और एक-दूसरे को उस रिकॉर्ड किए हुए टेप का आदान-प्रदान भी कर सकते हैं। यह तरीका कारगर हो सकता है। हालाँकि, अगर आप अपनी ही आवाज़वाली टेप सुनते हैं, तो वह आपके लिए ज़्यादा फायदेमंद होगी।

कई क्षेत्रों में माइंड कंट्रोल के छात्रों की स्पीड लर्निंग और तीन अंगुलियोंवाली तकनीक से बहुमूल्य समय की बचत हुई है। जैसे बिक्री (विशेषकर बीमा), शैक्षिक अध्ययन, शिक्षण, कानून और अभिनय जैसे क्षेत्र। इस तकनीक से हुए लाभ के कुछ उदाहरण इस प्रकार हैं–

1) एक सफल कैनेडियन जीवन बीमा एजेंट को अब अपने सारे ग्राहकों के लिए आँकड़ों से भरे दस्तावेज़ बैग में रखकर नहीं ले जाने पड़ते। वह बड़ी आसानी से उनकी जायदाद और टैक्स संबंधी सवालों के जवाब देता है। उसे वे सारे तथ्य मुँह जुबानी याद हैं। जिसका श्रेय वह तीन अंगुलियोंवाली तकनीक और स्पीड लर्निंग को देता है।

2) डेट्रॉइट (संयुक्त राज्य अमेरिका का एक महानगर) के एक वकील ने ज्यूरी के सामने एक बेहद कठिन केस को लाने से पहले, उसके सारे तथ्यों को इसी तकनीक से याद कर लिया। सबसे पहले उसने अपनी पूरी बात को टेपरिकॉर्डर में रिकॉर्ड किया और कोर्ट में जाने से पहली रात को ही उसने अल्फा अवस्था में जाकर वह रिकॉर्ड की हुई टेप सुनी। दूसरे दिन सुबह फिर से एक बार उसने वह टेप सुनी। कोर्ट में वह बड़े आत्मविश्वास के साथ जज के सामने खड़ा हुआ और उनकी आँखों में आँखें डालते हुए अपनी बात कहनी आरंभ की। नतीजन, वह अपने नोट्स के बिना भी कहीं बेहतर और प्रभावी तरीके से अपनी बात कह सका और किसी ने ध्यान ही नहीं दिया कि उसने अपने बाईं हाथ की तीन अंगुलियों से क्या किया था।

3) न्यूयॉर्क के नाइट क्लब का एक कॉमेडियन रोज अपनी दिनचर्या बदलता है। वह न्यूज पर कमेंट करता है। अपने शो से बीस मिनट पहले, वह अपना रिकॉर्ड किया हुआ टेप सुनता है और उसके बाद बीस मिनट के हास्य से भरपूर शो के लिए तैयार हो जाता है। 'पहले मैं इस उम्मीद से अपनी अंगुलियों को मोड़ता था कि शो अच्छा रहे पर अब मैं जानता हूँ कि तीन अंगुलियोंवाली तकनीक अपनाने के बाद क्या होनेवाला है – मेरे श्रोता भरपूर हँसनेवाले हैं।'

छात्रों के लिए स्पीड लर्निंग और तीन अंगुलियोंवाली तकनीक आदर्श तकनीक है। शायद यही वजह है कि आज माइंड कंट्रोल को 24 कॉलेजों और विश्वविद्यालयों, 16 हाई स्कूल और 8 ग्रेड स्कूलों में पढ़ाया जाता है। हमें इन तकनीकों के लिए जोस सिल्वा को धन्यवाद देना होगा क्योंकि इनकी मदद से हज़ारों छात्र कम पढ़ाई करते हुए भी बहुत अधिक सीख रहे हैं।

7
रचनात्मक निद्रा

सपने देखते समय हम कितने मुक्त होते हैं! समय की पाबंदी, स्थान की सीमा, तर्क के नियम, विवेक की बाधाएँ आदि सब खत्म हो जाते हैं और हम अपनी ही अस्थाई रचना के स्वामी बन जाते हैं। क्योंकि हम जिसकी रचना करते हैं, वह हमारी विशेष निर्मिति होती है। मनोविश्लेषण के प्रवर्तक सिग्मंड फ्रायड ने भी अपने सपनों को बहुत महत्वपूर्ण माना है। अगर आप किसी के सपनों को समझ लें, तो आप उस इंसान को भी समझ सकते हैं।

माइंड कंट्रोल में हम भी सपनों को गंभीरता से लेते हैं पर यह ज़रा अलग ढंग से होता है क्योंकि इस प्रशिक्षण में हमने अपने मन का उपयोग अलग-अलग तरीकों से करना सीखा है। फ्रायड उन सपनों की बात करते हैं, जिन्हें हम अनायास ही रच लेते हैं। माइंड कंट्रोल में इस प्रकार सोचा नहीं जाता। इसके स्थान पर हमारी दिलचस्पी ऐसे सपनों को रचने में हैं, जिनसे कुछ विशेष समस्याओं को हल किया जा सके। सपनों का विषय हम पहले से ही तय कर लेते हैं इसलिए हम उनकी व्याख्या भी अलग तरह से करते हैं - जिससे शानदार नतीजे हमें मिलते हैं। हालाँकि, इस तरीके से अनायास सपने देखने का अनुभव सीमित हो जाता है लेकिन इससे हमें एक तरह की

आज़ादी भी मिलती है, जिससे अपने जीवन पर हमारा नियंत्रण बढ़ जाता है।

जब हम अपनी मानसिकता यानी अपने मन में छिपी बातों को जानने और समझने के लिए पहले से प्रोग्राम किए हुए सपने की व्याख्या करते हैं, तो हमें अपनी रोज़मर्रा के जीवन की समस्याओं के हल भी मिल जाते हैं।

यहाँ हम सपनों को वश में करने के तीन उपाय सीखेंगे। इन तीनों उपायों के लिए मन की ध्यान अवस्था महत्त्वपूर्ण होती है।

पहला उपाय – सपनों को याद कैसे करें

पहला उपाय है, अपने सपनों को याद करना सीखना। बहुत से लोग कहते हैं कि 'हम तो सपने देखते ही नहीं हैं या हमें सपने आते ही नहीं हैं।' पर यह सच नहीं है। दरअसल हम सब सपने देखते हैं, बस फर्क इतना है कि किसी को अपने सपने याद रहते हैं और किसी को नहीं। अगर हमसे सपने देखने की क्षमता छीन ली जाए, तो कुछ ही दिनों में हमें कई तरह की मानसिक और भावनात्मक समस्याओं का सामना करना पड़ेगा।

मेरे सपने का अनुभव

सन 1949 में मैंने अपने जीवन की समस्याओं को सुलझाने के लिए सपनों की संभावित उपयोगिता पर खोज करना आरंभ किया। उस समय मुझे पता नहीं था कि इस खोज से निश्चित कौन सा परिणाम मेरे सामने आएगा। मैंने भी हर किसी की तरह यही सुन रखा था कि सपनों में कई बार कुछ महत्वपूर्ण बातों के संकेत मिल जाते हैं। जूलियस सीज़र नामक एक रोमन राजनीतिज्ञ को अपने मरने का पूर्वाभास सपने में ही हुआ था। लिंकन को भी अपनी हत्या का संकेत सपने से ही मिला था। लेकिन अगर ये सभी सपने संयोग मात्र थे, तो इसका अर्थ यही था कि मैं बेवजह अपना समय बरबाद कर रहा था।

एक समय तो मुझे वाकई ऐसा लगने लगा कि मैं सचमुच अपना समय नष्ट कर रहा हूँ। मैं करीब चार साल से सिग्मंड फ्रायड, अल्फ्रेड एडलर और कार्ल युंग जैसे मनोविज्ञानियों को पढ़ता आ रहा था और ऐसा लगने लगा था कि मैं जितना पढ़ रहा हूँ, उतना ही कम जानता हूँ। रात को दो बजे के करीब मैंने किताब को एक ओर रखा और बिस्तर की ओर चल दिया। मैं ऐसी निरर्थक चीज़ों पर अपना और समय बरबाद नहीं करना चाहता था, जिन पर ये दिग्गज आपस में ही सहमत नहीं

थे। मैंने तय किया कि अब मैं अपने इलैक्ट्रोनिक्स के व्यवसाय पर ध्यान दूँगा। मैं लगातार अपने काम की उपेक्षा करता आ रहा था और अब पैसे की कमी महसूस होने लगी थी।

दो घंटे बाद, एक सपने से अचानक मेरी नींद खुल गई। यह अधिकतर सपनों की एक श्रृंखला नहीं थी, बस एक रोशनी थी। इस सपने में मैंने सूरज की सुंदर सुनहरी रोशनी देखी और जब उठा तो कमरे में काला अंधेरा दिखाई दिया। मैंने आँखे बंद कीं तो चारों ओर फिर से वह सुनहरी रोशनी दिखाई दी और आँखें खोलीं तो अंधेरा दिखने लगा। मैंने फिर से अपनी आँखें बंद कीं... कुछ समय बाद आँखें खोलीं, मैंने ऐसा एक-दो बार दोहराया। हर बार आँखें खोलते ही अंधेरा और बंद करते ही सुनहरी रोशनी नज़र आई। जब मैंने तीसरी बार अपनी आँखें बंद कीं, तो मुझे एक नंबर दिखाई दिया : 3-4-3। फिर कुछ अंकों का एक और सेट दिखा : 3-7-3। इसके बाद फिर से पहले अंकों का सेट दिखा और एक बार फिर दूसरे अंकों का सेट दिखाई दिया।

उस समय मुझे इन अंकों से ज़्यादा उस रोशनी में दिलचस्पी थी, जो धीरे-धीरे बुझती जा रही थी। उस समय मुझे ऐसा लगा, मानो बिजली के बल्ब की तरह एक ही पल में मेरा जीवन भी समाप्त हो जाएगा। जब अचानक मुझे यह एहसास हुआ कि मैं मरने नहीं वाला, तो मैं उस रोशनी को दोबारा पाना चाहता था। इसके लिए मैंने अपना साँस लेने का तरीका बदला, मानसिक स्तर और लेटने की मुद्रा बदली पर कुछ नहीं हुआ और देखते ही देखते केवल पाँच मिनट में ही वह रोशनी बुझ गई।

उन अंकों का कोई तो महत्त्व था। मैं रात को लेटे-लेटे टेलीफोन के नंबर, घरों के पते और लाइसेंस नंबर वगैरह याद करने की कोशिश करता रहा - कुछ ऐसा जो उन अंकों को एक अर्थ दे सके।

आज मेरे पास अपने सपनों के सारे अर्थ जानने का एक प्रभावी तरीका है, पर उन दिनों, मैं अपनी खोज की आरंभिक अवस्था में था। अगले दिन मैं दो घंटे की अधूरी नींद के साथ उन अंकों को ऐसी चीज़ों से जोड़ने की कोशिश में लगा रहा, जिन्हें मैं पहले से जानता था।

अब मैं कुछ ऐसे संयोगों के बारे में बताना चाहूँगा, जो इस पहेली को सुलझाने में सहायक साबित हुए और आखिरकार माइंड कंट्रोल कोर्स का एक महत्वपूर्ण हिस्सा बन गए।

मैं अपनी इलैक्ट्रोनिक्स की दुकान बंद करने ही वाला था कि मेरे एक दोस्त ने आकर कॉफी के लिए चलने का सुझाव दिया। मेरे हामी भरने के बाद वह दुकान बंद करने की प्रतीक्षा करने लगा। तभी मेरी पत्नी ने आकर कहा, 'तुम जा ही रहे हो, तो मैक्सिकन साइड भी चले जाना और मेरे लिए रबिंग अल्कोहल* ले आना।' वहाँ पुल के पास ही एक शॉप है, जहाँ यह सस्ता मिलता है।

रास्ते में, मैंने दोस्त को अपने अंकों वाले सपने के बारे में बताया और उसी दौरान मेरे दिमाग में खयाल आया, 'हो सकता है कि वह कोई लॉटरी का नंबर हो।' हम मैक्सिकन लॉटरी के मुख्यालय के सामने से गुज़रे। मगर तब तक वह लॉटरी सेंटर बंद होने का समय हो चुका था। मुझे लगा कि शायद मेरा अंदाजा गलत है। अतः हम अगले चौक में रबिंग अल्कोहल खरीदने चले गए।

सेल्समैन मुझे सामान दे ही रहा था कि उस शॉप के दूसरे हिस्से में खड़े मेरे दोस्त ने मुझसे पूछा, 'तुम कौन-सा नंबर देख रहे थे?' मैंने बताया, '3-4-3, 3-7-3।'

उसने कहा, 'जरा यहाँ आकर देखो।'

मैं वहाँ पहुँचा तो देखा कि वहाँ एक आधा टिकट था, जिस पर 3-4-3 लिखा हुआ था।

पूरे मैक्सिको रिपब्लिक में, इस छोटे से शॉप की तरह हज़ारों दुकानदारों को हर महीने पहले तीन अंकों के साथ कुछ लॉटरी टिकट मिलते थे। पूरे देश में यह केवल एक ही शॉप था, जिसने 3-4-3 नंबर बेचा था और यह मैक्सिको सिटी में बेचा गया था।

मैंने जीवन में पहली बार लॉटरी का टिकट खरीदा। कुछ ही सप्ताह बाद मुझे पता चला कि लॉटरी के आधे हिस्से से मैंने दस हजार डॉलर जीत लिए हैं। मुझे उस समय इन पैसों की बहुत ज़रूरत थी। सही समय पर पैसे मिलने से मैं बहुत खुश था। पैसे के रूप में मिले इस उपहार को मैं ध्यान से देख रहा था, तब मुझे यह महसूस हुआ कि इस उपहार से भी ज़्यादा बड़ी बात यह थी कि मेरी खोज सही दिशा की ओर बढ़ रहा थी। मेरी खोज के लिए यह घटना एक ठोस आधार थी। मैंने किसी

---

*शल्यक स्पिरीट-त्वचा आदि साफ करने के लिए प्रयोग किया जाता है जिससे बॉक्टेरिया न हो

तरह उस परम प्रज्ञा (उच्च बुद्धिमत्ता) से संपर्क साधना सीख लिया था। हो सकता है कि मैंने पहले भी ऐसा किया हो, मगर उस समय मुझे पता नहीं चला। इस बार मुझे पता है कि मैं उस उच्च बुद्धिमत्ता के संपर्क में हूँ।

जरा सोचें कि मेरे साथ यह सब कैसे संभव हुआ। एक निराशा के पल में मैंने सपने में रोशनी देखी और कुछ अंक मेरे सामने आए... मन में आया कि मुझे उन अंकों को याद रखना चाहिए... फिर दोस्त कॉफी के लिए बुलाने आया और थकान के बावजूद मैं उसके साथ चल दिया... ठीक उसी समय मेरी पत्नी ने मुझसे एक शॉप से रबिंग अल्कोहल मँगवाई... जिसके चलते मैं उस शॉप में पहुँचा, जहाँ वह लॉटरी का टिकट बेचा जा रहा था...।

जिन्हें ये सारी बातें केवल संयोग लगती हैं, उन्हें इनकी सच्चाई समझाना भी मुश्किल है। आगे माइंड कंट्रोल के चार अमेरिकी छात्रों ने मेरी सिखाई अलग-अलग तकनीकों की मदद से लॉटरी जीतीं, जिनका विवरण इस प्रकार है। इलिनोइस के रॉकफोर्ड शहर की रेजीना एम. फॉरनेकर और शिकागो के डेविड सिकिच, जिन्होंने 3-3 लाख डॉलर की लॉटरी जीती; इनके अलावा शिकागो के फ्रांसेस मोरोनी और न्यूयॉर्क के जॉन लेमिंग, जिन्होंने 50-50 हजार डॉलर की लॉटरी जीती।

हमें माइंड कंट्रोल में 'संयोग' शब्द से कोई आपत्ति नहीं है। हमारे लिए इस शब्द के मायने बिलकुल अलग हैं। जब भी कोई ऐसी घटना घटती है, जिसके बारे में कुछ कहा नहीं जा सकता और अगर वह किसी रचनात्मक नतीजे पर पहुँच जाती है तो हम इसे 'संयोग' कहते हैं। अगर नतीजे विनाशाकारी हों, तो हम इसे 'दुर्घटना' कहते हैं। माइंड कंट्रोल में हम, संयोग कैसे निर्माण करने हैं, यह सीखते हैं। लेकिन इसमें हम 'मात्र एक संयोग' इस शब्द का उपयोग नहीं करते।

मेरे लॉटरी जीतने के सपने ने मुझे यकीन दिलाया कि कोई न कोई ऐसी उच्च प्रज्ञा ज़रूर है और मुझसे संपर्क करने की क्षमता उसमें है। जब मैं नींद में था और अपने जीवन के कार्यों को लेकर परेशान था, उस समय उस उच्च प्रज्ञा ने मुझसे संपर्क किया। हज़ारों लोगों को उनके जीवन की निराशा या समस्याओं के दौरान, या अपने जीवन के कठिन दौर में, असाधारण तरीकों से उनके सपनों द्वारा कई तरह की सूचनाएँ और जानकारियाँ प्राप्त हुईं। ऐसे कई सपनों का वर्णन बाइबिल में भी किया गया है। हालाँकि, उस समय मेरे साथ जो हुआ, वह सब किसी करिश्मे से कम नहीं था।

अपने अध्ययन के दौरान मैंने यह पढ़ा कि सिग्मंड फ्रायड के अनुसार नींद की अवस्था टैलीपैथी के लिए सबसे अनुकूल दशा है। यदि मैं अपने सपनों के बारे में सोचता हूँ, तो यही कहूँगा कि उच्च प्रज्ञा से जानकारी हासिल करने के लिए नींद एक पोषक वातावरण तैयार करती है। फिर मैं यह सोचने लगा कि क्या इतना सब होने पर भी हाथ पर हाथ रखकर बैठना होगा और यह प्रतीक्षा करनी होगी कि कोई हमें फोन करेगा? क्या हम स्वयं उस महान प्रज्ञा से संपर्क साधने के लिए कोई नंबर डायल नहीं कर सकते? क्या हम अपनी ओर से पहल नहीं कर सकते? एक धार्मिक इंसान होने के नाते, मैंने सोचा कि 'अगर हम प्रार्थना के माध्यम से ईश्वर से संपर्क कर सकते हैं, तो उस महान प्रज्ञा तक जाने का भी कोई न कोई रास्ता अवश्य निकाला जा सकता है और स्वयं को उससे जोड़ा जा सकता है।' आप इस पुस्तक के पंद्रहवें अध्याय में इस विषय पर विस्तार से पढ़ेंगे, जिसमें मैंने परमात्मा और उच्च प्रज्ञा के अलावा और भी कई बातों पर अपने विचार रखे हैं।

मेरे प्रयोगों से यह स्पष्ट हुआ कि हम कई तरीकों से उस महान प्रज्ञा से संपर्क कर सकते हैं। इन्हीं में से एक है, 'अपने सपनों को वश में करना।' यह बहुत सरल है और आप इसे आसानी से सीख सकते हैं।

अपने सपनों को वश में करना

अपने सपनों को याद रखने के लिए आप सुनहरी रोशनियों के भरोसे नहीं रह सकते। पर अगर आप स्वयं को प्रोग्राम कर लें तो इसका सामूहिक असर उस समय आपके काम आ सकता है, जब आप सपने को याद करने के लिए अपने स्तर पर हों। रात को सोने से पहले, जब आप ध्यान करते हैं, तब उस समय अपने मन से कहें, 'नींद में मुझे आनेवाले सपने को मैं याद करना चाहता हूँ। मैं एक सपना याद रखूँगा।' सोने से पहले अपने सिरहाने कागज़ और पेन रखकर सोएँ। सुबह या रात में कभी भी आप नींद से जाग जाएँ तो अपने सपने को याद करके, उसे कागज़ पर लिख लें। हर रात यह अभ्यास करने पर कुछ ही दिनों में आप इस अभ्यास में माहिर हो जाएँगे। फिर आपको अपने सपने अधिक स्पष्टता से याद रहेंगे। जब आप अपने प्रयोगों में हुए सुधार से संतुष्ट हों, तो इसका अर्थ है कि आप दूसरे चरण के लिए तैयार हैं।

सोने से पहले ध्यान के समय पर, अपने जीवन की किसी ऐसी समस्या पर विचार करें, जिसे सूचना या सलाह की मदद से हल किया जा सकता है। आप वाकई

में उस समस्या का समाधान चाहते हैं, यह सुनिश्चित कर लें। अगर आप बेहूदा सवाल करेंगे, तो आपको बेहूदा जवाब ही मिलेंगे। अब स्वयं को इन शब्दों के साथ प्रोग्राम करें : मैं एक ऐसा सपना देखना चाहता/चाहती हूँ, जिसमें इस समस्या को हल करने के लिए आवश्यक सूचना या जानकारी दी गई हो। मैं ऐसा सपना देखकर उसे याद रखना और समझना चाहता हूँ/चाहती हूँ।'

जब आप सोकर उठें, तो उस सपने का विश्लेषण करें और उस सपने का अर्थ समझने की कोशिश करें।

समस्या को हल करनेवाले सपने

जैसा कि मैंने पहले भी कहा था कि सपनों का विश्लेषण करने का हमारा तरीका सिग्मंड फ्रायड के तरीके से अलग है क्योंकि हम जानबूझकर उन सपनों को रचते हैं। इसलिए अगर आपको फ्रायड द्वारा बताए गए सपनों के विश्लेषण का तरीका पता है, तो आपको माइंड कंट्रोल अभ्यास के दौरान उसे भूलना होगा।

ज़रा कल्पना करें कि सिग्मंड फ्रायड इस सपने के बारे में क्या कहते। एक इंसान सपने में देखता है कि एक वह जंगल में जंगली आदिवासी लोगों से घिरा हुआ था। वे लोग अपने हाथों में भाले लहराते हुए उसकी ओर ही आ रहे थे। उन सभी के भाले में एक छेद था। अचानक वह इंसान जागा, तो उस सपने में ही उसे अपनी समस्या का हल मिल गया। दरअसल वह इंसान उन दिनों सिलाई मशीन की खोज में लगा हुआ था। कपड़ों की सिलाई के लिए सुई में धागा कैसे डाला जाए, इसका जवाब उसे उस सपने में मिला। सपने द्वारा वह जान गया था कि अगर सुई के ऊपरी भाग में छेद करके धागा डाला जाए और फिर उसे कपड़े में भेदकर ऊपर-नीचे किया जाए, तो वह कपड़ा सिल सकती है। इस तरह भाले में दिखने वाले छेद ने उसकी समस्या हल कर दी। उस आदमी का नाम इलियस हॉवे था, जिसने व्यावहारिक तौर पर पहली सिलाई मशीन का आविष्कार किया।

सपनों को वश में करने का उदाहरण

एक माइंड कंट्रोल छात्र का दावा है कि सपनों को वश में करने से, वह अपनी जान बचाने में सफल रहा। वह अपनी बाइक पर सात दिन के दौरे पर जानेवाला था। दौरे पर निकलने से एक दिन पहले, उसने सपने में खुद को प्रोग्राम किया कि अगर उसकी यात्रा में कोई परेशानी आनी है, तो उसे पहले ही चेतावनी मिल जाए। इससे

पहले कि एक बड़े सफर में उसे कई सारी बाधाओं का सामना करना पड़े। अकसर लंबी यात्राओं में कुछ न कुछ होता ही रहता है, जैसे टायर पंक्चर होना, ईंधन में कचरा आ जाना या फिर जैसे पिछली बार उसकी यात्रा के दौरान अचानक बर्फ गिरने लगी थी।

उसने सपने में देखा कि वह एक दोस्त के घर पर था। उसे खाने में कच्ची स्ट्रिंग बीन्स परोसी गई थीं, जबकि बाकी सब लोग स्वादिष्ट व्यंजन खा रहे थे। उसे समझ में नहीं आ रहा था कि इसका मतलब क्या था? शायद उसे इस यात्रा में बीन्स नहीं खानी चाहिए... हालाँकि कच्ची स्ट्रिंग बीन्स खाने में कोई खतरा नहीं था मगर उसे वैसे भी कच्ची बीन्स पसंद नहीं थी। फिर और क्या अर्थ हो सकता है, वह सोच में पड़ गया। शायद उसे उसके दोस्त के घर में रहने का मौका नहीं मिलेगा। लेकिन उसकी दोस्ती तो पक्की थी और वैसे भी बाइक दौरे से इसका कोई लेना-देना नहीं था।

खैर, दो दिन बाद वह सुबह-सुबह न्यूयॉर्क के हाईवे पर था। वह सुबह बड़ी खुशनुमा थी और सड़क पर यातायात भी ज़्यादा नहीं था। इसलिए गाड़ी चलाने में उसे बहुत मज़ा आ रहा था। उसके आगे केवल एक छोटा ट्रक जा रहा था।

जब वह उस ट्रक के पास आया तो उसने देखा कि उसमें कच्ची बीन्स लदी हुई हैं। उसे तुरंत अपना सपना याद आया और उसने अपनी बाइक की गति 65 से 25 कर ली। आगे जाकर जब वह 15 मील प्रति घंटे की रफ्तार से एक मोड़ पर अपनी बाइक चला रहा था, तभी अचानक सड़क पर गिरी कुछ बींस पर बाइक का पिछला पहिया फिसल गया। अगर उसकी बाइक की गति ज़्यादा होती, तो बेशक उसकी जान भी जा सकती थी।

आप जो सपने देखना चाहते हैं, उनकी व्याख्या आप स्वयं ही कर सकते हैं। अगर आपने पहले से उचित प्रोग्रामिंग कर रखी होगी, तो आपको अपने सपनों के सारे अर्थ किसी न किसी रूप में अर्थात किसी संकेत या अंतःप्रेरणा से स्वतः ही समझ में आ जाएँगे। आमतौर पर यही संकेत हमारे अंतर्मन का हमारे साथ संवाद स्थापित करने का एक रास्ता होता है। लगातार अभ्यास करके आप इन संकेतों को समझने में माहिर होते जाएँगे और सभी अर्थ को नए-नए रूपों में समझेंगे।

हमारे माइंड कंट्रोल सत्र में जिन शब्दों का प्रयोग किया जाता है, मैंने आपको अपनी प्रोग्रामिंग के लिए उन्हीं शब्दों को प्रयोग में लाने की सलाह दी है। हालाँकि,

दूसरे शब्द भी काम आ सकते हैं, पर अगर आपने माइंड कंट्रोल सत्र में अभ्यास कर रखा है, तो आपके लिए इनसे जुड़ना आसान होगा और आप अल्फा अवस्था में, उचित शब्दों के साथ कहीं बेहतर प्रोग्रामिंग कर सकेंगे।

अगर आप सपनों को वश में करने के अभ्यास के दौरान धीरज रखेंगे और लगातार अभ्यास करते रहेंगे, तो आप अपने सबसे अनमोल मानसिक खजाने को सामने ला सकते हैं। इस प्रशिक्षण से आप किसी लॉटरी को जीतने की अपेक्षा तो नहीं रख सकते क्योंकि लॉटरी चीज़ ही ऐसी है कि इसमें कुछ ही लोगों को जीत हासिल होती है। लेकिन हमारे जीवन में ऐसा नहीं होता। अपने जीवन में आप इतना कुछ जीत सकते हैं, जितना लॉटरी जीतने पर भी आपको नहीं मिलता।

8
अपने शब्दों में छिपी ताकत

इस पुस्तक के परिचय में आपसे कहा गया था कि इसमें दिए गए कोई भी प्रयोग पुस्तक को पहली बार पढ़ते समय न करें। लेकिन इस मामले में आगे दिया गया प्रयोग एक अपवाद है। आप इसका अभ्यास कर सकते हैं। ऐसा करने के लिए आपको अपनी संपूर्ण कल्पना शक्ति का इस्तेमाल करना होगा।

आइए देखें कि आपको क्या करना होगा।

मान लेते हैं कि आप अपने रसोईघर में, अपने हाथ में नींबू लिए खड़े हैं, जिसे आपने अभी-अभी फ्रिज से निकाला है। यह आपके हाथों में ठंडक का एहसास दे रहा है। अब उस नींबू को गौर से देखें, उसका निरीक्षण करें। यह बाहर से पीले रंग का है और इसके दोनों छोरों पर दो हरे बिंदु दिख रहे हैं। इसे एक बार हल्के से दबाकर इसकी मजबूती और वज़न को भी महसूस करें।

अब इस नींबू को अपने नाक के पास लाकर इसकी गंध लें। नींबू की गंध जबरदस्त होती है, है न? अब इस नींबू को आधा काटकर, फिर से उसका गंध लें। अब आपको इसकी वह खास गंध और भी तीव्रता से महसूस होगी। इसके बाद नींबू के इस आधे टुकड़े को अपने दाँतों से दबाएँ और इसके रस को अपने मुँह में चारों ओर

जाने दें। इसका स्वाद भी सबसे निराला होता है, है न?

अगर आपने अपनी कल्पना का सही तरह से प्रयोग किया होगा, तो अब तक आपके मुँह में पानी आ गया होगा।

आइए इसके आशय को विस्तार से जानें

आपने देखा कि सिर्फ कुछ शब्दों ने ही आपकी स्वाद ग्रंथियों को उत्तेजित कर दिया। हालाँकि इनका कोई असली असर नहीं होता। यह तो आपकी कल्पना का प्रभाव था। जब आपने नींबू के बारे में उन शब्दों को पढ़ा तो आपने अपने दिमाग से कहा कि 'आपके हाथ में एक नींबू है।' जबकि वास्तव में आपके पास कोई नींबू नहीं था। लेकिन आपके दिमाग ने इस बात को गंभीरता से लिया और आपकी स्वाद ग्रंथियों से कहा कि 'यह इंसान नींबू का रस चखने जा रहा है, इसके स्वाद को लेने के लिए तैयार रहो।' स्वाद ग्रंथियों ने आपके दिमाग की बात सुनी और आपके मुँह में पानी आ गया।

हममें से अधिकतर लोग यही सोचते हैं कि हम जिन शब्दों का प्रयोग करते हैं, उनका कोई न कोई अर्थ होता है, जो अच्छा या बुरा, दोनों हो सकता है। इसी तरह यह अर्थ सच्चा या झूठा, कमजोर या ताकतवर भी हो सकता है। इसमें कोई दोराय नहीं है कि शब्दों का एक अर्थ ज़रूर होता है, लेकिन एक सच यह भी है कि शब्दों से हकीकत सिर्फ झलकती ही नहीं है बल्कि उस हकीकत का निर्माण भी होता है। ठीक वैसे ही जैसे आपकी स्वाद ग्रंथियों ने मुँह के अंदर नींबू का रस होने की हकीकत को निर्माण किया।

ऐसा नहीं है कि दिमाग हमारे मन के बारे में सब कुछ जान लेता है। दिमाग सूचनाएँ ग्रहण करता है और उसका संग्रह करता है। यह हमारे शरीर का नियंत्रक ही होता है। इसलिए अगर आप इससे कहेंगे कि 'मैं नींबू खा रहा हूँ।' तो वह अपना काम तुरंत शुरू कर देता है।

नकारात्मक शब्दों का असर

माइंड कंट्रोल में हम जिसे 'मेंटल हाउस क्लिनिंग' यानी मनरूपी घर की सफाई, ऐसा कहते हैं, अब वह करने का समय आ गया है। उसके लिए किसी अभ्यास की आवश्यकता नहीं है। अपने दिमाग को उत्तेजित करनेवाले शब्दों का चुनाव करते समय सावधान रहने का दृढ़ संकल्प हमें करना है।

हमने जो प्रयोग किया, उसका कोई नुकसान नहीं था हालाँकि उसका कोई लाभ भी नहीं था, पर जब हम अपने शब्दों का चुनाव करते हैं, तो ये हमारे लिए लाभकारी या हानिकारक, दोनों हो सकते हैं।

खाना खाते समय कई बच्चे एक खेल खेलते हैं। वे अपने खाने का वर्णन बहुत ही बुरे तरीके से करते हैं। जैसे वे कहेंगे, 'ये मक्खन कितना गंदा लग रहा है, इतना गंदा रंग तो पहले कभी नहीं देखा।' इस खेल का उद्देश्य यह दिखावा करना होता है कि 'हमें मक्खन को देखकर उल्टी नहीं आ रही है।' पर सुननेवाले का जी ज़रूर मिचला जाएगा। अकसर यह तरीका काम कर जाता है मगर सुननेवाले की भूख मारी जाती है।

बड़े होने पर हम सभी यही खेल खेलते हैं। हम नकारात्मक शब्दों के साथ जीवन के प्रति अपनी भूख या लालसा को कमजोर कर देते हैं। नकारात्मक शब्दों को बार-बार दोहराने से वे और शक्तिशाली बन जाते हैं और जीवन में भी नकारात्मकता ले आते हैं। इस तरह हमारी जीने की उम्मीद घटने लगती है।

'आप कैसे हैं?' इस सवाल पर लोगों के जवाब कुछ इस प्रकार होंगे -

....'बस ठीक ही हूँ, कोई शिकायत नहीं है।'

....'जैसा भी हूँ, शिकायत करने से क्या फायदा।'

....'ठीक ही हूँ, हालात बहुत बुरे भी नहीं हैं।'

अगर आप ऐसे शब्द कहेंगे तो ज़रा सोचें कि आपके दिमाग को क्या संदेश मिलेगा? इन शब्दों से दिमाग क्या अर्थ निकालेगा?

'बर्तन माँजना भी किसी सिरदर्द से कम नहीं है... ये चैकबुक बैलेंस करना भी एक सिरदर्द है... फलाँ मौसम में बहुत कमजोरी महसूस होती है...।' ऐसे शब्दों को बार-बार दोहराकर हमें क्या मिलनेवाला है? अब मुझे इस बात विश्वास हो गया है कि कई सारे डॉक्टरों को उनकी आय का एक बड़ा हिस्सा ऐसे नकारात्मक शब्दों से ही मिलता है। याद रखें, दिमाग अपने आप कुछ भी तय नहीं करता। आपकी बातें सुनकर वह अनुमान लगाएगा कि 'आप सिरदर्द पाना चाहते हैं' और फिर वह आपको सिर दर्द का सिग्नल भेजना शुरू कर देगा।

बेशक, जब हम दर्द की बात करते हैं, तो उसी समय हमें कोई शारीरिक

तकलीफ होनी शुरू नहीं होती। हमेशा स्वस्थ रहना, यह हमारे शरीर की प्राकृतिक अवस्था है। हमार शरीर अपनी रोग-प्रतिरोधक क्षमता के साथ अच्छी तरह काम करता है। मगर जब हम बार-बार नकारात्मक शब्दों को दोहराते हैं, तो यह अपना काम भूलकर, हमें वह बीमारी भेज देता है, जिसके बारे में हम अकसर बात करते रहते हैं।

हमारे इन शब्दों को दो बातों से शक्ति मिलती है : हमारे मन का स्तर और हमारी कही हुई बात के साथ हमारा भावनात्मक जुड़ाव।

'हे भगवान, कितना दर्द हो रहा है।' अगर आप पूरे विश्वास के साथ ये शब्द इस्तेमाल करेंगे, तो दर्द को लगेगा कि आप उसका स्वागत कर रहे हैं। इसी तरह अगर आप कहते हैं कि 'मेरा तो हर काम बिगड़ जाता है, कोई भी काम अच्छा नहीं होता।' तो याद रखें कि आपके शब्दों की गहराई आपके काम को बिगाड़ने में देर नहीं करेगी।

माइंड कंट्रोल हमें अपनी इन आदतों से बचने के लिए ज़रूरी सुरक्षा प्रदान करता है। अल्फा और थीटा अवस्था के दौरान हमारे शब्दों की शक्ति बहुत बढ़ जाती है। पिछले अध्यायों में आपने देखा कि किस तरह आप अपने सपनों को साधारण से शब्दों द्वारा प्रोग्राम करते हुए, तीन अंगुलियोंवाली तकनीक को उस शक्ति में बदल सकते हैं, जो आपको अल्फा अवस्था में ले जाती है।

एक सकारात्मक वाक्य की शक्ति

मैंने कभी डॉक्टर इमील कूई की हँसी नहीं उड़ाई, जबकि आजकल कई लोग ऐसा करते हैं। दरअसल डॉ. इमील कूई अपने एक वाक्य के लिए मशहूर हैं, वह वाक्य है- "Day by day, in every way, I am getting better and better." 'दिन-प्रतिदिन, हर तरह से मैं बेहतर से बेहतर होता जा रहा हूँ।' लेकिन लोगों को यह वाक्य एक चुटकुले की तरह लगता है, जिससे हँसी-मज़ाक किया जा सकता है। मगर इस एक वाक्य में इतनी शक्ति है कि इसे केवल बार-बार दोहराने से गंभीर बीमारियों से पीड़ित रोगी भी स्वास्थ्य लाभ पा चुके हैं। इन परिणामों को देखते हुए निश्चित ही ये शब्द कोई मज़ाक नहीं हैं, इन शब्दों का मैं सम्मान करता हूँ। डॉक्टर कूई के प्रति मेरे मन में आदर और कृतज्ञता है। मैंने उनकी Self-Mastery Through autosuggestion (New York : Samuel Weiser, 1974) इस पुस्तक से भी बहुत कुछ सीखा है।

फ्रांस के ट्रॉयस में जन्में डॉक्टर कूई ने उसी शहर में करीबन तीस साल तक एक केमिस्ट का काम किया। सम्मोहन पर प्रयोग और अध्ययन करने के बाद, उन्होंने अपनी साइकोथेरेपी (मनोरोग चिकित्सा) विकसित की, जो आत्म सुझाव पर आधारित थी। सन 1910 में, उन्होंने नैंसी में एक नि:शुल्क अस्पताल खोला, जहाँ उन्होंने हज़ारों मरीजों को स्वस्थ किया, जिनमें से कई गठिया, गंभीर सिरदर्द, दमा, लकवे, अल्सर, ट्यूमर और हकलाहट जैसे रोगों के शिकार थे। डॉक्टर कूई हमेशा कहते कि 'मैंने कभी किसी का इलाज नहीं किया बल्कि अपने मरीजों को सिखाया कि वे अपना इलाज स्वयं कैसे करें।' इसमें कोई संदेह नहीं है कि लोगों की बीमारियाँ ठीक हुईं, जिसके लिखित प्रमाण भी उपलब्ध हैं। लेकिन 1926 में डॉक्टर कूई की मृत्यु के बाद उनकी इलाज की पद्धति कहीं लुप्त सी हो गई। क्या ये पद्धति इतनी मुश्किल थी कि केवल कुछ विशेषज्ञ ही इसे अपना सके। हो सकता है कि यह पद्धति आज भी जीवित हो और अपना काम कर रही हो। दरअसल उनकी इलाज की पद्धति इतनी सरल है कि इसे कोई भी सीख सकता है। इसका सार माइंड कंट्रोल में छिपा है।

इसके दो बुनियादी नियम हैं :

1) एक बार में हम केवल एक ही चीज़ के बारे में सोच सकते हैं।

2) जब हम किसी विचार पर ध्यान लगाते हैं, तो वह सच हो जाता है क्योंकि हमारा शरीर उसे क्रिया में बदल देता है।

जाने-अनजाने में हुई नकारात्मक सोच के कारण यदि आपके शरीर की स्वस्थ होने की प्रक्रिया में रुकावट आ रही हो और आप फिर से स्वास्थ्य पाना चाहते हैं तो डॉ. इमील कूई का यह वाक्य बीस बार दोहराएँ - **"Day by day, in every way, I am getting better and better."** **'दिन-प्रतिदिन, हर तरह से मैं बेहतर से बेहतर होता जा रहा हूँ।'** इस वाक्य को दिन में दो बार दोहराने से भी काफी लाभ मिलते हैं। यही डॉ. इमील कूई की इलाज करने की पद्धति है।

मेरा अपना शोध भी यही कहता है कि ध्यान के स्तरों के दौरान शब्दों की ताकत और भी बढ़ जाती है। मैंने स्वयं इस पद्धति में कुछ फेर-बदल किए हैं। अल्फा और थीटा स्तर पर आने के बाद हम कहते हैं, 'हर दिन, हर तरह से, मैं बेहतर... बेहतर... और बेहतर हो रहा हूँ।' ध्यान के दौरान हम केवल एक बार ही ऐसा कहते हैं। हम एक और वाक्य भी कहते हैं, जो डॉक्टर कूई की बात से ही प्रभावित है -

'नकारात्मक सोच और नकारात्मक सुझाव मन के किसी भी स्तर पर मुझे प्रभावित नहीं करते।'

एक सैनिक का उदाहरण

केवल इन दो वाक्यों के उच्चारण से जीवन में प्रभावशाली परिणाम होते हुए दिखाई देते हैं। यहाँ पर मैं एक सैनिक के अनुभव का जिक्र करना चाहूँगा। जब उसने माइंड कंट्रोल का प्रशिक्षण शुरू किया, तब अचानक कोर्स के पहले ही दिन उसे ड्यूटी के लिए इंडोचाइना बॉर्डर पर भेज दिया गया था। इस प्रशिक्षण का केवल एक दिन उसने पूरा किया था। उस एक दिन में उस सैनिक को ध्यान करना और उपरोक्त दो वाक्यों को दोहराना ही याद रहा।

उस सैनिक को एक पियक्कड़ और गुस्सैल सेना अधिकारी के अधीन काम करना था, जो नए सैनिकों पर खास तौर से रोब झाड़ता था। मगर कुछ ही सप्ताह में, अकसर खाँसी के दौरे के साथ उस सैनिक की नींद टूट जाती। इसके बाद उसे दमा का दौरा पड़ने लगा। जबकि पहले कभी उसके साथ ऐसा कुछ नहीं हुआ था। मेडिकल परीक्षण के बाद पता चला कि उसकी सेहत बिलकुल ठीक थी। मगर इस दौरान उसकी थकान भी बढ़ी और काम के मामले में उसका प्रदर्शन बिगड़ने लगा। परिणामस्वरूप सेना अधिकारी की नज़रों में वह सैनिक और भी अधिक गलत साबित हो गया।

विपरीत परिस्थिति के कारण उसकी यूनिट के अन्य साथी नशे की मदद लेने लगे थे पर उसने ऐसा कुछ नहीं किया। उस सैनिक ने माइंड कंट्रोल में सिखाया गया ध्यान और उन दो प्रेरक वाक्यों का अभ्यास करना शुरू किया। संयोगवश दिन में तीन बार ध्यान करना उसके लिए संभव होता गया। वह सैनिक कहता है, 'तीन ही दिन में मैंने उस सेना अधिकारी का सामना करने के लिए जरूरी प्रतिरोधक क्षमता हासिल कर ली। उसने जो भी काम मुझे बताए, वे सारे मैंने पूरे किए। पर उसकी किसी भी नकारात्मक बात का मुझ पर असर नहीं होता था। इसके अलावा केवल एक सप्ताह में ही दमा और खाँसी से भी मुझे आराम मिल गया।'

अगर मुझे किसी माइंड कंट्रोल के छात्र से यह सुनने को मिलता, तो मुझे खुशी होती क्योंकि मुझे सफलता के किस्से सुनने पसंद हैं लेकिन मैं उनसे ज़्यादा प्रभावित नहीं होता। हमारे पास आत्म-चिकित्सा यानी स्वास्थ्य पाने के लिए बहुत से प्रभावशाली तरीके हैं। आगे आनेवाले अध्याय में, मैं आपको उनकी जानकारी देना

चाहूँगा। इस सैनिक के अनुभव की सबसे रोचक बात यह है कि वह माइंड कंट्रोल प्रशिक्षण की कोई भी तकनीक या तरीका नहीं जानता था। लेकिन कोर्स के पहले ही दिन उसने जो दो वाक्य सीखे, उन पर अभ्यास करके उसने अपनी समस्याओं को हल किया।

एक नर्स का अद्भुत प्रयोग

माइंड कंट्रोल में ध्यान के जिन स्तरों पर हम जाते हैं, उनसे भी अधिक गहराई के स्तर पर जाकर, शब्द और भी शक्तिशाली हो जाते हैं। माइंड कंट्रोल की लेक्चरर और इलाज के दौरान बेहोशी की दवा देनेवाली ओक्लाहोमा की एक नर्स श्रीमती जीन मेब्रे ने इस ज्ञान के उपयोग से रोगियों को ठीक करने के लिए एक अद्भुत प्रयोग किया। ज्यों ही रोगी गहरी बेहोशी में जाता, तो वे उसके कान में हौले से जल्दी स्वस्थ होने के लिए सूचनाएँ देतीं, कुछ मामलों में तो वे इस तरह रोगियों की जान तक बचाने में सफल रहीं।

एक सर्जरी के दौरान, सर्जन को ऐसा लग रहा था कि रोगी के शरीर से बहुत खून बहनेवाला है। मगर सर्जन तब आश्चर्यचकित हो गए, जब उन्होंने देखा कि सर्जरी में रोगी के शरीर से बहुत ही कम खून बहा। यह चमत्कार श्रीमती जीन मेब्रे की सूचनाओं से हुआ। रोगी के शरीर पर पहला चीरा लगने से पहले और उसके बाद हर दस मिनट में वे रोगी से कहतीं, 'अपने शरीर से कहो कि ज़्यादा खून न बहाए।'

एक अन्य ऑपरेशन के दौरान श्रीमती जीन मेब्रे ने एक रोगी को बेहोशी की दवा देने के बाद उसके कान में कहा, 'जब तुम उठोगी तो तुम्हें लगेगा कि तुम्हारे जीवन में हर कोई तुमसे प्यार करता है और तुम खुद भी अपने आपसे बहुत प्यार करती हो।' दरअसल यह रोगी अपने सर्जन के लिए परेशानी का कारण बनी थी। वह हमेशा तनाव में रहनेवाली और शिकायत करनेवाली महिला थी। उसे अपना हर दर्द और पीड़ा अपशकुन की तरह लगते थे। इस कारण उसके स्वास्थ्य में बहुत ही धीमी गति से सुधार हो रहा था। बेहोशी की दवा का असर खत्म होने के बाद, जब उसे होश आया, तो जैसे उसका जीवन बदल गया था। उसके चेहरे पर एक नया ही भाव था। तीन महीने बाद ही उसके सर्जन ने श्रीमती जीन को बताया कि अब वह रोगी पूरी तरह से बदल गई है। वह तनाव से मुक्त हो चुकी है और भरपूर आशावादी हो चुकी है। ऑपरेशन के बाद अब उसके स्वास्थ्य में तेज़ी से सुधार हो रहा है।

श्रीमती जीन मेब्रे के कार्य से माइंड कंट्रोल में सिखाई गई तीन बातों का पता

चलता है।

पहली बात यह कि मन के गहरे स्तर पर शब्दों में असाधारण शक्ति होती है। दूसरी बात - मन का हमारे शरीर पर हमारी उम्मीद से भी अधिक नियंत्रण होता है और तीसरी बात - मन शरीर पर पहले से कहीं ज़्यादा असर रखने लगता है और जैसा कि मैंने अध्याय 5 में पहले बताया, हम हमेशा सजग रहने लगते हैं।

न जाने कितने माता-पिता ऐसे होंगे, जो अपने सोते हुए बच्चे के कमरे में अचानक जाकर उसका बिस्तर और चादर ठीक करके वापिस आ जाते होंगे। अगर वे अपने सोते हुए बच्चे के सिर को सहलाकर कुछ प्यारे और सकारात्मक शब्द उसके कान में बोल सकें, तो बच्चे को पूरा दिन शांत और सुरक्षित महसूस करने में सहायता मिलेगी।

माइंड कंट्रोल के कई छात्रों ने अपनी सेहत में सुधार होने की बात की है। कई लोगों के जीवन में तो कोर्स पूरा होने से पहले ही सकारात्मक परिणाम दिखाई दिए। एक बार तो मैं इसी वजह से उलझन में भी आ गया था। मेरे ही इलाके के कुछ बीमार लोगों ने अपने डॉक्टरों से कहा कि 'मेरे पास आने के बाद से उनके बहुत सारे रोग ठीक होने लगे और उन्हें डॉक्टर के पास जाने की ज़रूरत नहीं पड़ी।' यह सुनकर उन डॉक्टरों ने जिले के प्रतिनिधि (District Attorney) से मेरी शिकायत भी कर दी। डॉक्टरों को डर था कि इन रोगियों को मेरे यहाँ कोई विशेष दवा दी जाती है। लेकिन पूरी छानबीन के बाद यह साबित हुआ कि माइंड कंट्रोल में किसी प्रकार की कोई दवा नहीं दी जाती।

सौभाग्य से दूसरों की सेहत में सुधार के लिए माइंड कंट्रोल गैरकानूनी नहीं था। अगर ऐसा होता तो आज माइंड कंट्रोल संस्था का नामोनिशान तक न बचता।

9
कल्पना की शक्ति

अपने लक्ष्य तक पहुँचने के लिए संकल्प शक्ति को एक दुश्मन की ज़रूरत होती है, जिसे उसे हराना होता है। यह कड़ी मेहनत करने की कोशिश तो करती है मगर मुश्किल समय आने पर वह कमज़ोर हो जाती है। कल्पना शक्ति, बुरी आदतों से छुटकारा पाने का एक सहज उपाय है। कल्पना सीधे लक्ष्य पर प्रहार करती है और उसे जो चाहिए, वह हासिल कर लेती है।

यही वजह है कि मैंने शुरुआती अध्यायों में मन के गहरे स्तर पर जीवन के सत्य की कल्पना करने की बात पर जोर दिया था। यदि आप अपने विश्वास, इच्छा और संभावना के साथ अपनी कल्पना शक्ति को भी लक्ष्य पाने के लिए प्रोत्साहित करते हैं और उसे अपना अंतिम लक्ष्य देखने के लिए प्रशिक्षित करते हैं, तो आपको अपना लक्ष्य हासिल करने में देर नहीं लगेगी। फिर आप अपना लक्ष्य अपनी कल्पना में देख सकते हैं, उसका अनुभव कर सकते हैं, उसे सुन सकते हैं, उसके स्पर्श को महसूस कर सकते हैं और उसका स्वाद भी ले सकते हैं।

डॉ. इमील कूई लिखते हैं, 'जब संकल्प और कल्पना शक्ति में संघर्ष होता है, तो हमेशा कल्पना की ही जीत होती है।'

अगर आप अपनी बुरी आदतों को छोड़ना चाहते हैं, तो संभवतः आप स्वयं को ही धोखा दे रहे हैं। क्योंकि अगर आप सचमुच बुरी आदतों को छोड़ना चाहते तो ये आदतें कब की छूट गई होतीं। बुरी आदतों को छोड़ने की इच्छा रखने के बजाय उन्हें छोड़ने के बाद होनेवाले लाभ पाने की इच्छा तीव्र होनी चाहिए। क्योंकि लाभ की इच्छा को तीव्र करने के बाद आप अपने आप बुरी आदतों से मुक्त हो जाएँगे।

अगर आप अपनी किसी बुरी आदत के बारे में बार-बार सोचते रहें और इसे छोड़ने का संकल्प करते रहें, तो हो सकता है कि आपकी वह बुरी आदत और अधिक मजबूत हो जाएगी और आप उसके जाल में उलझ जाएँगे। मानो आपने सोने की ठानी हो और यही संकल्प आपको सोने न दे।

अब देखते हैं कि हम किसी बुरी आदत को छोड़ने में आपकी कैसे मदद कर सकते हैं। मिसाल के तौर पर 'ज़रूरत से ज़्यादा खाना और सिगरेट पीना' इन आदतों से माइंड कंट्रोल के छात्र सफलतापूर्वक मुक्त हो चुके हैं।

माइंड कंट्रोल के ज़रिए अपने शरीर का वज़न कम करना

अगर आपको वज़न घटाना है तो सबसे पहले बाहरी स्तर पर समस्या को जानना होगा।

आपकी समस्या क्या है, ज़्यादा खाना या व्यायाम न करना या फिर ये दोनों ही आपकी समस्याएँ हैं?

हो सकता है कि आप ज़्यादा नहीं, पर गलत किस्म का भोजन करते हों। शायद आपकी समस्या का हल अपने लिए सही डाइट चुनना हो। इस बारे में आपका डॉक्टर ही आपको बेहतर सुझाव दे सकता है।

अब अगला सवाल – आपको वज़न क्यों घटाना है? क्या बढ़ते वज़न से आपकी सेहत पर असर हो रहा है या आपको लगता है कि वज़न कम होने के बाद आप और अधिक खूबसूरत लगने लगेंगे? वज़न कम करने के लिए ये दोनों कारण उचित हैं। लेकिन वज़न घटाने से पहले आपको यह जानना होगा कि वज़न घटाने से आपको क्या लाभ होनेवाला है।

अगर आप पहले से ही, संयमित मात्रा में सही किस्म का भोजन करते हैं, उसके साथ ही आप प्रतिदिन व्यायाम भी करते हैं और आपका वज़न थोड़ा सा ही ज़्यादा है, तो मेरी सलाह यही है कि उसी वज़न के साथ आप स्वयं को स्वीकार

करें। जब तक आपके डॉक्टर आपको वज़न कम करने के लिए नहीं कहते, तब तक आपको वज़न कम करने की आवश्यकता नहीं है। इस दौरान माइंड कंट्रोल प्रशिक्षण से आप अपने जीवन की अनावश्यक परेशानियाँ और अहम समस्याओं पर कार्य कर सकते हैं।

अगर आपको पूरा यकीन है कि आपको वज़न कम करना ही है और आपके पास ऐसा करने की कोई वाजिब वजह भी हो, तो वज़न घटाने के लिए प्रयास शुरू करने से पहले ही इससे होनेवाले फायदे गिन लें। लेकिन ये लाभ केवल ऊपरी तौर पर होनेवाले लाभ नहीं चाहिए, जैसे बेहतर दिखना और अधिक चुस्त महसूस करना। उन सभी लाभों का विश्लेषण करें, जिनसे आपके स्वास्थ्य में बढ़ोत्तरी हो। अगर हो सके तो इस कल्पना में अपनी इंद्रियों के अनुभव को भी शामिल करें :

दृश्य : अपनी कोई ऐसी पुरानी तस्वीर ढूँढ़ें, जिसमें आप बहुत पतले और छरहरे थे, वैसा अभी आपको बनना है।

स्पर्श : कल्पना करें कि जब आप पतले होंगे तो आपके हाथ, जांघे और पेट का स्पर्श कितना मुलायम होगा।

स्वाद : उस नए आहार के स्वाद के बारे में सोचें, जिसे आप अपनी डाइट में शामिल करेंगे।

गंध : अपनी डाइट में शामिल आहार की गंध की कल्पना करें।

श्रवण : कल्पना करें कि आपके करीबी लोग आपके वज़न कम करने की सफलता को देखकर आपकी तारीफ कर रहे हैं।

केवल इन पाँचों इंद्रियों के माध्यम से कल्पना करना ही काफी नहीं है। इसके लिए आपकी भावनाओं का भी उतना ही महत्त्व है।

कल्पना करें कि जब आप अपना वज़न कम कर लेंगे, तो आपको भीतर से कितनी प्रसन्नता महसूस होगी और आपमें कितना आत्मविश्वास जागृत होगा।

इन सभी बातों को ध्यान में रखते हुए, अपने स्तर पर जाएँ, अपने मन की काल्पनिक स्क्रीन पर देखें कि इस समय आप कैसे दिखते हैं। फिर इस तस्वीर को अपने मन की स्क्रीन से हटा दें और बाईं (यानी भविष्य की) ओर से एक नई तस्वीर स्क्रीन पर आने दें। यह तस्वीर आपकी किसी पुरानी तस्वीर के जैसी हो या आप

अपना डाइट सफल होने के बाद जैसे दिखना चाहते हैं, वैसी यह तस्वीर हो।

जब भी आप नए दृष्टिकोण से स्वयं को देखते हैं, तो विस्तार से देखें कि पतले होने के बाद आप कैसा महसूस करेंगे। जैसे जब आप अपने जूतों के फीते बाँधने के लिए झुकेंगे, तो आपको कैसा लगेगा... सीढ़ियाँ चढ़ते हुए आप कैसा महसूस करेंगे... छोटी साइज के कपड़े पहनकर आपको कैसा महसूस होगा... समुंदर के किनारे पर बाथ सूट पहनकर घूमते हुए आपको कैसा लगेगा... आपको जितना समय चाहिए, उतना समय निकालकर इन सारी बातों का अनुभव करें। इसके लिए अपनी पाँचों इंद्रियों की सहायता लें। एक समय पर केवल एक ही इंद्रिय के बारे में सोचें और कल्पना करें कि उस इंद्रिय से आपको कैसा अनुभव मिल रहा है। जब आप अपने इस लक्ष्य को पा लेंगे तो कैसा महसूस करेंगे, इसका भी अनुभव करें।

अब मानसिक स्तर पर अपने नए डाइट के बारे में सोचें। केवल खाने के बारे में ही नहीं, बल्कि आप कितना खाना खानेवाले हैं, यह भी सोचें। खाने के बीच लिए जानेवाले नाश्ते की भी विस्तृत कल्पना करें, जैसे कच्चा गाजर या कोई भी हलका आहार आप स्वयं चुनें। स्वयं से कहें कि 'केवल यही खाना मेरे शरीर के लिए काफी है। इसे खाने के बाद मुझे सारा दिन बीच-बीच में भूख नहीं सताएगी।'

यहाँ पर आपका ध्यान पूरा होता है। दिन में दो बार आपको यह अभ्यास करना है।

जरा गौर करें कि ध्यान के दौरान आपके मन में उस तरह के भोजन का कोई विचार तक नहीं आया, जो आपको नहीं खाना है। कुछ पदार्थ आपको बहुत पसंद हैं, इसलिए आप उन्हें अधिक खाते हैं। लेकिन उन पदार्थों के बारे में केवल सोचने भर से ही आपकी कल्पना शक्ति गलत दिशा से काम करने लगेगी।

हॉलीवुड की प्रसिद्ध अदाकारा एलेक्सिस स्मिथ ने सैन जोस मर्करी न्यूज (13 अक्टूबर 1947) से बातचीत के दौरान कहा, 'जब आप डाइटिंग पर होते हैं, तो उसके साथ आपकी सोच भी सकारात्मक होनी चाहिए। उस समय यह न सोचें कि आप क्या-क्या खाना छोड़ रहे हैं बल्कि यह देखें कि इससे आप क्या पानेवाले हैं।' एलेक्सिस स्मिथ से अकसर कहा जाता है कि वे वार्नर ब्रदर्स की पुरानी फिल्मों की तुलना में अब ज़्यादा आकर्षक दिखती हैं। इसका पूरा श्रेय वे माइंड कंट्रोल को ही देती हैं। वे कहती हैं कि 'माइंड कंट्रोल से हुआ सबसे बड़ा लाभ यह है कि मैं खुद को पहले से अधिक संतुलित और नियंत्रित रखती हूँ।'

|| मन की शक्तियों को जागृत करने की तकनीक - 74 ||

अपना वज़न घटाने की योजना में आपको अपने लिए कोई वाजिब लक्ष्य बनाकर रखना होगा, वरना आप अपनी इस योजना की विश्वसनीयता खो देंगे। कम से कम कोई ऐसी छवि दिमाग में ज़रूर रखें, जिसे आप हासिल कर सकें। कोई ऐसा लक्ष्य न बनाएँ, जिसे पाना असंभव हो। उदाहरण के लिए अगर आपका वज़न सामान्य से पचास पाउंड ज़्यादा है, तो तर्क यही कहता है कि आप अगले सप्ताह तक ऑड्री हेपबर्न या मार्क स्पिट जैसे नहीं दिख सकते। ऐसी कल्पना करने से आपको कोई परिणाम नहीं मिलेगा।

अपनी आहार संबंधी आदतें सुधारने के शुरुआती दिनों में आपको बार-बार कैंडी बार जैसी स्वादिष्ट चीज़ें खाने का सुख याद आएगा। व्यस्त दिनचर्या के कारण कभी आपको ध्यान करने का समय ही न मिले, तो एक लंबी साँस लेकर, तीन अंगुलियों को एक साथ मिला लें और खुद को वही शब्द याद दिलाएँ, जो आपने ध्यान के दौरान कहे थे। आप खुद से कहें कि 'मेरे शरीर को जितने भोजन की आवश्यकता है, उतना भोजन मुझे मेरे डाइट से मिल रहा है। इसलिए मुझे अधिक भूख महसूस नहीं होती। समय-समय पर अपनी पुरानी और छरहरी देहवाली तस्वीर पर नज़र डालना, आपकी वज़न कम करने की योजना को सफल करने में मददगार साबित होगा।

जब आप कई क्षेत्रों में माइंड कंट्रोल के उपयोग से सफलता प्राप्त करेंगे, तब आपकी मानसिक अवस्था में भी सुधार होगा, जो आपके शरीर के बेहतर कार्य में महत्वपूर्ण तरीके से योगदान करेगा। अपने मन पर थोड़ा सा दबाव डालने से आप अपना मनचाहा वज़न पा लेंगे। इसके कुछ उदाहरण आगे दिए गए हैं। इस तकनीक में कई अलग-अलग पद्धतियों का इस्तेमाल किया जा सकता है। ध्यान के दौरान भी वे आपके दिमाग में आ सकती हैं।

1) ओमाहा, अमेरिका के नेब्रास्का राज्य का सबसे बड़ा शहर है। वहाँ की एक फैक्ट्री में काम करनेवाले एक कर्मचारी ने ध्यान के दौरान स्वयं से कहा, 'मैं वही भोजन करने की इच्छा रखूँगा, जो मेरी सेहत के लिए अच्छा होगा।' अचानक उसने पाया कि उसे सलाद और सूप अच्छे लगने लगे और वह ज़्यादा कैलोरी वाले भोजन को नापसंद करने लगा। नतीजन वह सिर्फ चार महीने में ही चालीस पाउंड वज़न घटाने में सफल रहा।

2) एम्स, संयुक्त राज्य अमेरिका के आयोवा राज्य के मध्य भाग में स्थित एक

शहर है। वहाँ एक महिला ने भी माइंड कंट्रोल की इसी तकनीक को अपनाया। कुछ ही दिनों पहले उसने अपने बच्चों और रिश्तेदारों के लिए तीन-तीन डोनट्स खरीदे थे। लेकिन अपने लिए डोनट्स लेना ही भूल गई। उसने कहा, 'मैं खुद को भूल ही गई थी और खुशी के मारे रोने लगी क्योंकि इससे मुझे पता चला कि मेरे जीवन में माइंड कंट्रोल की तकनीक काम कर रही है।'

3) आयोवा राज्य के ही मेसन शहर के एक किसान ने अपने लिए 150 डॉलर का एक सूट खरीदा। लेकिन वह सूट गलत फिटिंग का था। जब उसने वह सूट पहना तो उसकी पैंट और जैकेट के बटन बंद ही नहीं हो रहे थे। उसने कहा, 'सेल्समैन को लग रहा था कि मैं कोई पागल आदमी हूँ।' अब वह सूट को वापस नहीं कर पा रहा था इसलिए उसने मन की काल्पनिक स्क्रीन की तकनीक पर चार महीनों तक काम किया। परिणामस्वरूप वह किसान अपने शरीर का पैंतालीस पाउंड वज़न घटाने में सफल रहा। वह कहता है कि 'यह सूट पहनकर मुझे ऐसा लग रहा है कि शायद दर्जी ने वह सूट मेरे लिए ही बनाया था।'

4) हालाँकि सभी नतीजे शानदार नहीं होते और होने भी नहीं चाहिए। लेकिन डेनवर में रहनेवाले कैरोलीन डि सैंड्री और जिम विलियम्स ने प्रयोग के तौर पर एक कार्यक्रम शुरू किया। इन दोनों ने भी कोलोराडो शहर में माइंड कंट्रोल कार्यक्रमों के प्रमुख प्रभारी (Incharge) थे। उनका कार्यक्रम यह दिखाता था कि माइंड कंट्रोल तकनीकें उन लोगों के लिए कितनी प्रभावी हैं, जो सही मायनों में अपना वज़न घटाना चाहते हैं।

उन्होंने 25 माइंड कंट्रोल छात्रों के साथ एक कार्यशाला आयोजित की। इस कार्यशाला में सभी को एक महीने तक, सप्ताह में केवल एक बार मिलना था। कार्यशाला की हर बैठक में 15 छात्र ही नियमित रूप से उपस्थित थे, उन्होंने औसतन 4 प्रतिशत पाउंड से अधिक वज़न घटाया। इसका अर्थ ही इस कार्यशाला में वे सभी अपना वज़न घटाने में कामयाब रहे!

एक महीने बाद पाया गया कि 15 में से 7 लोगों ने अपना वज़न और कम कर लिया, जबकि बाकी 8 का वज़न उतना ही रहा, बढ़ा नहीं।

कार्यशाला के सभी छात्रों के लिए यह अनुभव बहुत ही आनंददायी रहा। कैरोलीन ने बताया कि 'न तो उन्हें भूख ने सताया और न ही कोई बेचैनी महसूस

हुई। उन्होंने माइंड कंट्रोल में सिखाए गए हर हुनर को सफलतापूर्वक अपने जीवन में इस्तेमाल किया और दूसरों को भी प्रोत्साहित किया।

इस कार्यशाला में लोगों का जितना वज़न कम हुआ, वह वज़न कम करनेवाले किसी अन्य सफल कोर्स से कम नहीं था। कैरोलीन इससे पहले ऐसे ही एक कोर्स में डेढ़ वर्ष तक लेक्चरर के तौर पर काम कर चुकी थीं। इसके साथ ही वे डेनवर के स्वीडिश मेडिकल सेंटर में असिस्टेंट फूड डायरेक्टर के पद पर भी रह चुकी थीं। उन्हें उचित पोषक आहार और वज़न नियंत्रण के बारे में पूरी जानकारी थी।

धूम्रपान की लत से छुटकारा पाने के लिए माइंड कंट्रोल

वज़न कम करने की ऐसी कार्यशाला को कैरोलीन आगे भी जारी रखना चाहती हैं और धूम्रपान करनेवालों के लिए एक अन्य कार्यशाला शुरू करना चाहती हैं।

सिगरेट पीना एक बुरी लत है। अगर आप भी इसके शिकार हैं तो इसे जल्द से जल्द छोड़ने की कोशिश करें। जिस प्रकार हमने वज़न कम करने के लिए प्रशिक्षण लिया, उसी तरह से सिगरेट की बुरी लत को छोड़ने के लिए भी हम माइंड कंट्रोल प्रशिक्षण का उपयोग करनेवाले हैं। इसके लिए जो नई सूचनाएँ दी जाएँगी, उनका पालन करने के लिए अपने शरीर को पर्याप्त समय देना है।

आपको सिगरेट की लत क्यों छोड़नी चाहिए, इसकी बाहरी स्तर पर समीक्षा करने की आवश्यकता ही नहीं है। इससे होनेवाले नुकसान के बारे में तो आप पहले से जानते हैं। बस, आपको सिगरेट छोड़ने से होनेवाले फायदों की सूची बनानी होगी और वे फायदे ऐसे होने चाहिए कि आप उनके लिए इस लत को छोड़ने के लिए भी तैयार हो जाएँ।

सिगरेट की लत से छुटकारा पाकर आपके अंदर की जीवन शक्ति बढ़ेगी, इंद्रियाँ पहले से ज़्यादा तेज़ होंगी और आप जीवन का भरपूर आनंद ले सकेंगे। सिगरेट पीनेवाले लोग इस बात को मुझसे बेहतर समझ सकते हैं क्योंकि मैंने कभी सिगरेट नहीं पी। आप स्वयं समझ सकते हैं कि आपको सिगरेट छोड़ने से कौन से फायदे होंगे।

अपने स्तर तक जाएँ और मन की काल्पनिक स्क्रीन पर खुद को उस समय देखें, जब आप दिन की पहली सिगरेट पीते हैं। कल्पना करें कि उस वक्त, उस एक घंटे के दौरान आप सिगरेट पीने के अलावा और कौन सा काम करते हैं। जैसे अगर

आप अपने दिन की पहली सिगरेट 7.30 से 8.30 इस समय में पीते हैं, तो खुद से कहें, 'प्रतिदिन सुबह 7.30 से 8.30 इस एक घंटे के दौरान मैं सिगरेट से दूर रहूँगा। मैं ऐसा आसानी से कर सकता हूँ।'

इस अभ्यास को तब तक जारी रखें, जब तक आप बाहरी तौर पर पूरी तरह से सहज न हो जाएँ। इस अभ्यास से आप अपने दिन का 7.30 से 8.30 यह पहला घंटा सफलतापूर्वक सिगरेट पीना छोड़ देंगे। अब अगले घंटे के लिए भी ऐसा ही करें... फिर दूसरे घंटे... और फिर तीसरे घंटे में पी जानेवाली सिगरेट को एक समय सीमा में लाते हुए छोड़ते जाएँ। आपको यह कार्य धीरे-धीरे करना होगा। वरना जल्दबाजी में आपके ही शरीर को कष्ट होगा। याद रखें कि सिगरेट पीने की आदत आपके शरीर ने नहीं बल्कि आपके मन ने डाली थी। इसलिए कल्पना शक्ति का उपयोग करके सबसे पहले अपने मन को यह काम करने दें।

आपको कुछ उपाय बताए जा रहे हैं, जिनकी मदद से आप जल्द ही इस आदत से मुक्त हो सकेंगे।

जल्दी-जल्दी ब्रांड बदलें :

दिनभर में जब भी आप सिगरेट लेना चाहें तो खुद से सवाल करें कि 'क्या असल में मुझे इसकी ज़रूरत है?' जितनी बार आप स्वयं से यह सवाल पूछेंगे, हर बार आपको इसका जवाब 'ना' ही आएगा। इसलिए जब तक आपको सही मायने में सिगरेट की ज़रूरत न हो, तब तक प्रतीक्षा करें।

दिनभर के जिस समय के दौरान आपने धूम्रपान करना छोड़ दिया है, यदि उस समय पर सिगरेट पीने की इच्छा जागे तो एक गहरी साँस लें। फिर अपनी तीन अंगुलियों को एक साथ लाते हुए, वही शब्द दोहराएँ जो आपने ध्यान के समय कहे थे, 'इस समय मैं धूम्रपान नहीं करूँगा।' आपको खुद को यह याद दिलाना होगा कि आपने उस समय सिगरेट से दूर रहने का संकल्प लिया था।

धूम्रपान से मुक्ति पाने की इस बुनियादी पद्धति में आप दूसरी तकनीकों को भी शामिल कर सकते हैं। जैसे 8 साल से, रोज डेढ़ पैकेट सिगरेट पीनेवाले ओमाहा के एक आदमी ने अल्फा अवस्था में उन सभी सिगरेट्स का मानसिक चित्रण किया, जो वह पी चुका था। कल्पना में उसकी आँखों के सामने बुझी हुई सिगरेटों का बड़ा सा ढेर आ गया, जिन्हें उसने आग में जला दिया।

इसके बाद उसने भविष्य में पी जानेवाली सभी सिगरेटों का मानसिक चित्रण किया और सोचा कि वह उन्हें भी आग में जला रहा है। वह पहले भी कई बार सिगरेट छोड़ने के असफल प्रयास कर चुका था, पर इस बार केवल एक बार ध्यान करने के बाद, वह अपनी इस आदत को त्यागने में सफल रहा। सिगरेट छोड़ने के बाद उसने महसूस किया कि उसे न कोई तलब हुई, न ज़्यादा खाना खाने की इच्छा हुई और न ही किसी तरह के दुष्प्रभाव सामने आए।

मेरे पास ऐसे बहुत से लोगों के अनुभव दर्ज हैं, जो इन तकनीकों की मदद से वज़न घटाने में सफल रहे। लेकिन अफसोस इस बात का है कि ऐसे लोग अपेक्षाकृत कम हैं, जिन्होंने इस तरह सिगरेट की लत से छुटकारा पाया हैं। हालाँकि मैं ऐसे कई छात्रों को जानता हूँ, जिन्होंने इन्हीं तकनीकों के जरिए सिगरेट की लत से मुक्ति पाई है या फिर सिगरेट पीना बहुत कम कर दिया है। मैं आपको इन लोगों के बारे में इसीलिए बता रहा हूँ, ताकि आप भी माइंड कंट्रोल का हिस्सा बनकर अपनी इस लत से छुटकारा पा सकें।

10
सेहत में सुधार के लिए मन का प्रयोग

मेरा लगभग आधा समय देश-विदेश की यात्राओं में बीतता है, जहाँ मैं माइंड कंट्रोल छात्रों के समूहों को संबोधित करने जाता हूँ। हर साल मैं ऐसे सैकड़ों-हज़ारों लोगों से मिलता हूँ, जो मुझे स्वयं चिकित्सा (सेल्फ-हीलिंग) के किस्से सुनाते हैं। अब यह सब मेरे लिए आम हो गया है मगर दूसरे नज़रिए से देखा जाए तो मुझे इस बात पर आश्चर्य भी होता है।

हमारे शरीर पर नियंत्रण पानेवाला है 'मन'। उस पर अब तक कुछ ही लोग नियंत्रण पाने में सफल हुए हैं। हालाँकि बहुत से लोग मानसिक उपचार पद्धति को अजीब और गोपनीय मानते हैं मगर स्वास्थ्य पाने के लिए बाजार में मिलनेवाली नुकसानदायक और दुष्प्रभावों से भरी दवाओं से ज़्यादा अजीब और गोपनीय और क्या हो सकता है? मानसिक उपचार पद्धति के ज़रिए बड़ी से बड़ी बीमारी को ठीक करने के मेरे आज तक के अनुभव में मैंने इससे जुड़े किसी दुष्प्रभाव के बारे में न तो किसी से सुना और न ही स्वयं ऐसा कुछ पाया।

चिकित्सा अनुसंधान (मेडिकल रिसर्च) से दिन-ब-दिन मन और शरीर के संबंधों का खुलासा हो रहा है। ऐसी कई तरह की खोजों

से यह नतीजा सामने आया है कि मन रहस्यमयी रूप से एक शक्तिशाली भूमिका निभाता है।

माइंड कंट्रोल में हम अभी भी नई बातें सीख रहे हैं इसलिए उसे परिपूर्ण नहीं कहा जा सकता। लेकिन यदि माइंड कंट्रोल परिपूर्ण होता तो मुझे विश्वास है कि हम सबका शरीर पूरी तरह से स्वस्थ होता। हालाँकि यह एक अनिवार्य सत्य है कि यदि हमने अपने शरीर की बीमारियों से लड़ने के लिए, अपने मन की शक्तियों को मज़बूत किया तो हर बीमारी का मुकाबला किया जा सकता है। फिर तो डॉ. इमील कूई के सरल से उपाय भी काम आ जाते हैं। माइंड कंट्रोल के प्रशिक्षण से डॉ. इमील कूई के उपाय और भी प्रभावी ढंग से काम करते हैं।

जब आप अपनी शारीरिक बीमारी के इलाज के लिए सेल्फ हीलिंग या स्व-आरोग्य में पूरी महारत हासिल कर लेंगे तो आपको अन्य चिकित्सा सुविधाओं की बहुत कम सहायता लेने की आवश्यकता होगी। हालाँकि आज माइंड कंट्रोल विकास के जिस स्तर पर है और इसके प्रशिक्षण से आपने जो विकास किया है या जो महारत हासिल की है, उस लिहाज़ से देश के डॉक्टरों को असमय सेवानिवृत्त (रिटायर) नहीं किया जा सकता। सामान्य तौर पर आपको अपने स्वास्थ्य के लिए उनसे सलाह लेते रहना चाहिए और उसी के हिसाब से चलना चाहिए। जिस तेज़ी से आपके स्वास्थ्य में सुधार हो रहा है और बीमारी से आप मुक्त होते जा रहे हैं, उसके रिपोर्टस् दिखाकर आप अपने डॉक्टर को आश्चर्य में डाल सकते हैं। एक दिन वे यह सोचकर हैरान ज़रूर होंगे कि आखिर आप कौन सी उपचार पद्धति का अभ्यास कर रहे हैं, जो आपको इतनी तेज़ी से परिणाम दे रही है।

कई छात्रों ने बताया कि वे आपातकालीन स्थिति में जब बहुत रक्तस्राव या दर्द हो रहा हो, तब वे माइंड कंट्रोल में सिखाई गई उपचार पद्धति का लाभ लेते हैं। उदाहरण के लिए श्रीमती डोनाल्ड विल्डोवस्की अपने पति के साथ एक सम्मेलन यात्रा में भाग लेने के लिए टेक्सास के दौरे पर थीं। नोरविच के कनेक्टीकट बुलेटिन (पत्रिका) के अनुसार, उन्होंने स्विमिंग पूल में छलाँग लगाई, तो उनके कान का पर्दा फट गया और बहुत रक्तस्राव होने लगा।

उस समय उनके पति भी सम्मेलन यात्रा में व्यस्त थे और यात्रा के बीच से ही अपने पति को बुलाना या उनके कार्य में बाधा डालना, श्रीमती डोनाल्ड को उचित नहीं लग रहा था। फिर उन्होंने माइंड कंट्रोल की तकनीक याद की और ध्यान में

बैठकर, कुछ समय बाद श्रीमती डोनाल्ड अल्फा अवस्था में गईं। उन्होंने अपना पूरा ध्यान अपने कान पर केंद्रित किया... कान से बहनेवाले रक्तस्राव और दर्द को संबोधित करते हुए उन्होंने कहा, 'जाओ, जाओ, जाओ!' दर्द उसी समय खत्म हो गया और रक्तस्राव भी बंद हो गया। जब मैं डॉक्टर के पास गई, तो वे इस करिश्मे को देख हैरान रह गए।'

सेल्फ हीलिंग के 6 कदम

बीमारी से मुक्त होने के लिए यदि आप भी सेल्फ हीलिंग करना चाहते हैं, तो आपको ये छह आसान कदम उठाने होंगे :

1) पहले कदम की शुरुआत बीटा अवस्था में करें। अपने आपको एक स्नेही (सभी से प्रेम करनेवाला) और क्षमाशील इंसान के रूप में महसूस करें। 'मुझे सभी से प्रेम करना है', यही विचार करें। ऐसा इंसान बनने के लिए संभवतः आपको अपने मन की शुद्धि की आवश्यकता होगी। इसके लिए अध्याय आठ देखें।

2) दूसरे कदम पर आप अपने स्तर पर जाएँ। सेल्फ हीलिंग के लिए अपने स्तर पर जाना, अपने आपमें एक बड़ा कदम है। जैसा कि मैंने पहले भी कहा, इस स्तर पर मन की नकारात्मकता, अपराध बोध और गुस्सा प्रभावहीन हो जाता है और शरीर कुदरत के हिसाब से चलने को तैयार हो जाता है। अर्थात शरीर खुद को स्वस्थ, चुस्त करना शुरू कर देता है। हो सकता है कि आपके अंदर गुस्से व अपराध बोध की सच्ची भावनाएँ हों, लेकिन हमने हमेशा यही पाया कि इंसान के अंदर ऐसी भावनाएँ सिर्फ बाहरी स्तर या बीटा अवस्था में ही आती हैं। माइंड कंट्रोल के अभ्यास ये सारी भावनाएँ ओझल हो जाएँगी।

3) तीसरे कदम में मानसिक स्तर पर खुद से पहले कदम के बारे में बात करें। इसमें आपको यह इच्छा प्रकट करनी होगी कि आप अपने मन की शुद्धि करना चाहते हैं ताकि सकारात्मक शब्दों का प्रयोग कर सकें और सकारात्मक विचार ही कर सकें। साथ ही एक स्नेही व क्षमाशील इंसान बनने की इच्छा भी जाहिर करें।

4) चौथे कदम पर मन ही मन उस बीमारी के बारे में सोचें, जिससे आपको तकलीफ हो रही है। अपने मन की काल्पनिक स्क्रीन पर उस बीमारी को देखें

और महसूस करें। आपको ऐसा कुछ देर तक ही करना है क्योंकि उसका उद्देश्य, खुद को स्वस्थ करने की आपकी ऊर्जा पर ध्यान केंद्रित करना है, जहाँ पर उसकी वाकई में आवश्यकता है।

5) पाँचवें कदम पर अपनी बीमारी की छवि को तुरंत मिटा दें और अनुभव करें कि आप पूरी तरह से स्वस्थ हो गए हैं। संपूर्ण स्वास्थ्य में होने की स्वतंत्रता और उससे होनेवाली प्रसन्नता को महसूस करें। इस प्रसन्न छवि को मन में बनाए रखें, इसी पर ध्यान दें, इसका आनंद लें और यह विश्वास करें कि आप इसे पाने के हकदार हैं। यह जान लें कि इस स्वस्थ अवस्था में प्रकृति की आपकी ओर से जो उम्मीदें और उद्देश्य हैं, उनसे आप पूरी तरह से एकरूप हुए हैं।

6) एक बार फिर से अपने मन की शुद्धि पर ध्यान दें और अंत में स्वयं से कहें कि 'हर दिन, हर तरह से, मैं पहले से बेहतर, बेहतर और बेहतर हो रहा हूँ।'

अब शायद आपके मन में सवाल उठ रहा होगा कि इसमें कितना समय लगेगा और इसे कितनी बार करना चाहिए? मेरा अनुभव कहता है कि 'इन 6 कदमों को पूरा करने के लिए 15 मिनट का समय पर्याप्त होगा।' दिनभर में जब भी आपकी इच्छा हो, आप यह अभ्यास कर सकते हैं। लेकिन दिन में कम से कम एक बार इस अभ्यास को अवश्य करें। इसमें अतिवाली कोई बात नहीं है। एक दिन में आप कई बार यह अभ्यास कर सकते हैं। इसका कोई दुष्प्रभाव नहीं होगा।

वैसे मैं एक चीज़ के बारे में आपको आगाह करना चाहूँगा। आपने सुना होगा कि ध्यान करना अच्छी बात है लेकिन ध्यान के मामले में इतनी अति न करें कि संसार से विरक्त होकर, अपने आपमें ही सिमटकर रह जाएँ। यह सच है या नहीं, पता नहीं। हालाँकि ऐसा ध्यान के अन्य विषयों के बारे में कहा जाता है, माइंड कंट्रोल के लिए नहीं। माइंड कंट्रोल में हम संसार से विरक्त होने पर नहीं बल्कि संसार में शामिल होने पर बल देते हैं। हम चाहते हैं कि समस्याओं को अनदेखा न किया जाए और हर समस्या का समाधान ढूँढ़ा जाए। इस तरह आप संसार से जुड़े रहते हैं।

एक बार फिर से सेल्फ हीलिंग की बात पर वापस आते हैं : पहले कदम की कोई सीमा नहीं है। बीटा, अल्फा और थीटा अवस्था में इसका अभ्यास और अनुभव करें। दिनभर में कभी ऐसा लगे कि आप सेल्फ हीलिंग का पहला कदम भूल रहे हैं तो तुरंत तीन अंगुलियों वाली तकनीक भी इस्तेमाल करें।

हमारे बहुत सारे माइंड कंट्रोल केंद्रों पर छात्रों के लिए न्यूजलेटर यानी समाचार पत्र भी प्रकाशित होते हैं। इसमें छात्र माइंड कंट्रोल से उन्हें क्या-क्या लाभ हुए हैं, इसकी पूरी जानकारी देते हैं। जैसे उन्होंने अपने सिरदर्द, दमा, थकान और उच्च रक्तचाप जैसे रोगों से कैसे छुटकारा पाया, इसके सारे अनुभव उस न्यूजलेटर में दिए गए हैं। इनमें से एक अनुभव मैं यहाँ पर बताने जा रहा हूँ। मैंने इसका चयन इसलिए किया क्योंकि यह अनुभव बतानेवाला स्वयं एक डॉक्टर है।

स्वयं को आरोग्य प्रदान करने के कुछ उदाहरण

एक डॉक्टर का अनुभव

ग्यारह साल की उम्र से ही मुझे माइग्रेन की तकलीफ शुरू हुई। शुरुआत में कम तकलीफ होती और आसानी से काबू में भी आ जाती थी। मगर बढ़ती उम्र के साथ तकलीफ भी बढ़ने लगी। जब भी दर्द शुरू होता, तो तीन से चार दिन तक बना रहता। फिर मुझे 'क्लस्टर' का सिरदर्द शुरू हुआ यानी हर दो दिन के बाद मुझे दर्द का दौरा पड़ता। ऐसा सिरदर्द बहुत भयंकर होता है... अकसर चेहरे और सिर के एक ओर भयंकर दर्द होता है। ऐसा लगता है कि आँखें अभी बाहर निकल आएँगी। दर्द इतना तीव्र होता है कि पेट में भी ऐंठन सी होने लगती है। कई बार किसी दर्द की दवा से थोड़ा-बहुत आराम मिलता है, पर इसे ठीक उस समय लेना होता है, जब दर्द शुरू हुआ हो। दर्द तेज़ होने के बाद कोई दवा आराम नहीं देती। केवल समय ही दवा बनता है। मेरी हालत तो ऐसी हो गई थी कि हर चार घंटे बाद दवा लेनी पड़ रही थी और फिर भी आराम का नामोनिशान नहीं था।

आखिरकार मैं एक सिरदर्द विशेषज्ञ के पास गया। उन्होंने मेरे शरीर के कई सारे टेस्ट करवाए ताकि यह पता चले कि कहीं मुझे कोई शारीरिक या न्यूरो (दिमाग) संबंधी परेशानी तो नहीं। उन्होंने कुछ दवाएँ लिखकर दीं, लेकिन उनके सेवन के बावजूद मेरा सिरदर्द बना रहा।

मैं खुद एक डॉक्टर हूँ लेकिन अपनी ही बीमारी का इलाज नहीं कर पा रहा हूँ। मेरी एक नियमित पेशंट माइंड कंट्रोल की छात्र थी, वह मुझे पिछले एक बरस से अपने साथ माइंड कंट्रोल प्रशिक्षण में भाग लेने के लिए कह रही थी, लेकिन मैं उससे हमेशा यही कहता कि 'मुझे इन बातों पर यकीन नहीं है।' फिर एक दिन जब उसने मुझे लगातार चार दिन के बाद भी तेज़ सिरदर्द में देखा तो वह बोली, 'क्या

अब भी आप मेरी बात नहीं मानेंगे? अगले सप्ताह ही माइंड कंट्रोल प्रशिक्षण का नया कोर्स शुरू होने जा रहा है। मुझे लगता है कि आपको मेरे साथ इस कोर्स में आना चाहिए।'

उसके जोर देने पर मैंने कोर्स में अपना नाम लिखवा दिया और पूरी ईमानदारी से हर रोज वहाँ जाने लगा। मैंने महसूस किया कि जब तक कोर्स चलता रहा, उस पूरे सप्ताह मेरे सिर में दर्द नहीं हुआ। मगर कोर्स समाप्त करने के एक सप्ताह बाद फिर वैसा ही भयंकर सिरदर्द उठा। यही वह मौका था, जब मैं यह देख सकता था कि मुझे इस कोर्स से कोई लाभ हुआ है या नहीं। इसलिए मैंने माइंड कंट्रोल का एक चक्र यानी अभ्यास पूरा किया और मेरे लिए आश्चर्य था कि सिरदर्द ठीक हो गया... ऐसा लगा मानो जादू सा हो गया हो, पर कुछ ही देर में दर्द और अधिक तीव्रता से शुरू हो गया। लेकिन इस बार मैंने हार नहीं मानी और एक बार फिर से माइंड कंट्रोल का एक चक्र पूरा किया और गिनती की। इससे कुछ समय के लिए तो दर्द से आराम मिला लेकिन यह दोबारा लौट आया। इस तरह मैंने माइंड कंट्रोल के दस चक्र पूरे किए पर सिरदर्द नहीं थमा लेकिन इससे मैं निराश नहीं हुआ। क्योंकि इस बार मैंने बिना कोई दवा लिए केवल माइंड कंट्रोल की तकनीक के अनुसार ही अपना इलाज शुरू किया। मैंने विश्वास के साथ खुद से कहा कि इसी तकनीक से मेरा सिरदर्द ठीक हो जाएगा' और फिर कुछ ही समय में दर्द सचमुच ठीक हो गया।

कुछ समय तक सिर में दर्द नहीं हुआ। लेकिन अगली बार सिरदर्द होने लगा तो माइंड कंट्रोल में बताई गई तकनीक के अनुसार केवल तीन बार अभ्यास करने से ही मुझे दर्द से आराम मिल गया। इसी तरह तीन महीने तक दर्द का आना-जाना जारी रहा। चूँकि मैं माइंड कंट्रोल का अभ्यास कर रहा था इसलिए मुझे दवा की ज़रूरत महसूस ही नहीं हुई। मेरे लिए माइंड कंट्राल सचमुच कारगर साबित हुआ!'

एक नन का उदाहरण

अब अगला उदाहरण डेट्रॉयट स्थित मिशिगन की एक नन, सिस्टर बार्बरा बर्न्स का है। मैंने इसका चुनाव इसलिए किया क्योंकि बार्बरा बर्न्स को अपने लिए कारगर तकनीक चुननी आती थी।

वे पिछले 27 सालों से चश्मा पहन रही थीं क्योंकि उनकी दूर की नज़र कमजोर थी। जब नंबर बढ़ने लगा तो उनके लेंस बदले गए, जिससे उनकी आँखों

की दूरी भाँपने की क्षमता कम हो गई। अब उन्हें बाईफोकल चश्मे की ज़रूरत पड़ने लगी। जुलाई 1974 में, उन्होंने अपनी आँखों की समस्या के लिए माइंड कंट्रोल की तकनीक का उपयोग करने का निर्णय लिया। माइंड कंट्रोल का कोर्स उन्होंने पहले ही पूरा किया था इसलिए उसमें बताई गईं तकनीकें उन्हें याद थीं। उन्होंने गहरे ध्यान में जाकर स्वयं से कहा, 'जब भी मैं अपनी पलकें झपकती हूँ, तो वे बेहतर तरीके से फोकस करने लगती हैं, जैसे किसी कैमरे का लेंस हों।' हर ध्यान के दौरान, वे यही बात दोहराने लगीं। सिर्फ दो ही सप्ताह में उनकी दृष्टि में सुधार दिखने लगा और अब वे चश्मे के बिना भी काम चला सकती थीं। हालाँकि कुछ पढ़ने के लिए उन्हें अब भी चश्मे की ज़रूरत पड़ती थी। उन्होंने एक ऑप्टोमेस्ट्रिस्ट डॉ. रिचर्ड व्लोडिगा की सलाह ली, जो खुद माइंड कंट्रोल के छात्र रह चुके थे। डॉक्टर ने बताया कि 'आपकी आँख का कॉर्निया (आँखों का वह भाग जिस पर बाहर का प्रकाश पड़ता है) अपने स्थान से ज़रा खिसका हुआ है।' डॉक्टर से अगली मुलाकात से पहले ही सिस्टर बार्बरा ने कुछ समय तक अपने ध्यान के दौरान स्वयं को अपनी आँख का कॉर्निया ठीक होने के बारे में निर्देश दिए और फिर डॉक्टर से अपनी आँखों की जाँच करवाने गईं।

हम यहाँ उस पत्र का एक हिस्सा प्रकाशित कर रहे हैं, जो सिस्टर बार्बरा बर्न्स की जाँच के बाद डॉक्टर व्लॉडिगा ने हमें लिखा था।

'मैंने पहली बार 20 अगस्त 1974 को सिस्टर बार्बरा बन्स के आँखों की जाँच की थी। उसके बाद फिर से 26 अगस्त 1975 को उनके आँखों की जाँच की। लगभग एक साल से उन्होंने चश्मा नहीं लगाया था।

इस दौरान सिस्टर बार्बरा की आँखों की समस्या बहुत ही कम हुई थी। अब वे बिना चश्मे के दूर की चीज़ों को देख सकती थीं। इसलिए उन्हें चश्मा पहनने की आवश्यकता ही नहीं रही।

बेशक माइग्रेन से पीड़ित डॉक्टर और इस सिस्टर बार्बरा को कोई ऐसी जानलेवा बीमारी नहीं थी, जिनके प्रति हमारे मन में बचपन से ही डर बिठा दिया जाता है। क्या माइंड कंट्रोल किसी जानलेवा रोग को ठीक करने में मदद कर सकता है या हमें दवा लेकर ठीक होने का इंतजार करना चाहिए? आइए, अब दुनिया के सबसे भयंकर रोगों में से एक, कैंसर की बात करते हैं।

कैंसर और माइंड कंट्रोल

आपने अमेरिका के प्रसिद्ध डॉ. ओ कॉर्ल साइमन्टन के कार्य के बारे में पढ़ा होगा। वे रेडियोलॉजी और ऑन्कोलॉजी में विशेषज्ञ थे। कैंसर विशेषज्ञ मेरीलीन फर्ग्युसन ने अपनी पुस्तक 'द ब्रेन रिवोल्यूशन' में और जनवरी 1976 में ग्रेस हाल्सेल ने अपनी 'निवारण पत्रिका' (Prevention Magazine) में डॉ. ओ कॉर्ल साइमन्टन के बारे में एक आलेख प्रकाशित किया था, जिसका शीर्षक था, 'माइंड ओवर कैंसर'। डॉक्टर साइमन्टन खुद माइंड कंट्रोल की तकनीकों का प्रशिक्षण ले चुके थे और उन्होंने कैंसर के उपचार में इनमें से कई तकनीकों को शामिल किया था।

जब उन्हें सैन फ्रांसिस्को के पास स्थित ट्रैविस एयरफोर्स बेस में रेडीएशन थेरेपी का इंचार्ज बनाकर भेजा गया, तो उन्होंने एक जाने-माने तथ्य का अध्ययन किया : कुछ ऐसे रोगियों का स्वत: ही कैंसर मुक्त हो जाना, जिन्होंने इसके लिए कोई दवा नहीं ली। इसे 'स्पॉन्टेनियस रीमिशन' या 'त्वरित सुधार' के नाम से जाना जाता है। दुनिया में जितने भी कैंसर रोगी हैं, उनमें इस तरह स्वस्थ होनेवालों की संख्या बेहद कम है। डॉ. साइमन्टन जानना चाहते थे कि उनके स्वस्थ होने के पीछे क्या वजह है।

उन्होंने पाया कि इन रोगियों में एक बात समान थी। वे सब आशावादी, सकारात्मक और दृढ़ संकल्पवाले लोग थे।

1974 में बोस्टन में आयोजित माइंड कंट्रोल के सम्मेलन में उन्होंने कहा, 'कैंसर पर अनुसंधान (खोज या जाँच) करनेवालों के अनुसार, कैंसर के विकास में पहचाना जानेवाला सबसे बड़ा भावनात्मक कारण यह है कि रोगी का बीमारी के निदान से पहले 6 से 18 महीनों के बीच भारी नुकसान होता है।'

ऐसा कई दीर्घकालीन अध्ययनों से माइंड कंट्रोल के स्वतंत्र अनुसंधानकर्ताओं द्वारा भी स्पष्ट हुआ है। हमने पाया कि केवल वह हानि ही सबसे बड़ी वजह नहीं होती, दरअसल उस हानि से इंसान कैसे उबरा, यह बात ज़्यादा मायने रखती है।

अकसर रोगी का नुकसान इतना तीव्र होता है कि उसके मन में असहायता और निराशा की भावना पैदा होती है। जिससे ऐसा लगने लगता है कि उसकी रोग प्रतिरोधक क्षमता घट गई है। इससे कैंसर का खतरा और बढ़ जाता है।

ट्रैविस एयरफोर्स बेस में हुए एक और अध्ययन की रिपोर्ट, जर्नल ऑफ

ट्रांसपर्सनल साइकोलॉजी में प्रकाशित हुई। इस अध्ययन में डॉ. साइमन्टन ने पाँच श्रेणियों में 152 कैंसर रोगियों का परीक्षण किया और उनके दृष्टिकोण को बहुत नकारात्मक से बहुत सकारात्मक की श्रेणी में विभाजित किया। इसके बाद उन्होंने थेरेपी यानी उपचार पर हर रोगी की प्रतिक्रिया को बहुत बेहतर से खराब की श्रेणी में मापा। इनमें 20 रोगियों के इलाज के नतीजे बढ़िया रहे। हालाँकि उन 20 में से 14 रोगियों की हालत इतनी गंभीर थी कि वे अगले पाँच साल तक जिंदा रहेंगे, इसकी संभावना भी बस 50 प्रतिशत ही थी। लेकिन सकारात्मक दृष्टिकोण से ही उन्होंने अपने जीवन में संतुलन बनाए रखा और इसके अच्छे नतीजे उन्हें मिले। दूसरी ओर अन्य 22 रोगियों के इलाज के नतीजे अच्छे नहीं रहे क्योंकि उनमें से किसी का भी दृष्टिकोण सकारात्मक नहीं था।

जब सकारात्मक सोच रखनेवाले कुछ अन्य रोगी अपने-अपने घर वापस लौटे, तो उनके व्यवहार में बदलाव आ चुका था। डॉक्टरों ने पाया कि सकारात्मक सोच के कारण उनकी बीमारी भी तेज़ी से ठीक हो रही थी। इससे स्पष्ट था कि उनके मामले में रोग की गंभीरता की बजाय, उनके सकारात्मक विचारों ने ज़्यादा अहम भूमिका निभाई है।

'जर्नल' के संपादक ने मेनिन्जर फाउण्डेशन के डॉ. एल्मर ग्रीन का हवाला देते हुए कहा, 'कार्ल और स्टीफेन साइमन्टन, रोगी की कल्पनाशक्ति और पारंपरिक रेडियोलॉजी का मेल करके, कैंसर के उपचार में उल्लेखनीय नतीजे हासिल कर रहे हैं।'

बोस्टन में दिए अपने भाषण में डॉ. साइमन्टन ने अमेरिकन कैंसर सोसायटी के प्रेसीडेंट यूगेन पेंडरग्रास द्वारा 1959 में कही बात का हवाला दिया कि 'इस बात के पुख्ता सबूत मिले हैं कि किसी भी बीमारी के दौरान भावनात्मक निराशा या तनाव का उस बीमारी पर काफी प्रभाव पड़ता है। मैं आशा करता हूँ कि हम अपनी उस मानसिक ऊर्जा या योग्यता का विस्तार कर सकें, जो किसी भी रोग को बढ़ाने या रोकने की क्षमता रखती है।'

डॉ. साइमन्टन अब फोर्ट वोर्थ में कैंसर काउंसलिंग व रिसर्च सेंटर के मेडिकल डायरेक्टर हैं। जहाँ वे अपने साथी थेरेपिस्ट स्टीफेन मैथ्यू-साइमन्टन के साथ मिलकर रोगियों को अपने स्वयं के उपचार में मानसिक स्तर पर क्या-क्या करना चाहिए, इसका संपूर्ण प्रशिक्षण देते हैं।

मैंने इसकी शुरुआत इस विचार के साथ की थी कि 'किसी का रोग कितनी जल्दी ठीक होगा या वह अपने रोग की प्रगति को कितना प्रभावित करेगा, यह रोगी के मानसिक दृष्टिकोण से तय होता है।' जैसे-जैसे मेरी इस बारे में जानकारी बढ़ी, मैंने पाया कि माइंड कंट्रोल, बायोफीडबैक और ध्यान ने मुझे यह सिखाने में मदद की कि रोगी अपने ही रोग के उपचार से स्वयं कैसे जुड़ सकता है। हर रोगी को भावनात्मक स्तर पर अधिक सक्षम बनाने के लिए यही वह सबसे महत्वपूर्ण साधन है।

रोगियों को प्रशिक्षित करने के लिए डॉ. साइमन्टन जो कदम उठाते हैं, उनमें से सबसे पहले कदम पर वे रोगी के भय को दूर करने की पूरी कोशिश करते हैं। यह प्रशिक्षण शुरू होने के बाद यह बात समझ में आती है कि कैंसर की कोशिकाएँ हमारे शरीर में निरंतर बनती रहती हैं। हम सभी के शरीर में कैंसर की कोशिकाएँ होती ही हैं, जो हर समय शरीर में ज़हरीले पदार्थ का विकास करती रहती हैं। हमारा शरीर उन्हें पहचानकर नष्ट करता रहता है और यह सिलसिला लगातार चलता रहता है। हम अपने शरीर में बन रही सारी कैंसर कोशिकाओं से एक साथ छुटकारा नहीं पा सकते क्योंकि ये समय-समय पर शरीर में बनती ही रहती हैं। महत्त्व तो इस बात का है कि रोगी अपने शरीर को फिर से इस योग्य बना ले कि वह शरीर की प्रतिक्रियाओं को स्वयं सँभाल सके और उन पर जीत हासिल कर सके।

डॉक्टर साइमन्टन के बाद श्रीमती साइमन्टन ने अपनी बात रखते हुए कहा, 'अधिकतर लोग... कैंसर कोशिकाओं को ऐसी बदसूरत, घटिया और बेहूदी चीज़ के तौर पर देखते हैं, जो वास्तव में बहुत ताकतवर होती हैं। लोगों को ऐसा लगता है कि एक बार हमारे शरीर में ये कोशिकाएँ आ जाएँ, तो उसके बाद शरीर कुछ नहीं कर सकता। जबकि कैंसर कोशिका बस एक ऐसी सामान्य कोशिका है, जो खराब हो गई है। अपनी भाषा में हम इसे एक मूर्ख कोशिका कह सकते हैं क्योंकि यह इतनी तेज़ी से बढ़ती है कि कई बार यह अपनी रक्त आपूर्ति (Blood supply) घटाकर, भूखी रह जाती है। यह बहुत कमजोर है। आप इसे काट सकते हैं, रेडिएशन या कीमोथेरेपी भी दे सकते हैं। कमजोर होने के बाद यह कोशिका फिर से सशक्त यानी स्वस्थ नहीं बनती, यह दम तोड़ देती है।

अब जरा एक स्वस्थ कोशिका के साथ कैंसर कोशिका की तुलना करें। हम जानते हैं कि अगर आपकी अंगुली कट जाए और उस घाव पर आपने एक बैंडेज भी

नहीं लगाया तो भी आपका घाव धीरे-धीरे भर जाएगा। हम जानते हैं कि सामान्य ऊतक* किसी भी तकलीफ में अपना इलाज स्वयं करते हैं और ठीक हो जाते हैं। वे कभी भी अपनी रक्त आपूर्ति को कम नहीं करते। जरा गौर करें कि इसके बावजूद भी हमने अपने मन में इन चीज़ों की कैसी छवि बना रखी है। हम देख सकते हैं कि पहले हमारे मन में इस बीमारी के प्रति क्या विचार थे और अब हम केवल अपने मन के भय के कारण ही ऐसी बीमारियों को कितना बलशाली बना देते हैं।

रिलैक्सेशन और मानसिक चित्रण (Visualization) की तकनीकों को रेडिएशन थेरेपी में इस्तेमाल करने के संदर्भ में श्रीमती साइमन्टन ने कहा, 'शायद मानसिक चित्रण की तकनीक हमारे लिए मूल्यवान साधनों में से है।

हम रोगियों को तीन तरह के काम करने को कहते हैं। हम उनसे कहते हैं कि वे अपने मन में अपनी बीमारी की प्रतिमा को देखें... बीमारी पर हो रहे उपचार का काल्पनिक चित्र देखें... और अपने शरीर की रोग प्रतिरोधक क्षमता को अपने आप बढ़ते हुए देखें।

अपने सामूहिक सत्रों के दौरान, हम क्या-क्या पाना चाहते हैं, इसकी हम कल्पना करते हैं और उसके बारे में चर्चा भी करते हैं। हमारे विश्वास करने से पहले ही वह कल्पना हमारी आँखों के सामने आ जाती है। इस तरह कल्पना करके कोई चित्र आँखों के सामने देखना बहुत अहमियत रखता है।

जिन मुख्य चीज़ों के बारे में हम अकसर बात करते हैं, उनमें से एक है 'ध्यान'। आप कितनी बार ध्यान करते हैं? और ध्यान में आप क्या करते हैं? यह महत्वपूर्ण होता है।

---

*ऊतक किसी जीव के शरीर में कोशिकाओं के ऐसे समूह को कहते हैं, जिनकी उत्पत्ति एक समान हो तथा वे एक विशेष कार्य करती हों।

11
प्रेमियों के लिए एक परिचयात्मक अभ्यास

माइंड कंट्रोल ग्रुप के सामने अपनी बात रखते हुए, श्रीमती साइमन्टन ने जीवन के अनेक तनावों के बारे में बताया कि यदि इन तनावों को ठीक से नियंत्रित नहीं किया गया तो ये हमारे शरीर में बीमारी पैदा कर सकते हैं।

उन्होंने कहा, 'हमारे मरीजों में ऐसे लोगों की संख्या न के बराबर है, जिनका विवाह सफल रहा हो। जब सुखद वैवाहिक जीवन वाला कोई कैंसर रोगी हमारे पास आता है, तो हमें उसका इलाज करने में आसानी होती है क्योंकि उसके पास जीवित रहने की मुख्य वजह होती है– उसका वैवाहिक जीवन और जीवनसाथी।'

कोई विवाह सुखद कैसे बनता है? इस सवाल का जवाब मेरे पास नहीं है। अगर मैं अपनी शादी के बारे में बताऊँ, तो मेरी पत्नी पॉला के साथ मेरा वैवाहिक जीवन बेहद सुखद और बढ़िया रहा। 36 सालों से हमारा रिश्ता प्रेम से संपन्न और बेहद दिलचस्प है। लेकिन मैं निश्चित तौर पर अपने सफल वैवाहिक जीवन का कारण नहीं बता सकता क्योंकि मैं खुद भी यह समझ नहीं पाता कि पॉला के साथ मेरा वैवाहिक जीवन इतना सुखी कैसे है। ऐसा लगता है कि शायद इसी बात ने हमारी शादी को सुखद बनाया होगा। अपने सुखी

वैवाहिक जीवन का उदाहरण मैं इसलिए बता रहा हूँ क्योंकि विवाह का कोई भी दुःखद अनुभव मुझे नहीं मिला है। विवाह के दुःखद अनुभवों से कैसे बचना चाहिए या ऐसी मुश्किल स्थिति में किसी को क्या करना चाहिए, इस बारे में मैं किसी को कोई सुझाव नहीं दे सकता।

हालाँकि अगर कोई पति-पत्नी अपने वैवाहिक जीवन को संपन्न और समृद्ध बनाना चाहें, तो मैं ऐसे कुछ उपाय ज़रूर बताना चाहूँगा, जिन्हें वे अपना सकते हैं।

अपने वैवाहिक जीवन में सुधार कैसे लाएँ

हो सकता है कि आप सबसे पहले मुझसे पति-पत्नी के बीच के शारीरिक संबंधों के बारे में जानना चाहें। क्योंकि कई लोग यह मानते हैं कि एक सफल विवाह में सबसे महत्वपूर्ण होता है, पति-पत्नी के बीच शारीरिक संबंध होना। विवाह के बाद शारीरिक संबंध यानी सेक्स को मैं इसे एक अच्छी शादी के नतीजे के रूप में देखता हूँ। मगर इसके बारे में, बाद में चर्चा होगी।

मेरे हिसाब से, किसी भी विवाह की सर्वश्रेष्ठ आधारशिला है, पति-पत्नी के बीच की घनिष्ठता (Intimacy)। लेकिन पति-पत्नी घनिष्ठता के नाम पर एक-दूसरे की वैयक्तिक बातों पर आक्रमण न करें। वास्तव में पति-पत्नी के बीच ऐसी घनिष्ठता होनी चाहिए, जिसमें एक-दूसरे के प्रति गहरी आपसी समझ हो और एक-दूसरे का स्वीकार हो।

अब मैं आपको कुछ सुझाव दूँगा, जो शायद आपको विचित्र लगें लेकिन इससे पहले मैं आपको इसकी पृष्ठभूमि बताना चाहूँगा। हमने माइंड कंट्रोल कोर्स के अंत में 'उन्नत प्रसन्नता के अनुभव' की बात की है। इसके अलावा एक और बात हमारे सामने आई है, जो बहुत ही सूक्ष्म है मगर गहराई तक अनुभव देनेवाली है। माइंड कंट्रोल में आए छात्र यह कोर्स पूरा होने से कुछ समय पहले एक-दूसरे के बीच घनिष्ठता या नज़दीक आने की भावना का अनुभव करते हैं। एक-दूसरे के प्रति उनके मन में गहरी और प्यारभरी मित्रता की भावना होती है। जबकि कोर्स में पहली बार आते समय वे उन अजनबियों की तरह थे, जिनके रास्ते गलती से भी एक-दूसरे से मिलने की संभावना नहीं है। कोर्स पूरा होने के बाद भी वे अपनी-अपनी राह चलनेवाले हैं। हालाँकि भविष्य में यदि ये छात्र एक-दूसरे से दोबारा मिलते हैं तो उनके बीच फिर से ऐसी ही घनिष्ठता या नज़दीकी जगाई जा सकती है।

यह बात इस तथ्य से सामने आती है कि वे एक साथ आजीवन चलनेवाले गहन अनुभवों से गुजरते हैं। युद्ध के तीव्र अनुभवों के बाद कई सिपाहियों के मन में एक-दूसरे के प्रति जुड़े रहने की भावना होती है। इसी तरह उन अजनबियों को भी कुछ ऐसा ही महसूस हो सकता है, जो किसी दिन एक-दूसरे के साथ एक लिफ्ट में फँस गए हों।

मेरी बात को समझने के लिए यह केवल एक छोटा सा उदाहरण है। आमतौर पर ऐसी चीज़ों में बस ऐसी छोटी-छोटी बातों को ही आसानी से समझा जा सकता है।

इसके अलावा और भी कुछ है, जिसे मैं बताने की कोशिश करूँगा। गहरे और दीर्घाकालीन ध्यान के दौरान इंसान का मन एक-दूसरे से संपर्क बनाता है। उस समय हमारा मन पूरी संवेदना के साथ ग्रहणशील होता है। इसलिए वह किसी और को इस प्रकार से स्पर्श करता है, जैसा अपना पूरा जीवन एक साथ बिताए हुए लोग एक-दूसरे को स्पर्श करते हैं। अचानक बनी घनिष्ठता अधिकतर झूठी होती है, जिससे कई बार हमें असुविधाजनक महसूस होता है। ऐसी घनिष्ठता लंबे समय तक नहीं टिकती। लेकिन उसका अनुभव तो दीर्घकालीन होता है और वह हमारे मन में गहराई तक महसूस होता है।

चूँकि यह एक सूक्ष्म स्तर पर अनुभव करने की भावना है। माइंड कंट्रोल का कोई छात्र इस संदर्भ में कुछ भी न कहे तो हैरान न हो जाएँ। जब आप खुद उसे मन की घनिष्ठता के बारे में बताएंगे तो वह आपसे कहेगा।, 'अरे, हाँ! ऐसी घनिष्ठता को हमने महसूस किया है। वह बहुत सुंदर अनुभव था।'

माइंड कंट्रोल के प्रशिक्षण में इसे 'बाई प्रोडक्ट (by-product) यानी उप-उत्पाद' कहा जाता है। विशेष तौर पर यह नतीजा पाने के लिए इस कोर्स को नहीं बनाया गया है। हालाँकि यह एक विचित्र प्रश्न है कि एक पति-पत्नी आपस में बरसों एक-दूसरे के साथ रहने के बाद, सहज आत्मीयता के जिस स्तर पर आते हैं, क्या उसे माइंड कंट्रोल की तकनीकों के माध्यम से सीखा जा सकता है? वास्तव में इसके परिणाम हमारे छात्रों द्वारा कक्षा में अनुभव किए गए परिणामों से कहीं गहरे होंगे। अब जानें कि इसके लिए आपको क्या करना है-

1) अपने मन में कोई ऐसा स्थान चुनें, जहाँ आप दोनों सबसे अधिक सहज और खुशहाल महसूस करते हों। उदाहरण के लिए कोई ऐसा स्थान, जहाँ आपने

एक साथ छुट्टी मनाई हो या फिर जहाँ आपने अपने जीवन की सुखद यादें एक-दूसरे से बाँटी हों। हालाँकि यह कोई ऐसा स्थान भी हो सकता है, जहाँ आप पहले कभी न गए हों मगर आप दोनों वहाँ जाकर इसे एक-दूसरे के लिए खास बना सकते हैं। बस कोई ऐसी जगह न चुनें, जहाँ दोनों में से कोई एक ही गया हो। इस तरह आप दोनों के अनुभव की समरूपता बिखर जाएगी और बाँटने की भावना कम हो जाएगी।

2) अब चुनी हुई जगह पर, एक दूसरे के करीब और अपना चेहरा बिलकुल एक-दूसरे के आमने-सामने करके, आराम से बैठें। फिर शांत भाव से आँखें मूँद लें।

3) आप दोनों में से किसी एक को अपने साथी को आगे दी गई सूचनाओं के अनुसार कहना है कि 'मैं धीरे-धीरे दस से एक तक उल्टी गिनती गिनूँगा और हर गिनती के साथ तुम धीरे-धीरे मन की सहज ध्यान अवस्था में गहराई तक जाते हुए महसूस करोगे/करोगी। दस-नौ – महसूस करो कि तुम और अधिक गहराई में जा रही/रहे हो… आठ-सात-छह – और गहराई में जा रही/रहे हो… पाँच-चार – इससे भी अधिक गहरे अनुभव में तुम जा रही/रहे हो… तीन-दो-एक – अब तुम बिलकुल शांत हो और मन की गहरी सुखद अवस्था में हो…। तुम्हारी मदद से अब मैं भी उस सुखद अवस्था में आ रही/रहा हूँ।

4) अब आपका साथी आपको यही सूचनाएँ देगा। 'मैं धीरे-धीरे दस से एक तक उल्टी गिनती गिनूँगा और हर गिनती के साथ तुम धीरे-धीरे मन की सहज ध्यान अवस्था में गहराई तक जाते हुए महसूस करोगे/करोगी। दस-नौ – महसूस करो कि तुम मेरे साथ गहराई में जा रहे/रही हो… आठ-सात-छह – और गहराई में जा रहे/रही हो… पाँच-चार – इससे भी अधिक गहराई और निकटता तुम महसूस कर रहे/रही हो… तीन-दो-एक – अब हम दोनों शांत हैं और मन की गहरी सुखद अवस्था में आए हैं। इसके आगे का अधिक गहरा अनुभव हम दोनों एक साथ लेते हैं।

5) पहला साथी कहेगा, 'ठीक है, चलो हम मिलकर और गहराई में उतरें। हम एक साथ ऐसे स्थान पर जाते हैं, जहाँ बहुत शांति हो और वहाँ का अनुभव लेते हैं। हम इसका जितना अधिक अनुभव करेंगे, उतनी ही गहरी अवस्था में जाएँगे। अब आकाश की ओर गौर से देखो…।'

6) 'हम्म... इक्का-दुक्का बादलों के अलावा आकाश एकदम साफ है।' आप दोनों जो दृश्य देख रहे हैं, उसका एक-दूसरे से विस्तारपूर्वक वर्णन करेंगे। जैसे वह दृश्य देखते समय का तापमान, रंग, ध्वनि और अन्य सभी सुखद विवरणों का अनुभव आप दोनों एक साथ मगर धीरे-धीरे करेंगे।

7) जब आप दोनों ही गहरे स्तर पर हों, तो कोई जल्दबाजी न करें। अपनी इस शांत अवस्था का पूरा अनुभव लें। आप दोनों में से एक साथी अपने दूसरे साथी से कहेगा, 'मैं अपने जीवन में तुम्हें हमेशा खुश रखना चाहता/चाहती हूँ क्योंकि तुम्हारे खुश रहने से ही मुझे खुशी मिलेगी।'

8) अब दूसरा साथी पहले साथी से कहेगा, 'मैं भी तुम्हें हमेशा खुश रखना चाहता/चाहती हूँ। तभी मेरे जीवन में भी खुशी आएगी।'

9) अब कुछ समय बिना कुछ बोले, ऐसे गुज़रने दें। एक-दूसरे के बीच होनेवाले इस मौन संवाद को जितना चाहें, उतना समय दें और फिर जागें। कुछ लोग इस मौन संवाद का अनुभव एक-दूसरे की आँखों में झाँककर अधिक गहराई से महसूस कर सकते हैं। नियमित ध्यान करनेवाले साधक को, अल्फा या थीटा अवस्था में रहकर, अपनी आँखें खुली रखकर भी यह अनुभव लेना सहज संभव है। लेकिन अगर आप ऐसा करने में सहज महसूस न करें, तो जबरन ऐसा करने की कोशिश न करें।

इस अनुभव को केवल पढ़कर या उसकी कल्पना करके, उसका महत्त्व समझ में नहीं आएगा क्योंकि वास्तव में यह अधिक शक्तिशाली अनुभव है। पहली बार जब आप यह अनुभव लेने का प्रयास करेंगे, उस समय आपको उसकी शक्ति पर विश्वास हो जाएगा। हो सकता है कि इसमें थोड़ा-बहुत मनचाहा बदलाव लाकर, आप इसे अपने जीवन का अभिन्न अंग बना लें।

सावधान रहें : अगर आपने इस अनुभव का गलत प्रयोग किया तो इसकी सुंदरता समाप्त हो जाएगी। अगर दोनों में से एक ने भी इसके उद्देश्य को न समझा और उसे स्वीकार करने से इंकार किया, तो उनके बीच की घनिष्ठता या उनमें बढ़नेवाली नज़दीकी के स्तर में कमी आ सकती है। मैं इसका अभ्यास करने की सलाह उन्हीं लोगों को दूँगी, जो एक-दूसरे के साथ बहुत गहरा व अपनेपन से भरपूर रिश्ता चाहते हों और लंबे समय तक एक साथ रहने के लिए वचनबद्ध होना चाहते हों।

हर किसी का एक आभामंडल होता है, जिसे कुछ लोग, शरीर के आसपास मौजूद ऊर्जा क्षेत्र के तौर पर देख सकते हैं। हम भी इस आभामंडल को देखने का प्रशिक्षण पा सकते हैं। दरअसल माइंड कंट्रोल प्रशिक्षण के अनेक छात्र बताते हैं कि यह प्रशिक्षण लेने के बाद वे अपने और दूसरों के आभामंडल देख सकते हैं। हर किसी के आभामंडल में उतना ही फर्क होता है, जितना हर किसी के फिंगरप्रिंट्स (अंगुलियों की छाप) में होता है।

जब लोग शारीरिक तौर पर एक-दूसरे के करीब आते हैं, तो उनके ऊर्जा क्षेत्र आपस में मिल जाते हैं। उनके आकार, गहनता, रंग और स्पंदनों में फर्क आ जाता है। ऐसा अनुभव न सिर्फ तब होता है, जब दो लोग एक बिस्तर पर साथ हों बल्कि भीड़ से भरी बसों और थिएटरों में भी ऐसा अनुभव लोगों को होता है। एक-दूसरे से जितना अधिक संपर्क होगा, आभामंडल में आने वाला बदलाव भी उतना ही दीर्घकालीन होगा।

पति-पत्नी के मामले में यह एक सकारात्मक परिवर्तन होता है क्योंकि उनके आभामंडल आपस में एक-दूसरे के पूरक बन जाते हैं। लेकिन अगर वे लंबे समय तक शारीरिक तौर पर एक-दूसरे से दूर रहें, तो यह पूरी प्रक्रिया विपरीत होने की संभावना भी बढ़ जाती है। अगर विवाह को लंबे समय तक बनाकर रखना है, तो पति-पत्नी का एक-दूसरे से दूर-दूर रहना उचित नहीं होगा। दोनों की शारीरिक स्तर पर नज़दीकी होना आवश्यक है। मैं यही सलाह दूँगा कि पति-पत्नी सोने के लिए डबल बेड इस्तेमाल करें।

अब सेक्स की बात करते हैं: सेक्स सिर्फ एक अनुभव नहीं है। इसमें संभावनाओं का एक पूरा संसार छिपा हुआ होता है। ध्यान रहे कि मैं तकनीकों या मुद्राओं की बात नहीं कर रहा। मेरा मतलब अनुभवों से है। मैं यही बताना चाहूँगा कि मन की विभिन्न गहराइयों और गहनताओं (तीव्रता) के बीच अनुभव का स्तर बहुत ही महत्वपूर्ण होता है। जिस तरह क्षणिक आनंद और लंबे समय तक बने रहनेवाले आनंद के बीच फर्क होता है, उसी तरह इन गहराइयों और गहनताओं के बीच भी महत्वपूर्ण फर्क पाया जाता है।

कई जोड़े सेक्स की विधियाँ बतानेवाली किताबें पढ़ कर, विभिन्न मुद्राओं में सेक्स करते हैं और यह मान लेते हैं कि उनके सुखद वैवाहिक जीवन के लिए यही करना काफी होगा। वे हर कदम पर बहुत गौर करते हैं क्योंकि तार्किक रूप से वही

उन्हें अगले कदम तक लेकर जाता है, जो बीटा के ऊपरी स्तर पर लिया जानेवाला एक गहन अनुभव भी हो सकता है। इस अनुभव के साथ खुद भी प्रवाहित होना या उस अनुभव को जैसा है, वैसा ही महसूस करना महत्वपूर्ण है। उस समय पर आपका मन भी तनावरहित होना ज़रूरी है।

मानसिक स्तर पर मिलनेवाली अधिक संवेदनशीलता किसी भी विवाह को समृद्ध और बेहतर बना सकती है। अगर विवाह का रिश्ता पुराना और सुखद है, तो प्रशिक्षण के बिना भी पति-पत्नी के बीच गहरी मानसिक स्तर की समझ विकसित हो सकती है। तो फिर इंतजार क्यों करना?

12
आप ईएसपी का अभ्यास कर सकते हैं

क्या ईएसपी एक वास्तविकता है? आजकल के सभी जानकार लोग इस बात से सहमत हैं कि वास्तव में ईएसपी है। संभवतः आँकड़े भी यही साबित करते हैं कि यह जानकारी हमें पाँच इंद्रियों से परे, कहीं और से प्राप्त होती है। यह जानकारी अतीत, वर्तमान या भविष्य की भी हो सकती है और जिस स्रोत से जानकारी आ रही है, वह आपके आसपास या आपसे बहुत दूर, कहीं भी स्थित हो सकता है। ईएसपी में इंद्रियों से परे जानकारी देनेवाली जो शक्ति है, उसके लिए समय, स्थान या फैराडे केजेस* (Faraday cages) कोई भी बाधा निर्माण नहीं कर सकते।

ईएसपी का अर्थ है, 'एक्स्ट्रा सेंसरी परसेप्शन' (Extrasensory perception) यानी अति संवेदनात्मक अनुभूति। हालाँकि मुझे यह शब्द पसंद नहीं है। ईएसपी यानी हमारी इंद्रियों से कहीं बाहर या दूर होनेवाली अनुभूति है। इसका अर्थ हमारी पाँचों इंद्रियों के परे किसी अन्य इंद्रिय का होना अस्वीकार करना। जबकि इसका अस्तित्व तो होता ही है क्योंकि हम अकसर इंद्रियों के प्रयोग के बिना भी

---

*चारों ओर से घिरा हुआ एक पात्र या आवरण, जो बाहर के विद्युत क्षेत्र को अंदर आने से रोकता है और अंदर के विद्युत क्षेत्र को बाहर जाने नहीं देता।

जानकारी पा सकते हैं। इसलिए ईएसपी में कुछ भी एक्स्ट्रा सेंसरी (Extrasensory) नहीं है।

अब 'परसेप्शन यानी अनुभूति' के बारे में समझते हैं। यह शब्द केवल उन्हीं प्रयोगों के लिए उचित हो सकता है, जो ड्यूक विश्वविद्यालय में जे. बी. राइन ने किए हैं। उनके प्रयोगों के दौरान कुछ जानकार लोगों ने निश्चित कार्ड को पहचानकर इस विषय से संबंधित सारी शंकाओं का समाधान किया। क्योंकि माइंड कंट्रोल में हम किसी चीज़ का केवल अनुभव नहीं करते बल्कि जो जानकारी हमें चाहिए, उसके लिए हम सजग होते हैं और उस पर हमारा पूरा ध्यान केंद्रित होता है। इसलिए माइंड कंट्रोल में हम जिस प्रकार से कार्य करते हैं, उसके लिए 'अनुभूति' शब्द उतना अर्थपूर्ण नहीं है। इसीलिए माइंड कंट्रोल में हम ईएसपी को 'इफेक्टिव सेंसरी प्रोजेक्शन' (Effective Sensory Projection) यानी प्रभावशाली संवेदनात्मक प्रक्षेपण ऐसा कहते हैं। हालाँकि ये शब्द एक से हैं लेकिन आप इसके अर्थ को बेहतर तरीके से समझें।

ईएसपी का अनुभव पाने के लिए, माइंड कंट्रोल के छात्र 'नो कार्ड गेसिंग एक्सरसाइज' यानी बिना कार्ड के अनुमान लगाने का अभ्यास करते हैं। जिसका मकसद यह देखना होता है कि लोग साइकिक* (Psychic यानी अतेंद्रिय संवेदी) है या नहीं। जबकि हम पहले से जानते हैं कि यह मानसिक शक्ति सबके भीतर पाई जाती है और इसीलिए हमारा लक्ष्य इससे भी ऊँचा होता है। हम लोगों को रोज़मर्रा के जीवन की कई बातें करने के लिए इसी मानसिक शक्ति के सहयोग से प्रशिक्षित करते हैं। इस प्रशिक्षण में वे एक प्रकार के आध्यात्मिक रस का अनुभव करते हुए, अपने जीवन को उस गहरे स्तर तक ले जाते हैं, जहाँ उनका संसार पहले जैसा नहीं रहता बल्कि पूरी तरह से बदल जाता है। इसके लिए चालीस घंटों के निर्देशों और अभ्यास की ज़रूरत होती है।

हम नियमित और विश्वसनीय तौर पर लोगों को उनकी मानसिक शक्ति का उपयोग करने का प्रशिक्षण देते हैं। अब तक 5 लाख से भी अधिक लोगों को यह प्रशिक्षण दिया जा चुका है।

---

*साइकिक यानी ऐसा इंसान जो सामान्य इंद्रियों से छिपी जानकरी को ईएसपी की मदद से जान सकता है। ज़्यादातर टेलीपैथी या क्लॅरवॉयन्स जैसी तकनीकों का इस्तेमाल होता है जिनका सामान्य कुदरती कानून में व्याख्यान नहीं पाया जाता।

जब तक आप इस किताब की सारी तकनीकों में निपुणता हासिल करेंगे, तब तक आप ईएसपी का अभ्यास करने के लिए तैयार हो चुके होंगे। आप मन के गहरे स्तरों तक जाने के बाद भी पूरी तरह से सजग रह सकते हैं और कल्पना करते हुए उस वस्तु या घटना का जो एहसास आपकी पाँचों इंद्रिय आपको महसूस कराते हैं, बिलकुल वैसा ही एहसास आप कल्पना में अनुभव करते हैं। साइकिक या मानसिक दुनिया में प्रवेश करने के यही दो मार्ग हैं।

माइंड कंट्रोल कक्षाओं में, दूसरे दिन के अंत तक छात्र इस स्तर तक पहुँच जाते हैं कि वे साइकिक/मानसिक स्तर पर काम कर सकें। तीसरे दिन तक वे सही मायनों में साइकिक/मानसिक स्तर पर कार्य करने लगते हैं। इसका अर्थ है कि अब वे अपनी आंतरिक जागृति को अपने शरीर से बाहर प्रकट कर सकते हैं।

काल्पनिक छवि का अभ्यास

इसकी शुरुआत वे काल्पनिक छवि के अभ्यास से करते हैं। गहरे ध्यान के बीच वे कल्पना करते हैं कि वे अपने ही घर के सामने खड़े हैं। फिर वे अपने आसपास के माहौल पर बारीकी से गौर करते हुए घर में प्रवेश करते हैं और अपने बैठक कक्ष के दक्षिणी दीवार की ओर मुख करके खड़े हो जाते हैं। रात को जब पूरे कमरे में रोशनी छा जाती है और दिन के समय, खिड़की से सूरज की किरणें कमरे के भीतर आ रही होती हैं, तब कमरा कैसा लगता है, इसकी वे कल्पना करते हैं। दोनों समय पर उन्हें वह कमरा कैसा दिखाई दिया, इसका वे बारीकी से अध्ययन करते हैं और सारी बातों को याद रखते हैं। इसके बाद वे दक्षिणी दीवार को छूते हुए, कल्पना करके उस दीवार में प्रवेश करते हैं। हो सकता है कि आपको ये सब बातें अजीब लगें लेकिन उन लोगों के लिए यह सब बिलकुल स्वाभाविक होता है, जो 'कल्पना (Visualization) कैसे करनी चाहिए' इस विषय में गहन प्रशिक्षण पा चुके हों।

दीवार के भीतर, वे ऐसी जगह पर होते हैं, जहाँ पर वे पहले कभी नहीं गए। इस नए परिवेश का अनुभव करने के लिए वे रोशनी व गंध की मदद लेते हैं और वहाँ के तापमान को महसूस करते हैं। वे दीवार को छूते हुए, उसके भीतरी हिस्सों को खटखटाते हैं और उसकी ठोस सामग्री की मज़बूती का परीक्षण करते हैं। इसके बाद वे दीवार से बाहर आते हैं और उसके सामने मुख करके खड़े हो जाते हैं। फिर वे दीवार के रंग को काले, नीले, हरे और लाल हिस्सों में बदल-बदलकर देखते हैं और फिर उसे उसके मूल रंग में वापिस ले आते हैं। इसके बाद वे एक कुर्सी उठाते

हैं, जो इस आयाम में बिलकुल भारहीन होती है। वे उस पर गौर करते हैं और फिर उसे बदले हुए रंग के साथ देखते हैं। ऐसी ही बारीकी के साथ वे एक तरबूज, नींबू, संतरों, तीन केलों, तीन गाजरों और सलाद के पत्ते को देखते हैं।

जब यह सत्र पूरा हो जाता है तब तक सबसे पहला और अहम काम पूर्ण हो चुका होता है कि अब उनके तार्किक मन को पीछे रखकर, उनके काल्पनिक मन के हाथ में कंट्रोल दे दिया जाता है। इस प्रकार की अभ्यास पद्धति, जिसका अभी मैंने वर्णन किया, इसमें लोगों का तार्किक मन बार-बार उठकर उनसे कहता है,

'अब तुम यह मत कहना कि तुम किसी दीवार के अंदर हो या फिर किसी अनजानी जगह पर हो। तुम जानते हो कि ऐसा नहीं हो सकता क्योंकि इस समय तुम कक्षा में बैठे हो।'

लेकिन अब तक मानसिक चित्रण (Visualization) के माध्यम से मज़बूत होता जा रहा कल्पनाशील मन, तार्किक मन की बात को अनदेखा और अनसुना कर सकता है। जब कल्पना शक्ति और ज़्यादा मजबूत हो जाती है, तो हमारी मानसिक (साइकिक) क्षमता भी तीव्र होने लगती है। इस क्षमता को धारण करनेवाला हमारा कल्पनाशील मन ही होता है।

अगले सत्र में हम छात्रों को स्टील, तांबा, पीतल या काँसा आदि धातुओं के क्यूब या बेलन (Cylinders) देते हैं। जिसमें उन्हें मानसिक रूप से खुद को प्रकट करना होता है। पहले के अभ्यास में दीवार के भीतर जाकर छात्रों ने जो-जो बातें की थीं, वे ही सब बातें उन्हें क्यूब या बेलन के साथ भी करनी होती हैं। अर्थात उन्हें कल्पना करके अपने आपको क्यूब या बेलन के भीतर देखना है और वहाँ का प्रकाश, रंग, गंध, तापमान और उसकी मज़बूती का परीक्षण करना है। ये सारे अनुभव उन्हें तेज़ी से लेने हैं ताकि तार्किक बुद्धि बीच में न आ पाए।

इसी तरह यह अभ्यास साधारण वस्तुओं से लेकर, अधिक जटिल चीज़ों के साथ करते हुए आगे बढ़ना होता है। अब तक छात्रों ने बेजान चीज़ों के साथ ही यह अभ्यास किया है लेकिन अब यह अभ्यास जीवित पदार्थों के साथ भी करके देखना है। सबसे पहले वे एक फलदार वृक्ष के साथ यह अभ्यास करके देखते हैं। कल्पना करके वे खुद इस पेड़ के भीतर जाते हैं और वहाँ की सारी बातों का अनुभव करते हैं। जैसे चारों मौसम में यह पेड़ कैसा होगा, उसका रंग कैसे बदलता होगा, ये सब बातें वे अपने मन की काल्पनिक स्क्रीन पर देखते हैं। फिर वे कल्पना करके उस पेड़

के पत्ते और फलों के भीतर जाते हैं और उनका अनुभव करते हैं।

इसके बाद उन्हें एक और बड़ा कदम उठाना होता है। जिसमें वे स्वयं को किसी पालतू पशु में प्रकट करते हैं। इस कदम तक आए हुए छात्र इतने सफल हुए हैं कि अब उनमें से कुछ ही छात्रों के मन में यह सवाल आता है कि 'क्या मैं यह कर सकूँगा?' पूरे आत्मविश्वास के साथ, अपने मन की काल्पनिक स्क्रीन पर वे उस पालतू पशु का बाहर से निरीक्षण करते हैं। फिर उसी आत्मविश्वास के साथ, मानसिक स्तर पर वे उस पशु के खोपड़ी और मस्तिष्क में प्रवेश करते हैं। कुछ मिनटों तक उस पालतू पशु के मस्तिष्क का निरीक्षण करने के बाद, वे बाहर आते हैं और पुनः उसका बाहरी शरीर का निरीक्षण करते हैं। अब इस बार उनका पूरा ध्यान उस पालतू पशु की छाती पर होता है। कल्पना करके वे उस पशु की छाती में प्रवेश करते हैं। भीतर जाकर वे उसकी पसलियोंवाले हिस्से पर ध्यान देते हैं, उसकी रीढ़ की हड्डी, दिल और फेफड़ों को गौर से देखते हैं। उसके पश्चात वे बाहर आ जाते हैं। इस प्रकार के अभ्यास के बाद अब उनके पास कई सारे संदर्भ तैयार होते हैं। इन संदर्भों के आधार पर वे अपने जीवन का चौंका देनेवाला अनुभव लेने के लिए तैयार हो जाते हैं। इस प्रशिक्षण के चौथे दिन पर उन्हें एक जीवित इंसान के साथ यह अभ्यास करना होता है। लेकिन यह करने से पहले, कुछ और बातें करनी आवश्यक होती हैं।

काल्पनिक प्रयोगशाला

कल्पना करने में प्रशिक्षित माइंड कंट्रोल के छात्र, ध्यान के बहुत गहरे स्तर में, कई बार थीटा अवस्था के दौरान भी, अपनी कल्पना में ही अपने लिए एक प्रयोगशाला बना लेते हैं। यह प्रयोगशाला किसी भी आकार और रंग की हो सकती है। हर छात्र अपनी इच्छा अनुसार प्रयोगशाला की कल्पना करता है। इसमें उनकी अपनी डिज़ाइन की हुई कुर्सी और टेबल होता है। इसकी दीवार पर उनकी पसंदीदा घड़ी होती है और साथ ही एक कैलेंडर भी होता है, जिसमें अतीत, वर्तमान और भविष्य की सभी तारीखें दर्ज होती हैं। दीवार के दूसरे छोर पर कई सारी फाइलस् रखने के लिए अलग-अलग कैबिनेट बनाए होते हैं। इस प्रकार के अभ्यास में छात्रों को अब तक कोई दिक्कत नहीं आई और न ही उन्हें कुछ अजीब लगा है।

अगले चरण को समझने से पहले, यह जान लेना जरूरी है कि हमारी अतेंद्रिय संवेदी मानसिक शक्ति, भाषा एवं तर्क से कितनी दूर और छवियों व प्रतीकों के

कितनी पास है। अभी यह बात इसलिए बताई जा रही है क्योंकि अगले चरण में हमें अपनी काल्पनिक प्रयोगशाला में ऐसे उपकरणों को शामिल करना है, जो उन लोगों की मानसिक विषमताओं (कमियों) को दूर कर सकें, जिनका हमें अगले दिन निरीक्षण करना है। आपने आज तक किसी प्रयोगशाला में ऐसे उपकरण नहीं देखे होंगे क्योंकि ये पूरी तरह से प्रतीकात्मक होंगे।

कल्पना करें कि आपके पास एक महीन सी मानसिक छलनी है, जिससे रक्त की सारी अशुद्धियाँ छन जाती हैं। फिर मानसिक स्तर पर ही एक पतले से ब्रश की कल्पना करें, जिसकी मदद से गठिया के मामले में जमे हुए कैल्शियम (सफेद पाउडर) को दूर किया जा सके। इसके साथ ही तेज़ी से निरोगी बनानेवाले लोशन, अपराधबोध की भावना को मिटाने के लिए विशेष प्रकार का स्नान और तनावग्रस्त इंसान का तनाव दूर करने के लिए विशेष म्यूजिक सिस्टम, ऐसी सभी बातों की कल्पना करें।

ऐसे उपकरणों को हर छात्र अपने हिसाब से तैयार करता है। किसी एक छात्र के उपकरण दूसरे के उपकरणों से मेल नहीं खाते। ऐसी सारी काल्पनिक चीज़ें केवल मन के गहरे स्तर पर ही बनती हैं, जहाँ पर सब कुछ संभव होता है। धीरे-धीरे छात्रों को यह एहसास होने लगता है कि ध्यान की अवस्था में, काल्पनिक उपकरणों का उपयोग करके, वे अपने भीतर जो काम करने जा रहे हैं, उसका नतीजा उन्हें अपनी भौतिक दुनिया में दिखाई देगा।

जब कोई छात्र ऐसे उपकरणों पर कार्य शुरू करता है, तो शायद उसे किसी बुद्धिमान मार्गदर्शक की ज़रूरत महसूस होगी। खासकर परेशानी के समय पर एक सूक्ष्म लेकिन अकंप आवाज़ उस छात्र की सहायता कर सकती है। माइंड कंट्रोल का हर छात्र इस आवाज़ को पूरी तीव्रता के साथ सुनता है और उसके लिए यहाँ एक नहीं बल्कि दो-दो आवाज़ें होती हैं।

वह छात्र अपनी प्रयोगशाला में अपने लिए एक महिला और एक पुरुष, ऐसे दो सलाहकारों को बुलाता है। ध्यान सत्र आरंभ होने से पहले ही उन सलाहकारों को बताया जाता है कि उन्हें निश्चित क्या करना है। यदि वह छात्र भी अन्य छात्रों की तरह ही हुआ, तो उसे अच्छी तरह पता होता है कि वह अपने सलाहकारों के तौर पर किन्हें चुनना चाहेगा। संभवतः उसे अपनी कल्पना के अनुसार सलाहकार नहीं मिलता लेकिन फिर भी वह ज़्यादा निराश नहीं होता।

जैसे एक बार एक छात्र महान वैज्ञानिक अल्बर्ट आइंस्टाइन से मिलना चाहता था। लेकिन वास्तव में उसके सामने एक जोकर के कपड़े पहने हुए, एक ठिगने कद का आदमी आया। उसकी नाक पर लाल रंग की पिंगपाँग की गेंद लगी हुई थी और उसने अपने सिर पर गोल चकरी लगी एक टोपी भी पहन रखी थी। लेकिन बाद में यही जोकर उस छात्र के लिए व्यावहारिक सलाह देनेवाला एक भरोसेमंद साथी साबित हुआ।

एक छात्र का उदाहरण

सैम मेरिल नाम के एक छात्र ने 2 मई 1975 को 'न्यू टाइम्स' अखबार में माइंड कंट्रोल के बारे में एक आलेख लिखा था। इस आलेख में उसने अपना अनुभव वर्णन किया था। उसने दो सच्चे लोगों को सलाहकार के तौर पर चुना था। लेकिन सैम को यह महसूस हुआ कि उन दोनों सलाहकारों का रवैया, उनके सच्चे रूप से कहीं अलग था।

सैम ने अपनी प्रयोगशाला 'पनडुब्बी नॉटिलस' में लिखा, 'रेशमी कमीज और छोटी पैंट पहने, एक इंसान चैंबर से बाहर आया। वह दुबला-पतला और गंजा था लेकिन दिखने में सौम्य इंसान लगता था। उसकी प्यारी सी आँखें भीतर को धँसी हुई थीं। यह इंसान और कोई नहीं बल्कि मेरा सलाहकार विलियम शेक्सपीयर था। मैंने उनका अभिवादन किया पर उन्होंने कोई जवाब नहीं दिया। तभी अचानक मुझे अपने भीतर से एक आवाज़ सुनाई दी कि अब हमें किनारे की ओर जाना है। ये आवाज़ सुनकर मैं और विलियम एक सुनसान सागर तट की ओर बढ़ गए।

सागर तट पर हमारी भेंट, मेरी दूसरी सलाहकार सोफिया लॉरेन से हुई। वह समुंदर में तैराकी कर रही थी और अभी-अभी पानी से बाहर आई थी। पानी में भीगने के कारण उसकी टी-शर्ट शरीर से चिपकी हुई थी। उसने मुझे अनदेखा कर दिया लेकिन विलियम को देखकर वह खुश हो गई। दोनों हाथ मिलाकर बातें करने लगे और फिर वहीं रेत पर लेटकर बातों में मशगूल हो गए...।'

जब अगले दिन कक्षा में गंभीरता से काम करने का समय आया तो सैम के ओरियंटोलॉजिस्ट (Orientologist पूर्व विद्या विशारद) ने उसे फ्लोरिडा की बासठ वर्षीया स्त्री का उदाहरण दिया। उस स्त्री के दोनों सलाहकारों को उससे ज़्यादा एक-दूसरे में ही रुचि थी। उन्होंने खेल-खेल में उस स्त्री की जाँच तो कर ली लेकिन फिर किसी महत्वपूर्ण कार्य के लिए वे वहाँ से चले गए।

तो क्या सलाहकार उस स्त्री को सलाह दिए बिना ही चले गए? नहीं - दरअसल उस स्त्री का पेट ओझल हो गया था। सैम लिखता है कि 'उस स्त्री के पेट के स्थान पर गुलाबी नियॉन रंग की आँत नज़र आ रही थी।' बाद में उसे अपने ओरियंटोलॉजिस्ट से पता चला कि वह स्त्री आँत के गंभीर रोग की वजह से अस्पताल में भरती थी।

वास्तव में सलाहकार कौन

माइंड कंट्रोल के छात्रों के लिए उनके ये सलाहकार बिलकुल सच्चे हो सकते हैं। लेकिन ये सलाहकार वास्तव में हैं क्या? इस बारे में हम यकीन से कुछ नहीं कह सकते - शायद ये उनकी अपनी कल्पना की एक छवि हो या उनकी अंतरात्मा का एक स्वरूप या फिर शायद इससे भी कुछ ज़्यादा। हम केवल इतना जानते हैं कि जब हम अपने सलाहकारों के साथ मिलकर काम करने लगते हैं, तो हम दोनों के बीच का यह नाता अमूल्य और सम्माननीय हो जाता है।

ईसा से चार सदी पहले, ग्रीक दार्शनिक सुकरात (सॉकरेटस) के भी एक सलाहकार थे, जो हमारे माइंड कंट्रोल के सलाहकारों जैसे नहीं थे। वे सलाहकार केवल चेतावनी देने आते थे। प्लेटो के अनुसार, सुकरात ने कहा था कि 'बचपन से ही एक दिव्य स्वरूप के साथ मेरा नाता रहा है, जिसकी आवाज़ मुझे समय-समय पर चेताती रही है। मगर उसने मुझे कभी यह नहीं बताया कि मुझे क्या करना चाहिए।' एक अन्य लेखक, जेनोफ़ोन ने सुकरात के शब्दों में लिखा है कि 'आज तक वह आवाज कभी ग़लत साबित नहीं हुई।'

आप जल्द ही देखेंगे कि मानसिक स्तर पर अपनी प्रयोगशाला में काम करनेवाला और अपने सलाहकार से पूरे विश्वास के साथ बात करनेवाला माइंड कंट्रोल का छात्र अपनी और दूसरों की मदद करने की असीम शक्ति रखता है। माइंड कंट्रोल प्रशिक्षण के इस बिंदु तक आते-आते उसे बात समझ में आ जाती है कि उसके पास असीम शक्ति है। लेकिन उसे अब तक इसका अनुभव नहीं मिला होता है।

अगले दिन कुछ न कुछ घटने की पूरी उम्मीद होती है। हमारे वे माइंड कंट्रोल के छात्र भी इस बात को महसूस कर रहे होते हैं, जो दोबारा अभ्यास के लिए वापस आए होते हैं। अभी तक हर छात्र ने प्रशिक्षण के दौरान मिले हुए ज्ञान को सिर्फ

अपने मन में, अपनी कल्पना के बीच, अकेले ही महसूस किया था। अब वह क्षण आ गया है, जब उसके प्रदर्शन को सभी देख सकें।

मानसिक स्तर का अभ्यास

इससे पहले हमें दो मानसिक स्तर के अभ्यास करने होंगे। इन दोनों अभ्यास में अपने दोस्त के शरीर का मानसिक परीक्षण करना है, ठीक उसी तरह जैसे पहले किसी पालतू पशु का परीक्षण किया गया था। बस इस बार यह परीक्षण और गहराई के साथ किया जाएगा। इसके पूरा होते ही छात्रों की जोड़ियाँ बना दी जाती हैं और फिर वे एक-दूसरे के साथ काम करने के लिए तैयार हो जाते हैं।

हर जोड़े के एक सदस्य को साइकोओरियंटोलॉजिस्ट और दूसरे को साइकिक ऑपरेटर कहा जाता है। साइकोओरियंटोलॉजिस्ट शब्द को मैंने साइकोओरियंटोलॉजी से लिया है। यह शब्द उन सभी चीज़ों का प्रतिनिधित्व करता है, जो हमारे माइंड कंट्रोल में की जाती हैं। इसका सीधा सा अर्थ है, मन को निर्देशित करना।

इस परीक्षण में साइकोओरियंटोलॉजिस्ट अपने किसी जानकार इंसान का नाम, उसकी उम्र, उसका पता और उसकी शारीरिक बीमारी, ऐसी सभी सामान्य जानकारियाँ कार्ड पर लिखता है। साइकिक ऑपरेटर कभी-कभी साइकोओरियंटोलॉजिस्ट की सहायता से अपनी लेवल तक जाता है। शायद ऐसा पहली और आखिरी बार है, जब उसे 'निश्चित क्या करना है' इस बारे में कम आत्मविश्वास होता है।

जब वह ये संकेत देता है कि वह अपने लेवल पर तैयार है और अपनी प्रयोगशाला में अपने सलाहकारों के साथ मौजूद है, तो साइकोओरियंटोलॉजिस्ट उसे कार्ड पर लिखे इंसान का नाम, आयु, लिंग और उसके स्थान आदि के बारे में जानकारी देता है। अब साइकिक ऑपरेटर को उस इंसान के बारे में पता करना है, जिससे उसकी कभी भेंट नहीं हुई है और उसने आज तक उसके बारे में कुछ सुना भी नहीं है।

पहले प्रशिक्षण में सिखाई गई तकनीकों के अनुसार, अपनी कल्पनाशक्ति के उपयोग से साइकिक ऑपरेटर उस इंसान के शरीर की अंदर-बाहर से जाँच पड़ताल करता है। ज़रूरत पड़ने पर वह अपने सलाहकारों की मदद भी लेता है या फिर यूँ कहें कि शायद वह मानसिक स्तर पर उस इंसान से भी वार्तालाप करता है।

साइकोओरियंटोलॉजिस्ट आग्रह करता है कि यह अभ्यास शुरू होने के बाद

साइकिक ऑपरेटर जिन बातों पर गौर करता है, वे सारी बातें उसे तुरंत बतानी चाहिए। भले ही उसे ऐसा लग रहा हो कि वह केवल अनुमान लगा रहा है, तो भी उसे इस बारे में बताना चाहिए। यह अभ्यास का सत्र किस प्रकार का होता है, यह आगे दिया गया है। (आगे दिया गया उदाहरण एक सत्य घटना पर आधारित है) :

साइकोओरियंटोलॉजिस्ट :

यहाँ मैंने जॉन समर्स का नाम लिखा है। वह 48 वर्ष का है और एलकार्ट के इंडियाना शहर में रहता है। एक… दो… तीन… एलकार्ट, इंडियाना का जॉन समर्स अब तुम्हारी मन की काल्पनिक स्क्रीन पर आया है। उसे महसूस करो, उसका अनुभव करो, उसका मानसिक चित्रण करो, उसकी कल्पना करो, उसकी रचना करो, उसे जानो और यह मान लो कि वह वहीं पर है। अपनी समझ से उसके शरीर को स्कैन करो, तुम जानते हो कि उसके शरीर में सिर, हाथ और पैर कहाँ हैं। ऊपर से नीचे तक पूरे शरीर का कुछ पलों के लिए निरीक्षण करो।

इस तरह जॉन समर्स के शरीर की पड़ताल करते हुए, अपनी कल्पना से उसके शरीर के तीन प्रमुख आकर्षक स्थान का चुनाव करो। स्कैनिंग की दर को एक अंग प्रति सेकेंड बनाए रखो और जो स्थान आकर्षक लगे, उनके बारे में मुझे बताओ। तुम्हें ऐसा लगेगा कि ये सब केवल कल्पना है मगर फिर भी तुम्हारे मन में जो भी आए, उसे बताते रहो।

साइकिक ऑपरेटर :

वह अपने दाएँ कंधे को थोड़ा झुकाता है… थोड़ा आगे भी करता है… बाकी सब ठीक है पर हो सकता है कि उसके बाएँ टखने (Ankle) में कोई परेशानी हो… चलो छाती के भीतर देखते हैं… सब कुछ गरमाहट से भरा हुआ है… सब ठीक है… बस दाएँ कोने में हल्की सी ठंडक दिख रही है… ठंडा और गहरा भी… इसका दायाँ फेफड़ा खराब हो चुका है… दिखाई भी नहीं दे रहा है… उस टखने पर कुछ नहीं है… बाकी सब ठीक है, बस एक हल्की सी सफेद रेखा दिख रही है… नमी (सीलनवाले) के मौसम में टखने में दर्द होता है… पहले कभी इस टखने की हड्डी टूटी होगी… अभी मैं इतने ही अनुमान लगा सकता हूँ… ओह ठहरो, मेरी महिला सलाहकार मुझे कुछ दिखाना चाहती है। वह जॉन समर्स के कानों के पीछे एक जगह संकेत दे रही है… ओह वहाँ तो भयंकर गहरे घाव हैं… उसका ऑपरेशन हुआ है,

बहुत गहरा... बस, हो गया।

साइकोओरियंटोलॉजिस्ट :

बहुत खूब। उसका दायाँ फेफड़ा खराब है और उसके कान के पीछे गहरे घाव का निशान है। मुझे टखने की कोई खबर नहीं है। जॉन समर्स के दाएँ फेफड़े और कान के पीछे वाले घाव के बारे में तुमने जो भी बताया, उस पर फिर से एक बार सोचो। उस समय की अपनी भावना का फिर से अनुभव करो और जब भी किसी ऐसे ही मामले पर तुम काम करोगे, तो इसी भावना को संदर्भ बिंदु के तौर पर प्रयोग में लाना।

कुछ समय उपरांत साइकिक ऑपरेटर बीटा अवस्था में लौट आया, उसने कहा, 'ओह! यह तो वाकई अद्भुत था।'

बेशक यह अद्भुत अनुभव है। यह ऐसा अनुभव है, जो हर उस चीज़ को लाँघ जाता है, जो हमने इस संसार में अनुभव की है। हालाँकि मैंने जो उदाहरण बताया, उसमें ऐसा कुछ नहीं, जिसे आप अजीब मान सकें। शुरुआत में कुछ लोग पहले केस में ही कुछ गलती कर बैठते हैं, कुछ लोग दो-तीन केस में भी गलतियाँ करते हैं। लेकिन दिन के अंत तक लगभग सभी को इतना अनुमान हो ही जाता है कि यह बस एक संयोगमात्र नहीं है – कुछ न कुछ तो ऐसा ज़रूर है, जो इसके पीछे काम कर रहा है।

प्रशिक्षित कल्पना

आमतौर पर हम यह मानकर चलते हैं कि कल्पना मूर्खता की जननी है। अकसर ऐसा होता भी है लेकिन विश्व में होनेवाली रचनात्मक निर्मिति प्रशिक्षित कल्पना से ही होती है। यहाँ तक कि साइकिक परिणाम भी प्रशिक्षित कल्पना शक्ति से ही मिलते हैं। जब माइंड कंट्रोल छात्र पहली बार साइकिक यानी अतिंद्रिय संवेदी के सहारे काम करता है, तो उसे लगता है कि वह जो भी देख रहा है, वह उसकी कल्पना मात्र है। यही वजह है कि साइकोओरियंटोलॉजिस्ट उससे कहता है कि 'आप अपनी बात कहते रहें, भले ही आपको ऐसा लगे कि आप केवल कल्पना कर रहे हैं या बातें बना रहे हैं।' अगर वह छात्र बोलना बंद कर देगा, तो उसका तार्किक मन उसे अपने तर्कों में उलझा लेगा। फिर वह चाहकर भी अपनी साइकिक (इंद्रियों से परे की) शक्तियों का प्रयोग नहीं कर पाएगा। हमारे रोज़मर्रा के जीवन में अकसर

यही तो होता है।

पहले सफल प्रयोग के बाद ही माइंड कंट्रोल का छात्र यह जान जाता है कि वह केवल कल्पना नहीं कर रहा है। वह कल्पना के साथ अपने मन में आनेवाली पहली बात पर भरोसा करना सीख रहा है। यह उसका अपना साइकिक (इंद्रियों से परे का) उपहार है।

संसार में जो भी सक्रिय है, वह पूरी तरह कुदरती नियमों पर आधारित होता है। हमारे मन की सीमा केवल दिमाग तक नहीं बल्कि उससे कहीं आगे तक है। उस तक अपनी प्रभावशाली पहुँच बनाने के लिए, उसे इच्छा, विश्वास और उम्मीद के साथ प्रोत्साहित किया जाना चाहिए।

अपने पहले केस के दौरान माइंड कंट्रोल के एक औसत छात्र से ज़्यादा उम्मीद नहीं की जाती। उसे ईएसपी के विषय पर थोड़ी बहुत जानकारी होती है। लेकिन उसके जीवनभर के अनुभवों से यह साबित होता है कि ईएसपी उसकी अपनी क्षमता नहीं होती बल्कि किसी और की क्षमता होती है। उसका यह वहम दूर होने के बाद, जब वह अलग तरह से काम करना सीख लेता है या अपने पहले केस में सफल हो जाता है, तो उसकी उम्मीदें बढ़ जाती हैं और फिर वह इसी रास्ते पर निकल पड़ता है। कुछ ही घंटों बाद, आठ-नौ सफल केस उसके पास होते हैं और वह 'माइंड कंट्रोल ग्रेजुएट' बन जाता है।

मैंने छात्रों को बार-बार, सही ढंग से रोग का निदान और उपचार करते देखा है। 'मिडनाइट' पत्रिका के बिल स्टार ने 19 नवंबर 1973 के अपने आलेख में लिखा है कि 'माइंड कंट्रोल प्रशिक्षण आपकी मानसिक शक्तियों को निखार सकता है।' इस आलेख में उन्होंने अपने एक ऐसे केस का वर्णन किया है, जिसके बारे में उनका अनुमान था कि उसमें रोग का पता लगाना बेहद कठिन है क्योंकि कक्षा में उनके समेत, उस रोग के बारे में कोई नहीं जानता था।

उदाहरण

उस दिन, एक माइंड कंट्रोल प्रशिक्षण में ग्रेजुएट हुए मि. थॉमस अस्पताल में अपने बेटे से मिलने आए थे। उसी कमरे में एक अन्य मरीज भी था। थॉमस को उस मरीज के नाम के अलावा कुछ पता नहीं था।

उस मरीज के बारे में साइकिक ऑपरेटर से जो पता लगा, वह इस प्रकार था:

'मरीज की दाईं टाँग लकवाग्रस्त थी। बाजू और कंधों में जकड़न थी और रोग के कारण रीढ़ की हड्डी में भी कुछ परेशानी थी। इसके अलावा मरीज का गला सूजा हुआ था और आँतों में भी सूजन आ गई थी। वह पाँच फीट नौ इंच का था और उसका वज़न एक सौ पाँच पाउंड था।

उधर अस्पताल में मि. थॉमस को पता चला कि मरीज बचपन में पोलियो का शिकार था। वह व्हीलचेयर से गिर गया था इसलिए उसकी दाहिनी ओर से कमर की हड्डी टूट गई थी। माइंड कंट्रोल के छात्र ने सब कुछ सही ढंग से बताया। लेकिन गले की सूजन और आँतों में परेशानीवाली बीमारी उस मरीज को नहीं बल्कि मि. थॉमस के बेटे को थी।

कई बार निशाना चूकने की संभावना रहती है पर अभ्यास की मदद से इस कमी को दूर किया जा सकता है। निरंतर अभ्यास से ही एक साइकिक ऑपरेटर आसानी से वस्तुओं और लोगों से संपर्क साध सकता है।

एक गायक–अभिनेता का अनुभव

न्यूयॉर्क के एक गायक–अभिनेता डिक माज़ा, अपनी आय बढ़ाने के लिए प्रकाशकों और लेखकों के पुस्तकों की हस्तलिपियाँ टाइप करने का कार्य करते हैं। एक दिन उसके पास की एक हस्तलिपि कहीं खो गई। उस हस्तलिपि को ढूँढ़ने के लिए उन्होंने अपने पहचान के माइंड कंट्रोल के छात्र को फोन किया। डिक को इतना याद आ रहा था कि जब वह एक नाटक की रिहर्सल के लिए चर्च के ऑडीटोरियम में जा रहा था, तब तक वह हस्तलिपि उसके पास ही थी। उसी समय ताबूत बनानेवालों का एक दल वहाँ से वापस जा रहा था। वह हस्तलिपि एक सफेद लिफाफे में थी, जिस पर डिक का नाम लिखा था और उसके पते के साथ 'Rush' शब्द भी लिखा हुआ था।

माइंड कंट्रोल के उस छात्र के पास दो सलाहकार थे। उनमें से महिला सलाहकार गूँगी थी, जो उसके सवालों पर 'हाँ' या 'ना' में गर्दन हिलाकर या फिर संकेतों की भाषा में जवाब देती। पुरुष सलाहकार उसकी बात को समझाने में मदद करता और अकसर बीच में अपनी सलाह भी जोड़ देता।

माइंड कंट्रोल के छात्र ने डिक की बताई हस्तलिपि का मानसिक चित्रण किया। अपनी कल्पना में उसने देखा कि वह हस्तलिपि एक सामान से भरे डेस्क पर, कागजों

के ढेर के बीच रखी है।

छात्र ने महिला सलाहकार से पूछा, 'क्या पांडुलिपि सुरक्षित है?' उसने 'हाँ' में गर्दन हिला दी।

'क्या चर्च में आया ताबूत बनानेवालों का वह दल उसे ले गया है?'

'नहीं।'

'क्या वह डेस्क चर्च में है?'

'नहीं'।

'क्या वह जल्दी मिल जाएगी?'

'हाँ'

'वह किसके पास है?'

महिला सलाहकर ने उस माइंड कंट्रोल के छात्र की ओर संकेत किया तो वह चौंक गया।

मेरे पास है?

तब पुरुष सलाहकार ने आगे आकर कहा, 'नहीं, इनका कहने का मतलब है कि तुम्हारी आयु के किसी इंसान के पास वह हस्तलिपि है। उस इंसान ने एक युवती को उसके कागज़ात वापस ऑफिस में उसकी मेज पर रखने के लिए कहा था। उस समय वह इंसान अपने कुछ छात्रों के साथ दावत मनाने जा रहा था। उसी की मेज पर वह हस्तलिपि रखी है। लेकिन आप चिंता न करें क्योंकि जब वह इंसान उस हस्तलिपि को देखेगा, तो उसे डिक को वापस भेज देगा।'

दो दिन बाद ताबूत निर्माण संस्था के डीन ने डिक को फोन करके हस्तलिपि के बारे में बताया। उन्होंने डिक से कहा कि 'ग्रेजुएशन का कार्यक्रम पूरा होने के बाद, मैंने अपनी सेक्रेटरी से कहा था कि वह यहाँ पर पड़े हुए सारे कागज़ उठाकर ऑफिस में मेरी मेज़ पर रख दे। उसी समय पर मुझे अपने ग्रेजुएट हुए छात्रों के साथ दावत पर जाना था। आज ऑफिस में आने के बाद मेज पर आपकी हस्तलिपि मुझे दिखाई दी।'

ऐसा कई बार होता है कि हम अपने केस में विचारों के स्थानांतरण के अलावा

कुछ नहीं करते।

मैंने आपको खराब फेफड़ेवाले जॉन समर्स नाम के इंसान का जो उदाहरण बताया, वह एक सच्ची घटना है। शायद आपको उसके बारे में एक अन्य बात याद आ रही होगी... उसका टखना टूटा हुआ था। लेकिन वास्तव में उसका टखना टूटा हुआ नहीं था। ओरियंटोलॉजिस्ट ने उसके कान के ऑपरेशन और फेफड़े के बारे में तो उसे बताया था। मगर उसका टखना वाकई में टूटा हुआ है या नहीं, इसके बारे में वह खुद भी नहीं जानता था इसलिए उसने कहा कि 'इसके बारे में मेरे पास कोई जानकारी नहीं थी।' बाद में उसी मरीज ने इस बात का खुलासा किया। उसने बताया कि 'कई साल पहले मेरा टखना टूटा था और अकसर नमीवाले मौसम में दुखा करता था।'

दरअसल विचारों का स्थानांतरण उस तरह नहीं होता, जैसा हम समझते हैं। उस मरीज के टूटे टखने का विचार ओरियंटोलॉजिस्ट के दिमाग में नहीं था क्योंकि यह बात उसके केस में शामिल नहीं थी। आप कह सकते हैं कि शायद यह बात उस मरीज के मन में रही होगी। ऐसा भी हो सकता है।

एक और मामला : एक छात्र ने अपने केस के दौरान रिपोर्ट दी कि एक महिला की कोहनी पर हड्डी टूटने की वजह से निशान है। ओरियंटोलाजिस्ट को इस बारे में कुछ भी पता नहीं था। उसने महिला से पूछा तो वह बोली कि 'आज तक कभी मेरे साथ ऐसी कोई घटना नहीं हुई, जिससे मेरी कोहनी की हड्डी टूटे।' फिर कुछ दिन बाद, उस महिला ने अपनी माँ से इस बारे में बात की। जिससे पता चला कि जब वह महिला तीन साल की थी, तब एक घटना में उसके हाथ की हड्डी टूटी थी। क्या यह विचारों का स्थानांतरण या विचारों को पढ़ना है?

अगर किसी का जीवन दाँव पर लगा हो, तो उसके द्वारा जाहिर होनेवाली साइकिक (इंद्रियों से परे की) ऊर्जा बहुत मजबूत होती है। यही वजह है कि नैसर्गिक ईएसपी की कई केसेस दुर्घटना और अचानक होनेवाली मृत्यु के बारे में होती हैं।

यही वजह है कि हमारे अभ्यास के अंतिम चरण में हम गंभीर रोगियों के साथ काम करते हैं। पूरी ईमानदारी से अपने मरीज के केस पर अभ्यास करनेवाला माइंड कंट्रोल का ग्रेजुएट दुर्बल से दुर्बल मानसिक संकेतों (साइकिक सिग्नल) को पकड़ना सीखता है। यह अभ्यास करते-करते वह उस मोड़ पर आ जाता है, जहाँ से वह अपने मन में किसी भी इंसान से संपर्क साधने में सक्षम हो जाता है। भले ही वह

व्यक्ति मुसीबत में हो या न हो। अभ्यास करके हम इसमें और संवेदनशील बन सकते हैं।

अपने शुरुआती प्रयोगों के दौरान मैंने सीखा कि बच्चे वयस्कों की तुलना में, साइकिक (इंद्रियों से परे की) योग्यता का कहीं बेहतर प्रदर्शन करते हैं। क्या संभव है और क्या असंभव, इस बीटा के दृष्टिकोण का उन पर कम प्रभाव होता है। हालाँकि अब उनकी वास्तविकता यानी सत्य की समझ इतनी विकसित नहीं हुई होती कि वे केवल तार्किक लगनेवाली बातें ही कर सकें।

एक और उदाहरण :

जब माइंड कंट्रोल कोर्स के बुनियादी नियम तय हो गए, तो अब तक बताए गए सारे केसेस के अभ्यास सत्रों का निर्माण करने के लिए मैंने एक प्रयोग किया था। जैसा कि आप आगे देखेंगे कि मेरी शुरुआती तकनीकें, वर्तमान में इस्तेमाल होनेवाली तकनीकों से बिलकुल अलग थीं।

जिमी और टिमी नाम के दो बच्चों को मूलभूत प्रशिक्षिण दिया गया था। मैंने उन्हें अलग-अलग कमरों में बैठने के लिए कहा। दोनों के पास एक-एक प्रयोगकर्ता था, जो वर्तमान के ओरियंटोलॉजिस्ट जैसा था। जिमी से कहा गया कि वह अपने लेवल पर जाए और अपनी कल्पना में किसी चीज़ का निर्माण करना शुरू कर दे। इस दौरान, दूसरे कमरे में मौजूद टिमी से कहा गया कि वह अपने लेवल पर जाकर देखे कि जिमी क्या कर रहा है। उधर जिमी अपने प्रयोगकर्ता से कह रहा था कि 'मैं एक छोटा सा ट्रक बना रहा हूँ। वह ट्रक हरे रंग का है, जिस पर लाल पहिए लगे हैं।'

दूसरे कमरे में टिमी के प्रयोगकर्ता ने पूछा, 'जिमी क्या कर रहा है?'

टिमी ने कहा कि 'इस समय वह एक नन्हा सा खिलौना-ट्रक बना रहा है।'

'जरा विस्तार से बताओ।'

'वह हरे रंग का ट्रक है, जिस पर लाल पहिए लगे हैं।'

हम अपनी कक्षा में वयस्कों के साथ जिस स्तर पर काम करते हैं, उसकी तुलना में यह केसवर्क बहुत सूक्ष्म और कठिन होता है। एक नन्हें बच्चे जैसा बनने के लिए बहुत अभ्यास करना होता है। यही सच है।

13
अभ्यास के लिए अपना एक समूह बनाएँ

मैं चाहता हूँ कि इस पुस्तक को पढ़कर आप अपनी मानसिक क्षमता को उसी तरह विकसित करें, जैसे हम माइंड कंट्रोल की कक्षाओं में करते हैं। इसके लिए आपको पूरे धीरज के साथ, लंबे समय तक अभ्यास करना होगा। अभी तक आपने जो भी अभ्यास किए, वे अकेले किए जानेवाले अभ्यास हैं। एक-दो महीनों के अभ्यास के बाद आप इसमें कुशलता प्राप्त कर लेंगे और अपने अगले चरण के लिए तैयार हो जाएँगे। तब आपको सावधानी से नियंत्रित की हुई परिस्थितियों में दूसरों की मदद की ज़रूरत होगी। अब मैं बताता हूँ कि आपको क्या करना है :

इस किताब में बताए गए सबसे पहले अभ्यास को पूरा करने से पहले ही कम से कम छह लोगों का एक समूह बना लें, जो आपके साथ अभ्यास करना पसंद करें। इस दौरान एक-दूसरे के संपर्क में रहें और जब सभी ने सही मायनों में अभ्यास के लिए तैयारी कर ली हो, तो नए केस पर काम शुरू करने के लिए आपस में मुलाकात करें। पहले सत्र के लिए अपने पास कम से कम एक पूरा दिन रखें। हर कोई अपने साथ कम से कम चार फाईल कार्ड लेकर आए। हर फाईल कार्ड के एक ओर रोगी का नाम, आयु और स्थान के बारे में लिखा हो तथा दूसरी ओर उसकी बीमारी के बारे में लिखा हो।

साथ ही उसके बारे में पूरे विस्तार से जानकारी भी दी गई हो ताकि जाँच-पड़ताल के समय यह जानकारी काम आएगी।

अब कल्पना करके स्वयं को किसी धातु के भीतर देखें। आपको ऐसा करने के लिए धातु के क्यूब या वे सिलेंडर नहीं मिलेंगे, जो हमारी कक्षाओं में होते हैं। आप चांदी या तांबे के लिए पैसे के सिक्कों का उपयोग कर सकते हैं... सोने के लिए एक अंगूठी और लोहे के लिए छोटे-मोटे चुंबक का प्रयोग कर सकते हैं। आपको इन सभी वस्तुओं का सावधानी से निरीक्षण करना है। अब अपने स्तर पर जाएँ और एक समय पर केवल एक ही वस्तु की कल्पना करें। उस वस्तु को अपनी आँखों के स्तर से ऊपर रखें और अपने सामने कई फीट की दूरी तक इसे देखें। कल्पना करें कि धीरे-धीरे उस वस्तु का विस्तार हो रहा है और उसने पूरे कमरे की जगह को घेर लिया है यानी वह वस्तु उस कमरे की आकार के जितनी बड़ी हो गई है। अब आप उस वस्तु में प्रवेश करके, कई तरह के प्रयोग कर सकते हैं।

अब यही अभ्यास फलों, सब्जियों और अपने पालतू जानवर के साथ भी करके देखें। जब आपके समूह के सभी लोगों को एक से दूसरी वस्तु की जाँच में सूक्ष्म परिवर्तन दिखने लगे, तो आप इस प्रयोग को सफल मान सकते हैं। यह ज़रूरी नहीं है कि हर प्रयोग के नतीजे स्पष्ट और विस्तृत ही हों। एक वस्तु का अनुभव, दूसरे वस्तु से मिले अनुभव से पूरी तरह से अलग होगा। हो सकता है कि इस प्रयोग में आपका निरीक्षण, आपके अन्य साथियों के निरीक्षण से अलग हो। खैर, आपकी खोज ज़्यादा मायने रखती है क्योंकि वही आपके लिए संदर्भ बिंदु बन जाती है।

मैं अब तक ऐसा कोई तरीका विकसित नहीं कर पाया हूँ, जिसकी मदद से आप किताब में यह सब पढ़कर ही अपने सलाहकारों का आवाहन कर सकें। अगर आप किसी तरह ऐसा करने में सक्षम हो सकते हैं, तो ठीक है। लेकिन इसके बिना भी आपका काम चल सकता है, बस इसमें आपकी प्रगति थोड़ी धीमी होगी।

किसी केस पर काम करने के लिए वैसी ही जोड़ियाँ तैयार करें, जैसे हम माइंड कंट्रोल कक्षा में करते हैं। अध्याय 12 में अपनी केस को साइकिक ऑपरेटर के सामने प्रस्तुत करते समय ओरियंटलिस्ट जो शब्द बोलता है, ठीक वैसे ही शब्द हम अपनी माइंड कंट्रोल की कक्षा में बोलते हैं। मैं चाहूँगा कि आप अपने अभ्यास में भी इन्हीं शब्दों का प्रयोग करें।

जैसा कि मैंने पहले कि आपसे कहा था कि इन सभी बातों का प्रयोग सावधानी

से नियंत्रित की हुई परिस्थितियों में ही करें। मेरा कहने का तात्पर्य है :

1) कोई ऐसा स्थान चुनें, जहाँ कोई आपके अभ्यास में बाधा न डाल सके।

2) यह ध्यान रखें कि आपके समूह के हर सदस्य ने किताब में दिए गए सारे अभ्यासों को सही तरीके से क्रम पूरा किया हो और उसमें वे सफल भी हुए हों।

3) यह पहले से ही तय हो जाना चाहिए कि अभ्यास करते समय समूह का हर सदस्य अपने अहंकार को परे रखेगा। अगर आपके समूह का कोई एक सदस्य, अन्य सदस्यों की तुलना में पहले प्रयास में ही बेहतर नतीजे ले आता है, तो इसका मतलब ऐसा नहीं कि वह सबसे खास है। वह पहली बार तो सफल हो गया लेकिन पाँचवीं या छठी मीटिंग तक भी कई लोग मानसिक स्तर पर कार्य नहीं कर पाते। जो लोग बहुत धीमी गति से आगे बढ़ते हैं, वे आगे जाकर बेहतर नतीजों के साथ बेहतर साइकिक यानी अतेंद्रिय संवेदी बनते हैं, ऐसा हमारा अनुभव है।

4) अगर आप किसी ऐसे माइंड कंट्रोल ग्रेजुएट को जानते हैं, जो निरंतरता से प्रशिक्षण में सिखाई गई बातों का अभ्यास करता है, तो अपने अभ्यास के दौरान उसे विनती करें कि वह भी आपके साथ शामिल हो जाए। अगर वह आपका साथ देगा तो आपका काम आसान हो जाएगा। यदि वह माइंड कंट्रोल का ग्रेजुएट सिखाई गई कुछ-कुछ बातों को भूल गया है तो इस किताब को एक बार पढ़कर वह अपने सारे अभ्यास दोहरा सकता है या नि:शुल्क माइंड कंट्रोल कक्षा में भाग लेकर भी अपने सारे पाठ दोहरा सकता है।

5) जब आप साइकिक ऑपरेटर हैं, तो अपने मन की सारी शंकाओं को परे रखकर इस अभियान में संपूर्ण रूप से शामिल हो जाएँ। अपने मन की सुनें पर उसकी बातों में मग्न होकर अपना उद्देश्य न भूलें। कल्पना करें लेकिन अपने निरीक्षण पर तर्क करने की कोशिश न करें। 'अरे यह नहीं हो सकता', इस प्रकार की शंका अपने मन में न लाएँ। अभ्यास के दौरान आगे क्या नया सामने आता है, इसकी प्रतीक्षा करें। आमतौर पर किसी भी मसले पर आपके अंदर उठने वाला पहला विचार ही, दूसरे विचार से ज़्यादा सही होता है।'

लगातार बोलते रहें! शरीर पर ऊपर से नीचे तक गौर करें और जो आपने देखा,

उसका वर्णन करें।

6) जब आप ओरियंटोलॉजिस्ट हों, तो अपने साइकिक ऑपरेटर को कभी किसी भी बात का संकेत न दें। आपका साइकिक ऑपरेटर सफल हो, ऐसा सोचना गलत नहीं है लेकिन उसे कोई स्पष्ट संकेत या सूचना देना, उचित नहीं है। जैसे 'अपनी छाती की ओर गौर से देखो और यकीन करो, वहाँ कुछ भी गलत नहीं है,' इस प्रकार की कोई भी सूचना अपने साइकिक ऑपरेटर को ना दें।

साइकिक ऑपरेटर से यह भी न कहें कि वह गलत है। शुरुआती अवस्थाओं में जब कुछ गलतियाँ होती हैं या कुछ बातें छूट जाती हैं, तब उस समय हम जिस केस पर काम कर रहे होते हैं, साइकिक ऑपरेटर बीच में ही उस केस को छोड़ देता है और दूसरा केस अपने हाथ में ले लेता है। हालाँकि यह उसकी एक साधारण सी भूल है, जिसे थोड़े से अभ्यास से सुधारा जा सकता है। साइकोरिएंटॉलॉजिस्ट ने सामनेवाले को हतोत्साहित करने के लिए कुछ गलत शब्द कहे तो उसके विकास की गति में ठहराव आता है। इसलिए अपनी ओर से इतना ही कहें कि 'मेरे पास इस बारे में कोई जानकारी नहीं है।'

7) धीरज रखें। अगर आपके जैसे ही पाँच लाख से अधिक लोगों ने इसमें सफलता पाई है, तो आप भी निश्चित ही सफल हो सकते हैं। हो सकता कि आपको लंबे समय तक अकेले ही प्रयास करना होगा या किसी अनौपचारिक समूह के साथ काम करना पड़े। जल्दी करने की ज़रूरत भी नहीं है।

8) आपके समूह का हर सदस्य जब नियमित रूप से हर केस में सफल हो रहा है, तो भी अपने समूह के साथ एकत्रित रहें, आपस में मिलते रहें और एक साथ काम करते रहें। इस तरह आप बेहतर, और बेहतर होते जाएँगे और एक दिन इस काबिल हो जाएँगे कि अकेले किसी केस पर काम कर सकें। फिर एक दिन आएगा, जब आप गंभीर रोगों के शक्तिशाली परिणामों के अलावा रोज़मर्रा के जीवन के सूक्ष्म संदेशों के लिए भी संवेदनशील बन जाएँगे।

9) नए केस के तौर पर सामने उपस्थित किसी भी इंसान को यूँ ही न चुनें। दूर रहनेवाला किसी इंसान पर काम करना और सामने उपस्थित इंसान पर काम करना, इन दोनों को कानून अलग दृष्टिकोण से देखता है। हमारे सामने उपस्थित इंसान किए जानेवाले उपचार या केसवर्क को रोग का निदान करना बताया गया है, जो लाईसेंस धारक डॉक्टर और स्वास्थ्यकर्मियों द्वारा ही

होता है। लेकिन दूर रहनेवाले इंसान पर उपचार या केसवर्क करना, वैद्यकीय रोगनिदान नहीं कहलाता। ऐसे केस में साइकिक यानी अतेंद्रिय संवेदी शक्तियों के सहारे रोग का निदान किया जाता है। इस प्रकार के उपचार के लिए कोई कानूनी मनाही नहीं है।

10) अगर आपको अपने केस के मरीज में कोई असामान्य बात दिखे, तो उसे इस बारे में बताने की जल्दबाजी न करें। यह आपका नहीं, डॉक्टर का काम है। आपको तो अपनी साइकिक योग्यताओं को बढ़ाना है ताकि आप कानून के दायरे में रहकर उस मरीज की शारीरिक मदद कर सकें। आपने उसके अंदर जिस भी समस्या की पहचान की, उसमें मानसिक तौर पर सुधार करें। आपने उसे मानसिक स्तर पर जाना है इसलिए आपको उसका निदान भी मानसिक स्तर पर ही करना होगा।

मैंने इस अध्याय की शुरुआत में ही आपको यह चेतावनी दी थी कि किसी भी शुरुआती सफलता से उत्साहित होकर स्वयं को सबसे बेहतर मानने की गलती न करें।

मैं आपको अपना एक अनुभव बताता हूँ। यह 1967 की बात है। मेरे शुरुआती दिनों की प्रशिक्षण कक्षा में मेरा एक छात्र था, जिसका नाम जिम नीडहैम था। वह पेशे से फ्लाइट इंस्ट्रक्टर था। वह कोर्स के आखिरी दिन तक सब कुछ ठीक से करने की कोशिश करता रहा। लेकिन कोर्स के आखिरी दिन पर, अपनी हर केस में उससे गलतियाँ हो रही थीं। 32 लोगों की उस कक्षा में सबसे खराब प्रदर्शन उसी का था।

जिम देख रहा था कि कक्षा के उसके अन्य साथी कैसे उसे पीछे छोड़कर आगे बढ़ रहे हैं। 'अगर बाकी सब ऐसा कर सकते हैं, तो मैं भी कर सकता हूँ', यह सोचकर उसने अपने लिए एक नई योजना बनाई। वह घर पर अपनी पत्नी के साथ अभ्यास करने लगा, जो स्वयं उसके साथ इस कोर्स का हिस्सा थी। वह दुर्घटनाग्रस्त लोगों की कतरनें अखबारों से काटती और जिम को दिखाती। हर रात, जिम अपने लेवल पर जाकर उन दुर्घटनाग्रस्त लोगों पर काम करने की कोशिश करता। उसकी पत्नी उसे उन लोगों का नाम, उम्र, पता और लिंग की जानकारी देती और वह उनकी चोटों के बारे में विस्तार से बताता।

इसके अलावा जिम की पत्नी उसे येलो पेजेस (स्थानीय जानकारी देनेवाली पुस्तिका) से लोगों के नाम बताती और वह उनके पेशों का अंदाज़ा लगाने की

कोशिश करता। छह महीने तक कई असफल प्रयोग करने के बाद, अचानक एक नया बदलाव आया और उसने अपना पहला सफल प्रयोग किया। इसके बाद उसे एक के बाद एक हर केस में सफलता मिलती चली गई। अब वह मेरे साथ काम करता है और लारेडो में माइंड कंट्रोल निर्देशकों के प्रशिक्षण की जिम्मेदारी सँभाल रहा है। वह हमारे भरोसेमंद साइकिक ऑपरेटर्स में से एक है। दरअसल अब वह अपने लेवल तक जाए बिना भी मानसिक स्तर पर रहते हुए ही अपना काम कर सकता है। यह उसके लिए रोज़मर्रा की बात हो गई है।

एक शाम वह अपनी बीटा अवस्था में या बाह्य जागृति में रहकर, कक्षा में छात्रों की मदद कर रहा था। जिसमें छात्र सलाहकारों का आवाहन करनेवाला अभ्यास कर रहे थे। अचानक उसे सुनहरा चोगा पहना हुआ एक लंबा काला आदमी दिखाई दिया। उस आदमी ने रत्नों से जड़ा चौड़ा कड़ा पहन रखा था। कक्षा में वह आदमी एक महिला छात्र की ओर बढ़ रहा था लेकिन उसने उस आदमी को नज़रअंदाज़ कर दिया। फिर वह दूसरे छात्र की ओर बढ़ा और अपने आभामंडल में लौट गया।

जब अभ्यास पूरा हुआ, तो पहले छात्र ने रिपोर्ट दी कि उसे केवल एक सलाहकार मिला। हालाँकि उसके सामने दो सलाहकार आए थे और उनमें से एक था वह डरावना पुरुष, जिसका नाम ओथेलो था। दूसरे छात्र ने कहा, 'मुझे भी सलाहकार के रूप में ओथेलो मिला। वह सीधे तो नहीं आया लेकिन अभ्यास के अंत में मेरे पास आया।'

यह ज़रूरी नहीं है कि आपको भी जिम जैसा ही अनुभव हो। अगर आपको सफलता मिलने में समय लग रहा है, तो इसका मतलब यह नहीं कि आपके पास कोई साइकिक उपहार नहीं है। बस अंतर इतना है कि सफलता आपके पास आने में थोड़ा समय ले रही है।

14
माइंड कंट्रोल से दूसरों की मदद कैसे करें

आपने जिस इंसान को कभी देखा ही नहीं, उसके रोग की पहचान करना अपने आपमें आश्चर्यजनक है। लेकिन हम केवल उसके रोग की पहचान करके रुकते नहीं हैं। शरीर की बीमारी पर हम अपनी जागरुकता और ध्यान जिस तरह से केंद्रित करते हैं, उसी तरह हम वह बीमारी ठीक होने के लिए हीलिंग करके स्वास्थ्य प्रदान करते हैं।

बेशक मानसिक स्तर पर ध्यान केंद्रित करने के लिए बड़े पैमाने पर ऊर्जा की आवश्यकता होती है। आपके मन के इरादों पर इस ऊर्जा की दिशा और लक्ष्य निर्धारित होता है। केवल जानकारी इकट्ठी करने के बजाय, मन के इरादे स्वास्थ्य पाने के हों तो इसमें ऊर्जा हमारी मदद करती है।

हम इस ऊर्जा के साथ अपने इरादों को कैसे जोड़ सकते हैं ताकि हम जो भी सफलता या मनचाही चीज़ें पाना चाहते हैं, वे पा सकें? शुद्ध रूप से देखा जाए तो इरादा, संकल्प की तरह ही है। और जैसा कि मैंने आदत पर नियंत्रणवाले अध्याय में कहा था कि केवल संकल्प अकेले बहुत कम मायने रखता है। जिस तरह हम कल्पना शक्ति का उपयोग करके किसी बीमारी को खोजते हैं, उसी तरह

कल्पना शक्ति से ही हम अपने मन में देखते हैं कि वह बीमारी दूर होने पर हमारा शरीर कैसा होगा। इसी को साइकिक हीलिंग यानी मानसिक स्तर पर बीमारी से मुक्त होना कहते हैं। यह बहुत ही सामान्य सी बात है।

आप अपनी ओर से जितने भी मरीजों को बीमारी से मुक्त करना चाहेंगे, उसके लिए उपयोग में लानेवाली तकनीक में आपको महारथ हासिल करने की ज़रूरत नहीं है। आप केवल एक तकनीक के सहारे ही प्रभावशाली साइकिक हीलर बन सकते हैं। वह तकनीक है, मन की काल्पनिक स्क्रीन पर किसी समस्या को सुलझाना। दरअसल, अगर आप ध्यान और कल्पना करने (Visualization) की शुरुआती अवस्था में भी हैं तो भी आप अद्भुत परिणाम पा सकते हैं।

जीवन की अनेक संभावनाएँ एक अस्थिर संतुलन पर टिकी होती हैं। एक हल्का सा धक्का भी इस संतुलन को आपकी ओर झुका सकता है। कई बार, संतुलन एक ओर झुका हुआ होता है, जिसके लिए एक अच्छे साइकिक की आवश्यकता होती है, जो उस संतुलन को फिर से पहले जैसा बना दे। निश्चित ही आप ऐसे साइकिक ऑपरेटर बन सकते हैं। अगर आप इस प्रतीक्षा में हैं कि पहले आप माइंड कंट्रोल की तकनीकों में निपुण हों और उसके बाद आप साइकिक हीलिंग देना शुरू करेंगे तो यकीन मानिए, आप लोगों की मदद करने का अमूल्य अवसर गँवा रहे हैं।

लोगों को स्वस्थ करने का कार्य मैंने माइंड कंट्रोल की शुरुआत करने से बहुत पहले ही शुरू कर दिया था और उस समय मेरे पास हीलिंग की संगठित चिकित्सा पद्धति भी विकसित की हुई नहीं थी। मैं अलग-अलग नतीजों के साथ सभी पद्धतियों को बारी-बारी से आज़मा रहा था और सभी के परिणाम भी अलग-अलग आ रहे थे। सबसे अहम बात यह थी कि मैंने अच्छे परिणामों की प्रतीक्षा नहीं की लेकिन फिर भी मैं बहुत सारे लोगों को उनकी बीमारियों से मुक्त कर पाया। इस कारण उस समय मैं अमेरिका और मैक्सिको के सीमा प्रांत में एक प्रभावी हीलर यानी आरोग्यकर्ता के तौर पर जाना जाने लगा। कई लोगों को लगता था कि मेरे पास कोई अलौकिक शक्ति है या मुझे कोई कुदरती वरदान प्राप्त हुआ है। जबकि मैं अपना उद्देश्य पाने के लिए निरंतर अध्ययन और नए-नए प्रयोग करता रहा।

एक पादरी को घुटनों के दर्द से मिली राहत

मेरे शुरुआती स्वास्थ्य अभियानों से पता चलता है कि मेरे तरीके कितने अलग हुआ करते थे। इसका एक उदाहरण आगे दिया गया है।

1959 में, मैंने लारेडो के एक पादरी के बारे में सुना, जो पिछले पंद्रह सालों से घुटनों की सूजन और दर्द से परेशान थे। वे अकसर बिस्तर पर ही रहते। हालाँकि उन्हें अपने दर्द और बिस्तर में कैद रहने से उतनी परेशानी नहीं थी, जितना इस बात से दुःख था कि वे मास सेलीब्रेशन (ईसाइयों के धर्मसमाज में मनाया जानेवाला उत्सव) के दौरान बाकी सबकी तरह घुटने मोड़कर प्रार्थना के लिए नहीं बैठ पाते थे। हालाँकि चर्च के मुख्य पादरी (आर्कबिशप) ने उन्हें अपनी ओर से घुटनों पर न बैठने की पूरी छूट दे रखी थी। लेकिन उस पादरी को लगता था कि वह एक पवित्र अनुष्ठान से समझौता कर रहा है।

मैं उनसे मिलने गया और कहा, 'मुझे लगता है कि मैं आपकी मदद कर सकता हूँ। मैं कोई डॉक्टर नहीं हूँ, पर पिछले बारह सालों से मैं पैरासाइकोलॉजी के क्षेत्र में काम करता रहा हूँ। केवल विश्वास की शक्ति (Faith healing) से ही अपनी बीमारियों से मुक्ति पाए हुए लोगों के बारे में आपने सुना या पढ़ा होगा, उन्हें जैसे परिणाम मिले, वैसे ही परिणाम इस अभ्यास में मिलते हैं।

ज्यों ही मैंने 'फेथ हीलिंग' का नाम लिया, पादरी खुद से ज़्यादा मेरे लिए चिंतित हो उठे। उन्होंने कहा, 'यह पैरासाइकोलॉजी क्या है? मैंने तो कभी ऐसे किसी विज्ञान के बारे में नहीं सुना। मैं उम्मीद करता हूँ कि तुम कोई ऐसा काम नहीं कर रहे हो, जिसके लिए हमारा पवित्र चर्च इज़ाज़त नहीं देता।'

मैंने अपनी ओर से उन्हें पैरासाइकोलॉजी के नियमों के बारे में भरपूर जानकारी दी और बताया कि उसके माध्यम से रोगियों को आरोग्य कैसे दिया जा सकता था। मैंने उनके धर्म के विरुद्ध जाकर कुछ नहीं कहा। लेकिन मेरी बातों का उन पर कुछ खास परिणाम नहीं हुआ। उन्होंने कहा कि वे इस बारे में सोचेंगे और मुझे जल्दी ही फोन करेंगे। उनके चेहरे पर अविश्वास के भाव देखकर लग रहा था कि उनकी ओर से कोई फोन कॉल नहीं आएगा, मैंने इस बात की उम्मीद ही छोड़ दी थी। हालाँकि मैं जानता था कि वे मेरी सुरक्षा के लिए प्रार्थना ज़रूर करेंगे क्योंकि उन्हें लग रहा था कि मैं किसी मुसीबत में पड़ सकता हूँ। इस तरह मेरे लिए प्रार्थना करके वे अपनी तकलीफ भी भूल जाएँगे।

जो मैंने सोचा था, बिलकुल इसके विपरीत हुआ। करीब एक महीने बाद मुझे उनका फोन आया। उन्होंने मुझे अपने घर पर बुलाया। उनसे अच्छी तरह से बातचीत करने के लिए मैं उनके बिस्तर के नज़दीक ही बैठ गया।

'जोस, जैसा कि तुम जानते हो, ईश्वर अलग-अलग ढंग से हमारा नेतृत्व करता है। तुमसे मुलाकात होने के कुछ ही दिनों बाद मेरे पास हमारे ही संप्रदाय के भाइयों में से एक के द्वारा लिखी गई किताब की समीक्षा का परिपत्र (सर्कुलर) आया। उसमें पैरासाइकोलॉजी के विषय पर पूरा एक अध्याय दिया गया था। उसे पढ़ने के बाद अब मैं पैरासाइकोलॉजी को बेहतर ढंग से समझ पाया हूँ और मैं चाहता हूँ कि मुझे स्वास्थ्य प्रदान करने के लिए तुम अपने ज्ञान का प्रयोग करो।'

मैं पूरे एक घंटे तक उनके पास बैठा और उन्हें अपनी पढ़ी किताबों और काम की जानकारी देता रहा। मैं उनके पास जितनी देर बैठा, मेरे मन में उनके लिए उतना ही आदर भाव बढ़ता गया। अंत में वे जरा थक गए। अब उनके आराम का और मेरे वहाँ से जाने का समय हो गया था। जब मैं वहाँ से निकल रहा था तब वे बोले, 'ठीक है, हम यह उपचार पद्धति कब से शुरू करेंगे?'

'फादर, इलाज तो कब का शुरू हो चुका है,' मैंने कहा।

'मैं समझा नहीं,' वे हैरान थे।

मैंने उन्हें समझाते हुए कहा, 'फादर, यह इलाज मानसिक तौर पर होता है। जब मैं आपसे बात कर रहा था, तभी मैंने अपना शुरुआती कार्य आरंभ कर दिया था।'

मैंने अपना बाकी बचा काम रात को पूरा किया। अगले दिन सुबह फादर का फोन आया। उनकी आवाज़ से आश्चर्य और खुशी, दोनों झलक रहे थे। उन्होंने मुझसे कहा, 'रातभर में ही मेरी सेहत में काफी सुधार आ गया है।'

मेरी और उनकी भेंट के तीन दिन के भीतर वे फिर से चलने-फिरने लगे और अब वे प्रार्थना के लिए दोबारा घुटनों के बल बैठ सकते थे। उसके बाद उनके घुटनों में कभी कोई तकलीफ नहीं हुई। क्या यह एक चमत्कार है? नहीं, यह एक कुदरती घटना थी। अब मैं आपको बताता हूँ कि मैंने यह कैसे किया।

फादर के साथ हुई लगभग एक घंटे की बातचीत के दौरान हम दोनों पूरी तरह से सजग और सचेत थे। किसी भी तरह की तकलीफ से मुक्ति पाने के लिए ये दो बातें बड़ी सहायक होती हैं। हमने आपस में जो बातें कीं, उनसे फादर को पैरासाइकोलॉजी को और बेहतर ढंग से समझने में मदद मिली। जिस प्रकार हर धर्म में आस्था का बड़ा महत्त्व होता है, उसी प्रकार मानसिक स्तर पर होनेवाले इस उपचार में विश्वास का महत्त्व होता है। इस दौरान मैंने अपनी कल्पना शक्ति का उपयोग

करके यह देखा कि इस प्रकार के उपचार से फादर की सेहत बेहतर हो रही है और मैं भी उन्हें और ज़्यादा पसंद कर रहा हूँ। प्रेम में असीम ताकत होती है और मैं चाहता था कि वह ताकत मेरा साथ दे।

फादर से हुई इस मुलाकात के दौरान मैंने उनके चेहरे, उनके हाथों की छुअन, हाव-भाव, बोलने के तरीके और उनकी आवाज़ आदि को महसूस किया ताकि मैं उनके न होने पर भी, कल्पना शक्ति के सहारे उनकी उपस्थिति को महसूस कर सकूँ। घर जाने के बाद रात के समय में मुझे फादर की सेहत पर मानसिक स्तर पर और भी काम करना था, यह उसी की पूर्व तैयारी थी। यह मेरे लिए शुरुआती काम था।

कई घंटों बाद, जब फादर गहरी नींद में चले गए तब मैं वहाँ से वापस अपने घर आ गया और फादर की सेहत बेहतर बनाने के लिए अपना बाकी बचा काम पूरा किया। फादर के घर पर मैंने जो काम किया, उससे मैंने अपने घर में किया हुआ काम बहुत ही अलग था। जैसा कि मैंने पिछले अध्याय में कहा था कि अगर जीवन दाँव पर लगा हो, तो साइकिक ऊर्जा बेहतर तरीके से स्थानांतरित होती है। मैं वर्तमान में जिस तरह अपने लेवल पर जाता हूँ, उसके बजाय मैंने अपनी कल्पना में फादर को अच्छी सेहत के साथ देखते हुए, अपनी साँसें रोक लीं। इस तरह कई मिनट बीत गए और आखिरकार मेरा शरीर साँस के लिए तड़पने लगा। इसके बावजूद साँस न छोड़ते हुए मैं फादर को उनकी स्वस्थ अवस्था में ही देख रहा था। इसी दौरान, मेरे दिमाग की मानसिक अवस्था से एक तरह की चीख सी निकली और उसकी ऊर्जा, मन में बसी फादर की स्वस्थ छवि को ठीक वहीं ले गई, जहाँ उसे जाना चाहिए था।

आखिर में, मैंने साँस ली। मेरा काम अच्छी तरह से पूरा हुआ है, इस बारे में मैं पूरी तरह से आश्वस्त था। आज मैं जिस तरीके से काम करता हूँ, वह बहुत सरल लेकिन उतना ही प्रभावी भी है। बस पूरे आत्मविश्वास के साथ अपने मन की काल्पनिक स्क्रीन का उपयोग करना सीखें। उसके लिए आवश्यक प्रक्रिया को मैं आपको चरण दर चरण बताता हूँ :

काल्पनिक स्क्रीन के उपयोग के कुछ चरण

1) आप जिस मरीज को स्वास्थ्य देना चाहते हैं, आपको उसकी अवस्था का पता होना चाहिए, हालाँकि ऐसा होना ज़रूरी नहीं है मगर उसकी जानकारी से आपको सहायता ही होगी। अब आप मानसिक स्तर पर या सीधे उसी से

पूछकर उसकी जानकारी ले सकते हैं। लेकिन किस प्रकार से आप जानकारी लेते हैं, इससे कोई अंतर नहीं पड़ता।

2) अपने ध्यान के स्तर पर जाकर, मन के काल्पनिक स्क्रीन पर उस मरीज को उसके रोग के साथ देखें। बाईं ओर एक और छवि देखें, जिसमें मरीज की बीमारी किस प्रकार से ठीक कर सकते हैं, इस बारे में किए गए प्रयास दिखाए गए हों। अगर आप उस मरीज से मिले नहीं हैं और उसकी बीमारी पर काम करने के लिए पूरी तरह तैयार नहीं हैं, तो यह जानने की कोशिश करें कि वह कैसा दिखाई देता है, ताकि आप सटीक काल्पनिक छवि देख सकें।

3) अब अपना ध्यान स्क्रीन के बाईं ओर लेकर जाएँ, आपको वह इंसान पूरी तरह स्वस्थ दिख रहा है। वह ऊर्जा और जोश से भरपूर है, ऐसी कल्पना करें। गहरे ध्यान में जाने के बाद आप अपने आपसे जो कहते हैं, उसके प्रति आप पूरी तरह से ग्रहणशील होते हैं। इसी महत्वपूर्ण क्षण में आप उस इंसान की खुशनुमा छवि की कल्पना करते हैं। अपनी कल्पना में उस इंसान को प्रसन्न देखते हैं। वह इंसान खुश होगा या खुश हो रहा है, ऐसी कल्पना आप नहीं करते। क्योंकि गहरे ध्यान के स्तर पर, अल्फा और थीटा की अवस्था में आपका मन कारणों से घिरा रहता है और बीटा अवस्था में यह नतीजों पर ध्यान देता है। इसीलिए अल्फा और थीटा अवस्था में कोई भी चीज़ 'भविष्य' में ऐसी होगी, इस तरह की कल्पना नहीं की जाती बल्कि दृढ़ विश्वास के साथ वह चीज़ वर्तमान स्थिति में बिलकुल स्वस्थ है, ऐसी कल्पना की जाती है। आगे जाकर इस स्तर पर समय के मायने बदल जाएँगे यानी जो 'है' वह 'होगा' में बदल जाएगा। अपने नतीजों का काल्पनिक (मानसिक) चित्रण कुछ इस तरह करें, मानो वे आपके हाथ आ गए हों।

ब्रह्माण्ड के नियमों में देखा गया है कि अधिकारों का कॉस्मिक बिल (Cosmic Bill of Rights) होता है, जो इस बात का आश्वासन देता है कि हम सब चाहे कितने भी छोटे या बड़े हों, कितने भी होनहार या मूर्ख हों, अपनी इच्छा, विश्वास और उम्मीदों के बल पर किसी भी चीज़ को साकार कर सकते हैं। ये सब बातें दो हज़ार साल पहले बेहतर तरीके से कही गई थीं। न्यू टेस्टामेंट में मार्क ने कहा है, 'आप जो भी इच्छा रखते हैं, वह पूरी होने के लिए जब आप प्रार्थना करते हैं और यह विश्वास रखते हैं कि वह पूरी होगी तो वह ज़रूर पूरी होती है।'

जब आप मरीज की एक स्वस्थ इंसान के तौर पर कल्पना करते हैं, तब एक ऐसा क्षण आता है, जब आपको यह विश्वास होता है कि आपने उस मरीज को स्वस्थ करने के लिए आवश्यक सारे प्रयास किए हैं। उस समय आपको एक सुखद एहसास होगा। वह क्षण आपको आपकी सफलता का एहसास करा देता है इसलिए वह आपके लिए सुखद होता है। इसके बाद आपको बीटा अवस्था में एक से पाँच तक गिनते हुए यह कहना है कि 'मैं पहले से कहीं बेहतर और जागरुक महसूस कर रहा हूँ।'

आप इस तकनीक का जितना अभ्यास करेंगे, आपके सामने उतने ही सुखद संयोग आते रहेंगे और आपका विश्वास उतना ही मजबूत होगा। इसी विश्वास से और भी अधिक सुखद संयोग बनते जाएँगे। जब आप अपने मन की काल्पनिक स्क्रीन का प्रयोग करना सीख लेंगे, तभी से सफल परिणामों की एक श्रृंखला ही शुरू हो सकती है।

भले ही धार्मिक आस्था पर आधारित स्वास्थ्य प्राप्ति और मानसिक स्तर पर स्वास्थ्य प्राप्ति की तकनीकें अलग-अलग हों लेकिन मेरा मानना है कि उनके नियम और परिणाम एक जैसे ही होते हैं। अलग-अलग संस्कृतियों में धार्मिक आस्था पर आधारित स्वास्थ्य प्राप्ति के लिए किए जानेवाले अनुष्ठान या रीति-रिवाज़ अलग-अलग हो सकते हैं, लेकिन उनका प्रभाव दोहरा होता है : मन को ध्यान के गहरे स्तर तक ले जाना और फिर विश्वास व अपेक्षा को मज़बूत करना।

कई आरोग्यकर्ता (हीलर्स) ऐसे तरीकों का उपयोग करते हैं, जिससे वे थक जाते हैं। उनकी ऊर्जा क्षीण हो जाती है और एक ही सत्र में उनका वज़न भी घटने लगता है। जबकि ऐसा करना जरूरी नहीं है। दरअसल माइंड कंट्रोल की पद्धति इसके विपरीत परिणाम देती है। जब हम सफलता की भावना का अनुभव करते हैं, तो हमारे भीतर से एक उत्साह का संचार होता है। हालाँकि यह अनुभव सूक्ष्म स्तर पर नहीं होता, बल्कि यह अपने आपमें बहुत शक्तिशाली होता है, जो आपके अंदर यह भावना जगाता है कि 'मैं पहले से बेहतर महसूस कर रहा हूँ।' हमने पाया है कि दूसरों को आरोग्य देना, आरोग्यकर्ता के लिए भी बहुत लाभदायक होता है।

कई आरोग्यकर्ताओं को ऐसा लगता है कि बीमारी के समय वे स्वयं को आरोग्य प्रदान नहीं कर सकते। कुछ हीलर्स को ऐसा भी लगता है कि स्वयं को स्वस्थ करने से वे अपनी शक्ति भी गँवा बैठेंगे। माइंड कंट्रोल में हमने बार-बार इस

बात को गलत साबित किया है। कई लोगों को लगता है कि जिसे आरोग्य देना है, उसका सामने होना ज़रूरी है। जिससे उस इंसान को स्पर्श करके उसे हीलिंग दे सकें। जबकि रोगी की अनुपस्थिति में भी उसे हीलिंग करके स्वास्थ्य प्रदान किया जा सकता है। हममें से जो लोग लाइसेंस प्राप्त डॉक्टर नहीं हैं या किसी जाने-माने चर्च से नहीं जुड़े हैं, उनके दृष्टिकोण से इस प्रकार हीलिंग देना गैरकानूनी माना जाता है।

अकसर माइंड कंट्रोल कक्षाओं में हम ईसा मसीह के समय के एक रोमन अधिकारी सेंचुरियन के उस नौकर का उदाहरण बताते हैं। ईसा मसीह ने बहुत दूर रहनेवाले सेंचुरियन के नौकर को आरोग्य प्रदान किया था। उन्होंने तो उसे कभी देखा तक नहीं था। सेंचुरियन ने अपने नौकर की पीड़ा के बारे में ईसा मसीह को बताया था और उसका नौकर कुछ ही घंटों में पीड़ा से मुक्त यानी स्वस्थ हो गया।

एक छोटा सा अवलोकन : अपनी लोक् कथाओं पर ज़रा गौर करें। जब भी हम विशबोन (कामना करते समय हाथ में ली जानेवाली प्राचीन चीज़) हाथ में लेकर कोई कामना करते हैं... टूटते तारे को देखकर मन ही मन कुछ माँगते हैं या फिर जन्मदिन पर मन में एक इच्छा रखकर मोमबत्ती बुझाते हैं, तो हमें कहा जाता है कि अपनी इच्छा को हम किसी के भी सामने ज़ाहिर न करें। भले ही यह बात बचकानी लगे, पर मेरे हिसाब से इसके पीछे कोई अर्थ ज़रूर है। मन रखी इच्छा या मानसिक स्तर पर कल्पना करके किसी पीड़ा से मुक्त होना, जब हम इन बातों को गोपनीय रखते हैं, तो उसके पीछे एक कारण ज़रूर होता है। वह कारण है, हमारी यह ऊर्जा नष्ट न हो या शायद ऐसा करने से हमारी ऊर्जा बढ़ती जाएगी। यही वजह है कि मैं और हमारे कई अध्यापक अपने छात्रों से कहते हैं कि वे अपने हीलिंग के काम को सबके बीच ज़ाहिर न करें, अपने तक ही सीमित रखें। ईसा मसीह ने भी ऐसे ही एक इंसान को हीलिंग के सहारे स्वस्थ किया और उससे कहा था कि 'देखना, किसी भी अन्य इंसान को इसका पता न चले।' दरअसल उस समय उन्हें उस बात को छिपाना नहीं था बल्कि उनके पास ऐसा करने के अन्य गहरे कारण भी थे।

15
मेरे कुछ अनुमान

प्रस्तुत पुस्तक में दिए गए 3 से 15 तक के अध्याय माइंड कंट्रोल कोर्स के अनुसार ही लिखे गए हैं। इंसान के रोज़मर्रा के जीवन में जो समस्याएँ आती हैं, उन्हें सुलझाने के लिए मन का उपयोग कैसे कर सकते हैं, यह इन अध्यायों में बताया गया है। इस पुस्तक में आप जो भी पढ़ रहे हैं, वह मेरे 30 सालों के शोध और अध्ययन का नतीजा है। जैसा कि आप देख सकते हैं, मैंने अपने काम को बहुत ही व्यावहारिक रखा है क्योंकि मेरा जन्म एक गरीब परिवार में हुआ था और जीवन ने मेरे सामने बहुत ही व्यावहारिक समस्याएँ रखीं।

हालाँकि इस सफर के दौरान ऐसी बहुत सी खोजें हुईं, जिन्होंने मुझे हैरत में डाल दिया। उन्हें देखकर संदेह होना प्राकृतिक था। क्योंकि मुझ पर मेरे अध्ययन का, मेरे जानकार सहकारियों का और सबसे महत्वपूर्ण ईसाई धर्म की समृद्ध परंपरा का बड़ा प्रभाव था। इसलिए सब कुछ केवल मेरे विचारों से हुआ, ऐसा दावा मैं नहीं कर सकता।

जो बात मेरे लिए सबसे ज़्यादा हैरानी भरी थी, वह ये कि मैंने जो भी खोजा, उसका मेरी धार्मिक धारणाओं से कभी भी, किसी भी तरह का कोई विरोधाभास नहीं रहा। सदियों से धर्म और विज्ञान के

बीच बहुत ही असहज संबंध रहा है। मुझे निजी तौर पर ऐसा कोई अनुभव कभी नहीं हुआ। मुझे इस बात पर बहुत आश्चर्य होता है कि मेरी खोजों का विश्व के किसी भी प्रतिष्ठित धर्म से कोई विरोधाभास नहीं रहा। हमारे उत्साही विद्यार्थियों में हर संप्रदाय से जुड़े प्रोटेस्टेंट, कैथोलिक, यहूदी, मुस्लिम, बौद्ध, हिंदू और नास्तिक, सब शामिल हैं। इसके साथ ही विभिन्न विषयों के विद्वान और वैज्ञानिक भी हैं।

क्या इसका मतलब यह है कि माइंड कंट्रोल में किसी तरह के कोई मूल्य शामिल नहीं हैं? क्या मैंने जो तकनीकें रचीं, वे किसी पहाड़े की तरह हैं, जो न तो अच्छी हैं और न ही बुरी? मैंने सोचा कि इस अध्याय में मैं सारी शंकाओं या अटकलों का समाधान करूँगा। लेकिन अब इस कदम पर मेरे पास कुछ दृढ़ विश्वास भी हैं, जिन्हें मैं तार्किक रूप से सिद्ध भी कर सकता हूँ। इसलिए सबसे पहले मैं आपको समझाना चाहूँगा कि ये दृढ़ विश्वास कौन से हैं :

1) क्या यह ब्रह्माण्ड अपने कुछ नियमों पर चलता है?

   जी हाँ, इस ब्रह्माण्ड के अपने कुछ नियम हैं और विज्ञान उनकी खोज कर रहा है।

2) क्या हम इन नियमों को तोड़ सकते हैं?

   जी नहीं। इस बात की सत्यता जानने के लिए हम भले ही किसी इमारत से कूदकर जान दे दें या बीमार पड़ जाएँ, पर ये नियम नहीं तोड़े जा सकते। हाँ, इस प्रक्रिया गें हम खुद जरूर टूट जाएँगे।

3) क्या ब्रह्माण्ड अपने बारे में कुछ सोच सकता है?

   हम जानते हैं कि ब्रह्माण्ड का एक हिस्सा अपने बारे में सोच सकता है और वह हिस्सा हम खुद हैं। तो क्या इस तथ्य को पूरे ब्रह्माण्ड पर लागू नहीं किया जा सकता?

4) क्या ब्रह्माण्ड हमारे प्रति उदासीन है?

   ऐसा कैसे हो सकता है? हम इस ब्रह्माण्ड का हिस्सा हैं और यह हमें प्रतिसाद भी देता है।

5) हम बुनियादी तौर पर अच्छे हैं या बुरे?

   जब हम ध्यान में अपने सबसे करीब आ जाते हैं, तो फिर हम किसी का बुरा

नहीं करते और हमारी अच्छाई करने की क्षमता कई गुना बढ़ जाती है।

अगर मेरे प्रयोगों ने पाँचवें प्रश्न का जवाब नहीं दिया होता, तो मेरा दृष्टिकोण वास्तविकता के लिए कुछ अलग ही होता।

एक बार मैंने सत्य की एक बहुत अच्छी परिभाषा सुनी थी, जिसमें कहा गया था कि 'सत्य एक ऐसा सपना है, जिसे हम सब मिलकर देखते हैं।' सत्य की परिभाषा के बारे में हमें केवल धुँधला सा अनुमान होता है। हम अपनी सुविधा के अनुसार ही चीज़ों को समझते हैं और उनके प्रति एक नज़रिया विकसित करते हैं। दूर से छोटी दिखनेवाली चीज़ें वास्तव में छोटी नहीं होतीं और ठोस चीज़ें वास्तव में ठोस नहीं होतीं।

सब कुछ ऊर्जा है। किसी रंग और ध्वनि के बीच या किसी ब्रह्माण्डीय किरण और टी.वी. पर दिखनेवाली छवि के बीच केवल फ्रीक्वेंसी (आवृत्ति) का ही अंतर होता है या वहाँ पर ऊर्जा क्या कर रही है और द्रव्य या पदार्थ कितनी तेजी से ऊर्जा बना रहा है, इन पर वह अंतर निर्भर होता है। भौतिक वस्तु भी एक ऊर्जा ही होती है। भौतिक शास्त्र का मास-एनर्जी इक्वेलेंस (द्रव्यमान-ऊर्जा समतुल्यता) का सिद्धांत $E=MC^2$ हमें यही सिखाता है। जैसे आपका किसी विशेष मानसिक अवस्था में जाना भी ऊर्जा के सक्रिय होने से ही संभव होता है। ऊर्जा को जो बात सबसे दिलचस्प बनाती है, वह यह कि इस संसार में हर चीज़ का कोई न कोई विपरीत रूप मौजूद है - जैसे काले का विपरीत सफेद, गति का विपरीत स्थिरता, तेज का विपरीत धीमा, ऊँचाई का विपरीत गहराई - लेकिन ऊर्जा का विपरीत कुछ नहीं होता। ऐसा कुछ भी नहीं है, जिसके लिए हम 'ऊर्जा' यह शब्द इस्तेमाल कर सकते हैं। आपके और मेरे विचारों से लेकर बाकी हर चीज़ तक, सब कुछ ऊर्जा ही है। विचार करने से ऊर्जा का क्षय भी होता है और निर्माण भी। इस बात को बेहतर ढंग से कहा जाए, तो कह सकते हैं कि विचारों से ऊर्जा अपना रूप बदलती है।

अब आप समझ सकते हैं कि मुझे विचारों और चीज़ों में अंतर दिखता है, ऐसा मैं क्यों कहता हूँ।

क्या विचार चीज़ों पर अपना असर डालते हैं? बेशक; ऊर्जा ऐसा कर सकती है।

क्या विचार घटनाओं पर परिणाम कर सकते हैं? बेशक; ऊर्जा ऐसा कर सकती है।

क्या समय भी ऊर्जा ही है? इसका कोई सटीक अनुमान लगाना मुश्किल है क्योंकि समय कई रूपों में हमारे सामने आता है। समय को हम एक ओर से देखते हैं तो हमें सब कुछ स्पष्ट दिखाई देता है मगर दूसरे दृष्टिकोण से देखा जाए तो यही समय हमें बिलकुल अलग ही दिखाई देता है।

हम चाहे अपने जूतों के फीते बाँध रहे हों या सड़क पार कर रहे हों, हम समय को हर स्थिति में अतीत, वर्तमान और भविष्य की तरह एकरेखीय ही मानते हैं। रोज़मर्रा के काम करने के लिए समय को इसी तरह देखा जाता है। जैसे हम सूरज को उसके उगने और डूबने से जोड़कर ही देख सकते हैं। मानो कॉपरनिकस का यह प्राचीन खगोल शास्त्रीय विचार कभी गलत साबित ही नहीं हुआ। हम ऐसा इसीलिए करते हैं क्योंकि इस नज़रिए के साथ हम बीते समय को याद कर सकते हैं, वर्तमान को अनुभव कर सकते हैं और आनेवाले समय की ओर अनिश्चितता के साथ देख सकते हैं।

जबकि अगर दूसरे दृष्टिकोण से देखें, तो एक नई बात हमारे सामने आती है। अल्फा और थीटा अवस्था में हम बीते हुए समय और आनेवाले समय की घटनाओं को उनके आने से पहले ही देख सकते हैं और भविष्य में हमारे जीवन में क्या होनेवाला है, यह देखने का प्रशिक्षण भी पा सकते हैं। इस विशेष योग्यता को 'पूर्वाभास' के नाम से जाना जाता है। जब मैंने मैक्सिको लॉटरी जीती थी, उस समय इसे इतना सम्मानजनक नहीं माना जाता था।

अगर अल्फा और थीटा अवस्था में भविष्य को देखा जा सकता है, तो यह तय है कि यह अपने साथ कोई ऊर्जा भी भविष्य में भेजता होगा, जिसके साथ हमें अपना संपर्क साधना आवश्यक होता है। अगर समय हमें किसी भी तरह की ऊर्जा देता है, तो उसके लिए यह ज़रूरी है कि वह स्वयं भी ऊर्जा ही हो।

कई बरस पहले जब मैं सम्मोहन से जुड़े प्रयोग कर रहा था, तब मैंने पाया कि हम समय का बोध कैसे करते हैं। मैंने अपने दोनों बच्चों को उनकी आयु के पिछले वर्षों में वापस ले जाने के लिए, उनके साथ एज-रिग्रेशन (उम्र-परावर्तन) प्रयोग किया था। प्रयोग के दौरान मैंने गौर किया कि वर्तमान से अतीत की ओर जानेवाला कोई दृश्य अचानक सामने आने पर वे दोनों अपने दाईं ओर झुक जाते थे, ठीक वैसे ही जैसे हम चलती बस के अचानक रुकने पर आगे की ओर झुक जाते हैं।

जब मेरे बच्चे अतीत की ओर यात्रा कर रहे थे, तो उन्हें लग रहा था कि वे

अपने दाईं ओर यात्रा कर रहे हैं। जब मैं उन्हें वर्तमान में वापस लाया और उन्हें रोका, तो ठीक उल्टा हुआ यानी वे बाईं ओर झुके। इसके बाद अलग-अलग लोगों के साथ किए गए मेरे विभिन्न प्रयोगों ने इस बात की पुष्टि भी कर दी।

उसके पश्चात मैंने सम्मोहन के प्रयोग करने छोड़ दिए और नियमित ध्यान के सहारे प्रयोग करने लगा। मैं यह जानना चाहता था कि समय में आगे व पीछे की यात्रा कैसे की जा सकती है। एक बार प्रयोग के दौरान मैं अपने पूर्व दिशा की ओर मुख करके बैठ गया क्योंकि पूर्वी परंपराओं में इस दिशा की ओर मुख करना शुभ माना जाता है। मुझे इस बात की उत्सुकता थी कि अगर मैं सम्मोहन के प्रयोगों के अनुसार चलूँ, तो क्या मैं समय में बेहतर तरीके से चल सकूँगा। उस समय सम्मोहन प्रयोगों के आधार पर मैंने भविष्य को अपने बाईं ओर और अतीत को अपने दाईं ओर रखा।

हमारी पृथ्वी पर, सूर्य के पूर्व दिशा की ओर उगने से एक नया दिन शुरू होता है और फिर पश्चिम में सूर्य के डूबने से वह दिन समाप्त हो जाता है। अगर मैं ध्यान के दौरान दक्षिण दिशा में मुख रखता, तो पूर्व मेरे बाईं तरफ और पश्चिम मेरे दाईं तरफ होता। इस तरह मैं समय के पृथ्वी ग्रह संबंधी प्रवाह अथवा नियम से जुड़ सकता था।

मुझे नहीं पता कि अपने प्रयोग से मैं यह जान सका या नहीं कि समय इस पृथ्वी पर किस दिशा में प्रवाहित होता है। लेकिन जब मैं दक्षिण की ओर मुख करके बैठा, तो मुझे मेरा समय के साथ तालमेल बेहतर लग कर रहा था और समय में चलना मेरे लिए बहुत सहज रहा।

महान प्रज्ञा

अब हम एक जटिल प्रश्न पर चर्चा करेंगे। मैंने पिछले अध्यायों में कई बार महान प्रज्ञा का जिक्र किया। क्या ऐसा करके मैं ईश्वर के बारे में बात कर रहा हूँ? मैं जो भी कह रहा हूँ, उसे मैं किसी भी प्रकार से साबित नहीं कर सकता। इसलिए मैं अपने विश्वास को जागृत करते हुए बात रहा हूँ। महान प्रज्ञा को मैं आस्था या विश्वास कह सकता हूँ, पर मेरा तात्पर्य यहाँ ईश्वर से नहीं है। ये शब्द भले ही मेरे लिए आदर का विषय हों, लेकिन इसका अभिप्राय ईश्वर से नहीं है, यही सत्य है।

ब्रह्माण्ड जो भी करता है, वह अपनी उल्लेखनीय क्षमता के साथ करता है और अपने कार्य में वह एक भी कतरे को व्यर्थ नहीं जाने देता। जब मैं एक पैर रखने के

बाद दूसरा पैर उसके आगे रखता हूँ, तो मैं नहीं मानता कि ईश्वर यह ध्यान रखेंगे कि पैर उठाते समय कहीं मैं गिर न जाऊँ। मैं नहीं मानता कि इस बात का ध्यान रखना ईश्वर का कार्य है। दरअसल यह न तो ईश्वर का काम है, न उस महान प्रज्ञा का बल्कि यह मेरा काम है। मुझे आनुवंशिक (जेनेटिक तौर पर) रूप से चलना सिखाकर भेजा गया है, जो ईश्वर का काम था और वह अपना काम कर चुका है। अब आगे जो भी करना है, मुझे ही करना है क्योंकि वह मेरा काम है।

जीवन में उठाए गए कुछ कदम ऐसे होते हैं, जो हमारे रोज़मर्रा के जीवन से नहीं जुड़े होते और हो सकता है कि मुझे अपना निर्णय लेने के लिए किसी ऐसी सूचना की आवश्यकता हो, जो हमारी पाँच इंद्रियों द्वारा मिलना संभव नहीं है। इसके लिए मुझे उस महान प्रज्ञा की मदद लेनी होगी। कई बार जब मुझे कुछ महत्वपूर्ण मार्गदर्शन की आवश्यकता महसूस होगी, तो मैं ईश्वर की शरण में जाता हूँ और उससे मैं प्रार्थना भी करता हूँ।

मैं इस प्रज्ञा या बुद्धिमत्ता को निरंतरता के आधार पर कई स्तरों में देखता हूँ। यह निर्जीव वस्तुओं से लेकर सब्जियों तक... सब्जियों से सजीवों तक... सजीवों से इंसानों तक... इंसानों से लेकर महान प्रज्ञा तक... और अंतत: ईश्वर तक जाती है। वैज्ञानिक दृष्टिकोण से मैंने यह निष्कर्ष निकाला कि हर स्तर पर यानी निर्जीव वस्तु से लेकर उच्च बुद्धिमत्ता तक सभी से संवाद साधा जा सकता है। मैंने अपने प्रयोग नियंत्रित दिशाओं में किए हैं और उन्हें दोहराकर प्रमाणित किया है। इस पुस्तक में दिए गए निर्देशों के पालन और माइंड कंट्रोल के कोर्स से जुड़ने के बाद, कोई भी उन्हें अपने जीवन में उतार सकता है। 'वैज्ञानिक' शब्द से मेरा तात्पर्य यही है, जबकि बाकी सब अनुमान और आस्था है।

मेरा एक और अनुमान है कि अगर अपने प्राचीन इतिहास को देखें, तो पता चलेगा कि हम इंसान अभी हाल ही में अपने क्रमिक-विकास की अवस्था से आगे आए हैं। यह हमारे मस्तिष्क का विकास है, जो संपूर्ण हुआ है। अब हमारे पास मस्तिष्क की सभी कोशिकाएँ हैं। हम पहले से ही विकास के अगले कदम की ओर बढ़ रहे हैं। हमारे मन का विकास! जल्द ही हमारी मानसिक योग्यताओं को भी सामान्य तौर पर लिया जाने लगेगा क्योंकि आज भी माइंड कंट्रोल के विद्यार्थी और इस पुस्तक में बताए गए अभ्यासों को पढ़नेवाले पाठकों के लिए ये योग्यताएँ अब सामान्य ही हैं।

आप इन अनुमानों के अनुसार देख सकते हैं कि मेरे पास दुनिया का एक तयशुदा दृष्टिकोण है। यह दृष्टिकोण है सत्य और यथार्थ का! अब आप मुझसे पूछ सकते हैं कि 'क्या यह गारंटी है कि माइंड कंट्रोल सीखनेवालों को भी वे ही अनुभव मिलेंगे जो मुझे मिल चुके हैं? क्या उनका दृष्टिकोण भी मेरे जैसा होगा?' इस पर मेरा जवाब है 'नहीं'। मुझे जो अनुभव मिले हैं, उससे भी परे के अनुभव उन्हें मिल सकते हैं। मैं आपको एक मिसाल देना चाहूँगा।

माइंड कंट्रोल का अभ्यास करनेवाले अधिकतर लोग शाकाहारी हो गए हैं। मेरे साथ काम करनेवाले हैरी मैकनाइट हाल ही में शाकाहारी बननेवालों की सूची में शामिल हुए हैं। जबकि मुझे आज भी मांसाहार बहुत पसंद है।

16
एक चेकलिस्ट

जब आप इस पुस्तक में बताई गई सारी तकनीकों पर अभ्यास करके, माइंड कंट्रोल के विद्यार्थियों की भाँति प्रशिक्षित हो जाएँगे। साथ ही, ऐसा जरूरी नहीं कि आप इन सभी तकनीकों का उपयोग करें। आप यदि चाहें तो इनमें से जो तकनीक आपको महत्त्वपूर्ण लगे, केवल उसी का उपयोग कर सकते हैं। माइंड कंट्रोल की सारी तकनीकों को अभ्यास करके, आसानी से याद रखने का कौशल आपमें है। जो तकनीकें आपको पहले महत्वपूर्ण नहीं लगीं, उन्हीं पर फिर से काम करके, उसके अच्छे परिणाम आप जीवन में पा सकते हैं।

आपका समय बचाने के लिए, अध्याय 3 से 14 तक दी गई सारी तकनीकों को निम्नलिखित सूची में शामिल किया गया है :

1) सुबह के समय ध्यान कैसे करें? 28

2) अपने ध्यान स्तर को कैसे छोड़ें? 31

3) दिन के किसी भी समय में ध्यान कैसे करें? 31

4) मानसिक चित्रण का पहला चरण :

आपका मेंटल स्क्रीन 32

5)	डाइनैमिक ध्यान का प्रशिक्षण	35
6)	ध्यान से समस्याओं को कैसे हल करें?	39
7)	जल्दी से कुछ याद करने के लिए तीन अंगुलियों वाली तकनीक कैसे प्रयुक्त करें?	47
8)	स्पीड लर्निंग के चरण	50
9)	सपनों को कैसे याद रखें?	55
10)	समस्याओं के हल वाले सपने कैसे देखें?	60
11)	अनचाही आदतों से कैसे छुटकारा पाएँ?	
	– जरूरत से ज़्यादा खाना	72
	– सिगरेट पीना	77
13)	सेल्फ हीलिंग कैसे करें?	82
14)	स्वयं को आरोग्य कैसे प्रदान करें?	84
15)	अपने वैवाहिक जीवन में सुधार कैसे लाएँ?	92
12)	साइकिक रूप से काम कैसे करें?	98

17
एक मनोचिकित्सक का कार्य माइंड कंट्रोल के साथ

अब तक के सारे अध्यायों में जोस ने माइंड कंट्रोल के बारे में अलग-अलग तकनीकों के साथ विस्तार से बताया है कि आप इसे अपने जीवन में कैसे उतार सकते हैं। आप देख सकते हैं कि माइंड कंट्रोल प्रशिक्षण में चेतना के बहुत गहरे स्तर शामिल होते हैं। हो सकता है, आपके मन में ऐसा संदेह आए कि पहली बार इसका प्रयोग करके अपने ही मन की गहराइयों में जाने पर, क्या हमें किसी खतरे का सामना करना होगा?

जोस और माइंड कंट्रोल संगठन में बतौर प्रशिक्षक काम करनेवाले उनके सहाकारी एक बात निश्चित तौर पर कहते हैं कि माइंड कंट्रोल प्रशिक्षण से अनेकों लाभ होते हैं। वैद्यकीय भाषा में कहा जाए तो माइंड कंट्रोल से कोई भी विपरीत परिणाम नहीं होते। अब तक जिन्होंने भी माइंड कंट्रोल का कोर्स किया है, उन्हें कभी निराश नहीं होना पड़ा है। इसमें सिखाए गए तरीके से सभी को अच्छे नतीजे मिले हैं।

माइंड कंट्रोल कोर्स में ग्रेज्युएट हुए और वैद्यकीय क्षेत्र में कार्य करनेवाले डॉ. क्लैंसी डि मैकेंजी ने माइंड कंट्रोल प्रशिक्षण की सुरक्षा को कड़ी कसौटियों पर परखा है। डॉ. क्लैंसी डि मैकेंजी अमेरिका के

फिलाडेल्फिया शहर के प्रख्यात मनोचिकित्सक और मनोविश्लेषक हैं, इसके साथ ही वे फिलाडेल्फिया मनोचिकित्सा परामर्श सेवा के निर्देषक और फिलाडेल्फिया मनोचिकित्सक केंद्र के कर्मचारी वर्ग के सदस्य भी हैं। साथ ही, उनका निजी अस्पताल भी है। वे लंबे समय तक योग, अन्य ध्यान विधियाँ और पैरासाइकोलॉजी से भी जुड़े रहे हैं।

इन क्षेत्रों में अपने अध्ययन के दौरान, उन्होंने 1970 में माइंड कंट्रोल कोर्स में अपना नाम लिखवाया था। वे कहते हैं, 'मैं यह देखना चाहता था कि क्या इस कोर्स के दौरान वाकई में अतेंद्रिय संवेदी (साइकिक) शक्ति को जागृत करना और उसका इस्तेमाल करना सिखाया जाता है। दरअसल मेरे बहुत से मरीजों ने माइंड कंट्रोल कोर्स से हुए लाभ के बारे में मुझे बताया। उनकी बातें सुनकर मुझे विश्वास हुआ कि यहाँ पर निश्चित ही साइकिक शक्ति के बारे में सिखाया जाता है इसलिए इस कोर्स के लिए समय देना उचित होगा। इस विषय पर और भी अधिक जानकारी पाने के लिए ही मैंने इस कोर्स में हिस्सा लिया।'

माइंड कंट्रोल कोर्स के लिए उनकी दिलचस्पी बढ़ने के दो और कारण थे : अपने कार्यकाल के अंतिम समय में सिग्मंड फ्रायड ने एक बात कही थी और उसी बात से माइंड कंट्रोल कोर्स की कक्षा में एक घटना घटी थी।

फ्रायड ने कहा था कि 'आनेवाले समय में साइकोथेरेपी (मनोचिकित्सा) के क्षेत्र के लिए सबसे बेहतर यही होगा कि मरीज की अपनी ऊर्जा को गतिशील करने का प्रयास किया जाए।' डॉ. मैकेंजी ने माइंड कंट्रोल कोर्स की कक्षा में देखा था कि लोग अपनी उस ऊर्जा का प्रयोग कर रहे थे, जिसके बारे में वे पहले जानते तक नहीं थे।

लेकिन फिर उन्हें दूसरी कक्षा में कुछ और ही दिखा। वे कहते हैं कि 'इस कक्षा के तीस में से तीन लोग भावनात्मक उथल-पुथल में फँसे हुए थे और चौथे की मानसिक दशा ठीक नहीं लग रही थी। इसकी क्या वजह थी? क्या इस कोर्स से भावानात्मक परेशानी बढ़ती थी?... या वे लोग पहले से ही ऐसे थे... या फिर मेरे अपने मरीज, जिन्हें इस कोर्स से लाभ हुआ है, वे बस जरा खुशकिस्मत थे इसलिए उन्हें इस कोर्स से लाभ हुआ।'

इस बारे में पता लगाने का केवल एक ही उपाय था कि कोर्स के पहले और बाद में लोगों की जाँच यानी टेस्ट की जाए। यह टेस्ट उन लोगों के लिए था, जो

मानसिक तौर पर बहुत ही संवेदनशील थे। इसके लिए उन्होंने अपने एक सहकर्मी डॉ. लॅन्स. एस. राईट के साथ मिलकर, इस विषय पर अध्ययन शुरू कर दिया। डॉ. लॅन्स. एस. राईट पेंसिल्वेनिया विश्वविद्यालय (अमेरिका) में मनोचिकित्सा के प्रोफेसर थे। उसके बाद आनेवाले करीब साढ़े चार सालों में 189 मनोरोगी अपनी मर्जी से माइंड कंट्रोल कोर्स में प्रशिक्षण लेने के लिए तैयार हुए। इस कोर्स के और विस्तृत अध्ययन के लिए उन्होंने ऐसे लोगों को भी कोर्स से जोड़ना चाहा, जो मनोरोगी हैं या जिन पर मनोरोगी बनने का खतरा मंडरा रहा है या फिर जो मनोरोग से पूरी तरह मुक्त हो चुके हैं। इस कोर्स में ऐसे 75 लोग शामिल थे।

डॉ. मैकेंजी ने स्वस्थ लोगों पर इस कोर्स के परिणाम का अध्ययन किया। जिसके नतीजे देखकर उन्हें और उनके सहकर्मी डॉ. राइट को कोई हैरानी नहीं हुई, क्योंकि वे नतीजे उनकी उम्मीद के मुताबिक ही थे। उन्होंने पाया कि मनोरोगियों की मानसिक अवस्था में निरंतर सुधार हुआ है।

जो लोग गहरा तार्किक निरीक्षण और नियंत्रण रखने में यकीन करते हैं, उनके लिए यहाँ इसका विस्तृत वर्णन किया जा रहा है। मनोरोगियों के दल में 75 रोगियों में से 66 रोगी डॉ. मैकेंजी के यहाँ अपना इलाज कर रहे थे। जो अपनी मर्जी से कोर्स करने की इच्छा रखने वाले मनोरोगियों और मनोरोग का खतरा झेल रहे रोगियों का पूरा प्रतिनिधित्व करते थे।

अध्ययन के दौरान रोगियों को इस कोर्स की कक्षा में एक-एक करके भेजा गया ताकि इस बात का अध्ययन अच्छी तरह से किया जा सके कि कहीं कक्षा के दौरान उन्हें किसी तरह के दुष्प्रभाव का सामना तो नहीं करना पड़ा। उन्हें उस अवधि के दौरान कक्षा में भेजा गया, जब वे मानसिक रूप से सबसे स्थिर महसूस कर रहे थे। बाद में डॉ. मैकेंजी ने पाया कि रोगियों को उस समय भी कक्षा में भेजा जा सकता है, जब वे मानसिक रूप से अपेक्षाकृत कम स्थिर हों। चार रोगी तो उस समय कोर्स में लाए गए, जब वे पूरी तरह भ्रम की अवस्था में थे। इसके बाद डॉ. मैकेंजी काफी सुनिश्चित हुए और मानसिक रूप से अस्थिर लोगों को छह या उससे भी ज़्यादा के समुह में एक साथ भेजने लगे।

अपने अध्ययन के दौरान, उन्होंने कोर्स के पहले और बाद में 58 रोगियों का परीक्षण किया ताकि उनमें आनेवाले बदलावों को देखा जा सके। इंसान की वास्तविक समझ कितनी है, यह देखने के लिए किए गए 'एक्सपेरिमेटियल वर्ल्ड इन्वेंटरी'

(Experiential World Inventory) नामक इस टेस्ट के लिए 400 सवाल तैयार किए गए थे। ये काफी हद तक रोर्शाक के प्रसिद्ध इंक-ब्लॉट टेस्ट (ink-blot test) के सवालों जैसे ही थे, पर इन्हें लिखित रूप से तैयार किया गया था। कोर्स के पहले और बादवाले आँकड़ों में जो अंतर आया, वह वाकई हैरान कर देनेवाला था: 58 रोगियों में से 36 रोगियों की वास्तविक समझ में उल्लेखनीय सुधार हुआ था, 21 रोगी ज्यों के त्यों रहे, जबकि 1 रोगी की वास्तविक समझ के स्तर में गिरावट आई।

जिस रोगी के वास्तविक समझ के स्तर में गिरावट दिखाई दी, वह 29 वर्षीय रोगी कैटाटोनिक सीजोफ्रेनिया नामक बीमारी से ग्रस्त था। सीजोफ्रेनिया यह एक मानसिक बीमारी है, जिसमें रोगी कल्पना और सच के बीच फर्क नहीं कर पाता। वह रोगी अपने जीवन में पहली बार डॉक्टर द्वारा दी गई दवा को छोड़कर, एक महिला के साथ डेट पर जाने लगा था। डॉ. मैकेंजी ने वैद्यकीय स्तर पर उस रोगी का परीक्षण किया और पाया कि उसके भीतर पहले से बहुत अधिक भावनात्मक ऊर्जा आ गई थी और माइंड कंट्रोल प्रशिक्षण के बाद जीवन के प्रति उसका दृष्टिकोण भी बदल गया था। हालाँकि डेटिंग के बाद वह थोड़ा परेशान रहा और कोर्स करने के बाद दो सप्ताह तक गहरी उथल-पुथल से घिरा रहा। फिर भी उसे अस्पताल ले जाने की ज़रूरत नहीं पड़ी।'

माइंड कंट्रोल प्रशिक्षण में हिस्सा लिए कुछ रोगी कई बरसों से डॉ. मैकेंजी से अपना इलाज करवाते आ रहे थे इसलिए उन्हें लंबे समय तक कोर्स के प्रभावों को परखने का मौका मिला। उनके कुछ नतीजे यहाँ पेश किए जा रहे हैं :

इन सभी रोगियों में से सीजोफ्रेनिया से ग्रस्त एक तीस वर्षिय रोगी को ऐसा लगता था कि टेलीपैथी के ज़रिए कोई उसे किसी दूसरे की हत्या करने का आदेश देता रहता है। हालाँकि वह भाग्यशाली रहा क्योंकि ऐसा करने के लिए वह कभी सही आदमी की तलाश नहीं कर सका। माइंड कंट्रोल कोर्स करने के बाद थेरेपी के दौरान वह पहली बार अपने इस भ्रम के बारे में खुलकर बातचीत कर सका। उस समय उसकी भावनात्मक ऊर्जा में बढ़ोत्तरी हुई और उसे जीवन के लिए एक नया दृष्टिकोण भी मिला। जल्द ही उसने पी.एच.डी. की डिग्री हासिल करने के लिए एक संस्थान में दाखिला भी ले लिया। डॉ. मैकेंजी के अनुसार 'यह सब माइंड कंट्रोल कोर्स करने के बाद ही संभव हुआ।'

इन रोगियों में से 28 रोगी ऐसे थे, जो अलग-अलग तरह के अवसाद से ग्रस्त

थे, जैसे इन्वोल्यूशनल (Involutional), साइकॉटिक (Psychotic), सीज़ो-अफेक्टिव (Schizo-affective) और मैनिक-डिप्रेसिव (Manic-depressive)। इनमें से 26 रोगियों ने कोर्स के बाद बेहतर महसूस किया। जिन दो रोगियों ने बेहतर महसूस नहीं किया, उन्होंने भी सभी सवालों के जवाब अच्छी तरह से दिए और अपनी उन समस्याओं को हल करने में सफल रहे, जिन पर वे आज तक कभी काम नहीं कर सके थे।

एक मनोविकृत महिला का उदाहरण

एक 21 वर्षीय महिला तीव्र मनोविकृति (Psychoses साइकोसिस) की शुरुआती अवस्था में थी और आत्महत्या करने का निर्णय ले चुकी थी। उसने डॉ. मैकेंजी को यकीन दिला दिया था कि उनके बताए किसी भी सुझाव का फायदा नहीं होगा और किसी न किसी दिन वह आत्महत्या ज़रूर कर लेगी। डॉक्टर ने उसकी हर बात सुनकर पहले उसे माइंड कंट्रोल कोर्स करने की सलाह दी। डॉक्टर की बात मानकर उस महिला ने भी कोर्स में आना शुरू कर दिया। पहला सप्ताह खत्म होते-होते डॉ. मैकेंजी उसके अंदर आए सुधार से स्वयं हैरान थे। डॉ. मैकेंजी के अनुसार 'उस महिला ने दूसरे रोगियों की तुलना में कहीं बेहतर प्रतिक्रिया दी थी। यह सबसे अद्‌भुत और प्रभावशाली रूपांतरणों में से था।'

वह पहले से कहीं शांत और सुलझी हुई सोचवाली हो गई थी और उसके दिमाग से नकारात्मकता का भूत उतर गया था। एक क्लीनिकल रिपोर्ट में डॉ. मैकेंजी और उनके सहकर्मी डॉ. राईट ने लिखा, 'कई बार अस्पताल में भर्ती होने और दवाओं के निरंतर सेवन के बावजूद उस महिला में कोई सुधार नहीं आया था। माइंड कंट्रोल कोर्स पूरा करने के दो सप्ताह बाद ही उसने कोर्स को फिर से दोहराया और एक बार फिर उसमें उल्लेखनीय सुधार दिखाई दिया। यह बदलाव नाटकीय था। अगले छह महिनों में उसपर थेरेपी का सकारात्मक असर हुआ।' डॉ. मैकेंजी बताते हैं कि 'केवल एक साल के अंदर उस महिला ने अपने रोग से पूरी तरह से मुक्ति पा ली।'

साइकोसिस- यह भयंकर मानसिक रोगों की श्रेणी में आता है। उसकी तुलना में न्यूरोसिस को कम गंभीर माना जाता है। न्यूरोसिस ऐसी विकृति है, जिसमें लोग हमेशा एक भ्रम में जीवन जीते हैं। माइंड कंट्रोल कोर्स करनेवाले 189 रोगियों में से, 114 न्यूरोसिस से ग्रस्त थे। उन सभी को माइंड कंट्रोल के प्रशिक्षण से लाभ हुआ।

अपने क्लीनिकल नतीजों में डॉक्टरों ने इनके बारे में लिखा :

जो लोग प्रशिक्षण के बाद माइंड कंट्रोल का अभ्यास करते रहे, वे अपने जीवन को काफी हद तक निखारने में सफल रहे। जिन्होंने इसका निरंतर अभ्यास नहीं किया, उन्होंने तनाव से लड़ने या अहम निर्णय लेने जैसे आपातकालीन स्थिति में इसका उपयोग किया। माइंड कंट्रोल के प्रशिक्षण से हर किसी को ऐसा लगा, मानो उसे अपने मन के विस्तार का अनुभव हुआ हो। उन्हें पता चला कि वे अपने मन का किस तरह अपने लाभ के लिए उपयोग कर सकते हैं। कोर्स के अंत तक आते-आते सभी विद्यार्थियों का सामूहिक प्रोत्साहन बहुत बढ़ गया था और अधिकतर लोगों को अपनी भावनात्मक ऊर्जा में भी बढ़ोत्तरी महसूस हो रही थी।

जिस दल का मानसिक स्वास्थ्य अच्छा नहीं था। उसमें भी क्लीनिकल तौर पर प्रभावशाली बदलाव दिखाई दिया। केवल एक 29 वर्षीय इंसान को अपनी डेटिंग के कारण थोड़ी परेशानी झेलनी पड़ी। उसके अलावा बाकी सारे रोगियों ने इस प्रशिक्षण से पूरा लाभ उठाया। कई रोगियों ने भावनात्मक प्रतिक्रिया तो नहीं दी, पर उन्होंने पहली बार किसी चीज़ के लिए उत्साह दर्शाया। कोर्स के बाद उनकी भावनात्मक ऊर्जा में थोड़ा परिवर्तन भी दिखाई दिया और यह पाया गया कि आनेवाले समय के प्रति अब उनका नज़रिया पहले से कहीं अधिक सकारात्मक है। इनमें से कुछ लोग अपने मानसिक विकारों को भी बेहतर ढंग से समझने लगे थे। भ्रम के शिकार रोगी भी माइंड कंट्रोल कोर्स करने के बाद, अपने भ्रम से कुछ हद तक मुक्त होने में सफल रहे।

उनकी व्याकुलता के स्तर में काफी कमी आई थी और अब वे पहले से कहीं अधिक शांत महसूस कर रहे थे। रोगियों ने अपनी समझ बढ़ाने, समस्याओं का सामना करने और अपना आत्मविश्वास बढ़ाने के लिए स्वयं पर निर्भर रहना भी सीखा।

189 रोगियों में से, सिर्फ एक को छोड़कर बाकी सबको माइंड कंट्रोल कोर्स से लाभ हुआ था। इस नतीजे को देखते हुए डॉ. मैकेंजी ने निष्कर्ष निकाला कि "यह कहीं अधिक सुरक्षित और लाभदायक कोर्स है और अगर इसे साइकोथेरेपी यानी मनोचिकित्सा का अंग बना दिया जाए तो यह बहुत उपयोगी साबित हो सकता है।" अब डॉ. मैकेंजी के सभी रोगी माइंड कंट्रोल कोर्स अवश्य करते हैं। माइंड कंट्रोल कोर्स की तकनीकों की मदद से कुछ रोगी तो आमतौर पर लंबी चलनेवाली थेरेपी

में लगभग दो साल की अवधि कम करने में कामयाब रहे हैं।

डॉ. मैकेंजी का कहना है कि 'माइंड कंट्रोल कोर्स की 'ड्रीम कंट्रोल' यानी सपने को नियंत्रित करने की तकनीक उनके मनोरोगियों के लिए बहुत लाभदायक रही है और यह समस्याओं को समझने व उन्हें विश्वसनीय तरीके से हल करने की दिशा में एक उल्लेखनीय चरण हो सकती है।'

फ्रायडवादी विश्लेषण में प्रशिक्षित डॉ. मैकेंजी, सिग्मंड फ्रायड के सपनों के विश्लेषण और माइंड कंट्रोल कोर्स के विद्यार्थियों द्वारा सपनों को प्रोग्राम करने की व्याख्या में कोई अंतर नहीं देखते। वे कहते हैं, 'फ्रायड के सपने की इच्छा ही, जवाब पाने की इच्छा बन जाती है।' हालाँकि वे यह चेतावनी भी देते हैं कि 'इस बात पर गौर करना भी जरूरी है कि अचेतन अवस्था में किए गए सपने की इच्छा, जागृत अवस्था में किए गए सपने की इच्छा को पीछे तो नहीं छोड़ रही है?'

एक महिला रोगी का उदाहरण

डॉ. मैकेंजी के पास कुछ दिनों से एक महिला रोगी अपना इलाज करवाने आती थी। उसने डॉ. मैकेंजी को फोन किया और कहा कि पेट और छाती में दर्द की वजह से उसे अस्पताल में भर्ती होना पड़ रहा है। तब डॉ. मैकेंजी ने उसे मनोचिकित्सा अस्पताल में भर्ती होने की सलाह दी क्योंकि वे जानते थे कि उसका सही इलाज इसी अस्पताल में हो सकता है। डॉ. मैकेंजी उसकी समस्या को समझते थे इसलिए उसका फोन आने पर वे हैरान नहीं हुए। पिछले कुछ दिनों से डॉ. मैकेंजी को लगने लगा था कि उस महिला रोगी की मानसिक स्थिति और बदतर होती जा रही है।

मनोचिकित्सा अस्पताल में, डॉक्टर ने उसे एक सपना प्रोग्राम करने को कहा, जिसमें उसे स्वयं से चार सवालों के जवाब पाने थे : समस्या क्या है? समस्या कहाँ है? इसका कारण कौन है? और इससे छुटकारा कैसे पाया जा सकता है?

महिला रोगी ने सपने में देखा कि वह अपने पति और तीन बच्चों के साथ कार में एक घुमावदार सड़क से जा रही है। रास्ते में अचानक बर्फ गिरने लगी और उनकी कार सड़क से नीचे उतर गई। जल्दी ही पूरी कार बर्फ से ढक गई। उसके पति ने उसे कार का इंजन बंद करने को कहा। उसी समय वहाँ पर शहर से आठ-दस लोगों ने आकर उन्हें बाहर निकाला। इस दौरान उनके

तीनों बच्चे मारे जा चुके थे।

उस जगह से ठीक आगे जाकर वह सड़क खत्म हो रही थी। वहाँ से एक और सड़क दाईं ओर निकल रही थी, जहाँ दाईं ओर एक और सड़क सुपरहाईवे की ओर जा रही थी। वह सुपरहाईवे भी दाईं ओर था।

जब डॉक्टर ने उसका सपना सुना, तो उन्हें लगा कि वह महिला अपने पेट की आँतों के बारे में बता रही है। उन्होंने उस महिला से सपने में देखी गई घुमावदार सड़क का नक्शा बनाकर दिखाने को कहा। उसने ऐसा ही किया और डॉक्टर ने पाया कि वह नक्शा बिलकुल इंसानी आँतों जैसा ही दिख रहा था। इसके बाद उसके मेडिकल परीक्षण में भी यह पाया गया कि उसकी आँतों में ठीक उसी जगह एक रुकावट थी, जहाँ सपने में उसकी कार गिरी थी – जहाँ उसकी छोटी और बड़ी आँत आपस में मिलती थीं। दूसरे शब्दों में, इंसान की शारीरिक रचना से अनजान उस महिला (उसने हाई स्कूल तक ही पढ़ाई की थी) ने बीस इंच लंबी इंसानी आँत में ठीक उसी जगह के बारे में बताया, जहाँ रुकावट थी।

महिला रोगी के सपने का प्रतीकात्मक अर्थ

अगर उसके सपने को समझने की कोशिश की जाए, तो वह बर्फ किसी डेयरी खाद्य उत्पाद का प्रतीक थी, जिसकी वजह से उसकी आँतों में समस्या हुई थी।

सपने में उसके पति ने उससे कार का इंजन बंद करने को कहा, जिसका प्रतीकात्मक अर्थ था कि इंजन में ईंधन की आपूर्ति बंद कर दो यानी वह डेयरी खाद्य पदार्थों का सेवन करना बंद कर दे। वास्तव में उस महिला रोगी को इससे बेहतर सलाह नहीं मिल सकती थी।

सपने में उसे बचाने के लिए आठ-दस लोग आए थे। अब सपने की भाषा में तो वे लोग थे लेकिन असल वे किसी सर्जन की दोनों हाँथों की अंगुलियों का प्रतीक थे। इसका अर्थ ही डॉक्टर ने उस पर इलाज किया या अपने हाथों से शस्त्रक्रिया की हो, ऐसा हो सकता है। सपने में उसके तीनों बच्चे अचानक चल बसे। लेकिन वास्तव में बच्चों का न होना, उसकी एक अन्य इच्छा के पूरे होने जैसा था। दरअसल वह चाहती थी कि बीमारी के समय उसके बच्चे ऐसी दुःखद घटना से दूर रहें और उसके पति का सारा ध्यान उस पर रहे।

इसके बाद डॉक्टर मैकेंजी ने उसे एक अन्य अस्पताल में भेज दिया क्योंकि

उसे आँतों की तत्काल सर्जरी की ज़रूरत थी। उस महिला को अपने सपने का अर्थ समझ में आ गया था, इसके साथ ही माइंड कंट्रोल कोर्स की कक्षा में उसे बहुत सी महत्वपूर्ण जानकारियाँ मिली थीं और अब उसकी सर्जरी भी होनेवाली थी। इन सब चीज़ों के चलते उसने अपने शरीर पर मन के प्रभाव को स्वीकार कर लिया और सर्जरी कैसी होगी, इसकी पूर्वकल्पना करने के बाद, उसने खुद अपनी आँतों की समस्या को दूर करने का प्रयास किया। डॉ. मैकेंजी ने उसके सपने का जो अर्थ निकाला था, वह डॉक्टरी लिहाज से बिलकुल सही पाया गया और इसके मात्र एक घंटे बाद ही उस महिला ने स्वयं को आँतों की रुकावट से मुक्त कर लिया। फिर उसे सर्जरी कराने की भी ज़रूरत नहीं पड़ी। यह देखकर उसका सर्जन भी चकित रह गया।

डॉ. मैकेंजी को बाद में उस महिला के बारे में एक आश्चर्य करनेवाली बात पता चला कि वह महिला पिछले बीस सालों में आँतों की इस परेशानी के लिए चार बार ऑपरेशन करवा चुकी थी। उसके सर्जन का कहना था कि हर बार ठीक उसी जगह घाव होता था। ऐसा लगता था, मानो वह मन ही मन अपने रोग को गढ़ना सीख गई थी। जब भी उसे मानसिक स्तर पर इसकी ज़रूरत महसूस होती, वह अपने लिए रोग पैदा कर लेती।

इसके बाद, उस महिला की 18 साल की बेटी अपनी समस्या लेकर डॉक्टर मैकेंजी के पास आई। दरअसल वह विवाह से पहले ही गर्भवती हो गई थी। उसे समझ में नहीं आ रहा था कि इस परिस्थिति में उसे क्या करना चाहिए। उसने डॉक्टर से सलाह माँगी। डॉक्टर मैकेंजी ने ड्रीम कंट्रोल यानी सपनों को नियंत्रित करनेवाली तकनीक अपनाने के लिए कहा। उन्होंने उसे विश्वास भी दिलाया कि सपने में उसे उसकी समस्या का समाधान मिलेगा। उस युवती के सपने में एक पुरुष आया और उसने कहा कि 'इस बच्चे को जन्म दो, तीन साल प्रतीक्षा करो और फिर उस पुरुष से विवाह करके दूसरे शहर चली जाओ।'

डॉ. मैकेंजी ने कहा, 'मैं उसे इस सपने से बेहतर सलाह नहीं दे सकता था।' आज जहाँ किशोरों के बीच तलाक की दर 80 प्रतिशत हो गई है, ऐसे में अगर तीन साल घर में प्रतीक्षा करनी पड़े, तो कोई हर्ज नहीं है। वह आदमी उसके लिए बिलकुल सही था पर एक सफल शादी के लिए जरूरी था कि वे दोनों अपने माता-पिता और घर से दूर जाकर अपने लिए एक नई दुनिया बसाएँ।

ड्रीम कंट्रोल तकनीक का एक अन्य उदाहरण

एक और मामले में, इसी तकनीक के साथ उपचार की नई पद्धति सामने आई। जिससे सालों चलनेवाली थेरेपी की ज़रूरत नहीं पड़ी और रोगी का काफी समय बचा। इस महिला रोगी की परेशानी यह थी कि अगर उसका पति डिनर के लिए दस मिनट भी देर से आता था तो वह अपनी कलाइयों को चाकू से काट लेती थी। दरअसल उस महिला को लगता था कि ऐसा करके वह बस अपने पति की लापरवाही पर अपनी प्रतिक्रिया दे रही है। जबकि वास्तव में उसकी इस परेशानी की जड़ उसके बचपन में छिपी हुई थी।

दरअसल जब वह बच्ची थी तो अकसर उसका शराबी पिता रात को घर वापिस नहीं आता था। उसके पिता की इस हरकत के कारण घर में अकसर कलह होती थी। एक छोटी सी बच्ची के लिए यह अनुभव वाकई परेशान करनेवाला था। इसलिए अब जब उसका पति देर से लौटता, तो उसे ठीक वैसा ही महसूस होता, जैसा पिता के न लौटने पर होता था। डॉ. मैकेंजी जानते थे कि अगर एक बार उसने यह बात समझ ली, तो वह अपनी कलाई काटना बंद कर देगी। इसके लिए डॉक्टर ने महीनों कोशिश की लेकिन कुछ नहीं हुआ। वह महिला अगले दो सालों तक सप्ताह में दो बार थेरेपी लेती रही, लेकिन सब कुछ वैसे ही चलता रहा। आखिरकार डॉ. मैकेंजी ने उसे अपना सपना प्रोग्राम करने की सलाह दी।

उसका सपना आश्चर्यजनक रूप से बहुत ही रचनात्मक रहा, जिसने सिर्फ एक ही दिन में उसकी सारी परेशानी हल कर दी।

उसने सपने में देखा कि डॉक्टर मैकेंजी ने उसे कुछ गुस्सा दिलानेवाली बातें टेप में रिकॉर्ड करके दी हैं। घर जाकर उसने वह टेप सुना और दूसरी टेप में उसने अपनी प्रतिक्रिया रिकॉर्ड की। उसने वह दूसरी टेप डॉक्टर मैकेंजी को सुनाई और उसके हर प्रतिक्रिया के बाद डॉक्टर ने उसका विश्लेषण किया। डॉक्टर का विश्लेषण सुनकर उसे लगा कि वह कितनी मूर्ख है। दरअसल वह दो अलग-अलग सच्चाइयों के बीच दुविधा से घिर गई थी। उसने अपने अतीत को वर्तमान से मिला रखा था। उसका सपना पहली बार में ही उसे यह बात समझाने में सफल रहा। इसके बाद उसने फिर कभी अपनी कलाइयों को चाकू से नहीं काटा।

डॉक्टर मैकेंजी का कहना है, 'सपने को प्रोग्राम करने की यह तकनीक कारगर साबित हुई और उस महिला रोगी को अपनी समस्या से पूरी तरह छुटकारा मिल

गया। इलाज के तीन साल बाद जब फिर से उसके बारे में पता किया गया, तो यही पाया कि उसे दोबारा कभी वह समस्या नहीं हुई और वह बिलकुल ठीक है।'

डर की बीमारी से मुक्ति

एक अन्य रोगी क्लस्ट्रोफोबिया यानी बंद जगहों के प्रति डर की बीमारी से ग्रस्त था। वह पिछले एक साल से इसका कारण जानने के लिए जूझ रहा था। फिर उसने अपना सपना प्रोग्राम किया। सपने में उसे अपने साथ अन्य तीन लोग दिखाई दिए। वे लोग जमीन पर बँधी रस्सी से बनी एक आयताकर सीमा के घेरे के बीच थे। इस आयताकार घेरे के बाहर एक कोने पर एक और आयताकार घेरा था, जो आकार में छोटा था। उसे भी रस्सी से घेरा गया था। हर कोई इस छोटे घेरे के माध्यम से, बड़े घेरे से बाहर निकलना चाह रहा था।

इस सपने का महत्त्व उसके प्रतीकों को समझने के बाद ही पता चलेगा। इस सपने में एक बड़ा आयताकार घेरा गर्भाशय का प्रतीक है। छोटा आयताकार घेरा सर्विक्स (गर्भाशय का मुख) का प्रतीक है। सपने में उस रोगी को आयताकार घेरे से बाहर हरा-भरा चारागाह और गायें दिखाई देती थीं, जो दूध से भरे स्तनों का प्रतीक थीं।

रोगी का एक साथी छोटे घेरे की ओर भागा पर उसे एक अदृश्य बाधा ने रोक लिया, जो शायद मूत्राशय की दीवार का प्रतीक है। उसकी बेल्ट के पास एक डोरी भी बँधी थी, जिसे हम गर्भनाल का प्रतीक मान सकते हैं।

रोगी जानता था कि उसे इस घेरे से बाहर कैसे निकलना है पर उसने तय किया कि पहले बाकी लोग चले जाएँ, मैं उसके बाद जाऊँगा। इससे उसके मन में घबराहट की भावना आ गई, ठीक वैसी ही भावना, जैसे कोई भाषण देने के पहले मन में आती है। उसे पता था कि यहाँ से निकलने के लिए उसे जो करना है, खुद ही करना है, भले ही इससे उसे भारी तनाव और व्यग्रता महसूस हो। यह तनाव और व्यग्रता जन्म लेते समय होनेवाले आधात को दर्शाते हैं। यहाँ से निकलने के बाद उसकी सारी परेशानी और बेचैनी दूर हो जाएगी, यह भी उसे पता था।

उस घेरे में मौजूद अन्य लोग उसके भाई-बहन थे।

इस एक सपने की वजह से उसे बंद जगहों के प्रति अपने डर की वजह पता चल गई।

इस सपने की खूबी यह नहीं थी कि यह एक इंसान को उसके जन्म से भी पीछे के समय में ले गया, यह तो एक आम बात है। महत्वपूर्ण यह था कि इस सपने में उसे अदृश्य बाधा के बारे में बताया। इस मामले ने डॉ. मैकेंजी को यह सोचने पर मजबूर कर दिया कि क्या जन्म से पूर्व भी सूक्ष्म दृष्टि होने की संभावना हो सकती है? वे न केवल अपने रोगियों को माइंड कंट्रोल कोर्स करने की सलाह देते थे बल्कि स्वयं भी उसका प्रयोग करते थे ताकि अपने रोगियों की मदद कर सकें। उन्होंने कहा, 'जब भी मैं ड्रीम कंट्रोल की तकनीक का इस्तेमाल करता हूँ, तब सबसे अनूठी प्रज्ञा मेरे पास आती है।'

औरतों के खिलाफ रहनेवाले एक रोगी का उदाहरण

एक रात डॉ. मैकेंजी ने एक 27 साल के रोगी के बारे में सपना प्रोग्राम किया, जिसका मनोविश्लेषण किया जा रहा था। करीब दो साल से उसके जीवन में कोई महिला साथीदार नहीं थी। उसे लगता था कि सारी औरतें बुरी हैं और उसके खिलाफ हैं। डॉक्टर मैकेंजी ने अपने सपने में खुद को कहते सुना, 'अगर तुम कभी हेट्रोसेक्सुअल संबंध (विपरीत लिंग के साथी के साथ बनाए जानेवाले शारीरिक संबंध) न भी बनाओ तो कोई बड़ी बात नहीं।' अगली बार की मुलाकात में रोगी ने डॉ. मैकेजी से अपने दिल का हाल बताते हुए महिलाओं के बारे में वही पुरानी बातें कीं। तब डॉक्टर ने उसे ठीक वही कहा, जो सपने में कहा था।

यह तरीका कारगर रहा। डॉ. मैकेंजी के उन शब्दों से उस रोगी पर अच्छा परिणाम हुआ। वह रोगी हैरान था। दरअसल वह महिलाओं से दूर रहने के बहाने अपने इलाज से बचने की कोशिश कर रहा था, लेकिन अब उसका यह तरीका काम नहीं आनेवाला था। दूसरी ओर जैसे ही उसने सोचा कि अब कभी किसी स्त्री के साथ उसके स्वस्थ संबंध नहीं होंगे, तो उसे घबराहट होने लगी। उसी रात को वह एक महिला के साथ डेट पर गया।

डॉ. मैकेंजी सिल्वा माइंड कंट्रोल कोर्स के सलाहकार बन गए। मनोवैज्ञानिक उपचार को बेहतर बनाने और उसके योगदान को बढ़ाने के लिए माइंड कंट्रोल कोर्स के उपयोग से नए-नए तरीकों की खोज करते रहे। इसके साथ ही वे ये संभावनाएँ भी तलाश रहे हैं कि बीमारियों का पता लगाने जैसे अन्य डॉक्टरी कार्यों में माइंड कंट्रोल कोर्स का उपयोग कैसे किया जाए।

इसके लिए पहला कदम है, यह पता लगाना कि अलग-अलग किस्म के

रोगियों के केस में माइंड कंट्रोल की तकनीकें कितनी विश्वसनीय साबित हो सकती हैं। तीन सालों की खोज (रिचर्स) के बाद उनका मानना है कि उन्होंने इस बात का पता लगाने का एक सही तरीका निकाल लिया है, जिसे वे 'एब्सोल्यूट रिसर्च डिजाइन' यानी संपूर्ण खोज की रचना का नाम देते हैं। डॉ. मैकेंजी के अनुसार इस तरीके की मदद से, माइंड कंट्रोल तकनीकों की विश्वसनियता परखने में सामने आनेवाली सभी बाधाओं को एक ओर करके, सिर्फ उन्हीं पहलुओं की जाँच करता है, जिनकी जाँच ज़रूरी है। उनका मकसद है इन केसेस का डॉक्टरी इस्तेमाल करने के तरीके खोजना।

मेडिकल निदान में कई बार सर्जरी या दवा भी शामिल होती है, जो रोगी के लिए बेचैनी या खतरे का कारण बन सकती है। कोई भी निदान तकनीक, हर मौके के लिए परिणामकारी नहीं मानी जा सकती। डॉ. मैकेंजी का प्रयास डॉक्टरी प्रदर्शन से यह साबित करना है कि साइकिक तरीके से मिले निदान से रोगी को किसी प्रकार की हानि का खतरा नहीं होता। लेकिन इसके लिए उसकी विश्वसनियता साबित करनी होगी।

उन्होंने पहली बार अपनी 'एब्सोल्यूट रिसर्च डिजाइन' का प्रयोग माइंड कंट्रोल कोर्स की तीस सदस्योंवाली कक्षा में किया। इसमें उन्हें ऐसे नतीजे मिले, जो दो सौ में कहीं एक बार ही आते हैं। इससे वे प्रोत्साहित तो हुए पर अभी वे अपने तरीकों को और सुधारना चाहते थे ताकि वे अपने आंकड़ों को कंप्यूटर में दर्ज कर सकें।

उन्होंने अपनी योजनाओं को पेन्सिलवेनिया विश्वविद्यालय के सांख्यिकी विभाग के साथ बाँटा और उन लोगों ने भी माना कि मनोरोग निदान के लिए उनके जाँच के तरीके सटीक है।

माइंड कंट्रोल के न्यूजलेटर में दो मानव शरीरों के ऐसे डायग्राम प्रकाशित किए गए, जिनमें पाठकों के लिए गोल घेरे बनाए गए हैं। इन्हें केस वर्क के तौर पर दिया गया था।

महत्वपूर्ण : इस प्रयोग का उद्देश्य यही है कि शरीर में रोग का पता लगाया जा सके। कृपया अपनी पहचान के लिए, इसमें लगे निशान साथ-साथ मिटा दें, ताकि प्रयोग के दौरान जाँच में बाधा न आए।

केस 'ए' : डैबी वैकिओ 23 वर्षीय युवती है, जो फ्लोरिडा के मिआमी शहर

में रहती है। उसे एक रोग है, शायद आप उसकी कुछ मदद कर सकें। अपने माइंड कंट्रोल स्तर तक जाएँ और डैबी के शरीर की या उसके चित्र की कल्पना करें। ध्यान रहे, आपको यह जाँचना है कि उसका रोग उसके शरीर के किस हिस्से में है। जब आपको लगे कि आपने उसके रोग का पता कर लिया है, तो डायग्राम में दिए गोलों में से, किसी एक में उसे लिख दें या फिर निशान बना दें।

महत्वपूर्ण : अगर आप डायग्राम में एक से अधिक गोलों पर निशान लगाते हैं, तो आपका जवाब अस्वीकार कर दिया जाएगा।

अगले डायग्राम की ओर जाने से पहले बीच में दस मिनट का विश्राम लें।

केस 'बी' : सिंथिया कोहेन 21 वर्षीय युवती है, जो फ्लोरिडा के मिआमी शहर में रहती है। उसे एक रोग है, शायद आप उसकी कुछ मदद कर सकें। अपने माइंड कंट्रोल स्तर तक जाएँ और सिंथिया के शरीर की या उसके चित्र की कल्पना करें। ध्यान रहे, आपको यह जाँचना है कि उसका रोग उसके शरीर के किस हिस्से में है। जब आपको लगे कि आपने उसके रोग का पता कर लिया है, तो डायग्राम में दिए गोलों में से, किसी एक में उसे लिख दें या फिर निशान बना दें। यह प्रयोग केवल रोग को निश्चित करने के लिए है इसलिए उस रोग को ठीक करने के कोई प्रयास न करें।

इस प्रयोग का मकसद केवल यही है कि रोग की पहचान की जा सके। जब तक आपको रोगी का नाम, आयु, लिंग व स्थान आदि का पता न दिया जाए, तब तक अपनी ओर से उपचार तरंगें न दें। डॉ. मैकेंजी स्वयं इन रोगियों के रोग के बारे में नहीं जानते थे। फ्लोरिडा वाले डॉक्टर, इस केस के नतीजे आने के बाद ही, डॉ. मैकेंजी को रोग के बारे में बतानेवाले थे। कोई भी नहीं जानता था कि इन रोगियों को कौन सा रोग था।

एक की बजाय दो रोगियों के मामले में काम करना यह खोज की नई रचना का केंद्रबिंदू था। इससे डॉ. मैकेंजी को हर तरह के संशय को दूर करने का मौका मिलेगा। मिसाल के लिए, अगर ए रोगी के बाएँ टखने पर चोट होती मगर बी रोगी के टखने पर ऐसी चोट नहीं है। लेकिन फिर भी बी रोगी के बाएँ टखने पर चोट का निशान होने पर यह समझना आसान है कि यह बस एक अनुमान है। अगर 5 पाठक बी रोगी के टखने के बारे में सोचते, तो यह स्वाभाविक है कि इतने ही लोग ए रोगी के बारे में ऐसा सोचते। अब कल्पना करें कि ए रोगी के बाएँ टखने को 50

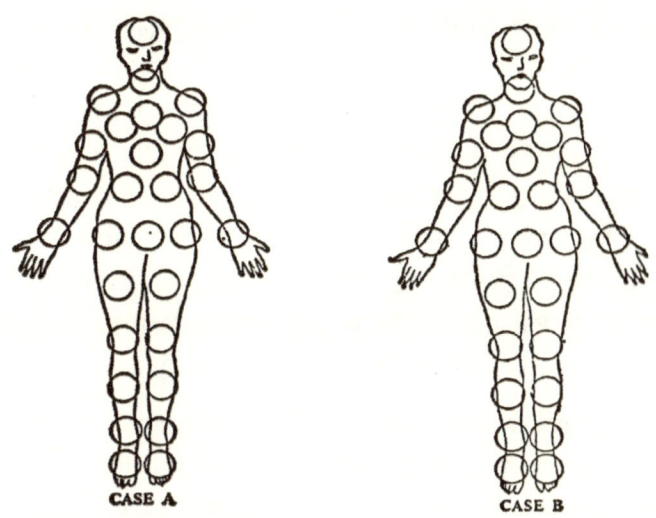

CASE A CASE B

पाठकों ने निशान बनाया, तो ऐसी स्थिति में डॉक्टर मैकेंजी अपनी कुल संख्या में से 5 पाठकों को घटा देंगे क्योंकि उनके अनुसार ये 5 पाठक केवल अनुमान लगाते हैं। इसलिए वे यह मान लेंगे कि 45 लोग मनोवैज्ञानिक रूप से काम कर रहे थे। इसके बाद कंप्यूटर की मदद से नतीजों का सांख्यिकीय महत्त्व को सामने लाया जाएगा।

यह कारगर हो सके इसके लिए दोनों मामलों का अलग होना ज़रूरी था क्योंकि यदि दोनों के टखने पर चोट होती तो गैर-मानसिक जवाबों को अलग करने की इस पद्धति का उपयोग नहीं किया जा सकता था।

लेकिन फ्लोरिडा के डॉक्टर ने गड़बड़ कर दी। उसने हमें दो ऐसे रोगियों के केस दे दिए, जिनके टखने पर चोट थी। इसके चलते डॉ. मैकेंजी को नए सिरे से अपनी योजना बनानी पड़ी ताकि किसी और तरह से नतीजे पाए जा सकें। ए रोगी और बी रोगी के केस की तुलना करने की बजाय उन्होंने आपस में सही प्रतिक्रियाओं और उसके बाद आनेवाली सबसे अधिक प्रतिक्रियाओं की संख्या की तुलना की। लेकिन फिर जो नतीजे मिले, उनसे कंप्यूटर की सीमाएँ सामने आ गईं। कंप्यूटर के मुताबिक ये नतीजे एक अरब गणनाओं में एक बार ही आते हैं और वह भी संयोग से। यही कारण है कि डॉ. मैकेंजी अभी भी अपने इस प्रयोग को निर्णायक नहीं मानते क्योंकि कंप्यूटर उनके रिसर्च डिजाइन के अनुसार गणना कर ही नहीं पाया।

उनके रिसर्च डिजाइन के जितने पहलुओं के बारे में यहाँ बताया जा रहा है,

वह उससे कहीं अधिक विस्तृत है। उन्होंने इस पर काम करने के लिए कई तरह के प्रयोग किए। इनसे ऐसे नतीजे मिले, जिन्हें वे 'सांख्यिकीय रूप से महत्वपूर्ण परिणाम' कहते हैं। उनकी यह परियोजना अपने आपमें इतनी महत्वपूर्ण और प्रासंगिक है कि जब वे अपनी तकनीकों में और भी सुधार करेंगे, तो हमें निश्चित ही इसके बारे में और भी बहुत कुछ सुनने और पढ़ने को मिलेगा। रोगी के शरीर में रोग का स्थान बताने के लिए, डायग्राम में उस जगह पर बने गोले में निशान लगाने के बजाय, डॉ. मैकेंजी अब माइंड कंट्रोल के विद्यार्थियों को रोगों की सूची देनेवाले हैं। जिससे वे स्पष्ट रूप से यह बता सकें कि रोगी के शरीर के किस हिस्से पर कौन सा रोग है। इससे रोग का निदान और विशिष्ट ढंग से हो सकेगा।

उन्होंने कहा, 'ये आरंभिक अध्ययन सांख्यिकीय महत्त्व के उच्चतम स्तरों की ओर संकेत करते हैं। हालाँकि मैं अभी इनसे नतीजे निकालने को तैयार नहीं हूँ। अभी बहुत सारा काम करना बाकी है। अगर आगे किए जानेवाले अध्ययन भी ऐसे ही रहे, तो हो सकता है कि हम मनोचिकित्सक को भी इसमें शामिल कर लें, ताकि डॉक्टरों को रोगों के निदान में ज़्यादा मदद मिल सके और वे तरीके कहीं अधिक विश्वसनीय हों। यह चिकित्सा के क्षेत्र में अपने आपमें एक बड़ी उपलब्धि हो सकती है। हालाँकि अभी कुछ भी कहना जल्दबाजी होगी लेकिन मैं इसी दिशा में कार्यरत हूँ।'

माइंड कंट्रोल शोध निर्देशक, जे. विलफ्रेड हान, एक बायोकेमिस्ट हैं और माइंड साइंस फाउंडेशन के भूतपूर्व अध्यक्ष भी रहे हैं। उन्हें डॉ. मैकेंजी के प्रयासों के बारे में बहुत उम्मीद है। उनका भी यही कहना है कि 'उन्नसवीं सदी से ही, जब साइकिक रिसर्च के लिए वैज्ञानिक पद्धतियों का उपयोग होने लगा, तभी से इसके नतीजों पर बहुत सारे सवालिया निशान लगने लगे। हालाँकि अभी यह कहना मुश्किल होगा कि डॉ. मैकेंजी को चिकित्सा के क्षेत्र में यह महत्वपूर्ण उपलब्धि हासिल होगी या नहीं। लेकिन मेरा मानना है कि अपनी रिचर्स का एक विशिष्ट तरीका बनाकर उन्होंने एक उपलब्धि तो पहले ही हासिल कर ली है। उन्होंने साइकिक प्रतिक्रियाओं से जुड़े जो भी आँकड़े जमा किए हैं, उनकी मदद से वे सारी बेकार की बातों को हटाकर, केवल अध्ययन के लिए ज़रूरी बातें अलग निकाल सकते हैं। ठीक वैसे ही जैसे एक केमिस्ट किसी एक तत्त्व का अध्ययन करते हुए, उसमें से पानी और अन्य सभी तत्त्वों को बाहर निकाल देता है।''

18
आपका आत्मविश्वास बढ़ेगा

'हम अपना बहुत सा समय खुद को दूसरों से कम समझने में ही नष्ट कर देते हैं। अगर हम इसका आधा समय भी अपने मन को समझने में लगाएँ और यह जानने की कोशिश करें कि जीवन को बेहतर कैसे बनाया जा सकता है, तो पता चलेगा कि हम खुद को जितना मजबूत समझते हैं, उससे कहीं ज़्यादा मजबूत हैं', गायिका और अभिनेत्री कैरोल लॉरेंस के द्वारा कहे गए ये शब्द 14 नवंबर 1975 को शिकागो से प्रकाशित होनेवाले एक प्रमुख समाचार पत्र 'शिकागो ट्रिब्यून' में प्रकाशित हुए। माइंड कंट्रोल में ग्रेजुएट हुई अभिनेत्री मार्गरीट पियाजा के कहने पर कैरोल माइंड कंट्रोल कोर्स से जुड़ी थीं।

यह सच है कि हममें से अधिकतर लोग अपनी ही सोच के दायरे में जकड़े होते हैं। यह सोच स्वयं के बारे में हमारे सीमित विचारों से बनती है। हम कौन हैं और हमारी क्षमता क्या है, इस बारे में हमारी सोच बहुत सीमित होती है। जल्द ही आप अपनी सीमाओं को तोड़ने और उससे बाहर की नई स्वतंत्रता का अनुभव करेंगे। जब आप यह देखेंगे कि आप क्या-क्या कर सकते हैं, तो आपका आत्मविश्वास अपने आप कई गुना बढ़ जाएगा। इस विषय पर अनेक

अध्ययन किए गए हैं और नतीजे हमारे सामने हैं। इन अध्ययनों में ऐसे लोगों को शामिल किया गया, जिन्हें कोई परेशानी नहीं थी, बस उनके आत्मविश्वास का स्तर घटा हुआ था। इसमें छात्र, कैदी, निर्धन, शराबी और नशीले पदार्थों का सेवन करनेवाले लोग शामिल थे।

सबसे पहले हम छात्रों की बात करते हैं। माइंड कंट्रोल को 'फुल क्रेडिट कोर्स' कहा जाता है। इसे 24 कॉलेजों और विश्वविद्यालयों, 16 हाई स्कूलों और 8 एलीमेंट्री स्कूलों में पढ़ाया जा रहा है।

आप सोच रहे होंगे कि जब अलग-अलग उम्र और पृष्ठभूमियों के बच्चे एक ही कोर्स को सीखते होंगे, तो उनके नतीजे भी अलग-अलग होते होंगे, जबकि ऐसा नहीं है। इस कोर्स के नतीजों में अद्‌भुत समानता है इसलिए यह कहा जा सकता है कि बुनियादी तौर पर इसके नतीजों का पहले से अंदाजा लगाया जा सकता है। किसी भी स्कूल में माइंड कंट्रोल कोर्स पढ़ाने के बाद यह आशा की जा सकती है कि छात्रों को अपने जीवन की सही दिशा मिलेगी और अपनी समस्याओं को सुलझाने के लिए उन्हें जो आंतरिक मार्गदर्शन मिल रहा है, उससे वे बेहतर ढंग से हर समस्या या सवाल को हल कर सकेंगे। दूसरे शब्दों में, उनका आत्मविश्वास पहले से अधिक बढ़ जाएगा। यह बात सिल्वा माइंड कंट्रोल के भूतपूर्व शैक्षिक शोध निर्देषक डॉ. जॉर्ज डि साउ ने वैज्ञानिक दृष्टिकोण से साबित भी की है। वे इससे पहले विलियमस्पोर्ट (पेन्सिलवेनिया) क्षेत्र के एक सामुदायिक कॉलेज में काउंसलिंग व टेस्टिंग डायरेक्टर रह चुके हैं।

1972 में, फिलाडेल्फिया के हा-उहान हाईस्कूल में पहला टेस्ट हुआ, जिसमें लगभग 2000 बच्चों ने हिस्सा लेकर माइंड कंट्रोल कोर्स पूरा कर लिया। इसके एक सप्ताह पहले और दो सप्ताह बाद, उनमें से 220 बेतरतीब ढंग से चुने हुए बच्चों को एक व्यक्तित्व संबंधी प्रश्नावली (Personality Questionnaire, Published by the Institute for personality and ability testing) दी गई, जिसमें 140 प्रश्न थे। यह प्रश्नावली संवेदनशील ढंग से मनुष्य की आत्म-छवि (Self-image) का मूल्यांकन करती थी। उस आत्म-छवि को इंसान की 14 विशेषताओं के साथ एक चित्र के रूप में तैयार किया जा सकता है। जैसे साहसी, उत्साहपूर्ण, आत्मनिर्भर आदि। आज भी शोध और परामर्श में इस टेस्ट का बड़े पैमाने पर उपयोग होता है।

220 छात्रों की आत्म-छवि का मूल्यांकन दर्शानेवाले इन सवालों को एक

अकेले समूह की प्रोफाइल से जोड़ा गया। कोर्स के पहले व बाद के परिणामों पर इनकी तुलना की गई। जिसमें पाया गया कि बच्चों के आत्मविश्वास और आत्मसंयम में बढ़ोत्तरी हुई और वे स्वयं को लेकर अधिक आश्वस्त हो गए। इसके साथ ही उनके अंदर मौजूद अधीरता, असुरक्षा व अलगाव जैसे भाव भी दूर हो गए। हालाँकि उनके कुछ गुण जस के तस रहे, जैसे तानाशाही और किसी के अधीन रहने की प्रवृत्ति, नरमदिल और कठोर मानसिकता आदि। माइंड कंट्रोल सीखने के बाद उन छात्रों के अंदर स्वयं के प्रति सम्मान का भाव बढ़ गया था।

जीवन में लगातार आनेवाले परिवर्तनों से जीवन के प्रति हमारे नज़रिए में भी बदलाव आता है। यह स्वाभाविक भी है। अगर आज हम विद्यार्थियों के किसी समूह को इस परीक्षण की कसौटी पर परखें और फिर तीन सप्ताह बाद दोबारा उनकी परीक्षा लें, तो दोनों ही मौकों पर जो नतीजे मिलेंगे, वे अलग-अलग होंगे। इस परीक्षण को तैयार करनेवाले भी जानते हैं कि इस तरह के बदलावों का आना स्वाभाविक है। ये बदलाव किस दर से आते हैं, इसका अनुमान पहले ही लगा लिया गया था।

हा-उहान हाईस्कूल के जिन छात्रों ने माइंड कंट्रोल का प्रशिक्षण प्राप्त किया, उनके बारे में यह कहा जा सकता था कि भले ही ये परीक्षण हज़ार बार किया जाता, लेकिन हर बार उनकी आत्म-छवि, आत्मविश्वास और स्वाभिमान में बढ़ोत्तरी ही होती। इसके पीछे सिर्फ एक ही वजह थी- माइंड कंट्रोल।

जब कोर्स चल रहा था, तो फिलाडेल्फिया डेली न्यूज के रिपोर्टर ज्यो क्लार्क ने लंच ब्रेक के दौरान कुछ बच्चों का इंटरव्यू लिया। 27 सितंबर, 1972 को प्रकाशित हुए एक आलेख में, उस रिपोर्टर ने 13 साल की कैटी के बारे में बताया, जिसे 8 साल की उम्र से ही अपने नाखून चबाने की आदत थी। कैटी के ही शब्दों में, 'मैं जब भी किसी बात से घबराती, तो अपने नाखून चबाने लगती। लेकिन आज सुबह जब मैं इस ऑडीटोरियम में थी, तो घबराहट होने पर नाखून चबाना चाहती थी। लेकिन मैंने ऐसा नहीं किया। मैंने मन-ही-मन अपने आपसे कहा, 'नाखून मत खाओ।' उसके बाद मैंने अपनी आँखें बंद कीं और शांत हो गई।'

इसी तरह पैट ईजनलोर नामक एक युवती के अनुसार एक दिन उसने भी यही तरीका अपनाया, जिससे उसके और उसके छोटे भाई के बीच अकसर होनेवाला झगड़ा टल गया, जबकि उस दिन से पहले ऐसा कभी नहीं हुआ था। पैट के ही शब्दों में, 'मैंने खुद से कहा कि इस तरह भड़कने का क्या फायदा है? झगड़ने से

क्या हासिल होगा?' और फिर मेरा अपने भाई से झगड़ा नहीं हुआ। इसी तरह आज सुबह सिर में दर्द होने पर भी मैंने खुद से कहा कि मुझे इस सिरदर्द से छुटकारा पाना है। ये पढ़ने में आपको अजीब लगेगा, लेकिन इसके बाद मुझे काफी आराम मिला और सिरदर्द कम हो गया।'

अब इस स्कूल के नतीजों की तुलना, दो अन्य अध्ययनों से करते हैं। इनमें से पहला है पिट्सबर्ग के लॉरेंसविल में स्थित एक कैथोलिक सहशिक्षा स्कूल और दूसरा है, सेंट फीडेलिस स्थित एक कैथोलिक हाईस्कूल, जिसमें लड़कों को पादरी बनने का प्रशिक्षण दिया जाता है।

इन तीनों स्कूलों के छात्रों में जो सबसे बड़ा बदलाव देखने को मिला, वह था, उनके आत्मबल में हुई बढ़ोत्तरी। तीनों स्कूलों के छात्रों में यह बदलाव एक साथ आया। हर स्कूल में, छात्रों के समूह में उस हद तक बदलाव आया, जो हज़ारों में एक बार ही संभव होता है। ऐसा ही बदलाव हा-उहान हाईस्कूल और लॉरेंसविल के कैथोलिक स्कूल में भी पाया गया। इन दोनों की तुलना में यह बदलाव सेंट फीडेलिस की कैथोलिक हाइस्कूल में कम पाया गया। स्वयं के प्रति आश्वस्त (Self-assuarance) होने की बात करें, तो तीनों स्कूलों के छात्रों के इस गुण में आए बदलाव की दर अलग-अलग थी, लेकिन यह भी सकारात्मक ही था।

इन स्कूलों से मिले नतीजों से डॉ. साउ संतुष्ट नहीं थे। हालाँकि वे नतीजों में दिखाई दे रही सकारात्मकता से खुश थे और यह देखकर आश्वस्त थे कि माइंड कंट्रोल से होनेवाला लाभ हर जगह एक समान ही होता है। पर कुछ ऐसा था, जो उन्हें परेशान कर रहा था। पहले के परीक्षणों और माइंड कंट्रोल प्रशिक्षण के दो सप्ताह बाद हुए परीक्षणों से इस बात का कोई संकेत नहीं मिला था कि जो भी बदलाव हुए हैं, वे लंबे समय तक टिकेंगे या नहीं।

चार माह बाद उन बच्चों का दोबारा परीक्षण किया गया। इस परीक्षण में डॉ. साउ को लॉरेंसविल और सेंट फीडेलिस स्कूलों से जो नतीजे मिले, वे आश्चर्यजनक थे। उन्होंने पाया कि कोर्स के तुरंत बाद वाले दो सप्ताह में बच्चों के आत्मविश्वास, खुद पर आश्वस्त रहना और स्थिरता जैसे गुणों में जितनी बढ़ोत्तरी हुई थी, उससे कहीं ज़्यादा पिछले चार महीने में हुई थी।

इन्हीं अध्ययनों के आधार पर डॉ. साउ ने अपनी रिपोर्ट देते हुए कहा :

अलग-अलग शैक्षिक पृष्ठभूमि से आए इन बच्चों के भीतर जो बदलाव आए, उन्हें प्रशिक्षक और लेखक जॉन होल्ट के नज़रिए से समझा जा सकता है। उनका मानना है कि बच्चों को शिक्षा देने की प्रक्रिया अकसर इतनी मूर्खतापूर्ण होती है कि उससे उनके अंदर उद्वेग और अपराधबोध जैसे भाव घर कर जाते हैं और वे दूसरों से मिलनेवाली स्वीकृति और समर्थन पर ही पूरी तरह निर्भर हो जाते हैं। ये वे चीज़ें हैं, जो उनके अंदर विक्षिप्तता, हाँ में हाँ मिलाने और मशीनी ढंग से व्यवहार करने की प्रवृत्ति पैदा कर सकती है। इनसे न तो उनकी शिक्षा का स्तर बढ़ता है और न ही उनका कोई मानवीय विकास होता है। यह कहना भी गलत नहीं होगा कि दूसरे सामाजिक संगठनों के हालात भी ऐसे ही हैं।

माइंड कंट्रोल के संदर्भ में ऊपर दी गई अनुसंधान या खोज की जानकारी यह दर्शाती है कि यह कम से कम शैक्षिक नज़रिए से एक नया और उल्लेखनीय विकल्प है। माइंड कंट्रोल प्रशिक्षण के बाद निरंतर और शक्तिशाली बदलाव की संभावना सामने आती है। यह बदलाव अपने आपमें अद्भुत है, माइंड कंट्रोल के प्रशिक्षण के बाद उन छात्रों ने स्वयं का मूल्य पहचाना और आत्म-नियंत्रण के लिए एक अहम कदम उठाया। यह नियंत्रण किसी भी बाहरी नियंत्रण से कहीं बेहतर था।

जिन स्कूलों में माइंड कंट्रोल सिखाया जाता है, उनमें से अधिकतर स्कूलों में, अध्यापकों से भी यह प्रशिक्षण लेने का आग्रह किया जाता है। क्योंकि हम चाहते हैं कि वे भी इस प्रशिक्षण का पूरा लाभ प्राप्त करें। इससे अध्यापकों के स्वभाव में लचीलापन आता है और वे अधिक धैर्यवान बन जाते हैं, जिससे छात्रों के लिए उनके साथ कक्षा में समय बिताना, पहले से कहीं ज़्यादा आसान हो जाता है।

माना जाता है कि जो अध्यापक अपने छात्रों से बहुत अधिक अपेक्षा नहीं रखता, उसे बहुत अच्छे नतीजे भी नहीं मिलते। माइंड कंट्रोल में प्रशिक्षण प्राप्त कर चुके अध्यापक को 'कॉस्मिक बिल ऑफ राइट' का पहला अनुभव मिला, जिसके बारे में, जोस ने अध्याय 14 में जानकारी दी थी। इस जानकारी को पाने के बाद कोई भी अध्यापक, जीवन में कभी भी, किसी की भी मानसिक क्षमता को कम नहीं आँक सकता। वह जानता है कि हर इंसान के पास मन की असीम क्षमता और योग्यता होती है। नतीजन वह एक बेहतर अध्यापक के तौर पर सामने आता है, भले ही उसके छात्रों ने कभी माइंड कंट्रोल के बारे में सुना तक न हो।

हालाँकि, जब छात्र और अध्यापक, दोनों ही माइंड कंट्रोल के ग्रेजुएट बन जाते हैं, तो कक्षा में बड़े ही अद्‌भुत अनुभव होने लगते हैं।

ट्यून इन का तरीका

न्यूयॉर्क के सबसे अधिक आबादीवाले शहर बफ़ेलो के एक ग्रेड-स्कूल की अध्यापिका ने अपने छात्रों को, जॉर्ज वाशिंटन और अन्य ऐतिहासिक पात्रों से खुद को ट्यून करने यानी उनके साथ एकरूप होने को कहा ताकि उन्हें इतिहास की पढ़ाई में मदद मिले। इसके लिए छात्रों से उन तकनीकों का इस्तेमाल करने को कहा गया, जो उन्होंने माइंड कंट्रोल के आखिरी दौर में अपने केस पर काम करते हुए सीखी थीं। इस तरह उन्होंने इतिहास का अनुभव पाया। परीक्षा के दौरान जब विद्यार्थी सवालों के जवाब लिख रहे होते हैं, तब वे अपनी अध्यापिका के साथ ही ट्यून हो जाते हैं। ऐसा करके वे अपने सवालों के जवाब सही हैं या नहीं, इस बात की पुष्टि करते हैं।

एक अन्य अध्यापिका, जो कॉलेज में पढ़ाती थी, उसने अपने छात्रों को अध्ययन के दौरान कठिन सवालों के जवाब पाने के लिए उन्हीं दार्शनिकों से 'ट्यून इन) होने के लिए कहा, जिन्होंने वे किताबें लिखी थीं। अध्यापिका के अनुसार यह तरीका वाकई बहुत कारगर रहा।

मिसेज जो लिटल, वर्जीनिया बीच में माइंड कंट्रोल लेक्चरर हैं। उन्हें 7 सात से 17 वर्ष की आयु वर्ग के बच्चों को पढ़ाने में बहुत आनंद आता है। उनके कुछ अनुभव नोरफोल्क काउंटी से प्रकाशित होनेवाले 'लेजर स्टार' के अंक में 16 जुलाई 1975 में छप चुके हैं। उनके आलेख का शीर्षक था, '**माइंड कंट्रोल कोर्स के बाद सामने आए उत्कृष्ट छात्र**'। उनका एक छात्र हाइपरकाइन्सिस (बच्चों में सक्रियता और ध्यान केंद्रित करने में असमर्थता दर्शानेवाला एक विकार) की दवा ले रहा था। उसे एकाग्र होने में कठिनाई होती थी पर कोर्स करने के कुछ ही समय बाद उसके भीतर बदलाव दिखाई दिए। उसकी माँ ने बताया, 'जब से मेरे बेटे ने माइंड कंट्रोल का कोर्स किया है, उसे दवा की जरूरत नहीं पड़ती। स्कूल में उसके ग्रेड्स भी C से बढ़कर A तक पहुँच गए हैं। अपने आपमें बदलाव लाने की क्षमता उसके भीतर है, यह ज्ञान माइंड कंट्रोल ने उसे सिखाया।'

माइंड कंट्रोल कोर्स से जूनियर हाईस्कूल की एक और छात्रा के ग्रेड्स C से बढ़कर A तक पहुँचने लगे थे, लेकिन स्पैलिंग के टेस्ट में उसे अब भी दिक्कत होती

थी। कोर्स के कुछ समय बाद वह स्पैलिंग टेस्ट में भी ए ग्रेड लाने में कामयाब रही और एक ही साल के भीतर उसकी पढ़ने की क्षमता, चौथे से नौवें ग्रेड के स्तर तक आ गई।

यह कोर्स करनेवालों और न करनेवालों के बीच तुलना करने का कोई व्यावहारिक तरीका उपलब्ध नहीं था। इन दोनों दलों के बीच कोर्स के बाद आए अंतर को मापने का भी कोई तरीका नहीं था क्योंकि जिन तीनों स्कूलों में डॉ. साउ ने कोर्स के पहले और बाद वाले टेस्ट किए थे, उन तीनों के लगभग सभी छात्रों ने माइंड कंट्रोल कोर्स किया था।

हालाँकि पेन्सिलवेनिया के स्क्रान्टन विश्वविद्यालय में उन्हें ऐसा करने का मौका मिल गया। मानव संसाधन विभाग के प्रोफेसर डोनाल्ड एल. एंजेल ने पुनर्वास परामर्श सेवा में ग्रेजुएट हुए छात्रों को यह कोर्स करने की सलाह दी। उनमें से कई छात्रों ने इसमें हिस्सा लेने से मना कर दिया। इस तरह डॉ. साउ को यह मौका मिल गया कि वे कोर्स करनेवालों और न करनेवालों के बीच के फर्क पर काम कर सकें। उन्होंने कोर्स करनेवाले 35 और कोर्स न करनेवाले 35 छात्रों को वही टेस्ट दिया, जो उन्होंने हाई स्कूलों के लिए तैयार किया था।

कोर्स शुरू होने के पहले ही दोनों विद्यार्थियों में अंतर दिखाई देने लगा। जिन्होंने माइंड कंट्रोल के प्रशिक्षण को चुना, वे अनुभव लेने के प्रति अधिक खुले हुए थे और अपने अंदर की आवाज़ के अनुसार चलते थे। दूसरी ओर जो छात्र इस प्रशिक्षण का हिस्सा बनना नहीं चाहते थे, वे कहीं अधिक पारंपरिक व व्यावहारिक थे, और अपनी तयशुदा भूमिका के दायरे से बाहर आने के लिए तैयार नहीं थे।

कोर्स के एक महीने बाद, फिर से दोनों अलग-अलग विद्यार्थियों के दलों का टेस्ट लिया गया। दोनों दलों के छात्रों में मूलभूत अंतर तो पहले जैसे ही थे, पर इसके अलावा और कुछ अन्य बदलाव भी सामने आए। माइंड कंट्रोल प्रशिक्षण का दल भावनात्मक तौर पर कहीं अधिक स्थिर व परिपक्व था। इस दल के छात्र दूसरे दल की तुलना में स्वयं के प्रति अधिक आश्वस्त थे व अधिक शांत महसूस कर रहे थे।

संक्षिप्त में कहें तो इस अध्ययन के नतीजों के अनुसार जिन लोगों ने अपने लिए माइंड कंट्रोल को चुना, वे इस कोर्स को न चुननेवालों से बिलकुल अलग थे। उन्हें माइंड कंट्रोल कोर्स करने का लाभ भी हुआ था।

वैसे तो आत्मविश्वास में बढ़ोत्तरी हर किसी के लिए महत्वपूर्ण होती है, लेकिन यह उस इंसान के लिए जीवनरक्षक भी साबित हो सकती है, जो नशीली दवाएँ लेने का आदी है और इस लत से छुटकारा पाना चाहता है। नशे के आदी लोगों के साथ माइंड कंट्रोल का अनुभव सीमित ही रहा है, पर यह अनुभव बहुत अच्छा रहा।

नशे से मुक्ति के लिए माइंड कंट्रोल

मैनहट्टन में माइंड कंट्रोल केंद्र के सह-निर्देशक पॉल ग्रीवास यह समझना चाहते थे कि माइंड कंट्रोल से नशीली दवाओं के आदी लोगों की मदद कैसे की जाए। उन्होंने ऐसे चार लोगों पर काम करना शुरू किया, जो नशे के शिकार थे। उनमें से दो लोग मेथाडोन और बाकी दो हेरोइन जैसे नशीले पदार्थ लेने के आदी थे। मेथाडोन लेनेवालों को यह कोर्स उपयोगी भी लगा पर वे अपनी लत से छुटकारा नहीं पा सके। मेथाडोन की लत बहुत बुरी होती है और कई ड्रग कार्यक्रमों में हेरोइन की आदत छुड़ाने के लिए इसे दिया जाता है। मेथाडोन की आदत छुड़वाना शारीरिक रूप से काफी पीड़ादायी भी हो सकता है। नशे के आदी इन लोगों का कहना है कि 'ये दर्द इतना भीषण होता था कि वे माइंड कंट्रोल से जुड़े अभ्यासों पर ध्यान एकाग्र ही नहीं कर पाते थे।'

हेरोइन की लत के शिकार इंसान को अचानक आई एक पारिवारिक समस्या के कारण पहले ही दिन कोर्स छोड़ना पड़ा। दूसरा इंसान माइंड कंट्रोल के प्रशिक्षण से स्वयं को इस लत से छुटकारा दिलाने में सफल रहा और कोर्स के बाद कई माह तक नशीली दवाओं से दूर रहा। लेकिन फिर एक दिन उसने पॉल ग्रीवास को फोन करके कहा कि वह दोबारा हेरोइन लेने लगा है। उसे एक बार फिर से कोर्स करने का कहा गया। पॉल ग्रीवास ने उसके साथ एक पूरा दिन बिता कर सारा कोर्स फिर से दोहरा दिया और कुछ ही दिन में वह इस लत से मुक्त हो गया। इसके बाद वह दूसरे शहर में चला गया इसलिए पॉल ग्रीवास का उसके साथ कोई संपर्क नहीं रहा।

माइंड कंट्रोल की मदद से नशे के आदी लोगों की मदद करने के लिए दूसरा प्रयोग ब्रांक्स में एक सामुदायिक परियोजना के आरंभ से हुआ। इसमें ऐसे 18 लोग शामिल थे, जो किसी जमाने में नशे के आदी थे। इनमें से कुछ परियोजना के प्रशासक और स्टाफ के सदस्य थे। जिन्होंने कोर्स किया, उनका कहना था कि अब वे खुद पर बेहतर ढंग से काबू कर पा रहे हैं। कुछ माह के बाद उनमें से कुछ ने बताया कि वे अपने परिवार के सदस्यों को भी यही प्रशिक्षण दे रहे हैं। इस टेस्ट के

पहले और बाद में करीब 3 महीने तक कोई विश्वसनीय जाँच करना संभव नहीं था क्योंकि उन अठारह में से अधिकतर लोग इसके लिए उपलब्ध नहीं थे।

क्या इन दोनों अनुभवों से कुछ सीखा जा सकता है? पॉल ग्रीवास कहते हैं, 'हाँ। भले ही हमारे पास सांख्यिकीय प्रमाण न हो, पर इन लोगों के अनुभव से आगे दी गई दो बातों का पता चलता है।

1) ऐसा नहीं होना चाहिए कि नशे के आदी किसी इंसान को सिर्फ 48 घंटे तक माइंड कंट्रोल कोर्स कराने के बाद हमेशा के लिए उसके हाल पर छोड़ दिया जाए। दरअसल हममें से अधिकतर लोगों के लिए यह कोर्स एक स्थाई रूपांतरण देनेवाला अनुभव है, लेकिन नशे का आदी इंसान सालों तक नशे की गिरफ्त में रह चुका होता है और उसे शारीरिक व मानसिक, दोनों तरह की लत से छुटकारा पाना होता है। इसीलिए यह ज़रूरी हो जाता है कि इस प्रक्रिया में बार-बार उसकी सहायता की जाए और जितनी बार ज़रूरत पड़े, उतने बार कोर्स को दोहराया जाए। पॉल ग्रीवास कहते हैं, 'अगर मुझे किसी नशा मुक्ति कार्यक्रम में माइंड कंट्रोल कोर्स को लागू करने दिया जाए, तो मुझे पूरी उम्मीद है कि कहीं बेहतर नतीजे सामने आ सकते हैं।'

2) दूसरी बात यह कि नशे की लत से छुटकारा पाना भले ही मुश्किल होता है, लेकिन नशे के आदी लोग माइंड कंट्रोल तकनीकों को आसानी से सीख लेते हैं। पॉल ग्रीवास के अनुसार इसका कारण यह है कि इस कोर्स के दौरान चेतना का जो रूपांतरण करना होता है, वह अधिकतर लोगों ने भले ही कभी न किया हो, लेकिन नशा करनेवाले अपनी लत के कारण ऐसा कई बार कर चुके होते हैं। बस उन्हें यह नहीं पता होता कि उस दौरान स्वयं को मन के उपयोगी स्तर पर कैसे लेकर जाना चाहिए, जहाँ जाकर वे नियंत्रण खोने के बजाय उसे हासिल कर सकें। यही वजह है कि माइंड कंट्रोल इन लोगों के लिए एक वरदान साबित हो सकता है।

हालाँकि इस बारे में विस्तृत अध्ययन नहीं हुए हैं, पर हमारे पास इस मामले से जुड़ी सफलता के कुछ ऐसे किस्से जरूर हैं, जिनसे साबित होता है कि पॉल ग्रीवास ने माइंड कंट्रोल पर जो विश्वास जताया, वह बेबुनियाद नहीं था।

नशे से मुक्त हुए ग्रेजुएट का उदाहरण

इन्हीं में से एक किस्सा आगे दिया जा रहा है, जो एक माइंड कंट्रोल के ग्रेजुएट का है, जिसने 1971 में नशे की लत से छुटकारा पाया और आज भी उससे पूरी तरह आज़ाद है। उसका किस्सा, उसी के शब्दों में :

मैं जानता था कि मेरी समस्या गंभीर है, मैं हेरोइन की लत का शिकार हो गया था। माइंड कंट्रोल का कोर्स मेरी इस आदत को छुड़ाने में भला कैसे सफल हो सकता था, यह मेरे लिए हैरानी की बात थी क्योंकि मैं अपनी ओर से हर उपाय आज़मा चुका था और कोई भी उपाय सफल नहीं रहा था। इस लत से छुटकारा पाने के लिए मैं अपनी ओर से मनोविज्ञानी, मनोचिकित्सक, मेथाडोन प्रोग्राम व अस्पताल आदि हर जगह जा चुका था और अब कुछ भी नया नहीं आज़माना चाहता था। हर रोज़ 200 डॉलर की नशीली दवाओं का सेवन करना मेरी दिनचर्या बन गया था और मुझे लगने लगा था कि अगर मैंने नशा करना नहीं छोड़ा, तो शायद मैं आनेवाले तीन साल में अपने 30 जन्मदिन तक भी नहीं जी सकूँगा।

माइंड कंट्रोल के प्रशिक्षक ने कहा, 'इंसान की कोई भी आदत, उसके दिमाग की कोशिकाओं पर पड़नेवाले दबाव से अधिक कुछ और नहीं है, जिसे वह दोहरा-दोहराकर ताकतवर बनाता रहता है। इस प्रोग्रामिंग को बदलने के लिए इसकी जड़ तक जाना होगा, जबकि तुम इसे केवल सतही तौर पर ही बदलने की कोशिश करते रहते हो। किसी आदत को बदलने के लिए उसके अवचेतन स्तर तक जाना ज़रूरी होता है।' यह बात भले ही तार्किक थी पर भावनात्मक तौर पर मुझे ऐसा ही लगता था कि मेरे जीवन को चलाने और खुद के बारे में अपनी नकारात्मक भावनाओं से अपनी रक्षा करने के लिए, नशा करना एक ज़रूरत बन गया है। इसके बाद उस प्रशिक्षक ने मुझे अपनी स्वयं की छवि बदलने की एक तकनीक सिखाई। जिससे मुझे एक कमज़ोर, कम संकल्प शक्ति और अप्रभावी व्यक्ति से एक आत्मविश्वास और स्वाभिमान से भरपूर स्वस्थ व्यक्ति बनना था।

हालाँकि संदेह तो अब भी था, लेकिन उम्मीद की एक किरण मुझे नज़र आ रही थी इसलिए मैं अल्फा अवस्था में कल्पना करने लगा कि मेरे भीतर बदलाव आ सकता है। मैं सुबह, दोपहर और शाम; दिन में तीन बार अपनी प्रोग्रामिंग करने लगा और 20 जुलाई यानी कोर्स के 30 दिन बाद, नशा करने की मेरी इच्छा जाती रही। हालाँकि इन 30 दिनों के दौरान भी मैं नशा करता रहा, पर उसकी मात्रा क्रमश: कम

करता रहा ताकि मैं तयशुदा तारीख तक उससे छुटकारा पा सकूँ।

20 जुलाई के बाद से आज तक मैंने हेरोइन को हाथ भी नहीं लगाया। पहले जब भी मैं नशे की आदत छोड़ी, कुछ ही दिनों बाद दोबारा शुरू कर दी, लेकिन इस बार ऐसा नहीं हुआ। मानो भीतर से कोई समझा रहा था कि मुझे नशा नहीं करना चाहिए। नशा करने की मेरी इच्छा ही समाप्त हो गई, मुझे किसी दूसरे व्यसन का सहयोग भी नहीं लेना पड़ा और किसी भी तरह से अपनी भावनाओं का दमन नहीं करना पड़ा, न ही किसी तरह की परेशानी का सामना करना पड़ा। कुल मिलाकर, माइंड कंट्रोल के इस प्रशिक्षण ने अपना काम किया और आखिरकार मैं नशे की लत से हमेशा के लिए मुक्त हो गया।

शराब की लत से मुक्ति

मादक पदार्थों के साथ ही शराब की लत भी बहुत लोगों का जीवन बरबाद कर देती है। यू.एस. में ही लाखों लोग इसके शिकार होकर बरबाद होने के कगार पर हैं। इन लोगों को असहाय अवस्था, असफलता और अपराधबोध के भाव से बाहर लाना भी ज़रूरी होता है ताकि ये फिर से अपना आत्मविश्वास पा सकें, स्वयं पर संयम रख सकें और स्वस्थ हो सकें।

1973 में, सालों से शराब की लत में उलझे 15 लोगों ने हाफ वे हाउस में शराब से मुक्ति पाने के लिए एक शोध परियोजना में हिस्सा लिया। इस परियोजना में उन्होंने माइंड कंट्रोल का प्रशिक्षण प्राप्त किया। डॉ. डी. साउ ने उनके नतीजों का आँकलन किया। उन्होंने इन लोगों के साथ भी व्यक्तित्व मूल्यांकन के उसी टेस्ट का इस्तेमाल किया, जो पहले उनके अध्ययन में था और यही टेस्ट वे स्क्रान्टन विश्वविद्यालय के छात्रों के साथ कर चुके थे। डॉ. डी साउ ने इन लोगों का यह टेस्ट, कोर्स से पहले एक माह और कोर्स पूरा होने के एक माह बाद लिया।

कोर्स से पहले और बाद में, इन लोगों में जो सबसे बड़ा परिवर्तन देखने को मिला, वह था इनके कपटी व्यवहार में आया परिवर्तन। अब ये अपने उद्देश्यों की पूर्ति के लिए और हर चीज़ पर नियंत्रण हासिल करने के लिए कपट नहीं कर रहे थे बल्कि आत्मसंयम सीख रहे थे। साथ ही उनकी सोच में खुलापन भी दिखने लगा था। यह ऐसा बदलाव था, जो हज़ार बार में कभी एक बार ही संभव हो पाता है। हाईस्कूल और ग्रेजुएट छात्रों में टेस्ट व कोर्स के बाद जो बदलाव आए थे, वही

बदलाव यहाँ भी पाए गए। अब वे मानसिक रूप से अधिक सशक्त महसूस कर रहे थे और उन्हें खुद पर पहले से ज़्यादा भरोसा था। उनकी सहजता बढ़ गई थी और नए अनुभवों को लेकर उनकी सोच में खुलापन बढ़ गया था। जो इंसान शराब छोड़ना चाह रहा हो, उसके लिए ये परिवर्तन अपने आपमें अद्भुत थे।

एक सबसे बड़ा बदलाव यह आया कि उनकी खतरे के प्रति संवेदनशीलता और तनाव में कमी आई। डॉ. साउ लिखते हैं, 'अगर आपको शराब पीनेवाले लोगों का बर्ताव समझना हो तो आपको देखना चाहिए कि उनकी संवेदनशीलता को किन बातों से चुनौती मिलती है। वे अकसर शराब को ही अपने मानसिक और भौतिक लक्षणों में संतुलन लाने का माध्यम बना लेते हैं। फिर यही शराब उन्हें उनकी बेचैनी और घबराहट से मुक्त करती है। माइंड कंट्रोल कोर्स से आत्म-छवि में निखार आता है और तनाव से निपटने की योग्यता भी सुधरती है। यह कोर्स शराब का एक सार्थक विकल्प हो सकता है।'

हाफवे हाउस के निर्देशक ने रिपोर्ट दी कि कोर्स के छह माह बाद, 15 नए माइंड कंट्रोल स्नातक क्या कर रहे थे। उनकी गोपनीयता बनाए रखने के लिए, उन्हें किसी नाम से पुकारने की बजाय केवल 'एस' यानी सब्जैक्ट कहा गया है।

एस 1 : 90 दिन के नशा मुक्ति कार्यक्रम में एक बार भी एस 1 ने शराब को हाथ नहीं लगाया। माइंड कंट्रोल कोर्स करने से पहले एस 1 सुस्त, विरक्त और उदासीन किस्म का इंसान था, लेकिन कोर्स के बाद वह बहुत ही खुले दिल का हास्यप्रिय इंसान बन गया।

एस 2 : माइंड कंट्रोल कोर्स करने के बाद से एस 2 ने नशा मुक्ति कार्यक्रम को भी बीच में ही छोड़ दिया। वह आत्मविश्वास से इतना भरा हुआ था कि उसे अब ऐसे किसी कोर्स की भी ज़रूरत नहीं रही।

एस 3 : जब से उसने अस्पताल के नशा मुक्ति कार्यक्रम में हिस्सा लिया है, उस दिन के बाद से शराब नहीं पी। माइंड कंट्रोल कोर्स करने के बाद उसे अपनी लत को छोड़ने में बहुत मदद मिली।

एस 4 : माइंड कंट्रोल कोर्स करने से पहले वह अस्पताल में भर्ती हुआ था। उसके बाद से ही उसने कभी शराब छुई तक नहीं। माइंड कंट्रोल कोर्स ने निश्चित तौर पर उसके उपचार में सहायता की और हमेशा के लिए उसका सहारा बन गया।

एस 5 : उसे भी नशा मुक्ति कार्यक्रम से वापिस आने के बाद से दोबारा शराब को हाथ लगाने का मन नहीं हुआ। इसके लिए वह माइंड कंट्रोल कोर्स का आभारी है।

एस 6 : एस 6 ने भी कोर्स करने बाद दोबारा कभी शराब नहीं पी। उसके भीतर आत्म कल्याण की भावना पैदा हुई है और अब उसके पूरे परिवार में एक तरह की स्थिरता देखी जा सकती है। कॉलेज में, उसके ग्रेड्स में भी सुधार हुआ है।

एस 7 : अभी तक एस 7 दोबारा शराब की ओर आकर्षित नहीं हुआ। माइंड कंट्रोल कोर्स के बाद उसने नशा मुक्ति कार्यक्रम बीच में ही छोड़ दिया। हालाँकि यह साफ तौर पर देखा जा सकता है कि वह इस कार्यक्रम की दार्शनिक समझ के साथ ही अपना जीवन जी रहा है। उसके पारिवारिक संबंधों में भी सुधार हुआ है।

एस 8 : एस 8 ने दोबारा शराब को हाथ नहीं लगाया। उसके पारिवारिक संबंधों में महत्वपूर्ण सुधार हुआ है। अब वह पहले जैसा गुस्सैल इंसान भी नहीं रहा बल्कि ऐसा इंसान बन गया है, जो अपने पड़ोसियों से भी प्रेम करता है।

एस 9 : एस 9 एक महिला है। अब वह शराब को हाथ तक नहीं लगाती और एक अच्छे पद पर कार्यरत है।

एस 10 : एस 10 दोबारा शराब की ओर आकर्षित नहीं हुआ। अब अपने लक्ष्यों पर केंद्रित रहना सीख गया है। उसने स्वयं पर लगाई गई सीमाओं को तोड़ दिया है और अब ऊँची उपलब्धियाँ हासिल करने के लिए नए अवसरों की तलाश में है।

एस 11 : एस 11 का कहना है कि माइंड कंट्रोल कोर्स करने के बाद उसके जीवन का रूपांतरण हो गया है, जिसका सकारात्मक प्रभाव उसके परिवार और काम पर देखा जा सकता है। कोर्स करने के बाद उसने दोबारा शराब का सेवन नहीं किया।

एस 12 : एस 12 ने नशा मुक्ति कार्यक्रम में बारह बरस बिताए। माइंड कंट्रोल कोर्स करने के बाद, बस एक बार एक घंटे के लिए शराब की तलब लगी।

उसके बाद दोबारा ऐसा नहीं हुआ।

एस 13 : अस्पताल के नशा मुक्ति कार्यक्रम में हिस्सा लेने के बाद एस 13 ने आज तक कभी शराब नहीं पी। माइंड कंट्रोल कोर्स करने के बाद वह अपना जीवन पटरी पर ले आया। परिवार और कामकाज में भी सुधार दिखाई दे रहा है।

एस 14 : माइंड कंट्रोल कोर्स लेने के बाद से एस 14 कई बार शराब की ओर वापिस लौटा, लेकिन हर बार उसने बिना किसी की मदद के ही खुद को संभाल भी लिया। किसी भी मौके पर उसे अस्पताल के नशा मुक्ति कार्यक्रम की ज़रूरत नहीं पड़ी, जबकि माइंड कंट्रोल कोर्स करने से पहले उसे हर बार अपनी लत छोड़ने के लिए इसकी मदद लेनी पड़ती थी।

एस 15 : एस 15 को आठ साल तक कई बार नशा मुक्ति कार्यक्रम की मदद लेनी पड़ी। पहले बार-बार नशे की लत का शिकार होकर उसे ऐसा करना पड़ता था, लेकिन माइंड कंट्रोल कोर्स करने के बाद से उसने केवल चार बार शराब का सेवन किया, जिनमें से सिर्फ दो बार उसे कुछ समय के लिए नशा मुक्ति कार्यक्रम की मदद लेनी पड़ी।

शराब पीने की लत के शिकार इन पंद्रह लोगों के जीवन में माइंड कंट्रोल कोर्स अपने तरीके से बदलाव लाने में सफल रहा।

यह एक संक्षिप्त अध्ययन है, जो इस बात की पुष्टि नहीं करता कि माइंड कंट्रोल कोर्स को शराब जैसे व्यसनों से मुक्ति पाने के इलाज में एक अहम हिस्से के रूप में स्वीकार किया जाना चाहिए। हालाँकि इस अध्ययन का हिस्सा बने छात्र और मानसिक रोगियों में आत्म-कल्याण की जो भावना दिखाई दी या टेस्ट के बाद उनके व्यक्तित्व में जो परिवर्तन आया, उसे देखकर कहा जा सकता है कि शराब छोड़ने की इच्छा रखनेवालों के लिए माइंड कंट्रोल कोर्स कई तरह से सहायक हो सकता है। उन्हें इसे अवश्य आज़माना चाहिए।

किसी के भी आत्मविश्वास और स्वाभिमान को चूर-चूर करने के लिए शराब के अलावा, निर्धनता भी अहम भूमिका निभाती है। समाज में हमेशा से यह बहस होती रही है कि गरीबी पैदा करनेवाले कारण कौन से हैं और इसे मिटाने के प्रभावशाली तरीके क्या हैं। माइंड कंट्रोल इस बहस में शामिल नहीं है, पर इतना तो

तय है कि यह निर्धनों को सशक्त बनाने में ज़रूर सहायक हो सकता है ताकि वे आत्म-कल्याण के लिए ज़रूरी कदम उठाने योग्य बन सकें।

हो सकता है कि कुछ लोगों को ऐसा लगे कि निर्धनों को अपनी मदद स्वयं करने के लिए कहकर, हम यह साबित करना चाहते हैं कि अपने हालात के लिए वे स्वयं जिम्मेदार हैं, जबकि यह सच नहीं है। बल्कि सच तो यह है कि अगर हर गरीब इंसान को माइंड कंट्रोल की मदद मिले, तो वह अपने सीमित दायरे से बाहर आ सकता है और अपने जीवन पर बेहतर नियंत्रण हासिल कर सकता है।

समाज कल्याण के एक कार्यक्रम के तहत 41 स्त्री-पुरुषों पर हो रहे अध्ययन के दौरान यह देखने की कोशिश की गई कि क्या माइंड कंट्रोल कोर्स इस मामले में सहायक हो सकता है?

हम सब जानते हैं कि जिस इंसान के पास अपनी आजीविका के लिए कोई काम नहीं रहता, उसके स्वाभिमान को ठेस लगती है। उसके लिए अपनी समस्या के बारे में सोचना और उससे बाहर आना कठिन हो जाता है। एक हारा हुआ और निराश मनःस्थिति वाला इंसान अच्छा इंटरव्यू नहीं दे पाता और उसकी बेरोजगारी परेशानियों को बढ़ाती चली जाती है। इस तरह उसके पास मदद लेने के सिवा कोई चारा नहीं रहता। अगर उसकी स्थिति के इस हद तक बिगड़ने से पहले ही कोई उसे आत्मसम्मान बनाए रखने और अपनी समस्याओं का हल निकालने की राय दे देता, तो शायद वह भी अपने जीवन में कुछ कर पाता।

मिशीगन में, ओटावा काउंटी डिपार्टमेंट ऑफ सोशल सर्विस के डायरेक्टर लैरी किलडोर का भी यही मानना था। उन्होंने स्वयं माइंड कंट्रोल का कोर्स किया था और उन्हें पता था कि यह प्रशिक्षण क्या कमाल कर सकता था। उनके मन में बस यही एक सवाल था कि क्या इसके नतीजों को मापा जा सकता है और वे नतीजे कैसे होंगे?

इस शोध परियोजना को तैयार करने और जाँच करने के लिए, लैरी किलडोर और डॉ. साउ ने हॉलैंड के होप कॉलेज के मनोविज्ञान विभाग के डॉ. जेम्स मोटिफ की मदद ली। टेस्ट के लिए उन्होंने छह पन्नोंवाले उन सौ सवालों को चुना, जो 'टेनेसी सेल्फ कांसेप्ट टेस्ट' कहलाते हैं। इस टेस्ट में खुद के बारे में एक इंसान की राय के पाँच पहलुओं को परखा जाता है। ये पहलू हैं- भौतिक, नैतिक, निजी, पारिवारिक और सामाजिक। यह टेस्ट दो बार किया गया। एक बार कोर्स से पहले

और दूसरी बार कोर्स के बाद।

कुछ लोग इन परीक्षणों (टेस्ट) को 'हाथ्रोन प्रभावों'* के तौर पर ले सकते हैं। 1920 के दशक के अंत में और 1930 के आरंभ में, वेस्टर्न इलैक्ट्रिक कंपनी ने एक शोध परियोजना आरंभ की थी, जिसमें शिकागो के हाथ्रोन प्लांट में काम करनेवाले कर्मचारियों के कामकाज में ऐसा बदलाव लाने की बात की गई थी, जो उनका प्रोत्साहन बढ़ा सके। इस परियोजना में कंपनी ने जो भी किया, उससे वाकई में उनके कर्मचारियों का मनोबल बढ़ा। वे कुछ भी करते; उससे कर्मचारियों का मनोबल बढ़ता जाता। कोई भी काम कम या ज़्यादा करने से कर्मचारियों के मनोबल में कमी नहीं आई। आखिर में समझ आया कि कर्मचारी बस इसी बात से प्रसन्न थे कि कंपनी के प्रमुख अधिकारियों द्वारा उन पर ध्यान दिया जा रहा था। इसी कारण से कर्मचारियों का मनोबल बढ़ता रहा।

इसी हाथ्रोन प्रभाव को मापने के लिए, डॉ. मोटिफ ने लोक-कल्याण योजनाओं से अनुदान पानेवाले लोगों के एक और दल की जांच की, जिन्होंने माइंड कंट्रोल कोर्स नहीं किया था। उन्होंने दो बार टेस्ट किया पर उन्हें कोई अंतर नहीं दिखा। इस दल में हाथ्रोन प्रभाव तो नहीं दिखाई दिया।

जिन्होंने माइंड कंट्रोल कोर्स किया, वे अपने बारे में बेहतर सोच के साथ सामने आए। कुछ लोगों में ऐसा बदलाव दिखाई दिया, जो लाखों लोगों में से किसी एक में होता है। हर श्रेणी में अद्‌भुत बदलाव दिखा। माइंड कंट्रोल के इन नए ग्रेजुएट लोगों ने पहले की अपेक्षा स्वयं को बेहतर इंसान के तौर पर देखा और जाना। अपनी समस्याओं को हल करने की उनकी क्षमता में एक नया आत्मविश्वास दिखाई दिया।

इस बदलाव को देखते हुए डॉ. मोटिफ ने कहा, 'इस शोध परियोजना से जो नतीजे सामने आए, वे मैंने अब तक देखे हुए नतीजों में से सबसे अधिक उल्लेखनीय हैं।'

इस अध्ययन की रिपोर्ट में कहा गया :

> इस बारे में विचार किया गया कि दुःख और कष्टप्रद स्थिति में रहनेवाली एक माँ के जीवन में अचानक माइंड कंट्रोल कोर्स से परिवर्तन आ जाए, तो

---

*हाथ्रोन प्रभाव एक प्रकार की प्रतिक्रिया है, जिसमें लोगों को उनकी जागरुकता के जवाब में उनके व्यवहार के एक पहले को संशोधित किया जाता है।

इस आशावादी रवैए के प्रति वह माँ कितनी ग्रहणशील होगी? यह चिंता जल्दी ही दूर भी हो गई। दूसरे सप्ताह के अंत में वे सब लोग कोर्स को पूरा करने आए, जिन्होंने इसके लिए अपना नाम लिखवाया था। यह आँकड़ा पूरे सौ प्रतिशत का था। अब वे पहले की तरह शर्मीले नहीं थे बल्कि आपस में खुलकर बातचीत कर पा रहे थे।

हर किसी के पास बताने के लिए कुछ न कुछ रचनात्मक ज़रूर था। जैसे कुछ लोग अपने बच्चों के प्रति निकटता महसूस कर रहे थे, जो उनके लिए एक नया एहसास था... कुछ लोगों का अकसर होनेवाला भयंकर सिरदर्द गायब हो गया था... किसी की कुंठा या निराशा कम हो गई... और जो अपने मोटापे से परेशान थे, उनका वज़न घट गया था...। एक उज्ज्वल युवा माँ ने उसे रोजगार मिलेगा या नहीं, यह जानने के लिए माइंड कंट्रोल की 'मन का आईना' यह तकनीक की सहायता ली। अपनी कल्पना में उसे सिर्फ एक हाथ दिखाई दिया, जो एक चेक पर साइन कर रहा था। अगले ही दिन उसे अपनी मनपसंद नौकरी मिल गई।

कैदियों के लिए भी उपयोगी माइंड कंट्रोल कोर्स

अकसर लोग अपनी बिगड़ी हुई आत्मछवि और नकारात्मक सोच के कारण कुछ ऐसा कर बैठते हैं, जिससे उन्हें जेल की हवा खानी पड़ती है। यही सोच उन्हें जेल में एक कठोर इंसान भी बनाती है। जेल से निकलने के बाद इंसान को अपनी बिगड़ी हुई आत्मछवि से आज़ादी पानी होती है, जिसमें सिर्फ उसकी सोच ही काम आ सकती है। बस उसे अपने भीतर बदलाव लाने की ज़रूरत होती है और सोच को सकारात्मक बनाना होता है। माइंड कंट्रोल ऐसे कैदी को मानसिक रूप से जिस तरह मुक्त करता है, उसी तरह हर किसी को कर सकता है। कई बार अपने मनोभावों का दमन करने से ही इंसान को सिर में दर्द, अल्सर, अनिद्रा और कामकाजी जीवन में असफलता जैसी परेशानियों का सामना करना पड़ता है। जिस तरह कैदी जेल में तड़पता है, उसी तरह इंसान भी तड़पने के सिवा कुछ नहीं कर पाता।

जेल में माइंड कंट्रोल कोर्स का सीमित अनुभव कहता है कि यह वहीं सफल हो सकता है, जहाँ निर्दयता कम हो। लेकिन इस कोर्स के बाद कैदी के लिए जेल के अंदर रहना सजा काटना नहीं बल्कि अपना विकास करने और अपने आपको खोजने का एक मौका बन जाता है। हालाँकि ऐसा नहीं है कि माइंड कंट्रोल कोर्स करने से

जेल ही कैदी के लिए स्वर्ग जैसा बन जाएगा, पर यह तय है कि अगर जेल के कैदी यह कोर्स करें, तो जेल अपेक्षाकृत अधिक सभ्य स्थान ज़रूर बन सकता है, जिसके अंदर रहकर एक कैदी अपना विकास भी कर सकता है।

हालाँकि इससे संबंधित कोई आँकड़े दर्ज नहीं किए गए हैं, पर कैदियों और उनके निर्देशकों के अनुभव बहुत विस्तृत रहे हैं। ली लोजोविक जब न्यू जर्सी में माइंड कंट्रोल कोर्स के को-आर्डीनेटर थे, तो उन्होंने रावे स्टेट जेल में सात बार यह कोर्स करवाया था। 4 बार, 60 कैदियों के समूह को और 3 बार जेल के स्टाफ को यह कोर्स करवाया गया। फिर 1976 में अपने पद से इस्तीफा देने के बाद उन्होंने होम (Hohm) नामक एक आध्यात्मिक संगठन की स्थापना कर ली।

उनका कहना है कि 'इस बात से इंकार नहीं किया जा सकता कि माइंड कंट्रोल कोर्स करने से कैदियों और स्टाफ को बहुत लाभ हुआ। आप उनके चेहरों पर इसका प्रभाव देख सकते थे।' जेल के मुख्य अधिकारी माइंड कंट्रोल कोर्स से इतने प्रभावित हुए कि उन्होंने कॉलेज की डिग्री पाने के पढ़ रहे कैदियों को पाठ्यक्रम के लिए शैक्षिक क्रेडिट (Academic credit) भी दिए।

ली लोजोविक के बाद रोनाल्ड गोरायेब पद पर आए और उन्होंने न्यू जर्सी में दस कैदियों को माइंड कंट्रोल कोर्स के लिए भेजा। एक कैदी को जेल से रिहा होने के कारण कोर्स बीच में ही छोड़कर जाना पड़ा, लेकिन वह कोर्स पूरा करने के लिए जेल वापिस आना चाहता था। हालाँकि उसे ऐसा करने से मना कर दिया गया। एक और कैदी एकांत में ध्यान करना चाहता था। उसने आग्रह किया कि सजा समाप्त होने के बाद भी उसे कुछ दिन जेल में ही रहने दिया जाए और उसे इसकी अनुमति भी मिल गई। एक और कैदी ने मन की काल्पनिक स्क्रीन तकनीक की मदद से यह कल्पना की कि उसे एक नौकरी मिल गई है क्योंकि जेल से जमानत पर रिहा किए जाने के लिए उसके सामने यह शर्त रखी गई थी कि वह अपने लिए एक नौकरी ढूँढ़ ले। आखिरकार उसे नौकरी मिल गई और वह ज़मानत पर रिहा हो गया।

19
व्यावसायिक जगत में माइंड कंट्रोल

कल्पना करें कि आप मर्फी के इस नियम में विश्वास रखते हैं कि 'अगर कुछ गलत हो सकता है तो ज़रूर होगा और सबसे बुरे समय पर होगा।' फिर अचानक आपको पता चलता है कि ऐसा कोई नियम है ही नहीं, बल्कि जोस ने इससे पहले जिस नियम के बारे में लिखा था, वह है, अधिकारों का कॉस्मिक बिल (Cosmic Bill of Rights) वही सच है- 'आप खुद को भाग्यशाली इसलिए महसूस करते हैं क्योंकि आप भाग्यशाली हैं।'

अनेक माइंड कंट्रोल ग्रेजुएट्स का कहना है कि उनके कामकाजी जीवन में यही हो रहा है। जैसे सेल्समैन को लगता है कि ग्राहक अब कहीं बेहतर तरीके से मिलने लगे हैं... वैज्ञानिक को अपनी पुरानी समस्याओं के हल भी झट से मिलने लगे हैं... पेशेवर एथलीट के प्रदर्शन में निखार आया है... बेरोज़गारों को काम मिल रहा है... और कर्मचारी को अपना काम करने में आनंद आ रहा है...।

न्यू जर्सी के नटली शहर में हॉफमैन-ला रोश, इंक. नामक कंपनी के रोजगार विभाग के निर्देशक 44 वर्षीय माइकल हिगिंस का कहना है, 'जब भी मैं कंपनी के माइंड कंट्रोल ग्रेजुएट्स से मिलता हूँ, तो मुझे उनमें हमेशा ही स्थाई सकारात्मक रवैया और खुश मिजाजी

दिखाई देती है। हर बार मुझे यही अनुभव होता है।'

हॉफमैन-ला रोश, इंक. दुनिया की सबसे बड़ी दवा निर्माण कंपनियों में से एक है। हिगिंस कहते हैं, 'चूँकि मैं एक दर्दनिवारक दवा बनाने वाली कंपनी का प्रतिनिधि हूँ इसलिए आपको मेरी बात पर हैरानी हो सकती है, लेकिन सच यही है कि हम बेहतर मानसिक स्वास्थ्य से जुड़े वैकल्पिक उपायों के प्रति भी खुला रवैया रखते हैं। यही वजह है कि हम 1973 में सिल्वा माइंड कंट्रोल से जुड़ गए थे।'

मि. हिगिंस को एक और बात ने इस कोर्स की पड़ताल करने को प्रोत्साहित किया कि किसी भी कंपनी के कुछ सबसे प्रभावी कर्मचारी, पूरी तरह से अपनी संभावना को खोलते हुए प्रभावशाली रूप से कार्य करते हैं। उन्हें माइंड कंट्रोल में जो देखने को मिला, उसके चलते उन्होंने अपनी कंपनी के लिए एक नई परियोजना पर काम शुरू कर दिया। शुरुआत में यह योजना कंपनी के सहारे ही कार्यरत होगी, लेकिन आगे जाकर इसमें इतना उत्साह पैदा होगा कि यह अपने दम पर खुद कार्य करेगी। इस योजना के अनुसार कार्य करने के लिए मि. हिगिंस ने रातों-रात 50 लोगों को नियुक्त किया और पड़ोस में मौजूद एक चर्च के पादरी अल्बट गोरयेब से भेंट की, जो माइंड कंट्रोल के जाने-माने व्याख्याताओं में से थे।

उनकी यह योजना सफल रही। आज तीन साल बाद, उनकी कंपनी में तीन सौ से अधिक माइंड कंट्रोल ग्रेजुएट्स हैं। जिनमें उच्च अधिकारी, वैज्ञानिक, सैक्रेट्री, इंजीनियर, प्रयोगशाला सहायक और निजी प्रबंधक सभी शामिल हैं। इनमें से कइयों के प्रशिक्षण को कंपनी ने प्रायोजित किया और कुछेक ने निजी तौर पर यह कोर्स किया।

माइकल हिगिंस कहते हैं, 'मैं विशेष रूप से शोध से जुड़े लोगों को देखकर उत्साहित हो उठा। पहले-पहल तो वे लोग अनमने मन से यह कोर्स कर रहे थे, पर जल्दी ही उन्हें इसमें दिलचस्पी होने लगी।'

हॉफमैन-ला रोश के माइंड कंट्रोल ग्रेजुएट्स के कुछ विचार आपके लिए यहाँ प्रस्तुत किए जा रहे हैं, जो सबसे पहले कंपनी के निजी अखबार 'इनसाइड रोश' में प्रकाशित किए गए थे।

1) मर्चेन्डाइजिंग डायरेक्टर (बिक्री संचालक) : 'इस कोर्स के चलते मेरे अंदर स्वयं के प्रति सजगता आई और साथ ही मैंने सीखा कि कर्मचारियों के साथ संवाद स्थापित करते हुए काम कैसे करना होता है। अब मैं अपनी रुचियों और

योग्यताओं का इस्तेमाल सही दिशा में करने की कोशिश कर रहा हूँ ताकि मेरे समय और ऊर्जा का उचित निवेश हो सके।'

2) सहायक बायोकेमिस्ट : 'यह कोर्स करने के बाद मेरा मानसिक दृष्टिकोण बदल गया। जिसके परिणाम स्वरूप अब मैं यह मानने लगा हूँ कि जब आपका रवैया सकारात्मक होता है, तो आपके जीवन में अच्छी चीज़ें स्वत: ही होने लगती हैं। यह अनुभव करना वाकई अद्‌भुत है कि जब दो लोग एक-दूसरे के प्रति सुखद और सकारात्मक दृष्टिकोण रखते हैं, तो उनके संबंधों में कितना उत्साह आ जाता है।'

3) विभागीय प्रशासक : 'यह कोर्स करने का निर्णय लेना, मेरे जीवन के सबसे अच्छे निर्णयों में से एक रहा। यह प्रशिक्षण प्राप्त करना मेरे लिए सौभाग्य की बात है। इसमें सकारात्मक चिंतन पर बल दिया गया है, जिसके चलते मुझे अपनी मानसिक शांति बनाए रखने के साथ-साथ आत्मविश्वास बढ़ाने में भी मदद मिली।'

4) प्लांट सर्विस सुपरवाइजर : 'यह कोर्स करने के बाद मैं मानसिक रूप से शांत हो गया। अब मैं ज़्यादा चिंता नहीं करता और हर चीज़ को ज़रूरत से ज़्यादा गंभीरता से नहीं लेता। मैंने शांत रहते हुए, अपने सिरदर्द को नियंत्रित करना सीख लिया है। इस कोर्स के बाद मुझे एहसास हुआ कि विश्वास ही सफलता की कुँजी है।'

5) वरिष्ठ सिस्टम विश्लेषक : 'इस कोर्स के कारण मेरे आत्मविश्वास और सबके हित की भावना में बढ़ोत्तरी हुई। इससे मैंने अपने स्वभाव के उन पहलुओं को पहचानना सीखा, जिन्हें हम अकसर अनदेखा कर देते हैं। मिसाल के लिए, इससे दूसरों के प्रति हमारी संवेदनशीलता बढ़ी और हमने ऐसे अनुभव पाए, जिन्हें तार्किक मन सहज भाव से मानना नहीं चाहता।'

आइडिया बैंक

शिकागो में माइंड कंट्रोल के विद्यार्थियों के लिए एक सहकारी संस्था है, जो बाज़ार में बिक्री योग्य आविष्कारों पर काम करती है। संस्था का नाम है, आइडिया बैंक, इंक। इस संस्था का व्यवसाय माइंड कंट्रोल तकनीकों की बुनियाद पर ही खड़ा है। इसकी शुरुआत तब हुई, जब रिचर्ड हैरो, जो उन दिनों शिकागो में माइंड कंट्रोल

गतिविधियों के प्रमुख थे, उन्होंने एक जटिल मार्केटिंग समस्या को माइंड कंट्रोल के विद्यार्थियों के सामने रखा ताकि पता लग सकें कि अल्फा और थीटा के बीच मिलनेवाला सहज ज्ञान व्यावहारिक उत्तर दे सकता है या नहीं? मि. हैरो, जिनके पास मार्केटिंग सलाहकार के तौर पर दस साल का अनुभव था, उनके पास पहले से ही इस मार्केटिंग समस्या का वाजिब हल था, जिसे खोजने में उन्हें दस साल लगे थे। लेकिन माइंड कंट्रोल के विद्यार्थियों ने उस समस्या को दस मिनट में हल करके दिखा दिया।

मैं ऐसा ही कुछ होने की उम्मीद कर रहा था, पर मुझे यह देखकर और भी अच्छा लगा कि जब इन लोगों ने तकनीकी समस्याओं को विशेषज्ञों से भी बेहतर ढंग से हल करके दिखाया। ये लोग तर्क के सीमित दायरे में बँधे हुए नहीं हैं और कहीं बेहतर संभावनाओं की तलाश कर सकते हैं।

उन्होंने कहा, 'मैं इस नतीजे पर पहुँचा हूँ कि ऐसे बीस लोग, जो अपने लेवल पर आकर, सामूहिक समझ और कल्पना के बल पर काम करते हैं, वे उन बीस लोगों से हज़ार गुना ज़्यादा प्रभावशाली साबित होते हैं, जो तर्क के बल पर समस्या का हल खोजते हैं।'

समस्याओं को हल करने के लिए इन्हीं तकनीकों का प्रयोग करते हुए, रिचर्ड हैरो ने प्रीस्ट्रेस्ड कंक्रीट के निर्माण का नया तरीका खोजा और उसका पेटेंट भी करा लिया। इसके बाद माइंड कंट्रोल ग्रेजुएट्स अपने नए-नए विचारों के साथ सामने आने लगे। वे उसकी मार्केटिंग के बारे में जानना चाहते थे। इस तरह आइडिया बैंक का जन्म हुआ।

कुल मिलाकर, आइडिया बैंक को शुरू हुए लगभग दो साल हो चुके हैं और अब इसके 18 आविष्कार बाजार में आने के लिए तैयार हैं। इनमें से एक है 'लीफ-ईटर', जो लॉन की घास की छँटाई करता है। इसे घास को गीला कर बगीचे की मिट्टी का कटाव रोकने के लिए इस्तेमाल किया जा सकता है। टी.वी. के जरिए उत्पादों की मार्केटिंग करने वाली एक फर्म ने 25 लाख लीफ-ईटर खरीद लिए हैं। इसके अलावा इनका एक अन्य आविष्कार है 'बग प्लग।' यह एक किस्म की गोंद है, जो टूटी हुई स्क्रीन को जोड़ने के काम आती है। हालाँकि इस्तेमाल के बाद यह अदृश्य नहीं होती बल्कि किसी रंगीन कीड़े जैसी दिखाई देती है।

कंपनी के सदस्य माह में एक बार, ध्यान के माध्यम से समस्याओं को हल

करने के लिए आपस में मुलाकात करते हैं। इसके सदस्यों में वे सब लोग शामिल हैं, जिनका कोई आइडिया बाज़ार में मुनाफा कमा सकता है। इसके लिए वे एक आरंभिक और मासिक शुल्क देते हैं और कंपनी के लाभ में हिस्सा पाते हैं।

निवेश क्लब की शुरुआत

शिकागो में माइंड कंट्रोल के ग्रेजुएट्स की ओर से एक और बिजनेस ग्रुप बनाया गया, जो एक तरह का निवेश क्लब था। एक स्टॉकब्रोकर को यह विचार आया कि समय में आगे और पीछे जाने की जो क्षमता मुझमें है, उसका इस्तेमाल स्टॉक यानी शेयर चुनने में भी किया जा सकता है। यदि आप ध्यान की अवस्था में किसी शेयर को भविष्य में अच्छी स्थिति में देखें और उसे अभी यानी वर्तमान में खरीदकर बाद में बेच दें, तो यह मुनाफे का सौदा हो सकता है। यह योजना मि. हैरो को अच्छी लगी और इसके लिए निवेश क्लब बना लिया गया। मि. हैरो और अन्य लोग इससे उत्सुक तो थे पर इसे लेकर पूरी तरह आश्वस्त नहीं थे। माइंड कंट्रोल ने आज तक कई तरह की समस्याओं को हल किया था, लेकिन वास्तव में आनेवाले कल को देखना या वॉल स्ट्रीट (स्टॉक एक्सचेंज) के उतार-चढ़ाव को पहले से जान लेना आसान नहीं था।

इसी संदेह के चलते सदस्यों ने इस योजना में पहले छह माह के दौरान साप्ताहिक रूप से सिर्फ प्रयोग के तौर पर ही नकद निवेश किया।

हर सप्ताह वह शेयर ब्रोकर, दस शेयर के नाम लेता और सारे सदस्य अल्फा अवस्था में जाने के बाद, आनेवाले तीस दिन में अपने मन में कल्पना करते। जिसमें उन्होंने देखा कि वे उस ब्रोकर की ऑफिस में हैं या अखबार पढ़ते हुए अपने शेयर के बारे में ही बातें कर रहे हैं। जब वे वर्तमान में लौटकर, बीटा अवस्था में आए तो उनकी बातों की पड़ताल की गई। जब किसी शेयर को एक के मुकाबले चार वोट मिलते, तो उसे आभासी तौर पर कागज़ पर खरीद लिया जाता।

लेकिन शुरुआती दौर में ही एक समस्या खड़ी हो गई। सदस्यों के भीतर सकारात्मकता बहुत थी, जो कि माइंड कंट्रोल के विद्यार्थियों की पहचान होती है। इसलिए इन सदस्यों ने शुरुआत में यही देखा कि उनके शेयर के दाम बढ़ रहे हैं, लेकिन अधिक सकारात्मकता के भरोसे शेयर बाज़ार के बारे में सही मार्गदर्शन मिलना मुश्किल था। हालाँकि उन्होंने जल्द ही इस बात को समझ लिया और

उसमें सुधार भी किया। फिर उनके अनुमान सही साबित होने लगे। उनके दल का पोर्टफोलियो (निवेश सूची) शेयर बाजार के औसत से बेहतर होने लगा।

जल्द ही एक और समस्या खड़ी हो गई। बढ़ते उत्साह के साथ, ये साइकिक निवेशक अपने चुने हुए शेयर के बारे में काफी कुछ पढ़ने लगे और उसके बारे में ज़्यादा से ज़्यादा जानकारी रखने लगे। ध्यान के दौरान भी इस जानकारी का बोझ उनके सिर पर रहता, जिससे उनके मुनाफे में कमी आने लगी।

इसका हल यही था कि हर शेयर को एक कोड किया हुआ अंक दे दिया जाए ताकि किसी को यह पता ही न चले कि वह किस शेयर का अध्ययन कर रहा है। इससे उनके नतीजों में सुधार हुआ और वे एक बार फिर से बाजार के औसत से आगे पहुँच गए। छह माह के नतीजों ने उनकी योग्यता को प्रमाणित कर दिया था, इसलिए अब सही मायनों में पैसा लगाने का वक्त आ गया था।

प्रयोग के तौर पर आभासी निवेश करने के बजाय वास्तविक धन निवेश करने का यह बदलाव आसानी से संभव हो गया। सदस्यों ने वास्तव में मुनाफा कमाया। जब बाजार ढलान पर था, तो उनके शेयर के साथ भी वही हुआ, लेकिन उन पर उतना नकारात्मक असर नहीं पड़ा, जितना पूरे बाज़ार पर पड़ा। जब बाजार में दाम बढ़े तो उन्हें बाजार से भी ज़्यादा लाभ हुआ। हालाँकि एक साल बाद नई परेशानी सामने आ गई। बाजार बहुत ज़्यादा नीचे उतर गया। जिससे उनके शेयर भी नीचे आ गए। बाज़ार के इस गिरावट से दल का पोर्टफोलियो प्रभावित हुआ और उन्हें जो नुकसान हुआ, उसने उनका प्रोत्साहन घटा दिया।

कोई भी अच्छा निवेशक आपसे यही कहेगा कि ऐसे हालात में भी आप पैसा कमा सकते हैं, बस आपको थोड़े कम शेयर बेचने होंगे। आप एक शेयर बेचते हैं, भले ही वह आपके पास नहीं है, फिर जब उस शेयर का दाम घट जाता है, तो आप उसे खरीदकर सामनेवाले को दे देते हैं। इसमें बेचने का दाम और आपके खरीदने के दाम में जो फर्क होता है, वह आपका मुनाफा है। इसे 'शॉर्ट सेलिंग' कहा जाता है। यह पूरी तरह से कानूनी है, पर यह कुछ ऐसा है, मानो आप दूसरे की हानि से मुनाफा कमा रहे हों या यूँ कहें कि दूसरे का बुरा करके अपना भला कर रहे हैं। इसके साथ ही इस तरीके में लोग केवल अपने फायदे के लिए शेयर बाज़ार गिरने जैसी बुरी खबर का इंतज़ार भी करते हैं। यह प्रवृत्ति माइंड कंट्रोल विद्यार्थियों में नहीं थी इसलिए इस निवेश क्लब को बंद कर दिया गया।

जब यह पुस्तक लिखी जा रही थी, तो बाजार में तेजी थी और मि. हैरो का कहना था कि वे सदस्य दोबारा क्लब का हिस्सा बन सकते हैं।

खेल जगत में माइंड कंट्रोल

व्यावसायिक जगत में माइंड कंट्रोल की उपयोगिता के बारे में मि. हैरो के विचार बहुत स्पष्ट हैं, जो उन्हें खेलों की ओर लेकर गए। उनका मानना है कि खेल भी नए उत्पादों की मार्केटिंग और स्टॉक मार्केटिंग में निवेश करने जैसे ही होते हैं। आपने भी सुना होगा कि शिकागो के बहुत सारे व्हाईट सॉक्स खिलाड़ियों ने माइंड कंट्रोल में हिस्सा लिया। 1975 की गर्मियों में इस बात की चर्चा सीबीएस टी.वी. के '60 मिनट' और एनबीसी टी.वी. के 'टुडे शो' इन कार्यक्रमों में हुई। यह सब मि. हैरो के कारण ही संभव हुआ।

जब बेसबॉल का सत्र खत्म हुआ, तो मि. हैरो ने खिलाड़ियों के निजी स्कोर की तुलना की। माइंड कंट्रोल से पहले (1974) और बाद (1975) के स्कोर में नाटकीय अंतर देखने को मिला। सभी के खेल में सुधार हुआ था।

माइंड कंट्रोल के लाभ के कुछ उदाहरण

माइंड कंट्रोल ग्रेजुएट्स में बहुत सारे सेल्समैन भी शामिल हैं। वॉल स्ट्रीट की एक प्रतिष्ठित फर्म के लिए कार्य कर रहा एक सेल्समैन कहता है, 'मैं अपने लेवल पर जाकर कल्पना करता हूँ कि मुझे एक सफल सेल्स कॉल मिल रही है। इसके नतीजे वाकई अद्भुत रहे हैं। मैं खुद को हर महीने बता देता हूँ कि इस बार मैं इतनी धनराशि कमाने जा रहा हूँ और फिर महीने के आखिर में यह संभव भी हो जाता है।'

एक स्टील कंपनी के वाइस-प्रेजीडेंट कहते हैं, 'मुझे अपने व्यवसाय और निजी जीवन में भी इस कोर्स से बहुत लाभ हुआ है इसलिए मैं इस कोर्स की सिफारिश अपने कर्मचारियों, साथियों और बच्चों के लिए भी करने लगा हूँ। इससे सभी लाभ पा सकते हैं। इससे उन्हें न केवल अपने कामकाजी जीवन में लाभ होगा बल्कि उनका निजी जीवन भी सँवर सकेगा।'

माइंड कंट्रोल के विद्यार्थियों की रिपोर्ट पर बात करें, तो सबसे बेहतर नतीजे नई नौकरी खोजने के मामले में आए। माइंड कंट्रोल कोर्स से मिलनेवाला आत्मविश्वास आसानी से नौकरी पाने में मददगार साबित होता है। ये कोर्स करनेवाले ग्रेजुएट्स कहीं

बेहतर ढंग से इंटरव्यू दे पाते हैं, जिससे उनके जीवन की दिशा बदल जाती है।

एक फोटोग्राफर की नौकरी अचानक चली गई। उसके परिवार में पत्नी और दो बच्चे थे। उसने अपने लेक्चरर को लिखा :

> अगर ये सब मेरे जीवन में आज से पाँच साल पहले हुआ होता, तो बेशक मैं किसी नज़दीकी शराबखाने में जाता। मैंने शराब पीकर कहीं न कहीं अपनी गाड़ी ठोक दी होती या किसी दूसरे पियक्कड़ के कंधे पर सिर रखे ज़ोर-ज़ोर से रोता मिलता।
>
> अब माइंड कंट्रोल कोर्स के साथ, मैं अपने जीवन में आए इन दुःखद बादलों को हटा रहा हूँ ताकि इनकी परछाईं मेरे जीवन पर ना आए। अब मैं अपने जीवन की एरियल फोटो (विमान या अन्य उड़ान वस्तु से हवाई फोटोग्राफी करना) ले रहा हूँ यानी अपने जीवन को उच्च दृष्टिकोण से देख रहा हूँ। अपने सारे दुःखों को एक ओर करके, मैं अपने मन की काल्पनिक स्क्रीन पर अपना भविष्य देखने के लिए तैयार हूँ। मुझे इस बात पर कोई संदेह नहीं है कि जल्द ही एक अच्छी नौकरी मेरे पास होगी।

मैं केवल अपने स्तर पर गया और फिर मैंने खुद को कॉलेज जाते देखा। जबकि मैं काफी पहले ही कॉलेज में ग्रेजुएशन की पढ़ाई पूरी कर चुका हूँ। इसके बाद मुझे पता चला कि 'जीआई बिल*' के अंतर्गत कुछ सुविधाओं के लिए मैं पात्र हूँ। जिससे मुझे 400 डॉलर मिलते और बेरोजगारी भत्ते के 300 डॉलर अलग से मिलते यानी मुझे हर महीने कुल 700 डॉलर मिलने थे। जबकि नौकरी में मुझे 500 डॉलर ही मिलते थे। इसके साथ ही एक और लाभ यह भी हुआ कि अब मैं मासिक पत्रिकाओं या मैगजिनस् के लिए फ्रीलांसर के तौर पर भी काम कर सकता था।

न्यूयॉर्क में किसी कारणवश एक आदमी की नौकरी चली गई। उसने कुछ समय पहले ही माइंड कंट्रोल कोर्स किया था। नौकरी जाने के बाद उसने गुस्से में आकर जोस को फोन किया और कहा कि 'अब मैं जानना चाहता हूँ कि इस स्थिति

---

*जीआई विधेयक परिभाषा - 1944 में एक कानून बनाया किया गया, जिसमें द्वितीय विश्व युद्ध में सशस्त्र बलों में सेवा करनेवाले लोगों के लिए शैक्षणिक और अन्य लाभ प्रदान किए गए थे। सशस्त्र बलों से सम्मानित लोगों के लिए लाभ अभी भी उपलब्ध हैं।

में माइंड कंट्रोल कोर्स मेरे लिए क्या कर सकता है?' जोस ने उसे शांत होकर माइंड कंट्रोल कोर्स की तकनीकें आजमाने को कहा। तीन दिन बाद ही उस इंसान ने फोन करके बताया कि उसे पहले से कहीं बेहतर नौकरी मिल गई, जिसमें उसे तीन गुना वेतन मिल रहा है।

माइंड कंट्रोल कोर्स के अनुभवों में सबसे मजेदार अनुभव एक पति-पत्नी का रहा। उनका पेशा था, लोगों की चाभियाँ गुम होने पर उनकी तिजोरियों के ताले खोलना। इस काम के लिए उन दोनों में से एक मानसिक रूप से प्रयोगशाला में जाकर, तिजोरी और उसके मालिक का मानसिक चित्रण करता है। फिर वह घड़ी को पलटकर यानी अतीत में जाकर उस आदमी ने पहले जब तिजोरी को खोला था, वह दृश्य अपनी कल्पना में देखता है। दूसरा साथीदार ओरियंटोलॉजिस्ट की भूमिका में, उस आदमी द्वारा बोले जानेवाले अंकों का रंगीन नोट बना लेता। इसके बाद बीटा अवस्था में आकर वह तिजोरी के मालिक की जानकारी में तिजोरी खोल देता। यह देख उस तिजोरी का मालिक आश्चर्य भाव में होता है। इसी तरह संयुक्त राज्य अमेरिका के एक क्षेत्र मिडवेस्ट में एक लाइसेंस प्राप्त लुहार साइकिक भी था, जिसे अकसर ऐसे लोगों के ताले खोलने के लिए बुलाया जाता था, जो अपनी तिजोरियों पर नंबर लगाकर उन्हें भूल जाते थे।

20
हम यहाँ से कहाँ जाएँगे?

माइंड कंट्रोल में पहली कामयाबी मिलते ही आपकी स्वयं की खोज का एक नया सफर शुरू हो जाएगा। फिर आप अपने बारे में जो भी जानेंगे, वह सब सकारात्मक ही होगा। आखिर में, जब आप जोस के कहे अनुसार सारे अभ्यास पूरे कर लेंगे, तो आपके सामने आगे विकास करने के कई नए रास्ते खुल जाएँगे।

आप दोस्तों, किताबों और दूसरे कोर्सेस की मदद से कुछ और तकनीकें भी सीख सकते हैं और अपने मानसिक स्तर को और भी आगे ले जा सकते हैं। वहीं दूसरी ओर, आप यह भी देखेंगे कि करिश्मे बार-बार हो रहे हैं और फिर वे आपके लिए सामान्य सी चीज़ बन जाएँगे। आपके सामने खुलनेवाले रहस्यों के प्रति आपके भीतर की बेताबी और जोश घटने लगेंगे क्योंकि उनमें नयापन नहीं रहेगा। हो सकता है कि फिर आप दोबारा अपनी पुरानी अवस्था में आ जाएँ। यह भी हो सकता है कि कोई एक माइंड कंट्रोल तकनीक, किसी दूसरी तकनीक की तुलना में आपके लिए ज़्यादा कारगर साबित हो। हो सकता है कि आप किसी एक तकनीक में ही विशेषज्ञ हो जाएँ और वह आपके जीवन का अहम हिस्सा बन जाए।

इनमें से कोई भी रास्ता आपके लिए सर्वश्रेष्ठ रास्ता नहीं है।

अगर आपने दूसरी तकनीकों की खोज शुरू की, तो आपको ऐसी कई तकनीकें मिलेंगी, जो आपके लिए कारगर होंगी। यह भी हो सकता है कि आपने जिन तकनीकों की तलाश की हो, उन्हें जोस पहले ही तलाश कर चुके हों और अपने कोर्स में उनका इस्तेमाल करने के लिए उन्हें अलग रख लिया हो। जो लोग नई-नई तकनीकें खोजने का काम करने लगते हैं, वे उनमें से कुछ में विशेषज्ञता हासिल करने के लिए अलग से समय भी निकालते हैं। इस बारे में आगे कभी विस्तार से चर्चा होगी।

अगर आपको लगे कि आपके उत्साह में कमी आ रही है और आप पहले की तरह माइंड कंट्रोल का अभ्यास नहीं कर पा रहे, तो आप ऐसे अकेले इंसान नहीं हैं। यह न भूलें कि आपका अनुभव बेकार नहीं गया है। जोस ने पाया है कि जो इंसान एक बार माइंड कंट्रोल प्रशिक्षण ले लेता है, वह उसे कभी नहीं भूलता। इसे आसानी से याद किया जा सकता है और आपातकाल में लागू भी किया जा सकता है।

अधिकतर माइंड कंट्रोल के विद्यार्थी अपने लिए किसी ऐसी तकनीक को चुनते हैं, जो उनके लिए बेहद कारगर रही हो। वे उसी में विशेषज्ञता हासिल कर लेते हैं। वे उसका जितना ज़्यादा इस्तेमाल करते हैं, उतने ही बेहतर नतीजे उनके सामने आते हैं।

माइंड कंट्रोल सावधानी से चुने गए उन मानसिक अभ्यासों और तकनीकों का समूह है, जो एक-दूसरे को बल देते हैं। कोई तरीका कारगर नहीं रहा, यह सोचकर उसे उपेक्षित करना ठीक नहीं होगा क्योंकि इस तरह आप संपूर्ण विकास की संभावना को नकार देते हैं। ड्रीम कंट्रोल से मानसिक स्क्रीन की क्षमता को बल मिलता है; मानसिक स्क्रीन ड्रीम कंट्रोल को भरोसेमंद और जीवंत बनाती है। यह कोर्स और पुस्तक में दिए गए अध्याय तो बस एक छोटा सा हिस्सा भर हैं, संपूर्ण जानकारी तो इससे कहीं ज़्यादा है।

फिर भी आप सोच रहे होंगे कि इसका अभ्यास करके इसे कारगर बनाने के बाद आप और क्या कर सकते हैं?

सिर्फ माइंड कंट्रोल करना ही काफी नहीं है। यह भी बहुत मायने रखता है कि इस नियंत्रण के कितने स्तर होने चाहिए और आगे आपका अनुभव क्या होगा।

एक बार एक छात्र ने जोस से पूछा, 'किस बिंदु पर इंसान को ऐसा लगने लगता

है कि उसने माइंड कंट्रोल से सब कुछ हासिल कर लिया है?'

जोस ने ज़वाब में कहा, 'जब आप अपनी समस्याओं को योजनाओं में बदलकर, उनसे अपने मनचाहे नतीजे हासिल करने लगते हैं...।' फिर एक पल ठहरकर जोस ने आगे कहा, 'नहीं... यह बात इससे भी ज़्यादा गहरी है। जब आपको एहसास होता है कि हम कितनी असीम शक्ति के साथ जन्मे थे, जब आप अपने अनुभवों में भी यह देख पाते हैं कि इन शक्तियों का सिर्फ रचनात्मक उपयोग ही हो सकता है, तब आपको एहसास होता है कि इस ग्रह पर हमारी उपस्थिति के पीछे एक उद्देश्य है, जो हमारे लिए प्रतिष्ठा की बात है। मेरा अपना यह मानना है कि हम जिस उद्देश्य को पूरा करने इस संसार में आए हैं, वह है अपना विकास करना और यह हमारी निजी जिम्मेदारी है। मुझे लगता है कि अधिकतर लोगों को इस बात का अनुमान ही नहीं है। आप माइंड कंट्रोल का जितना अधिक अभ्यास करेंगे, यह अनुमान उतना ही सटीक होता जाएगा और एक दिन ठोस हकीकत में बदल जाएगा।'

मन की ताकत पर विश्वास

यह उसी अनुभव की गहराई है, जिसका आप इंतज़ार कर रहे हैं। जहाँ पर आपको एक ठोस हकीकत मिलती है और हर चीज़ के पीछे उसका एक सौम्य उद्देश्य होता है। माइंड कंट्रोल में, यह सब बरसों के गहरे ध्यान के बाद मिलने वाली रहस्यमयी झलक के रूप में सामने नहीं आता, बल्कि अपने रोज़मर्रा के जीवन को अधिक प्रभावशाली ढंग से जीने के रूप में सामने आता है। इसमें रोज़मर्रा के जीवन के साथ-साथ, नियति द्वारा आकार दी जानेवाली घटनाएँ भी शामिल हैं।

आइए, अब एक छोटी सी घटना के बारे में चर्चा करते हैं। यह घटना कुछ ऐसी है, जिसका अनुभव किसी भी नए माइंड कंट्रोल ग्रेजुएट को हो सकता है। हम देखेंगे कि उसके जीवन में यह किस तरह एक ठोस हकीकत की ओर एक कदम होगा।

हाल ही में माइंड कंट्रोल के एक नए ग्रेजुएट ने छुट्टी से घर लौटने पर सबसे पहले अपने कैमरे से रोल निकाला और फिर सामान में एक अन्य रोल तलाशने लगा। जिसे वह पहले ही इस्तेमाल कर चुका था, लेकिन वह रोल उसे नहीं मिला। उसके लिए यह कोई बड़ा नुकसान नहीं था, लेकिन वह इससे खीझ ज़रूर गया क्योंकि गुम हुए रोल में उसकी छुट्टी से पहले सप्ताह की तस्वीरें थीं।

वह अपने लेवल पर गया और उन क्षणों को याद करने लगा जब उसने कैमरे में वह रोल डाला था। उसे अपनी मन की काल्पनिक स्क्रीन पर वह मेज दिखी, जहाँ पर उसने वह पहला रोल रखा था। हालाँकि उसे दूसरा रोल नहीं दिख रहा था। वह उसी लेवल पर बना रहा और एक-एक तस्वीर लेने के दृश्य को अपने मन में दोहराता रहा, पर फिर भी कैमरे में रोल भरनेवाला कोई सीन उसके सामने नहीं आया। बस मेजवाला दृश्य बार-बार सामने आता रहा।

उसे लगा कि उसके मन की काल्पनिक स्क्रीन का उपाय कारगर साबित नहीं हुआ। इसलिए वह अपना पहला रोल साथ लेकर ही उसे धुलवाने के लिए स्टूडियो चला गया। जब तस्वीरें धुलकर आईं, तो देखा कि उसमें तो पहले दिन से लेकर आखिरी दिन तक की सारी तस्वीरें मौजूद थीं। इसका अर्थ दूसरा कोई रोल उसने कैमेरा में डाला ही नहीं था।

घटना चाहे छोटी थी, पर इससे उस ग्रेजुएट को कोर्स पूरा होने के बाद अपने मन की ताकत पर और भरोसा हो गया। ऐसे ही कुछ और घटनाएँ उसके जीवन में आएँगी, इन घटनाओं में, वह स्वयं के साथ-साथ दूसरों की भी मदद करेगा। स्वयं के बारे में और आसपास की दुनिया के बारे में उसका नज़रिया बदलेगा। उसका जीवन भी बदलेगा क्योंकि वह उस ठोस हकीकत के आधार पर खड़ा होगा।

मानसिक स्क्रीन तकनीक का उपयोग

हो सकता है कि इस सिलसिले के दौरान उसे ऐसा भी कुछ मिले, जैसे एक माइंड कंट्रोल ग्रेजुएट लंबे समय से इस कोर्स से जुड़ा था। उसकी बेटी को घर की दो पालतू बिल्लियों से एलर्जी थी। जब भी वह उनके साथ खेलती तो उसे छींकें आने लगतीं और शरीर पर लाल चकत्ते (Rash) पड़ जाते। उस ग्रेजुएट ने पूरे एक सप्ताह तक, अपने ध्यान के दौरान बच्ची की परेशानी को अपनी मानसिक स्क्रीन पर लाकर उसका समाधान ढूँढ़ने का प्रयास किया। उसने समाधान की कल्पना करते हुए देखा कि उसकी बेटी बिल्लियों के साथ बड़े आराम से खेल रही है और उसे कोई परेशानी नहीं हो रही। फिर एक दिन उसे वास्तव में ऐसा दृश्य देखने का अवसर मिला। अब उसकी बेटी को बिल्लियों से किसी भी प्रकार की कोई एलर्जी नहीं हुई।

इन दोनों ही मामलों में केवल मानसिक स्क्रीन की तकनीक को ही शामिल

किया गया। दोनों ही घटनाओं में यह तकनीक समस्या को सुलझाने में सफ़र रही। अब आप पूछ सकते हैं कि अगर यह तकनीक इतनी सफल है, तो फिर हमें दूसरी तकनीकों पर काम करने की क्या ज़रूरत है?

अब पहली घटना को समझते हैं। पहली घटना में उस ग्रेजुएट ने समस्या को हल करने के लिए मानसिक स्क्रीन के उपयोग के अलावा अन्य कुछ भी न सीखा होता, तब भी संभव है कि उसे वही नतीजे मिलते। वह मान लेता कि उसने तो बस एक भूली हुई बात को फिर से याद कर लिया है, जिसमें किसी महान प्रज्ञा की कोई भूमिका नहीं है, लेकिन वास्तव में हकीकत इससे परे है।

जबकि दूसरी घटना में माइंड कंट्रोल प्रशिक्षण के कई पहलू शामिल हैं, जैसे अपने लेवल तक जाना, मानसिक चित्रण करना, टैलीपैथी से आरोग्य देने के लिए दृश्य को मन में उतारना, सपनों पर नियंत्रण करना और केस पर काम करना वगैरह। ये सारे पहलू इसलिए ज़रूरी थे ताकि इंसान अपने विश्वास की पूरी संभावना को तलाश करके अपनी इच्छा पूरी कर सके।

मानसिक स्क्रीन तकनीक से अपनी जान बचाई

अगर आप अच्छी तरह अभ्यास करते हैं, तो आपका मन शॉर्ट-कट लेने लगता है। फिर यह अहम मामलों में छोटे-छोटे संकेतों को भी पकड़ लेगा और आपके खोजे बिना ही, उन्हें आपके सामने लाकर रख देगा। एक माइंड कंट्रोल ग्रेजुएट का जीवन खतरे में था और उसे इसी तरह बचाया गया। एक दिन वह काम पर जाने से पहले, ध्यान कर रही थी। वह अपनी मानसिक स्क्रीन पर ऑफिस की कोई समस्या सुलझाना चाह रही थी। अचानक मन के पर्दे पर काले रंग का एक बड़ा सा X का निशान उभर आया। इसने उसके ऑफिस से जुड़े सारे दृश्यों को छिपा दिया। उसने इस संकेत को समझा और उस दिन काम पर नहीं गई। इसके बाद उसे पता चला कि अगर वह ऑफिस गई होती, तो उसे भी उस दिन लूटपाट की एक घटना का शिकार होना पड़ता। दरअसल उस दिन उसके ऑफिस में कुछ लुटेरे घुस आए थे। उन्होंने न सिर्फ वहाँ लूटपाट की बल्कि ऑफिस के कई कर्मचारियों को मारपीट करके घायल भी कर दिया। इस तरह की सूचना आपको ड्रीम कंट्रोल की तकनीक से मिल सकती है। चूँकि वह ग्रेजुएट उस दिन मानसिक स्क्रीन का प्रयोग कर रही थी इसलिए उसने वह सब पहले ही देख लिया, वरना न जाने

उसके साथ क्या अनहोनी हो जाती।

जख्म पर नियंत्रण पाने का उदाहरण

आगे एक और मामला दिया जा रहा है, जिसमें माइंड कंट्रोल के एक ग्रेजुएट के मन को इतनी अच्छी तरह से प्रशिक्षित किया गया था कि अल्फा अवस्था में जाने का समय लिए बिना ही वह एक आपातकालीन परिस्थिति को नियंत्रित करने में कामयाब रहा। आगे दिए गए पत्र में वर्णित घटनाओं में से कई घटनाएँ ऐसी हैं, जिनकी पुष्टि नौ अलग-अलग गवाहों ने की हैं :

बुधवार को मैं बहुत सारे बैग लादे, खरीददारी करके वापिस आया। मैंने बाहर का दरवाजा खोला और फिर भीतर का दरवाजा खोलने के लिए मैंने उसे जोर से धक्का दिया। तभी अचानक वह दरवाजा झटके से वापस आकर मेरी बाजू पर टकराया। वह इतनी जोर टकराया था कि दरवाजे का नुकीला हैंडल मेरी कोहनी के निचले हिस्से में घुस गया। मैंने सारे बैग वहीं पटके और किसी तरह उस हैंडल को अपने बाजू से बाहर निकाला। अब मुझे अपने हाथ में एक गहरा गड्ढा दिख रहा था।

उससे लगातार खून निकल रहा था। मेरे पास बेसुध होने का समय नहीं था। मैंने उसी समय खून को रोकने पर ध्यान लगाया और जब वाकई ऐसा हुआ, तो मुझे बहुत खुशी हुई – मैं अपनी आँखों पर यकीन नहीं सका।

जब मैं अपने घाव को धोकर सुखा रहा था, तो दर्द की एक भयंकर लहर उठी। मैं वहीं बैठकर अपने लेवल में आ गया और यह पता लगाने की कोशिश करने लगा कि क्या इस समय मुझे माइंड कंट्रोल मीटिंग में मेजर थाम्पसन का व्याख्यान सुनने के लिए बॉस्टन जाना चाहिए या फिर डॉक्टर के पास जाना चाहिए? मेरे हाथ को तकलीफ हो रही थी, लेकिन इसके बावजूद मेरी बॉस्टन जाने की इच्छा बहुत तीव्र थी। मैंने माइंड कंट्रोल कोर्स में सीखा था कि शरीर पर हुए जख्म की तकलीफ पर नियंत्रण कैसे पाना है। इसलिए मैंने सोचा कि इस समय मुझे दर्द को वश में करनेवाली तकनीक का उपयोग करना ही होगा।

मैं बॉस्टन जाने के रास्ते में भी इसी दिशा में काम करता रहा। आखिरकार मैं मेजर थाम्पसन का व्याख्यान सुनने के लिए बोस्टन पहुँच गया, लेकिन पर

लेक्चर के दौरान दर्द इतना बढ़ गया कि अपने लेवल में होने के बावजूद, मेरे हाथ की अंगुलियाँ सुन्न पड़ गईं। मैं शर्मिंदा था कि मैं लेक्चर को अच्छी तरह नहीं सुन सका। हालाँकि इसके बावजूद अगले दिन मैं उस लेक्चर के एक-एक शब्द को दोहरा पा रहा था।

इस दर्द में भी मैं मन ही मन लोगों को मदद के लिए बुलाता रहा। शायद मार्था ने मेरी पुकार सुनी। जब लेक्चर के बाद लोग कॉफी टेबल की ओर जा रहे थे तो वह मेरे पास आई और मुझसे अपनी चोट दिखाने को कहा। जब मैंने पट्‌टी हटाई, तो घाव उसके सामने था। जब मैंने हैंडल निकाला था, तो शायद माँस का एक टुकड़ा भी उसके साथ ही निकल गया था, इसलिए उस जगह की सारी चमड़ी हल्के बैंगनी और काले रंग की हो गई थी। वह तुरंत आस-पास कोई अस्पताल ढूँढ़ने लगी लेकिन मैं अस्पताल नहीं जाना चाहता था। इसलिए वह किसी और से मदद लेने निकली और अपने साथ माइंड कंट्रोल के ही एक ग्रेजुएट डेनिस स्टोरिन को लेकर आई। मैं चाहता था कि डेनिस उस जख्म पर काम करे। हम तीनों भी एक कोने में चले गए और जख्म पर हाथ रखकर डेनिस अपनी लेवल में चला गया।

जब वह मेरे घाव पर काम करने लगा, तो दर्द इतना ज़्यादा हो गया कि मुझे भी अपने लेवल पर आना पड़ा। जब वह मेरी बाँह के टूटे हुए ऊतकों (मांसतंतु) को एक-दूसरे से बुनाई करते हुए जोड़ रहा था, तो ऐसा लग रहा था कि उसकी अंगुलियाँ दर्द को बाहर खींच रही हैं। उस समय दर्द इतना तीव्र था कि मेरी चीख निकलनेवाली थी। इसलिए मैंने इस बात पर ध्यान एकाग्र किया कि मेरा दर्द घटता जाए और मैं डेनिस के साथ-साथ खुद को भी सहयोग करूँ, ऐसी मैंने बीटा अवस्था में जाकर कल्पना की। डेनिस को रोकने की और तुरंत एक्सीडेंट रूम में जाने की मेरे मन में तीव्र इच्छा उठ रही थी। लेकिन मैं फिर भी वह तकलीफ बरदाश्त कर रहा था क्योंकि मैं चाहता था कि हमारी तकनीक कारगर हो जाए।

कई घंटों के बाद ऐसा लगने लगा कि दर्द घट गया है। पहले, दस प्रतिशत दर्द घटा, फिर पंद्रह प्रतिशत। बाद में जब डेनिस ने मुझसे मेरा हाल पूछा, तब तक एक चौथाई दर्द कम हो चुका था।

हमने अभ्यास जारी रखा। जल्द ही भीतरी ऊतक भर गए। इसके बाद जब

बाहरी परतों में सुधार होने लगा तब दर्द असहनीय हो गया। आरोग्य पर पूरा ध्यान लगाने के बावजूद मैं आसपास के लोगों को महसूस कर पा रहा था। जब मुझे किसी के मदद की सबसे अधिक आवश्यकता महसूस हो रही थी, तभी मैंने गौर किया कि कोई मेरे पीछे खड़े होकर मेरे दर्द को अपनी ओर खींच रहा है। मैंने स्वयं को कृतज्ञ महसूस किया। इसके बाद दर्द की अगली लहर उठी और मुझे अपने ध्यान को और गहराई से एकाग्र करना पड़ा।

इसके बाद हमने घाव के सबसे गहरे हिस्से पर काम शुरू किया। तभी अचानक मैंने महसूस किया कि हमें ऊर्जा प्रदान करने के लिए हमारे आसपास कुछ लोगों ने मिलकर घेरा किया है। मैं महसूस कर सकता था कि मेरे भीतर से ऊर्जा का स्रोत फूट रहा था – मानो मैं कुर्सी से ऊपर उठनेवाला हूँ।

डेनिस भी इस ऊर्जा को महसूस कर रहा था। दूसरों की मदद के चलते मेरा उपचार तेजी से होने लगा। घेरे में खड़े कुछ लोगों ने मुझे बाद में बताया कि वे देख सकते थे कि किस तरह घाव भर रहा है, सूजन घट रही है और चमड़ी का रंग फिर से सामान्य हल्के गुलाबी रंग में बदल रहा है। इसके बाद त्वचा की बाहरी दो परतें भी इस तरह जुड़ गईं, मानो किसी पहेली के अलग हुए हिस्सों को झट से जोड़ दिया गया हो।

जब हम मेरे कार के पास वापस आए, तो मेरे दोस्तों ने कहा कि वे मुझे घर छोड़कर आना चाहते है। वे नहीं चाहते थे कि कार चलाने से मेरा घाव दोबारा खुल जाए। पर मैंने मना कर दिया। मैं अच्छी तरह जानता था कि अब मैं सुरक्षित था। फिर मैं कार चलाकर वापस आया और मुझे कोई दर्द नहीं हुआ।

अगली सुबह, मैं उठा तो बिलकुल ठीक था। मुझे अपनी बाँह में कुछ ऐसा महसूस हो रहा था, मानों मैं किसी लड़ाई में जूझकर वापस आया हूँ। मैंने कभी किसी के हाथों मार नहीं खाई, पर फिर भी मेरा अंदाजा था कि पिटने के बाद शरीर में कुछ ऐसा ही महसूस होता होगा। मैं उठ बैठा और देखा, मेरे आगे कितनी सुंदर दुनिया है। ऐसा लगा मानो मेरा नया जन्म हुआ हो।

जैसा कि आप देख सकते हैं, अगर आप मन की संभावनाओं की तलाश में

रहें, तो आप अनेक अनमोल खज़ाने पा सकते हैं। माइंड कंट्रोल के शोध निर्देशक डॉक्टर जे विलफ्रेड हान्ह का कहना है, 'हर माइंड कंट्रोल ग्रेजुएट अपने ही शोध का निर्देशक हो जाता है।'

उनका कहना है कि 'इस शोध में उन्हें महंगी प्रयोगशालाओं और संवेदनशील उपकरणों की आवश्यकता नहीं होती। शोध का सबसे आधुनिक साधन यानी हमारा मन, हमेशा हमारे पास ही होता है और दिन के चौबीसों घंटे हमारे साथ ही रहता है। यह अपने आपमें एक अद्‌भुत आश्चर्य है। इस प्रकार हम सभी अपने-अपने शोध के निर्देशक हैं।'

एक और फायदे की बात यह भी है कि आधुनिक विज्ञान के इतिहास में पहली बार, साइकिक शोध को सम्मान दिया जाने लगा है। पहले इस क्षेत्र में जो भी गहराई से खोज का कार्य करता, उसे गैरजिम्मेदार और मूर्ख कहा जाता। इस पुस्तक के लेखक जोस को भी उनके आरंभिक दिनों में धिक्कारा गया लेकिन अब ऐसा होने की संभावना कम होती जा रही है।

हालाँकि यह खतरा अभी पूरी तरह टला नहीं है। अब तो डॉक्टर्स भी अपने अन्य अभ्यासों के साथ-साथ माइंड कंट्रोल में प्रशिक्षण लेने लगे हैं। औद्योगिक जगत के विज्ञानी ड्रीम कंट्रोल के माध्यम से, नए उत्पादों को सामने ला रहे हैं। अन्य क्षेत्रों से भी हर तरह के लोग इसमें शामिल हुए हैं। हालाँकि कुछ लोगों ने इस किताब में अपना नाम प्रकाशित करने से मना कर दिया क्योंकि उन्हें लगता है कि अगर यह बात उनके दोस्तों को पता चली, तो उन्हें मूर्ख समझा जाएगा पर वे इसकी ताकत से इंकार नहीं करते।

हालाँकि अब ऐसा बहुत कम ही होता है। सैंकड़ों-हज़ारों माइंड कंट्रोल के ग्रेजुएट्स बड़े ही गर्व से अपनी उपलब्धियों का बखान करते हैं। कई प्रतिष्ठित मेडिकल जर्नल, साइकिक आरोग्य और मन व शरीर के संपर्क से जुड़े विषयों पर वैज्ञानिक और शोधपरक आलेख भी प्रस्तुत करते रहते हैं।

सार्वजनिक क्षेत्रों से जुड़े अनेक लोगों ने सार्वजनिक तौर पर माइंड कंट्रोल से जुड़े अनुभवों का हवाला दिया है, जिनमें शिकागो व्हाईट सॉक्स एंड परफार्मिंग आर्टिस्ट के सदस्य कैरोल लॉरेंस, मार्गरीट पिआज़ा, लैरी ब्लाइडन, स्लेस होम, लॉरीटा स्विट, एलेक्सि स्मिथ तथा विकी कार जैसे कई लोग शामिल हैं।

हम यहाँ से आगे कहाँ जाएँगे? इसका जवाब यह है कि आप आत्म-अन्वेषण यानी स्वयं की खोज के नए पथ पर अग्रसर होंगे। हर नई तलाश के साथ आप उस उस अंतिम खोज के उद्देश्य के निकट होंगे, जिसके बारे में विलियम ब्लेक ने लिखा है :

> रेत के एक कण में संसार देखने को,
> एक जंगली फूल में स्वर्ग ढूँढ़ने को,
> थाम लो अनंत को अपनी हथेली में
> और शाश्वतता को समय के एक छोटे दायरे में।

> "To see a world in a grain of sand
> And a heaven in a wild flower,
> Hold infinity in the palm of your hand
> And eternity in an hour."

पहला परिशिष्ट
माइंड कंट्रोल और इसका संगठन

जोस सिल्वा

इस पुस्तक को पढ़कर निश्चित ही आप यह जान गए होंगे कि माइंड कंट्रोल क्या है और किस तरह हजारों-लाखों की संख्या में लोग इसका लाभ उठा रहे हैं। यह एक ऐसा आंदोलन है, जो बड़ी तेजी से गति पकड़ रहा है। हालाँकि इसके बावजूद आपको पूरी तरह यह बता पाना संभव नहीं होगा कि इस कोर्स से हर ग्रेजुएट को कितना लाभ हुआ है।

अगर आप किसी माइंड कंट्रोल के ग्रेजुएट को जानते हैं, तो आपने उसे इस कोर्स से मिलनेवाले लाभों के बारे में भी ज़रूर सुना होगा। कुछ लोग इस कोर्स को सेहत के लिए इस्तेमाल करते हैं, कुछ लोग अध्ययन के लिए प्रयोग में लाते हैं और कुछ लोग पारिवारिक जीवन और व्यवसाय आदि में इसका उपयोग करते हैं। कुछ लोग अन्य लोगों की मदद करने के लिए भी इसका प्रयोग करते हैं।

इसके विभिन्न उपयोगों को देखकर आपके मन में यह सवाल उठ सकता है कि क्या यह कोर्स हर किसी के लिए अलग-अलग होता है? नहीं, पूरी दुनिया में माइंड कंट्रोल कोर्स एक सा है। भले ही कोर्स के प्रशिक्षक अलग-अलग क्षेत्रों से आए हों और उनके प्रशिक्षण देने के तरीके में उनके निजी अनुभव भी शामिल रहते हों,

लेकिन फिर भी यह कोर्स सबके लिए एक सा है। इसमें सभी को एक जैसे मानसिक अभ्यास करवाए जाते हैं, एक जैसा मानसिक प्रशिक्षण दिया जाता है और नतीजे भी लगभग एक से ही होते हैं।

दरअसल कोर्स करनेवालों की निजी ज़रूरत इसे हर किसी के लिए अलग-अलग ढंग से उपयोगी बनाती है। हर इंसान की समस्या एक जैसी नहीं होती और न ही उनकी ज़रूरतें एक जैसी होती हैं। माइंड कंट्रोल में ग्रेजुएट बनने के बाद हर कोई अपना सारा ध्यान प्रशिक्षण के उन हिस्सों पर केंद्रित कर लेता है, जो उसकी अपनी समस्या को हल करने में सबसे अधिक कारगर रहे हों।

इसके बाद, जब अन्य समस्याएँ सामने आती हैं, तो कोर्स के उन हिस्सों पर भी काम होने लगता है, जिन पर अब तक कोई काम नहीं हुआ था। माइंड कंट्रोल ग्रेजुएट इसकी तकनीकों को कभी नहीं भूलता और ज़रूरत पड़ने पर वे उसे झट से याद आ जाती हैं। जब आप अध्याय 3 से 14 तक तकनीकों को दोबारा पढ़ने के बाद अपने जीवन में उतारेंगे, तो समझ जाएँगे कि यह बात बिलकुल सच है। आप आसानी से अपनी समस्या पर ध्यान लगाते हुए उसका हल ढूँढ़ लेंगे। इस कोर्स के साथ-साथ इसके सभी हिस्सों को भी सार्थक तरीकों से तैयार किया गया है और इसके लिए लंबे समय तक शोध और अनुभव की सहायता ली गई है। जो हिस्सा आपको काम का नहीं लगता, वह भी अपने तरीके से अन्य हिस्से को बल दे रहा होता है।

अगर आपने किसी प्रमाणित प्रशिक्षक की देखरेख में यह कोर्स किया है, तो आप देखेंगे कि उनके द्वारा उपलब्ध कराई गई कुछ सामग्री इन अध्यायों में नहीं दी गई है। आपके मन में सवाल उठ सकता है कि क्या ऐसा होने से कोर्स में बदलाव आ जाएगा? असल में इससे कोर्स में दो तरह का बदलाव आएगा – पहला, माइंड कंट्रोल कोर्स को आप 48 घंटों में सीख सकते हैं पर जब उसे आप पुस्तक से सीखेंगे तो आपको कई सप्ताह लगेंगे। इस तरह गति का अंतर आएगा। दूसरे, अकसर जब लोग किसी समूह में आपस में मिलकर कोई काम करते हैं तो उनकी सामूहिक ऊर्जा भी उनके लिए सहायक होती है। ठीक वैसे ही कक्षा में बैठकर यह कोर्स करने से अन्य सभी विद्यार्थियों की ऊर्जा भी आपको सहयोग करेगी, लेकिन पुस्तक से सीखने पर आपके लिए वह सामूहिक ऊर्जा उपलब्ध नहीं होगी। हालाँकि अगर आप पूरी सजगता से प्रस्तुत पुस्तक में दिए गए अभ्यासों को दोहराएँगे, तो निश्चित ही आप

भी वह सब कर सकेंगे, जो एक माइंड कंट्रोल का ग्रेजुएट कर सकता है।

इस कोर्स का कुछ हिस्सा ऐसा है, जिसे सीखने के लिए प्रमाणित प्रशिक्षक की आवश्यकता होती है। इसीलिए कोर्स के ऐसे कुछ हिस्सों को इस पुस्तक में नहीं लिया गया है।

कई ग्रेजुएट्स ने पाया कि कुछ अभ्यास और मानसिक प्रशिक्षण ऐसे हैं, जो कोर्स करने के बाद फिर से एक बार दोहराए जाएँ तो वे और भी ठोस हो जाते हैं। उन्हें यह कोर्स दोबारा करने का पूरा मौका दिया जाता है और दूसरी बार कोई फीस भी नहीं ली जाती। इस तरह अक्सर माइंड कंट्रोल कक्षाओं में दस से बीस प्रतिशत लोग वही होते हैं, जो पहले एक बार कोर्स कर चुके हैं। कइयों का कहना है कि दूसरी बार में उनका अनुभव और भी गहन हो गया। हालाँकि अगर आप इस पुस्तक को पढ़ने के बाद, कक्षा में पहली बार कोर्स करने जाएँगे तो आपको उसी में गहन अनुभव मिलेगा क्योंकि पुस्तक में पढ़कर आपने पहले ही सारी तकनीकों का अभ्यास किया है।

माइंड कंट्रोल की प्रशिक्षण कक्षा में विद्यार्थी को क्या-क्या सीखने को मिलता है, इसकी रूपरेखा आगे दी गई है :

कोर्स के पहले दिन की सुबह

09:00 पहले दिन की शुरुआत एक व्याख्यान के साथ होती है, जिसमें छात्रों को इस कोर्स के पाठ्यक्रम की सामान्य जानकारी दी जाती है।

10:20 कॉफी ब्रेक

10:40 प्रश्नोत्तर और चर्चा का एक सत्र, उसके बाद पहले ध्यान का विस्तृत विवरण।

11:30 प्रशिक्षक छात्रों को पहली बार ध्यान या अल्फा अवस्था में जाने के लिए मार्गदर्शन करता है। पहले पहल ध्यान में छात्र स्थिर नहीं बैठ पाते लेकिन जब वे अपनी मर्जी से ध्यान के और गहरे स्तर तक जाते हैं, तब शरीर पर ध्यान देने की आवश्यकता ही कम हो जाती है। जब वे उस बिंदु तक पहुँच जाते हैं, जहाँ शांति की अवस्था संभव है, तो वे बहुत सहज हो जाते हैं।

12:00 कॉफी ब्रेक

12:20 प्रशिक्षक फिर से छात्रों को ध्यान में ले जाता है। वे अल्फा अवस्था में ही ध्यान के गहरे स्तर तक चले जाते हैं।

12:50 प्रश्नोत्तर सत्र, साथ ही छात्रों के बीच अनुभवों के बारे में बातचीत होती है।

01:20 लंच ब्रेक

कोर्स के पहले दिन की दोपहर

02:00 इस व्याख्यान में प्रशिक्षक पदार्थ के सभी हिस्सों जैसे अणु, परमाणु और कोशिकीय के बारे में बताते हुए मनुष्य के दिमाग के विकास की जानकारी देते हैं। इसके पश्चात 'मेंटल हाउसक्लीनिंग' के बारे में विस्तार से चर्चा की जाती है। (इस पुस्तक के 8 वें अध्याय में इसका वर्णन किया गया है।)

03:20 कॉफी ब्रेक

03:40 तीसरे ध्यान के बारे में विस्तार से बात होती है और अल्फा अवस्था तक तेजी से जाने का उपाय भी बताया जाता है।

04:00 छात्र ध्यान के और गहरे स्तर तक जाते हैं और शारीरिक शांति की बेहतर अवस्था में पहुँच जाते हैं।

04:40 कॉफी ब्रेक

05:00 समस्या का समाधान करनेवाली तकनीकों के साथ डाइनैमिक मेडीटेशन आरंभ होता है। यह चौथा ध्यान है, जो पिछले तीन ध्यान को बल देता है और अगले ध्यान के बारे में बताता है।

05:30 बहुत सारे छात्र स्वयं को शांत अवस्था में पाते हैं। वे आपस में इस अनुभव को बाँटते भी हैं।

06:00 डिनर ब्रेक

कोर्स के पहले दिन की शाम

07:00 ऐसी तीन तकनीकों के बारे में बताया जाता है, जो समस्या को हल कर सकती हैं : दवाओं के बिना गहरी नींद कैसे लें; अलार्म के बिना समय पर कैसे जागें और तंद्रा (उनींदेपन) और थकान से कैसे उबरें? इसपर विस्तार

से चर्चा होती है।

08:20 कॉफी ब्रेक

08:40 पाँचवें ध्यान के दौरान प्रशिक्षक छात्रों को उनके अल्फा और थीटा स्तरों में ये तकनीकें सीखने में मदद करता है।

09:00 प्रशिक्षक दूसरे दिन का एजेंडा तैयार करता है और सपनों को प्रोग्राम करनेवाली तकनीक की रूपरेखा बताता है। इसी के साथ माइग्रेन और सिरदर्द से छुटकारा पाने की माइंड कंट्रोल तकनीक पर बात होती है। प्रश्नोत्तर सत्र के बाद, आपस में चर्चा की जाती है।

10:10 कॉफी ब्रेक

10:30 छठे ध्यान से दिन का प्रशिक्षण पूरा होता है। जिसमें छात्र मन के गहरे स्तर पर शांत रहना सीखते हैं और समस्या हल करने के लिए इन गहरे स्तरों का उपयोग करना भी सीखते हैं।

कोर्स के दूसरे दिन की सुबह

09:00 प्रशिक्षक अगले दिन के बारे में बताता है और समझाता है कि मानसिक स्क्रीन को प्रयोग में कैसे लाया जाए (अध्याय 3)। इसके बाद वह मेमोरी पेग के बारे में जानकारी देता है और इस विषय पर अपनी महारत भी छात्रों को दिखाता है। (अध्याय 5)

10:20 कॉफी ब्रेक

10:40 मेमोरी व्यायाम के बारे में बताया जाता है और अगले ध्यान का विस्तार से वर्णन होता है।

11:00 सातवाँ ध्यान, जिसके दौरान तेजी से सीखने (Speed learning) की तकनीक द्वारा मेमोरी पैग को याद करना शुरू करते हैं। इसके साथ ही वे अपनी मानसिक स्क्रीन भी रचते हैं। (अध्याय 6)

11:40 कॉफी ब्रेक

12:00 एक संक्षिप्त लेक्चर के दौरान, छात्र तीन अंगुलियों की तकनीक के बारे में पूरी जानकारी लेते हैं और यह भी सीखते हैं कि इसे अपनी स्मृति में सुधार

के लिए (अध्याय 5) और तेजी से सीखने के लिए कैसे उपयोग किया जाए (अध्याय 6)।

12:15 आठवें ध्यान में भी छात्र तीन अंगुलियोंवाली तकनीक पर ही काम करते हैं और प्रशिक्षक उन्हें इसका प्रयोग करना सिखाते हैं। दूसरे दिन सुबह का सत्र प्रश्नोत्तर और आपसी चर्चा के साथ समाप्त हो जाता है।

01:00 लंच ब्रेक

कोर्स के दूसरे दिन की दोपहर

02:00 दूसरे दिन दोपहर में, डाईनैमिक मेडीटेशन की समस्या को सुलझानेवाली तकनीक पर चर्चा होती है। फिर मानसिक स्क्रीन और द मिरर ऑफ द माइंड के बारे में बात की जाती है। इसके अलावा डीपनिंग व्यायाम, हैंड लैवीएशन, दर्द काबू करने की तकनीक व ग्लब एनस्थीसिया आदि की चर्चा होती है। इसके बाद प्रश्नोत्तर सत्र होता है।

03:20 कॉफी ब्रेक

03:40 एक और प्रश्नोत्तर सत्र के बाद नौवाँ ध्यान किया जाता है, जिसमें छात्र मिरर ऑफ माइंड सीखते हैं। इसके बाद चर्चा की जाती है।

04:40 कॉफी ब्रेक

05:00 दसवाँ ध्यान गहरा होता है। इस स्तर पर मेमोरी पेग के बारे में दोबारा बात होती है। छात्र हैंड लैवीएशन और ग्लब एनस्थीसिया जैसे अभ्यासों को दोहराते हैं। चर्चा के दौरान आपस में अनुभव भी बाँटे जाते हैं।

06:00 डिनर ब्रेक

कोर्स के दूसरे दिन की शाम

07:00 प्रशिक्षक पुनर्जन्म से जुड़े शोधों और मान्यताओं के बारे में बात करता है। समस्या हल करनेवाले सपनों के लिए, ग्लास ऑफ वॉटर तकनीक के बारे में बात की जाती है।

08:20 कॉफी ब्रेक

8:40	प्रश्नोत्तर सत्र के बाद, छात्र ग्लास ऑफ वॉटर की तकनीक सीखते हैं।
09:10	प्रशिक्षक बताता है कि माइंड कंट्रोल के माध्यम से अनचाही आदतों से छुटकारा कैसे पाया जा सकता है। (अध्याय 9)
09:40	कॉफी ब्रेक
10:00	प्रशिक्षक तीसरे दिन की घटनाओं के बारे में बताता है और एक छोटे प्रश्नोत्तर सत्र के बाद, ग्यारहवें ध्यान में आदत को वश में करना सिखाया जाता है। अंत में प्रशिक्षक किसी माइंड कंट्रोल ग्रेजुएट की मदद से यह दिखा सकता है कि चौथे दिन केसेस पर कैसे काम होगा। छात्र गहरी शांति और भलाई की भावना को अपने भीतर बढ़ता हुआ महसूस करते हैं।

कोर्स के तीसरे दिन की सुबह

09:00	यह दिन इस चर्चा के साथ शुरू होता है कि माइंड कंट्रोल और सम्मोहन में क्या अंतर है। यह चर्चा विशेष रूप से इसके आध्यात्मिक आयाम पर केंद्रित होती है क्योंकि छात्रों को इसी पर काम करना होता है। इसके बाद प्रश्नोत्तर सत्र आरंभ होता है।
10:20	कॉफी ब्रेक
10:40	छात्रों से साइकिक स्तर पर काम करने के लिए कहा जाता है। पहले चरण में उन्हें कहा जाता है कि वे स्वयं को मानसिक तौर पर अपने घर के लिविंग रूम में देखें और फिर यह कल्पना करें कि वे उस कमरे की दक्षिणी दीवार में प्रवेश कर गए हैं। (अध्याय 12)
10:55	गहरे ध्यान में छात्रों को ईएसपी के अलग-अलग अनुभव होते हैं। वे मन ही मन अपने कमरे की दक्षिणी दीवार का चित्रण करते हैं।
11:40	कॉफी ब्रेक, इस दौरान छात्र बड़े उत्साह में होते हैं, तब उन्हें धातु से बने क्यूबों के बारे में बताया जाता है। (अध्याय 12)
12:00	प्रशिक्षक छात्रों को बताता है कि उन्हें स्वयं को धातु के उन क्यूबों के बीच प्रवेश करवाने की कल्पना करनी होगी। तेरहवें ध्यान में वे धातु के रंग, तापमान, गंध व ध्वनि का अनुभव पाते हैं। इसके बाद वे आपस में अपने अनुभव बाँटते हैं।

|| मन की शक्तियों को जागृत करने की तकनीक - 196 ||

01:00   लंच ब्रेक

कोर्स के तीसरे दिन की दोपहर

02:00   प्रशिक्षक छात्रों के साथ दो नए अनुभवों के बारे में बात करता है। इस दौरान उन्हें सजीव पौधों में प्रवेश करना और समय में आगे और पीछे जाना सिखाया जाता है। इसके बाद विस्तार से यह समझने का प्रयास किया जाता है कि माइंड कंट्रोल का वास्तविक अर्थ क्या है।

03:20   कॉफी ब्रेक

03:40   चौदहवें ध्यान में छात्रों से कहा जाता है कि वे हर मौसम में एक फलदार पेड़ की कल्पना करें और मन ही मन खुद को उसकी पत्तियों में जाते हुए देखें। इसके बाद आपस में एक-दूसरे के साथ अपने अनुभव बाँटे जाते हैं।

04:40   कॉफी ब्रेक

05:00   प्रशिक्षक आगे आनेवाले ध्यान के बारे में बताता है। अब आपको अपनी कल्पना एक सजीव जानवर के तौर पर करनी है यानी खुद को उस प्राणी के भीतर देखना है।

05:15   पंद्रहवें ध्यान के दौरान छात्र एक पालतू जानवर की कल्पना करते हैं और मानसिक चित्रण के सहारे उस पालतू जानवर के भीतर प्रवेश करते हैं। फिर वे उस पालतू जानवर के इंद्रियों का अनुभव करते हैं। जब वे मनुष्य के केसेस पर काम करेंगे, उस समय यह अनुभव उनके लिए सहायक होगा। इसके बाद इस बारे में बड़ी रोचक चर्चा होती है।

06:00   डिनर ब्रेक

कोर्स के तीसरे दिन की शाम

07:00   प्रशिक्षक छात्रों को सच्चाई की जाँच करने हेतु सूक्ष्म दृष्टि का अनुभव पाने के लिए तैयार करता है, जो वे अगले दिन करनेवाले हैं। सबसे पहले उन्हें इसके लिए एक प्रयोगशाला की ज़रूरत होगी। (अध्याय १२)

08:20   कॉफी ब्रेक

08:40   छात्रों को कहा जाता है कि वे पूरी आज़ादी के साथ अपनी कल्पना का

उपयोग करते हुए अपनी प्रयोगशाला और उसके उपकरणों के बारे में सोचें। सोलहवें ध्यान के साथ मन ही मन प्रयोगशाला निर्माण की जाती है। अधिकतर मामलों में यह सालों-साल ऐसी ही रहती है और ग्रेजुएट उसके साथ ऐसे परिचित हो जाता है, मानो वह उसका अपना कमरा हो। इसके बाद प्रयोगशाला के नमूनों के बारे में चर्चा होती है।

09:40 कॉफी ब्रेक

10:00 प्रशिक्षण का सबसे महत्वपूर्ण दिन आने से पहले मनोचिकित्सकों को अपने लिए सलाहकारों की ज़रूरत होगी। प्रशिक्षक सिखाता है कि उन्हें कैसे बुलाना या जगाना है। इसके बाद वह छात्रों के सभी प्रश्नों के जवाब देता है।

10:15 सत्रहवाँ ध्यान अपने आपमें यादगार होता है। प्रयोगशाला में दो सलाहकार उपस्थित होते हैं, जो छात्रों को ज़रूरत पड़ने पर हर संभव मदद करते हैं।

10:45 दिन की आखिरी चर्चा छात्रों द्वारा बाँटे गए अनुभवों पर केंद्रित होती है। कई लोग तो अपने सलाहकारों को देख हैरान होते हैं और कई अपने साथ हुए साइकिक अनुभवों पर मुग्ध हो जाते हैं।

कोर्स के चौथे दिन की सुबह

09:00 चौथे दिन साइकिक और प्रार्थना से होनेवाले आरोग्य पर व्याख्यान दिया जाता है। इसमें छात्रों को आगे की घटनाओं की एक झलक मिल जाती है।

10:20 कॉफी ब्रेक

10:40 गहरे ध्यान में, छात्र अपने सलाहकारों की मदद से, पहली बार किसी दोस्त या साथी के शरीर का परीक्षण करते हैं ताकि इंसानी शरीर को संदर्भ के रूप में उपयोग कर सकें।

11:40 कॉफी ब्रेक

12:00 उन्नीसवें दिन आखिरी सामूहिक ध्यान होता है और छात्र अपने मित्र या संबंधी के शरीर का मानसिक परीक्षण पूरा करते हैं।

01:00 लंच ब्रेक

|| मन की शक्तियों को जागृत करने की तकनीक - 198 ||

कोर्स के पाँचवें दिन की दोपहर और शाम

02:00 प्रशिक्षक छात्रों को विस्तृत निर्देश देता है कि उन्हें अपने केसेस पर कैसे काम करना है। वे जोड़े बनाकर काम करने लगते हैं। हालाँकि पहले वे संदेह में रहते हैं लेकिन धीरे-धीरे उनका विश्वास बढ़ने लगता है। उन्हें एहसास होता है कि उन्हें उच्चतम प्रज्ञा से संपर्क साधने के लिए और अपनी इच्छानुसार काम करने के लिए सफलतापूर्वक प्रशिक्षित किया गया है।

यह सारा विवरण पढ़ने के बाद आपके मन में यह बात अवश्य आई होगी कि इसके दौरान इतने कॉफी ब्रेक क्यों दिए जाते हैं। दरअसल इन ब्रेक्स के दौरान कॉफी बहुत कम ही पी जाती है और इस समय का उपयोग कुछ अहम कामों के लिए किया जाता है। जैसे छात्र आपस में अपने अनुभवों पर बात करते हैं। छात्रों को एक-दूसरे से परिचित होने के लिए प्रशिक्षण के अतिरिक्त समय मिलता है। एक-दूसरे से पहचान बढ़ने के बाद उनके भीतर एक सामूहिकता की भावना पैदा होती है। इससे एक सामूहिक मानसिक ऊर्जा पैदा होती है, जो उनकी कामयाबी और आत्मविश्वास बढ़ाने की संभावना तेज कर देती है। इस दौरान छात्र तरोताज़ा हो जाते हैं और बीटा स्तर पर आते हैं, जिससे आगेवाले ध्यान स्तर पर जाने में आसानी होती है। यही वजह है कि कई प्रशिक्षक इस कॉफी ब्रेक को बीटा ब्रेक के नाम से भी जानते हैं।

व्याख्यान के लिए ज़रूरी सामग्री जुटाने का काम मुख्य रूप से प्रशिक्षक ही करते हैं। जिसकी रूपरेखा उन्हें लेराडो स्थित मुख्य कार्यालय से मिलती है। वे काफी हद तक अपनी पृष्ठभूमि और अनुभवों की भी मदद लेते हैं। हालाँकि ध्यान के दौरान छात्रों को जो अभ्यास और निर्देश दिए जाते हैं, उनका एक-एक शब्द मैं खुद ही तैयार करता हूँ।

जब छात्र ग्रेजुएट हो जाते हैं, तो शोध निर्देशक डॉ. विलफ्रेड, संयुक्त निर्देशक हैरी मैकनाइट, ग्रेजुएट प्रशिक्षण के निर्देशक जेम्स नीडहैम और मैं, उनके लिए एक तीन दिवसीय ग्रेजुएशन कोर्स भी आयोजित करते हैं। यह कोर्स माइंड कंट्रोल प्रशिक्षण का बौद्धिक आधार तैयार करता है और कुछ अतिरिक्त तकनीकें भी सिखाता है।

कई माइंड कंट्रोल केंद्र अपनी ही तरह की कार्यशालाओं का आयोजन करते हैं। कुछ लोग वर्तमान केसेस पर काम करते हैं तो कुछ याद्दाश्त में सुधार लानेवाली तकनीकों पर बल देते हैं। कई जगह आरोग्य और रचनात्मकता को जगाने पर भी

बल दिया जाता है।

कुछ ग्रेजुएट अपने संगठन बना लेते हैं और वे अकसर सदस्यों के घरों में मुलाकात करते हैं ताकि ध्यान से जुड़ी तकनीकों और पद्धतियों पर आपस में विचार-विमर्श कर सकें।

माइंड कंट्रोल संगठन एक सामान्य संगठन है। इंस्टीट्यूट ऑफ साइकोओरियंटोलॉजी इसकी अभिभावक संस्था है। यह कोर्स सिल्वा माइंड कंट्रोल संगठन द्वारा 34 देशों में सिखाया जाता है। सिल्वा सेंसर सिस्टम इसका ही एक भाग है। यह टेप, अध्ययन सामग्री और शोध उपकरण तैयार करता है, जो छात्रों और ग्रेजुएट्स को उपलब्ध कराए जाते हैं। वे माइंड कंट्रोल बुकस्टोर को भी सँभालते हैं। इंस्टीट्यूट ऑफ साइकोओरियंटोलॉजी अपने ग्रेजुएट्स के लिए न्यूजलेटर प्रकाशित करता है और कई तरह के सत्र, ग्रेजुएट कोर्स, सेमीनार और कार्यशालाएँ आयोजित करता है। इंस्टीट्यूट ऑफ साइकोओरियंटोलॉजी माइंड कंट्रोल पर अनुसंधान भी करता है। यह एक गैरलाभकारी संगठन है। एसएमसीआई प्रोग्राम, इंक. तनाव मुक्ति सेमीनार की मार्केटिंग पर ध्यान देता है। इनमें से कुछ को अधिकारियों के लिए बायोफीडबैक के तौर पर प्रयोग में लाया जाता है।

दूसरा परिशिष्ट
सिल्वा माइंड कंट्रोल व मानसिक रोगी

क्लैंसी डि मैकेंजी, एम.डी.
लांस एस. राईट, एम.डी.

नवंबर 1970 में, हमने फिलाडेल्फिया में सिल्वा माइंड कंट्रोल कक्षा में भाग लिया क्योंकि हम उनके कुछ दावों को लेकर उत्सुक थे। जैसे-जैसे कोर्स आगे बढ़ा, हमें स्पष्ट दिखाई देने लगा कि तीन लोग भावनात्मक रूप से ठीक नहीं थे और चौथे की मानसिक स्थिति भी ठीक नहीं लग रही थी। इसकी क्या वजह थी? क्या इस कोर्स से भावनात्मक रोग पैदा हो रहा था? क्या वे लोग पहले से इन रोगों से ग्रस्त थे? क्या ऐसे लोगों को जानबूझकर कोर्स से जोड़ा गया था?

हमने अपने सहकर्मियों से इस बारे में बात की और उनमें से अनेक का यह मानना था कि यह कोर्स मनोरोगियों के उपचार में भी सहायक हो सकता है। यह बात हमें प्रशंसनीय लगी। अकसर यह माना जाता है कि आरंभिक मानसिक अवस्था की ओर लौटने (रिग्रेशन) के माध्यम से किया गया कोई भी उपचार ऐसे किसी इंसान के लिए मनोविकृति का कारण बन सकता है, जो अतीत में मानसिक समस्याओं का शिकार रहा हो। कई बार सेंसरी डिप्रेवेशन (संवेदना-क्षय) और हेलुसिनोजेनिक दवाओं (मतिभ्रम पैदा करने वाली दवाओं) से भी ऐसा हो जाता है। इसके अलावा बायोफीडबैक और सम्मोहन जैसी तकनीकें भी मानसिक अवस्था में बदलाव ला

सकती हैं। अधिकतर मनोविश्लेषक, मनोरोगी को सोफे पर लिटाकर किए जानेवाले औपचारिक मनोविश्लेषण की अनुमति नहीं देते। क्योंकि इससे रिग्रेशन यानी आरंभिक मानसिक अवस्था की ओर लौटने की संभावना बढ़ जाती है। हालाँकि अब तक यह पता नहीं लगाया जा सकता है कि यह कितना गंभीर है। लेकिन ऐसे भी दावे किए जाते रहे हैं कि ये सभी प्रक्रियाएँ मनोविकृतियों पर जाकर ही खत्म होती हैं।

1972 में, फिलाडेल्फिया के दो हजार छात्र एसएमसी प्रशिक्षण के लिए गए और उनमें से कोई भी मनोरोगी नहीं था। यह जानकारी हमें एक विश्वसनीय स्कूल अधिकारी से मिली। इस तरह हमारा कौतूहल और भी बढ़ गया। आमतौर पर किशोर उम्र में लोग पहले ही अहंकार के मामले में असुरक्षा की भावना से ग्रस्त होते हैं। ऐसे में इस दावे ने हमें और परेशान कर दिया कि भावनात्मक रूप से असुरक्षित लोगों के लिए ऐसे कोर्स खतरनाक हो सकते हैं। हमने तीस लोगों के दल में तीन लोगों को मानसिक रूप से परेशान पाया और हमें नहीं पता था कि इससे उनकी हालत में सुधार हुआ या वह और बिगड़ गई है। वैज्ञानिक समुदाय के कुछ सदस्यों का दावा था कि माइंड कंट्रोल कोर्स करने के बाद बहुत सारे लोग मनोरोगी बनते जा रहे थे, लेकिन हाई स्कूल के अध्ययन से पता चला कि ऐसी कोई बात नहीं है। दरअसल, हमारे अपने ही कुछ गंभीर रोगियों ने यह कोर्स किया और उन्हें इससे जो लाभ हुआ, वह वाकई हैरान करनेवाला था। इस संबंध में जो भी सामग्री उपलब्ध थी, उसकी समीक्षा से यह तो पता चल गया कि इस बारे में लोगों की राय क्या है, लेकिन उसमें कोई वास्तविक अध्ययन शामिल नहीं था।

इस मामले को समझने का सबसे सही तरीका यही था कि कोर्स के पहले और बाद में रोगियों का परीक्षण किया जाए। आनेवाले चार सालों में 189 मनोरोगियों ने अपनी मर्जी से माइंड कंट्रोल कोर्स का हिस्सा बनने के लिए मंजूरी दे दी। उस समय उनका इलाज शुरू था। विस्तृत अध्ययन के लिए उन्होंने ऐसे लोगों को भी कोर्स से जोड़ना चाहा, जो मनोरोगी थे या मनोरोगी होने के निकट थे या फिर जिनका मनोरोग ठीक हो रहा था। इस कोर्स में ऐसे 75 लोग शामिल थे। इन लोगों के समूह को 'गंभीर रूप से परेशान लोगों का समूह' ऐसा कहा गया। इनमें से करीब 60 लोग अपने जीवन में कभी न कभी मानसिक स्तर पर विकृत (psychotic) थे या उन्हें अस्पताल में भी भरती करया गया था।

इन 75 रोगियों में से 66 रोगी डॉ. मैकेंजी और 9 रोगी डॉ. राइट के थे और

चार सालों से उनसे अपना इलाज करवा रहे थे। इसके अलावा 7 ऐसे रोगी भी थे, जो गंभीर रूप से मनोरोग से ग्रस्त थे। उनके लिए यह कोर्स मुफ्त था, लेकिन फिर भी उन्होंने इसमें हिस्सा लेने से इंकार कर दिया। हालाँकि उनकी हालत इस कोर्स में हिस्सा लेनेवाले रोगियों से अधिक गंभीर नहीं थी। दरअसल जिन्होंने कोर्स में हिस्सा लिया, वे दिमागी तौर पर ज़्यादा खुले हुए थे। केवल कट्टर सोच रखनेवालों ने ही इसमें हिस्सा नहीं लिया। ये लोग ऐसे रोगियों का प्रतिनिधित्व नहीं करते, जिन्हें कोर्स के दौरान किसी किस्म की परेशानी हो सकती थी क्योंकि इन्होंने तो कोर्स का हिस्सा बनने से ही इंकार कर दिया था।

शुरुआत में गंभीर रूप से परेशान लोगों के समूह के लिए काफी सावधानी बरती गई और समूह के गंभीर रोगियों को कोर्स करने के लिए एक-एक करके भेजा गया। अध्ययन के शुरू में रोगियों को परीक्षण के लिए उस समय में भेजा गया, जब वे मानसिक रूप से ज़रा स्थिर थे। हालाँकि जैसे-जैसे अध्ययन आगे बढ़ा, तो रोगियों को उन्हें उस समय भी भेजा जाने लगा, जब वे मानसिक रूप से ज़्यादा स्थिर नहीं थे। इस चार साल की अवधि के अंतिम दौर में 17 रोगियों को उस समय परीक्षण के लिए भेजा गया, जब उनकी मनोविकृति चरम पर थी और वे भ्रम की स्थिति में थे। कई बार तो एक साथ 10 रोगियों को कोर्स के लिए भेजा गया।

कोर्स के पहले और बाद में 75 में से 58 रोगियों को मनोरोग के इलाज के अतिरिक्त एक्सपीरियंशल वर्ल्ड इन्वेंट्री (Experiential World Inventory) की प्रश्नावली भी दी गई। 400 सवालों वाली इस प्रश्नावली को रोगी की वास्तविक धारणा को जानने के लिए तैयार किया गया था। डॉ. एल. मेलिगी और डॉ. ऑसमंड ने इसे काफी हद तक स्विस मनोविज्ञानी हर्मन रोरशाच के मशहूर 'इंक-ब्लॉट' टेस्ट के सवाल-जवाब के रूप में तैयार किया था। सभी के लिए यह एक संवेदनशील परीक्षण था। (Rorschach यह मानसिक रोगियों के लिए ली जानेवाली एक परीक्षा है। इसमें रोगी का व्यक्तिमत्व, उसका दृष्टिकोण और उसकी भावनिक अवस्था के बारे में जानकारी ली जाती है और अलग-अलग पद्धतियों से उसका अर्थ निकला जाता है।)

इस अध्ययन का पहला उद्देश्य यह जानना था कि कोर्स करने से किस तरह के रोगी का मानसिक संतुलन और बिगड़ जाता है। उस हिसाब से नतीजे चौंकानेवाले रहे क्योंकि कोर्स के बाद केवल एक ही रोगी ऐसा था, जिसका मानसिक संतुलन

पहले से ज़्यादा बिगड़ा। 29 साल का यह युवक सीजोफ्रेनिया नामक मनोरोग से ग्रस्त था। कोर्स करने के दो सप्ताह बाद ही उसकी हालत बिगड़ गई क्योंकि उसने अपनी दवा लेनी बंद कर दी थी और जिंदगी में पहली बार किसी से डेट कर रहा था। वह अकेला ऐसा रोगी था, जिसने कोर्स के बाद ई.डब्ल्यू.आई. (EWI) टेस्ट में भी सबसे कम अंक पाए थे। हालाँकि उसे अस्पताल में भर्ती कराने की जरूरत नहीं पड़ी।

दो अन्य रोगी अलग-अलग किस्म के डिप्रेशन या अवसाद से ग्रस्त थे। पहले रोगी को इन्वोल्यूशनल डिप्रेशन की समस्या थी और दूसरी रोगी, जो कि एक महिला थी, साइकोटिक डिप्रेशन की मरीज थी। कोर्स के बाद उनके डिप्रेशन में बढ़ोत्तरी पाई गई। हालाँकि प्रशिक्षण के दौरान दोनों को भी उनकी हमेशा की अवस्था से बिलकुल विपरीत यानी बहुत अच्छा महसूस हो रहा था। उनका यह अनुभव कुछ ऐसा था, मानो किसी ऐसे इंसान से उसका सिरदर्द ले लिया जाए, जो उसे सारी जिंदगी अपने साथ लिए घूमता रहा हो।

जब वे फिर से डिप्रेस हो रहे थे, तब उस डिप्रेशन की तीव्रता अधिक स्पष्ट रूप से उनके सामने आ रही थी। हालाँकि इन दोनों रोगियों ने इसके बाद हुए ई.डब्ल्यू.आई. टेस्ट में अच्छे अंक हासिल किए और वे कोर्स में मिले प्रशिक्षण का लाभ उठाने में भी सफल रहे। इन्वोल्यूशनल डिप्रेशन से ग्रस्त रोगी माइंड कंट्रोल की प्रोग्रामिंग को उसी सप्ताह लागू करने में सफल रहा और काम के दौरान उसकी एंग्जाइटी (उद्वेग) घटी। दूसरी रोगी, जो साइकोटिक डिप्रेशन की मरीज थी, वह भी अपनी थेरेपी को बेहतर तरीके से संभाल सकी, जबकि वह पहले ऐसा नहीं कर पाती थी।

इसके अलावा 26 अन्य रोगी भी अलग-अलग प्रकार के डिप्रेशन से ग्रस्त थे, जिनमें इन्वोल्यूशनल, साइकोटिक, सीजोअफेक्टिव, मैनिक-डिप्रेसिव जैसे डिप्रेशन शामिल हैं। इन रोगियों के डिप्रेशन में कमी आई और कोई दुष्प्रभाव भी नहीं दिखे।

एक महिला ने रिलैक्सेशन सेशन (कोर्स के दौरान विश्राम की अवस्था) के बाद, अचानक उठनेवाली उदासी की शिकायत की। एक आदमी जो 75 लोगों में शामिल नहीं था, उसने दूसरे दिन ही कोर्स छोड़ दिया क्योंकि उसे अपने वियतनाम के पुराने अनुभवों के बुरे दृश्य याद आने लगे थे। हालाँकि उसकी हालत इतनी बुरी नहीं थी पर वह आगे के मूल्यांकन के लिए सामने ही नहीं आया। (रिलैक्सेशन

रोगियों को उनकी भावनाओं के संपर्क में लाता है। इस दौरान अकसर पूरे समूह में प्यार, अपनेपन और सकारात्मकता का भाव रहता है पर फिर भी कुछ लोग उदासी और दुःख देनेवाली भावनाओं से घिर जाते हैं।)

गंभीर रूप से परेशान 75 लोगों के समूह से एक और ऐसा रोगी था, जिसे कोर्स के आखिरी दिन होनेवाले प्रशिक्षण के नाम से ही डर लग रहा था। उसे कुछ बुरे सपने आए और उसने तीसरे दिन का कोर्स किया ही किया।

पैरानाइड सीजोफ्रेनिया से ग्रस्त एक तीस वर्षीय रोगी ने कोर्स के बाद भरपूर जोश दिखाते हुए माइंड कंट्रोल की कई तकनीकों पर काम किया ताकि यह जान सके कि उसे अपना आगे का जीवन कैसे जीना चाहिए। वह घंटों यह जानने में लगा रहा कि प्रोग्राम्ड किए हुए सपनों में कितनी संभावनाएँ छिपी हुई हैं। इस तरह उसके भीतर जीवन में कुछ करने का जोश पैदा हुआ और वह अपनी पी.एच.डी. की डिग्री पूरी करने के लिए कॉलेज जा सका। उसने थोड़ा सँभलने के बाद, अपना एक सालों पुराना अनुभव भी बाँटा, जब उसे यह भ्रम हो गया था कि उसे टैलीपेथी द्वारा किसी को मारने के मिशन पर भेजा गया है। अगर उसने कोर्स न किया होता, तो शायद वह अपने जीवन की इन उलझनों को कभी न सुलझा पाता।

कुछ नकारात्मक प्रभावों की तुलना में, इस कोर्स के इतने सारे सकारात्मक प्रभाव और नतीजे सामने आए है कि उन्हें लिखने के लिए एक और किताब प्रकाशित करनी होगी। कई ऐसी बातें भी सामने आईं, जिनके बारे में हमें पता तक नहीं था और न ही हम उनकी कोई उम्मीद कर रहे थे। इसमें सबसे प्रमुख है, सच्चाई की अनुभूति में बढ़ोतरी होना। ई.डब्ल्यू.आई. टेस्ट देनेवाले 58 लोगों में से, 1 की हालत खराब हुई, 21 लोग ज्यों के त्यों रहे और 36 लोगों ने सच्चाई की अनुभूति में बढ़ोतरी दिखाई दी। जो 21 लोग ज्यों के त्यों रहे, उनमें से 15 ऐसे थे, जिनकी सेहत में भी सुधार दिखाई दिया।

कोर्स करनेवाली पहली 20 महिलाओं के औसत आँकड़े, ई.डब्ल्यू.आई प्रश्नावली के सह-लेखक डॉ. एल. मेलिगी को भेजे गए। वे सिल्वा माइंड कंट्रोल प्रशिक्षण के बाद रोगियों में आने वाले बदलाव को देखकर प्रशंसा से भर गए और बोले कि कुछ श्रेणियों में तो टेस्ट के पहले और बाद के नतीजे ऐसे आए हैं, मानो वे रोगी एल.एस.डी. (संक्षिप्त अवधि के लिए मनोविकृति पैदा करनेवाली नशीली दवा)

सेवन से होनेवाले नकारात्मक अनुभवों को झेलकर वापिस लौटे हों। 11 श्रेणियों में, हर रोगी के निजी अंकों में सुधार दिखाई दिया। जिन महिला और पुरुष रोगियों में सबसे अधिक सुधार देखा गया, उनमें से 50 प्रतिशत के संयुक्त नतीजों को एक चार्ट बनाकर उसमें दर्शाया गया। यह भी माना गया कि कोई भी पारंपरिक साइकोथेरेपी एक सप्ताह में इतने बेहतर नतीजे नहीं दे सकती, उनमें कई माह या फिर वर्षों का समय लग जाता है।

माइंड कंट्रोल कोर्स के बेहतर नतीजों के कुछ उदाहरण यहाँ पर दिए जा रहे हैं।

1) इन्वोल्यूशनल पैरानॉइया (एक किस्म की विक्षिप्तता) से ग्रस्त एक महिला रोगी में सिर्फ एक सप्ताह के कोर्स से उल्लेखनीय बदलाव आया। इलाज के तौर पर उसे ग्यारह बार बिजली के झटके लग चुके थे और वह बारह सप्ताह तक अस्पताल में भर्ती रही थी। इस कोर्स को करने के बाद, वह चार साल में पहली बार, अकेले बस की सवारी करने में कामयाब रही।

2) एक और महिला रोगी पैरानाइड सीजोफ्रेनिया (एक किस्म की विक्षिप्तता) से ग्रस्त होने के अलावा एक्यूट डिल्यूजन (तीव्र विभ्रम) की भी शिकार थी। हालाँकि कोर्स के बाद भी उसकी बीमारी बनी रही, पर अब वह अपने माइंड कंट्रोल स्तर पर जाकर, अपने विचारों की पड़ताल करती और हर बार स्पष्ट व तार्किक नतीजों के साथ सामने आती है।

3) एक महिला मानसिक रोग से इतनी अधिक ग्रस्त थी कि वह ई.डब्ल्यू.आई. प्रश्नावली भी नहीं भर सकी। उसे दो विकल्प दिए गए कि या तो वह बिजली के झटके लगवाए या फिर माइंड कंट्रोल का कोर्स कर ले। कोर्स के अंत में, उसके अंदर सुधार नज़र आया। उसने न केवल ई.डब्ल्यू.आई. प्रश्नावली के प्रश्नों के उत्तर दिए बल्कि उसमें अच्छे अंक भी हासिल किए।

4) एक और महिला हाइपोकॉन्ड्रियासिस (रोगभ्रम) से ग्रस्त थी। अब तक वह 12 ऑपरेशन करवा चुकी थी और अगला ऑपरेशन करवाने की तैयारी में थी। उसने माइंड कंट्रोल की तकनीकें सीख लीं। इसके बाद जब एक विशेषज्ञ उसके हृदय और गुर्दों की जाँच कर रहा था, तभी उस महिला ने माइंड कंट्रोल तकनीक का उपयोग करके खुद को प्रोग्राम्ड सपने के लिए तैयार किया और सपने में ही यह जान लिया कि उसकी आँतों में रूकावट है। इसी सपने से

उसे यह भी पता चला कि यह बीमारी उसे क्यों और कैसे निर्माण हुई। माइंड कंट्रोल तकनीकों ने उसे इस योग्य बना दिया कि अपनी आंत की रूकावट को वह स्वयं दूर कर सके। अस्पताल में रोग का परीक्षण कराने के मात्र एक घंटे के अंदर उसने अपनी आँतों की रूकावट को दूर कर दिखाया। डॉक्टर्स भी यह देखकर चकित थे कि आखिर ऐसा कैसे हुआ। उसके पिछले ऑपरेशन के रिकॉर्ड्स से इस बात की पुष्टि भी कर ली गई कि आंत के किस हिस्से में रूकावट थी।

5) एक 21 वर्षीय महिला, जो आत्मघाती प्रवृत्ति की थी और गंभीर मनोविकृति के शुरुआती दौर से गुज़र रही थी। उसने अपने डॉक्टर को यह कह-कहकर परेशान कर रखा था कि दुनिया का हर इलाज उसके लिए बेकार है और वह मौका पाते ही आत्महत्या कर लेगी। उसे कड़ी निगरानी बीच माइंड कंट्रोल कक्षा में भेजा गया। कोर्स के बाद हमें यह देखकर हैरानी हुई कि उसके बर्ताव में कितना बदलाव आ गया है। वह पहले के मुकाबले काफी शांत हो गई थी, तर्क से काम लेती थी और अब उसका मन हर समय इधर-उधर नहीं भटकता था। जो काम दवा से न हो सका, वह इस प्रशिक्षण ने कर दिखाया था। दो सप्ताह बाद उसने दोबारा माइंड कंट्रोल कोर्स किया और एक बार फिर उसके अंदर नाटकीय बदलाव देखने को मिला।

6) एक और इंसान डिल्यूजन यानी विभ्रम (अपनी भ्रमपूर्ण मान्यताओं पर गहरा विश्वास) का शिकार था। उसे लगता था कि वह लोगों को सिकोड़ने की शक्ति रखता है। इलाज के लिए वह अस्पताल में भर्ती हो गया था, उसी दौरान उसने माइंड कंट्रोल कोर्स भी किया। हर रोज प्रशिक्षण के बाद वह वापिस अस्पताल चला जाता था। हालाँकि इसके बाद भी उसका यह भ्रम बना रहा कि वह लोगों को सिकोड़ने की शक्ति रखता है, लेकिन अब वह पहले के मुकाबले ज़्यादा शांत हो गया था। उसकी भ्रमपूर्ण मानसिकता कई चीज़ों को लेकर बदल गई थी और अब वह पहले की तरह छोटी-छोटी बातों पर घंटों सोच-विचार करके उनका उल्टा-सीधा मतलब नहीं निकालता था। उसने अस्पताल में भर्ती होने के बाद, छठे सप्ताह में कोर्स किया और उस एक सप्ताह में ही उसके अंदर ऐसे सकारात्मक बदलाव आए, जो पिछले पाँच सप्ताह में नहीं आए थे।

इन्वोल्यूशनल पैरानॉईया की शिकार एक महिला को कोर्स के बाद अपने मनोरोग से छुटकारा मिल गया। कुछ अन्य रोगियों को भी कोर्स की तकनीकों की मदद से अपनी बीमारी को बेहतर ढंग से समझने में मदद मिली।

कोर्स करने के बाद मानसिक रूप से असंतुलित लोगों के एक समूह में उल्लेखनीय बदलाव आया। उनमें से केवल एक रोगी की हालत बिगड़ी, जबकि बाकी सबको कोर्स से कोई न कोई लाभ जरूर हुआ। कोर्स के बाद कई रोगियों का भावनात्मक स्तर पर उत्साह बढ़ गया और उन पर इसका असर साफ नज़र आ रहा था। जिन लोगों पर ज़्यादा असर नहीं हुआ, वे भी पहली बार उत्साहित दिखे। अब वे अपने भविष्य को लेकर सकारात्मक नज़रिया रखने लगे थे। कुछ रोगियों को अपने इलाज की प्रक्रिया बेहतर ढंग से समझ आने लगी। यहाँ तक कि ऐसे रोगी, जिनकी डिल्यूजन (विभ्रम) की समस्या अब भी जस की तस थी, लेकिन माइंड कंट्रोल के स्तर पर आकर उनकी स्पष्टता और समझ बढ़ गई।

कोर्स के बाद रोगियों में अधिक शिथिलता आई और उनकी चिंता में कमी देखने को मिली। अब वे अपनी भीतरी शक्ति पर भरोसा करते हुए अपनी समस्याओं को हल करना सीख गए थे, जिससे उनके आत्मविश्वास में भी बढ़ोतरी हुई।

कुछ रोगियों के मामले में यह भी पाया कि उनके रोग ने चेतना की भिन्न अवस्था में भी कार्यशील रहने की उनकी क्षमता को बढ़ा दिया। इस तरह उनके रोग और जीवन को नए मायने मिले।

114 न्यूरोटिक (विक्षिप्त) रोगियों में डॉक्टरी रूप से कोई नकारात्मक प्रभाव देखने को नहीं मिले। उनमें से 6 रोगियों ने ई.डब्ल्यू.आई. टेस्ट भी दिया। उनके टेस्ट के स्कोर में बढ़त दर्ज की गई, हालाँकि यह बढ़त गंभीर रूप से परेशान रोगियों के दल की बढ़त जितनी नहीं थी। क्योंकि उनका पहला स्कोर ही उनके करीब-करीब स्वस्थ होने की ओर इशारा कर रहा था। यह विश्वास था कि विक्षिप्त रोगियों को सिल्वा माइंड कंट्रोल तकनीक से लाभ जरूर होगा। जो लोग प्रशिक्षण के बाद माइंड कंट्रोल का अभ्यास करते रहें, वे अपने जीवन को काफी हद तक निखारने में सफल रहे। जिन्होंने इसका निरंतर अभ्यास नहीं किया, उन्होंने तनाव से लड़ने या अहम निर्णय लेने के समय, आपातकाल में इसका उपयोग किया। हर किसी को ऐसा लगा, मानो उसे अपने मन के विस्तार का अनुभव मिल गया हो। उन्हें यह रहस्य समझ में

आया कि किस प्रकार वे नए-नए तरीकों से अपने मन का उपयोग कर सकते हैं। कोर्स के अंत तक इस दल का सामूहिक प्रोत्साहन बढ़ा और अधिकतर लोगों को अपनी भावनात्मक ऊर्जा में भी बढ़ोतरी महसूस हुई।

कोर्स के बाद न्यूरोटिक और साइकोटिक, दोनों तरह के रोगियों में सुधार पाया गया। मनोवैज्ञानिक और डॉक्टरी परीक्षण ने यह बात साबित भी कर दी। 189 में से केवल एक रोगी की हालत पहले से भी बदतर पाई गई।

II

किसी भी शोध के आँकड़े को, मौजूदा हालात के सभी पहलुओं की कसौटी पर परखा जाता है। इसके अलावा अध्ययन के दौरान परीक्षण करने व मानदंड तय करने में भी सावधानी रखी जानी चाहिए। इसलिए हम उन सभी कारकों की ओर इशारा करेंगे, जिन्होंने हमारे परिणामों को प्रभावित किया है।

हम शोध के लिहाज से यह देखना चाहते थे कि इस प्रशिक्षण से मानसिक तौर पर विक्षिप्त रोगियों पर क्या असर हुआ। डॉक्टर होने के नाते हम चाहते हैं कि हमारा हर रोगी ठीक हो जाए। बेशक हम नतीजों से भी यही चाहते थे और हमारी यह उम्मीद बेकार नहीं गई। हमारे रोजमर्रा के उपचार से यह आशावाद प्रमुख तौर पर जुड़ा रहता है।

शुरुआत में कई साइकोटिक रोगियों को कोर्स में भेजने से पहले हमने उनके थोड़ा सँभलने और मानसिक रूप से स्थिर होने की प्रतीक्षा की, पर धीरे-धीरे उन्हें उनके रोग की गंभीर दशा के बावजूद कोर्स के लिए भेजा जाने लगा।

ई.डब्ल्यू.आई. टेस्ट को सच्चाई की अनुभूति के संवेदनशील सूचक की तरह देखा गया। हमने पाया कि इसके स्कोर भी डॉक्टरी नतीजों से मेल खाते थे। डॉ. मेलिगी ने भी पुष्टि की कि हमारे डॉक्टरी परीक्षण, ई.डब्ल्यू.आई. सूचकांक पर आनेवाले बदलावों से मेल खा रहे थे। केवल एक रोगी, जिसकी हालत पहले से भी बद्दतर हो गई थी, उसने टेस्ट में भी अच्छा स्कोर हासिल नहीं किया था। जिन्होंने नाटकीय तौर पर अच्छा स्कोर हासिल किया, उनके भीतर रोगविषयक सुधार भी दिखाई दिया।

ई.डब्ल्यू.आई. को तैयार करनेवाले लेखकों का मानना है कि इस परीक्षण (टेस्ट) को बार-बार दोहराया जा सकता है। हमने शुरुआत में यह देखने के लिए रोगियों का परीक्षण नहीं लिया कि जो बदलाव थे, वे दोहराए जाने योग्य थे या नहीं। हमने प्रशिक्षण के एक सप्ताह पहले और बाद में परीक्षण लिया गया पर हर बार यह संभव नहीं हो सका। सात मामले ऐसे थे, जिनमें प्रशिक्षण से पहले सप्ताह में दो बार और प्रशिक्षण के बाद सप्ताह में एक बार यह परीक्षण देना पड़ा, ताकि देखा जा सके कि इसमें दोहराव की वजह से कोई अंतर पड़ता है या नहीं। तीन परीक्षणों में गलत उत्तरों का प्रमाण 100:92:65 ऐसा था। इस तरह पहले दो परीक्षणों का अंतर, सिल्वा माइंड कंट्रोल प्रशिक्षण के बाद आनेवाले अंतर की तुलना में नाममात्र का ही था।

दरअसल परीक्षण में कुछ ऐसे प्रश्न भी थे, जिनका प्रभाव कोर्स के पहले और बाद में अलग-अलग था। जैसे 'क्या आप लोगों का मन पढ़ सकते हैं? या क्या आपको हाल ही में कोई धार्मिक अनुभव हुआ है? इनका जवाब 'हाँ' में देने पर नकारात्मक अंक मिलते थे। इस कोर्स में इंसान को साइकिक स्तर पर काम करना सिखाया जाता था और अधिकतर लोग इस बात से सहमत थे कि उन्होंने ईएसपी का अनुभव पाया। कुछ लोगों को लगता था कि यह एक धार्मिक अनुभव था। इस तरह हम कोर्स के बाद लिए जानेवाले परीक्षण में हम बेहतर के बजाए बद्दतर प्रदर्शन की उम्मीद भी रख सकते थे।

अगर ई.डब्ल्यू.आई. परीक्षण की विश्वसनीयता के बारे में संक्षेप में कहा जाए तो यह कहना गलत नहीं होगा कि दोहराववाला कारण तो नाम का ही था। जबकि अन्य कारणों से परीक्षण का स्कोर कम हो जाता था। इस तरह एक प्रकार का संतुलन संभव हो जाता था। परीक्षण को संवेदनशील और विश्वसनीय माना गया। इसके नतीजे न सिर्फ डॉक्टरी परीक्षण के नतीजों से मेल खा रहे थे बल्कि रोगियों ने व्यक्तिगत रूप से जो महसूस किया, वह भी इससे भिन्न नहीं था।

अध्ययन के लिहाज से हमने तय किया कि जो भी इंसान कोर्स करने के बाद तीन सप्ताह के अंदर रोग से ग्रस्त होगा, तो उस इंसान की केस इस कोर्स में हुई आकस्मिक घटना के रूप में समझी जाएगी। फिर चाहे उस इंसान के रोग में दूसरे अन्य साधन सहायक हों या न हों।

75 मानसिक रोगियों के उस समूह के साथ हम किसी एक के परेशान होने की उम्मीद तो रख सकते हैं। उपचार के दौरान और अतीत में वापस ले जानेवाले अनुभवों से दूर होने के बावजूद भी ऐसा होना संभव था। यह सच है कि इस अध्ययन के समय भी सभी रोगी उपचार अपना करवा रहे थे। उन्हें स्वयं को सँभालने के लिए समय-समय पर कारगर दिशा-निर्देश दिए जा रहे थे और साथ ही हर लिहाज से उनकी मदद भी की जा रही थी। इस तरह हर चीज़ उनके पक्ष में थी, शायद इसीलिए उनका रोग उस समय नहीं उभरा। लेकिन हमारा मानना है कि रोगियों में बड़े तौर पर जो सकारात्मक बदलाव देखने को मिले, उनका कारण सिर्फ यह थेरेपी नहीं थी।

III

हमारा अनुभव कहता है कि साइकोटिक रोग का स्रोत इंसान के जीवन के सबसे शुरुआती दौर में छिपा होता है। शिशु के जीवन के पहले दो वर्षों में माँ के साथ उसके रिश्ते का इससे गहरा नाता होता है। अकसर इंसान के वर्तमान हालात का सिरा उसके बीते हुए जीवन में कहीं होता है। हो सकता है कि उसे अपने जीवन में सबसे अहम माने जानेवाले इंसान से ही अस्वीकृति और वियोग सहन करना पड़ा हो। मानसिक समस्या का कारण इंसान के जीवन के आरंभिक दौर में छिपा होता है लेकिन इसका प्रभाव उसके वर्तमान जीवन पर दिखाई देता है। इसके अलावा कुछ और कारण भी हो सकते हैं, जिसने उसे प्रभावित किया हो। जैसे विभ्रम पैदा करनेवाली नशीली दवा, मूल परिवार से भेंट या कोई ऐसी चीज़ जिससे पुरानी दबी घटनाओं की याद वापिस लौट आए। इस तरह हम इन तीन बातों का पता लगा सकते हैं- १. रोगी की इस प्रवृत्ति की शुरुआत कहाँ से हुई २. इसके अप्रत्याशित कारण कौन से हैं ३. उसकी इस प्रवृत्ति को कौन सी चीज़ें बढ़ावा देती हैं। साइकोसिस को अधिकतर ऐसी कुदरती चीज़ों से जोड़ा जा सकता है, जिनका एक शुरुआती बिंदु हो, जो रोग को सक्रीय बनाता हो और जो रोग को बढ़ावा देता हो।

हमने जितने भी साइकोटिक रोगियों का इलाज किया, वे सभी अस्वीकृति, वियोग, कुछ महत्वपूर्ण खो देने के डर (वास्तविक या काल्पनिक) या फिर कम ध्यान मिलने की वजह से मनोरोग का शिकार बने। उनके अचेतन मन में अकेले रह जाने का डर घर कर गया था। पिछले दस वर्षों में, सैंकड़ों रोगियों के इलाज के

दौरान ऐसा एक भी रोगी सामने नहीं आया, जिसके अंदर किसी तरह का वियोग या कुछ महत्वपूर्ण खो देने का डर न रहा हो। फिर भले ही यह डर बहुत बड़ा न रहा हो। जैसे, एक 29 वर्षीय रोगी की हालत अध्ययन के दौरान और बिगड़ गई। दरअसल उसकी अपनी माँ से नहीं बनती थी और उसे लगता था कि उसका किसी महिला मित्र को डेट करना, माँ को पसंद नहीं आएगा। उसका यह डर उसे अपने शिशु जीवन में दबी हुई यादों की ओर ले गया, जब वह सिर्फ एक वर्ष का था। जब माँ की ओर से मिलनेवाली कोई भी अस्वीकृति, उसके अंदर अकेले रह जाने का भय पैदा कर देती थी और मौत जैसी जान पड़ती थी।

अगर सिल्वा माइंड कंट्रोल कोर्स इंसान के अंदर मनोविकार पैदा करता होता, तो यह एक सुविधा-तंत्र के रूप में कार्य करता। जो एक कमजोर इंसान के मनोरोग के पीछे मौजूद अंजान कारण से जुड़कर रोग को और गंभीर बना देता। हमें आज तक ऐसा एक भी रोगी नहीं मिला, जिसकी मानसिक समस्या सिर्फ किसी सुविधा-तंत्र के चलते उपजी हो। हालाँकि हमारा मानना है कि यह असंभव भी नहीं है, पर अगर ऐसा हुआ तो यह निश्चित ही दुर्लभ होगा।

IV

सिल्वा माइंड कंट्रोल क्या है?

सिल्वा माइंड कंट्रोल चालीस घंटे का एक ऐसा कोर्स है, जिसमें तीस घंटे का लेक्चर और दस घंटे का मानसिक अभ्यास शामिल है।

मानसिक अभ्यास इंसान को सिखाता है कि मन और शरीर को गहन विश्राम की अवस्था में कैसे ले जाएँ। इसके साथ ही बायोफीडबैक और ट्रांसडेटल मेडिटेशन (ध्यानातीत ध्यान) का प्रशिक्षण भी दिया जाता है। इससे भी एक कदम आगे जाकर यह कोर्स इंसान को सिखाता है कि गहन मानसिक विश्राम के स्तर पर पहुँचकर मन से काम कैसे लिया जाए।

इस कोर्स में ऐसी तकनीकों को शामिल किया गया है, जो मन को लाभदायक और उपयोगी तरीके से प्रयोग में लाना सिखाती हैं। यह अनुभव पाने और कई दूसरी बातों का साक्षी बनने के बाद, प्रशिक्षण लेनेवाले को मन की शक्ति के बारे में कोई

संदेह नहीं रह जाता। यह ठीक वही अवस्था है, जिसके बारे में सिगमंड फ्रायड ने 'लिसनिंग' वाले अपने लेख में लिखा है : 'यह वही अवस्था है, जिसमें जाकर प्रसिद्ध संगीतकार जॉनाथन ब्राह्म्स ने अपनी धुनें रचीं या थॉमस एडीसन को नए विचार मिले।'

यह कोर्स हमें ऐसे सरल उपाय सिखाता है, जिनकी मदद से आप कभी भी गहन विश्राम की अवस्था में जा सकते हैं। प्रशिक्षण लेनेवाले प्रशिक्षणार्थी चेतना के इस स्तर पर जाकर मानसिक चित्रण, कल्पना और चिंतन करते हैं, साथ ही वे मानसिक तौर पर काम करना सीख लेते हैं। वे दिमाग की बहुत सारी गतिविधियों को सजग रूप से प्रयोग में लाते हैं। इस अवस्था में उनके मन की शक्ति कई गुना बढ़ जाती है और वे पूरी तरह सजग रहते हैं। वे सपनों में अपनी समस्याओं के हल तलाश लेते हैं और ऐसे-ऐसे सवालों के जवाब पा लेते हैं, जिनके जवाब हमारा मन सामान्य स्थिति में कभी नहीं जान पाता।

जब इंसान मन और शरीर के गहन विश्राम के स्तर पर जाकर मानसिक तौर पर काम करना सीख लेता है, तो उसकी रचनात्मकता में निखार आ जाता है, याद्दाशत पहले से बेहतर होती है और साथ ही वह अपनी समस्याओं को हल करना भी सीख लेता है। उस सजग अवस्था में लोग अपनी इच्छा अनुसार, अपने मन से कोई भी काम करवा सकते हैं। इसीलिए कई बुरी आदतों को छोड़ना और भी आसान हो जाता है।

गहन विश्राम के स्तर पर जाकर नियमित तौर पर किए जानेवाले अभ्यास का रोज़मर्रा के जीवन पर भी गहरा असर होता है। ऐसा करनेवाले के लिए धीरे-धीरे अपने स्तर तक आना आसान होने लगता है। यह ठीक वैसे ही है, जैसे किसी संगीतज्ञ को संगीत पर पूरी तरह एकाग्र हुए बिना भी पता चल जाता है कि कौन सा सुर गलत लगा है।

मन की क्षमता असीम है, पर अपने सामान्य स्तर पर इसकी कार्यक्षमता निरंतर कई तरह की उत्तेजनाओं से घिरी रहती है, जैसे : विचार, इच्छा, माँग, कलह, प्रकाश, दबाव व अन्य कई तरह के तनाव आदि। कुल मिलाकर इंसान का मन अपना दस प्रतिशत ध्यान भी काम पर नहीं दे पाता। गहन विश्राम के स्तर पर ही ऐसा संभव होता है। लेकिन एक साधारण मनुष्य केवल अपनी नींद के दौरान ही इस

स्तर तक आ पाता है, लेकिन उसे इस स्तर का उपयोग करना नहीं आता। अधिकतर लोगों को तो अपने इस स्तर के बारे में कुछ पता ही नहीं होता। उन्हें अंदाजा भी नहीं होता कि इस स्तर पर जाकर वे क्या-क्या कर सकते हैं।

जब इंसान को चेतना के स्तर पर जाकर उससे होनेवाले सकारात्मक परिणामों का अनुभव लेना आ जाता है, तो वह कभी भी इस स्तर का प्रयोग किए बिना कोई अहम फैसला नहीं लेता।

यह कोर्स खासतौर पर इंसान को अपने मन के स्तर को प्रयोग में लाना सिखाता है। इसके अलावा अपने स्तर के दौरान इंसान चिंतन भी कर सकता है, जिसके लिए कई तकनीकें सिखाई जाती हैं। वह अपनी समस्याओं के हल निकाल सकता है, लक्ष्य हासिल कर सकता है, बुरी आदतें त्याग सकता है, सेहत का खयाल रख सकता है, दर्द को काबू कर सकता है और अपनी नींद व सपनों को भी वश में करके मनचाहे नतीजे पा सकता है।

माइंड कंट्रोल सम्मोहन नहीं है, इसे आप कुछ हद तक 'स्व-सम्मोहन' का नाम जरूर दे सकते हैं। इसमें इंसान सीखता है कि अपने मन पर संपूर्ण ध्यान कैसे लगाना है। जब मन गहन विश्राम की अवस्था में होता है, तो उसका ध्यान बाहरी बातों पर नहीं जाता। तब मन अपनी पूरी कार्यक्षमता के साथ वह सब कुछ कर सकता है, जो उससे करने की अपेक्षा की जाती है।

इस कोर्स में सिखाया जाता है कि स्वयं के साथ उपयोगी और सकारात्मक बातचीत कैसे की जाएँ ताकि आप अपने स्तर पर आकर मन और शरीर को गहन विश्राम की अवस्था में ले जा सकें। इसका प्रभाव काफी शक्तिशाली होता है। सकारात्मक सोच हमेशा मूल्यवान होती है, लेकिन अगर इसके साथ गहन मानसिक विश्राम की अवस्था भी जुड़ जाए, तो यह और शक्तिशाली हो जाती है।

कोर्स के आखिर में पैरासाइकोलॉजी पढ़ाई जाती है और कोर्स में हिस्सा लेने वाले हर इंसान को ई.एस.पी. (Extrasensory perception) का अनुभव होता है। माइंड कंट्रोल की ओर से कोर्स करनेवालों को पूरे पैसे वापिस करने का आश्वासन मिलता है। माइंड कंट्रोल के अनुसार, अगर किसी छात्र को आखिरी दिन ऐसा कोई अनुभव नहीं होता, तो हम उसके सारे पैसे वापिस कर देते हैं।

V
मानसिक रोगियों के लिए माइंड कंट्रोल किस प्रकार सहायक है?

हमने अध्ययन के आरंभ में ही इस बात से अपना ध्यान हटा लिया था कि यह कोर्स मानसिक रोगियों के लिए हानिकारक कैसे हो सकता है। इसकी बजाए हमने इस बात पर ध्यान दिया कि यह कोर्स उनके लिए किस प्रकार सहायक हो सकता है?

हम सारे सवालों के जवाब नहीं जानते, पर हमें लगता है कि हमारी स्थिति उन लोगों से कहीं बेहतर है, जिन्होंने किसी भी प्रशिक्षण से पहले और बाद में रोगियों का आँकलन ठीक ढंग से नहीं किया।

ऊर्जा का सक्रिय होना बहुत महत्वपूर्ण हो सकता है। सिगमंड फ्रायड ने 'एनालिसिस टर्मिनेबल एंड इन्टर्मिनेबल' इस विश्लेषण में कहा है कि 'किसी भी थेरेपी का भविष्य इसी बात पर निर्भर करता है कि वह ऊर्जा को सक्रिय करती है या नहीं।' इस कोर्स के अंत में प्रशिक्षण लेनेवाला हर इंसान जोश और ऊर्जा से भरपूर होता है। उसके भीतर ऊर्जा का संचार साफ तौर पर देखा जा सकता है।

कोर्स के दौरान विकसित होनेवाला सकारात्मक रवैया और आशावाद भी रोगियों पर सकारात्मक प्रभाव डालता है। जब वे गहन विश्राम की अवस्था में रहकर खुद के साथ सकारात्मक बातें करते हैं, तो बेशक उन बातों का प्रभाव भी कई गुना हो जाता है।

गहन विश्राम की अवस्था में जाने से इंसान की चिंता घटती है, जिससे उसके रोग के लक्षण भी क्षीण हो जाते हैं। दरअसल यह संभव नहीं है कि किसी इंसान का मन और शरीर गहन विश्राम की अवस्था में हो, फिर भी वह चिंता और ऊहापोह से घिरा हुआ हो। गहन विश्राम की स्थिति में काम करने से उसका परिणाम पूरे दिनभर इंसान के मन और शरीर पर होता है।

माइंड कंट्रोल कोर्स के दौरान पूरा समूह जोशो-खरोश से भरपूर होता है। गहन विश्राम के स्तर पर निजी अनुभवों के साथ आपसी प्रेम और ऊर्जा का माहौल बना रहता है। यह स्नेह ऊर्जा अपनी ही तरह से काम करती है और इससे घिरे लोग, कई

तरह की अनावश्यक बातों से बच जाते हैं।

उनकी भावनात्मक स्थिति में सुधार होने लगता है क्योंकि जब मन और शरीर गहन विश्राम की अवस्था में होते हैं, तो दिमाग में बेकार की बातें नहीं आतीं। इससे इंसान की भावदशा सुधरती है, इसके साथ ही वह अपनी भावनाओं और सच्चाई के बीच बेहतर संतुलन कायम कर पाता है।

इस कोर्स के दौरान दिमागी गतिविधि को भी दर्ज किया गया। मन और शरीर के गहन विश्राम की अवस्था में होने से मानसिक स्तर की समझ भी बेहतर होती है और इंसान के सोचने एवं किसी भी बात पर फैसला लेने की योग्यता भी निखरती है।

इस कोर्स में रोगी कुछ विशेष तकनीकों की मदद से अपनी निजी समस्याओं को हल करते हैं और सारा दिन इसी खुशनुमा एहसास के साथ जीते हैं। उन्हें अपनी आंतरिक शक्ति पर भरोसा होने लगता है और उनके अंदर आत्मविश्वास भी विकसित होने लगता है। थेरेपिस्ट इस सजग अवस्था में मिलनेवाले जवाबों पर भरोसा करते हैं और इस तरह रोगी का आत्मविश्वास और बढ़ता है।

कोर्स के दौरान प्रशिक्षण लेनेवालों में भावात्मक रूप से हमेशा एक सकारात्मक एहसास बना रहता है और इससे वे भी प्रभावित होते हैं, जिनकी मानसिक दशा ठीक नहीं होती। कोर्स के पैरासाइकोलॉजिकल हिस्से से ऐसे मनोरोगियों को अनपेक्षित तौर पर काफी मदद मिलती है। जिन लोगों को मन के दायरे के बाहर भेजा गया, उन्होंने अपने उन पैरानॉर्मल अनुभवों के बारे में बताया, जिनके बारे में साइकोथेरेपी नहीं जानती। गहन साइकोथेरेपी का एक उद्देश्य यह भी है कि जो भी असजग था, उसे सजग बनाकर, चेतना के दायरे में लाया जाए। चेतना का विस्तार करते हुए मन के पैरासाइकोलॉजिकल पहलुओं की खोज ही इसका प्रमुख उद्देश्य रहा है। रोगी अपनी मानसिक प्रक्रियाओं के इस पहलू को जानने के बाद काफी शांत हो गए। उन्होंने पाया कि पहलू सच्चे और स्वीकार करने योग्य हैं।

भावनात्मक रोग ने उन्हें पैरानॉर्मल घटनाओं को समझने में मदद की। इससे उनके रोग और जीवन के अर्थ को नए मायने मिले।

थेरेपिस्ट ने साइकोथेरेपी के दौरान माइंड कंट्रोल तकनीकों को लागू करना सीखा, जिससे रोगियों को आगे जाकर मदद मिली।

।। मन की शक्तियों को जागृत करने की तकनीक - 216 ।।

VI
सार और निष्कर्ष

मानसिक तौर पर विक्षिप्त 75 रोगियों को सिल्वा माइंड कंट्रोल प्रशिक्षण लेने के लिए इसलिए भेजा गया था ताकि यह पता लगाया जा सके कि इनमें से किन रोगियों को कोर्स करने से परेशानी हो सकती है। कोर्स के बाद केवल एक रोगी ही ऐसा था, जिसकी हालत पहले से भी बदतर पाई गई। अध्ययन से पता चला कि उन सबकी वास्तविक समझ में बढ़ोतरी हुई, क्लीनिकल परीक्षण और साइकोलॉजिकल टेस्टिंग में भी यही बात प्रमाणित हुई।

यह बात ध्यान देने योग्य है कि कोर्स करने भेजे गए सभी मानसिक रोगी समान मनोचिकित्सक से उपचार प्राप्त कर रहे थे। यह अपने आपमें एक तरह से एक मनोचिकित्सक और उसके रोगियों की संख्या का एक उदाहरण था। इसमें किसी पर भी कोई पाबंदी नहीं थी। इस तरह कोर्स के नतीजे केवल चुने हुए लोगों पर ही लागू नहीं होते थे। सिल्वा माइंड कंट्रोल कोई साइकोथेरेपी नहीं है, पर इसे साइकोथेरेपी के साधन के तौर पर उपयोग में जरूर लाया जा सकता है। अगर थेरेपी देनेवाला कोर्स का जानकार हो और उसके बारे में कोई नकारात्मक सोच न रखता हो तो ये और भी उपयोगी हो जाता है। यह रोगी को उसके मन की बढ़ी हुई क्षमता के साथ काम करने का अवसर देता है और रोगी अपनी थेरेपी पर और भी अनुकूल प्रतिक्रिया देने लगता है।

मानसिक रोग से ग्रस्त लोगों के लिए यह कोर्स नाटकीय रूप से मददगार साबित हुआ है। अगर किसी मानसिक रोगी का इलाज चल रहा हो और डॉक्टर भी इस कोर्स को समझता हो, तो उसका इलाज और भी सरल हो जाता है। डॉ. मैकेंजी अपने सभी रोगियों से आग्रह करते हैं कि वे सिल्वा माइंड कंट्रोल का प्रशिक्षण लें। इस दौरान वे रोगी पूरी तरह अपने डॉक्टर की देखरेख में रहते हैं।

चूँकि इस कोर्स से मानसिक रूप से बीमार लोगों की सेहत में नाटकीय सुधार हुआ है और इस प्रशिक्षण को बड़े समूहों पर लागू किया जा सकता है, इसलिए इस कोर्स को तैयार करनेवाले विशेषज्ञों का मानना है कि भविष्य में इसे अस्पतालों में सहायक चिकित्सा के तौर पर लागू किया जा सकेगा। यह कोर्स विक्षिप्त लोगों के

लिए पूरी तरह से सुरक्षित और लाभदायक है। किसी भी अन्य कोर्स की तुलना में सिल्वा माइंड कंट्रोल अपेक्षाकृत अधिक सुरक्षित पाया गया है और गंभीर मानसिक असंतुलन से ग्रस्त उन लोगों के लिए निश्चित रूप से फायदेमंद रहा है, जिनके मनोचिकित्सक भी इससे परिचित थे। डॉक्टरी परीक्षण व अन्य परीक्षणों से यह साबित हुआ है कि इस कोर्स से होनेवाले लाभ, किसी भी प्रकार के नकारात्मक दुष्प्रभाव से अछूते हैं।

महाआसमानी परम ज्ञान
शिविर परिचय और लाभ (निवासी)

तेजज्ञान फाउण्डेशन आत्मविकास से आत्मसाक्षात्कार प्राप्त करने का एक रास्ता है। इसके लिए सरश्री द्वारा एक अनूठी बोध पद्धति (System for Wisdom) का सृजन हुआ है। इस पद्धति को अन्तर्राष्ट्रीय मानक ISO 9001:2015 के आवश्यकताओं एवं निर्देशों के अनुरूप ढालकर सरल, व्यावहारिक एवं प्रभावी बनाया गया है।

इस संस्था की बोध पद्धति के विभिन्न पहलुओं (शिक्षण, निरीक्षण व गुणवत्ता) को स्वतंत्र गुणवत्ता परीक्षकों (Quality Auditors) द्वारा क्रमबद्ध तरीके से जाँचा गया। जिसके बाद इन पहलुओं को ISO 9001:2015 के अनुरूप पाकर, इस बोध पद्धति को प्रमाणित किया गया है।

फाउण्डेशन का लक्ष्य आपको नकारात्मक विचार से सकारात्मक विचार की ओर बढ़ाना है। सकारात्मक विचार से शुभ विचार यानी हॅपी थॉट्स (विधायक आनंदपूर्ण विचार) और शुभ विचार से निर्विचार की ओर बढ़ा जा सकता है। निर्विचार से ही आत्मसाक्षात्कार संभव है। शुभ विचार (Happy Thoughts) यानी यह विचार कि 'मैं हर विचार से मुक्त हो जाऊँ।' शुभ इच्छा यानी यह इच्छा कि 'मैं हर इच्छा से मुक्त हो जाऊँ।'

ज्ञान का अर्थ है सामान्य ज्ञान लेकिन तेजज्ञान यानी वह ज्ञान जो ज्ञान व अज्ञान के

परे है। कई लोग सामान्य ज्ञान की जानकारी को ही ज्ञान समझ लेते हैं लेकिन असली ज्ञान और जानकारी में बहुत अंतर है। आज लोग सामान्य ज्ञान के जवाबों को ज्यादा महत्त्व देते हैं। उदाहरण के तौर पर– कर्म और भाग्य, योग और प्राणायाम, स्वर्ग और नर्क इत्यादि। आज के युग में सामान्य ज्ञान प्रदान करनेवाले लोग और शिक्षक कई मिल जाएँगे मगर इस ज्ञान को पाकर जीवन में कोई बड़ा परिवर्तन नहीं होता। यह ज्ञान या तो केवल बुद्धि विलास है या फिर अध्यात्म के नाम पर बुद्धि का व्यायाम है।

सभी समस्याओं का समाधान है तेजज्ञान। भय से मुक्ति, चिंतारहित व क्रोध से आज़ाद जीवन है तेजज्ञान। शारीरिक, मानसिक, सामाजिक, आर्थिक और आध्यात्मिक उन्नति के लिए है तेजज्ञान। तेजज्ञान आपके अंदर है, आएँ और इसे पाएँ।

यदि आप ऐसा ज्ञान चाहते हैं, जो सामान्य ज्ञान के परे हो, जो हर समस्या का समाधान हो, जो सभी मान्यताओं से आपको मुक्त करे, जो आपको ईश्वर का साक्षात्कार कराए, जो आपको सत्य पर स्थापित करे तो समय आ गया है तेजज्ञान को जानने का। समय आ गया है शब्दोंवाले सामान्य ज्ञान से उठकर तेजज्ञान का अनुभव करने का।

अब तक अध्यात्म के अनेक मार्ग बताए गए हैं। जैसे जप, तप, मंत्र, तंत्र, कर्म, भाग्य, ध्यान, ज्ञान, योग और भक्ति आदि। इन मार्गों के अंत में जो समझ, जो बोध प्राप्त होता है, वह एक ही है। सत्य के हर खोजी को अंत में एक ही समझ मिलती है और इस समझ को सुनकर भी प्राप्त किया जा सकता है। उसी समझ को सुनना यानी तेजज्ञान प्राप्त करना है। तेजज्ञान के श्रवण से सत्य का साक्षात्कार होता है, ईश्वर का अनुभव होता है। यही तेजज्ञान सरश्री महाआसमानी शिविर में प्रदान करते हैं।

सरश्री की आध्यात्मिक खोज का सफर उनके बचपन से प्रारंभ हो गया था। इस खोज के दौरान उन्होंने अनेक प्रकार की पुस्तकों का अध्ययन किया। इसके साथ ही अपने आध्यात्मिक अनुसंधान के दौरान अनेक ध्यान पद्धतियों का अभ्यास किया। उनकी इसी खोज ने उन्हें कई वैचारिक और शैक्षणिक संस्थानों की ओर बढ़ाया। इसके बावजूद भी वे अंतिम सत्य से दूर रहे।

उन्होंने अपने तत्कालीन अध्यापन कार्य को भी विराम लगाया ताकि वे अपना अधिक से अधिक समय सत्य की खोज में लगा सकें। जीवन का रहस्य समझने के लिए उन्होंने एक लंबी अवधि तक मनन करते हुए अपनी खोज जारी रखी। जिसके अंत में उन्हें आत्मबोध प्राप्त हुआ। आत्मसाक्षात्कार के बाद उन्होंने जाना कि अध्यात्म का हर

मार्ग जिस कड़ी से जुड़ा है वह है– समझ (अंडरस्टैण्डिंग)।

सरश्री कहते हैं कि 'सत्य के सभी मार्गों की शुरुआत अलग–अलग प्रकार से होती है लेकिन सभी के अंत में एक ही समझ प्राप्त होती है। 'समझ' ही सब कुछ है और यह 'समझ' अपने आपमें पूर्ण है। आध्यात्मिक ज्ञान प्राप्ति के लिए इस 'समझ' का श्रवण ही पर्याप्त है।'

सरश्री ने ढ़ाई हज़ार से अधिक प्रवचन दिए हैं और सौ से अधिक पुस्तकों की रचना की हैं। ये पुस्तकें दस से अधिक भाषाओं में अनुवादित की जा चुकी हैं और प्रमुख प्रकाशकों द्वारा प्रकाशित की गई हैं, जैसे पेंगुइन बुक्स, हे हाऊस पब्लिशर्स, जैको बुक्स, हिंद पॉकेट बुक्स, मंजुल पब्लिशिंग हाऊस, प्रभात प्रकाशन, राजपाल ॲण्ड सन्स इत्यादि। सरश्री की शिक्षाओं से लाखों लोगों के जीवन में रूपांतरण हुआ है। इसके साथ संपूर्ण विश्व की चेतना बढ़ाने के लिए कई सामाजिक कार्यों की शुरुआत भी की गई है।

सरश्री आज के युग के आध्यात्मिक गुरु और 'तेजज्ञान फाउण्डेशन' के संस्थापक हैं, जो अत्यंत सरलता से आज की लोकभाषा में आध्यात्मिक समझ प्रदान करते हैं। हर साल तेजज्ञान फाउण्डेशन द्वारा 'महाआसमानी शिविर' आयोजित किया जाता है। यह शिविर पूर्णतः सरश्री की शिक्षाओं पर आधारित है।

क्या आपको उच्चतम आनंद पाने की इच्छा है? ऐसा आनंद, जो किसी कारण पर निर्भर नहीं है, जिसमें समय के साथ केवल बढ़ोतरी ही होती है। क्या आप इसी जीवन में प्रेम, विश्वास, शांति, समृद्धि और परमसंतुष्टि पाना चाहते हैं? क्या आप शारीरिक, मानसिक, सामाजिक, आर्थिक और आध्यात्मिक इन सभी स्तरों पर सफलता हासिल करना चाहते हैं? क्या आप 'मैं कौन हूँ' इस सवाल का जवाब अनुभव से जानना चाहते हैं?

यदि आपके अंदर इन सवालों के जवाब जानने की और 'अंतिम सत्य' प्राप्त करने की प्यास जगी है तो तेजज्ञान फाउण्डेशन द्वारा आयोजित 'महाआसमानी परम ज्ञान शिविर' में आपका स्वागत है। यह शिविर पूर्णतः सरश्री की शिक्षाओं पर आधारित है। सरश्री आज के युग के आध्यात्मिक गुरु और 'तेजज्ञान फाउण्डेशन' के संस्थापक हैं, जो अत्यंत सरलता से आज की लोकभाषा में आध्यात्मिक समझ प्रदान करते हैं।

महाआसमानी परम ज्ञान शिविर का उद्देश्य :

इस शिविर का उद्देश्य है, 'विश्व का हर इंसान 'मैं कौन हूँ' इस सवाल का जवाब जानकर सर्वोच्च आनंद में स्थापित हो जाए।' उसे ऐसा ज्ञान मिले, जिससे वह हर पल वर्तमान में जीने की कला प्राप्त करे। भूतकाल का बोझ और भविष्य की चिंता इन दोनों से मुक्त हो जाए। हर इंसान के जीवन में स्थायी खुशी, सही समझ और समस्याओं को विलीन करने की कला आ जाए। मनुष्य जीवन का उद्देश्य पूर्ण हो।

'मैं कौन हूँ? मैं यहाँ क्यों हूँ? मोक्ष का अर्थ क्या है? क्या इसी जन्म में मोक्ष प्राप्ति संभव है?' यदि ये सवाल आपके अंदर हैं तो महाआसमानी परम ज्ञान शिविर इसका जवाब है।

महाआसमानी परम ज्ञान शिविर के मुख्य लाभ :

इस शिविर के लाभ तो अनगिनत हैं मगर कुछ मुख्य लाभ इस प्रकार हैं–

* जीवन में दमदार लक्ष्य प्राप्त होता है।
* 'मैं कौन हूँ' यह अनुभव से जानना (सेल्फ रियलाइजेशन) होता है।
* मन के सभी विकार विलीन होते हैं।
* भय, चिंता, क्रोध, बोरडम, मोह, तनाव जैसी कई नकारात्मक बातों से मुक्ति मिलती है।
* प्रेम, आनंद, मौन, समृद्धि, संतुष्टि, विश्वास जैसे कई दिव्य गुणों से युक्ति होती है।
* सीधा, सरल और शक्तिशाली जीवन प्राप्त होता है।
* हर समस्या का समाधान प्राप्त करने की कला मिलती है।
* 'हर पल वर्तमान में जीना' यह आपका स्वभाव बन जाता है।
* आपके अंदर छिपी सभी संभावनाएँ खुल जाती हैं।
* इसी जीवन में मोक्ष (मुक्ति) प्राप्त होता है।

महाआसमानी परम ज्ञान शिविर में भाग कैसे लें?

इस शिविर में भाग लेने के लिए आपको कुछ खास माँगें पूरी करनी होती हैं।

जैसे-

१) आपकी उम्र कम से कम अठारह साल या उससे ऊपर होनी चाहिए।

२) आपको सत्य स्थापना शिविर (फाउण्डेशन ट्रुथ रिट्रीट) में भाग लेना होगा, जहाँ आप सीखेंगे- वर्तमान के हर पल को कैसे जीया जाए और निर्विचार अवस्था में कैसे प्रवेश पाएँ।

३) आपको कुछ प्राथमिक प्रवचनों में भाग लेना है, जहाँ आप बुनियादी समझ आत्मसात कर, महाआसमानी परम ज्ञान शिविर के लिए तैयार होते हैं।

यह शिविर एक या दो महीने के अंतराल में आयोजित किया जाता है, जिसका लाभ हज़ारों खोजी उठाते हैं। इस शिविर की तैयारी आप दो तरीके से कर सकते हैं। पहला तरीका- मनन आश्रम (पूना) में ५ दिवसीय निवासी शिविर में भाग लेकर, दूसरा तरीका- तेजज्ञान फाउण्डेशन के नजदीकी सेंटर पर सत्य श्रवण द्वारा। जैसे- पुणे, मुंबई, दिल्ली, सांगली, सातारा, जलगाँव, अहमदाबाद, कोल्हापुर, नासिक, अहमदनगर, औरंगाबाद, सूरत, बरोडा, नागपुर, भोपाल, रायपुर, चेन्नई, वर्धा, अमरावती, चंद्रपुर, यवतमाल, रत्नागिरी, लातूर, बीड, नांदेड, परभणी, पनवेल, ठाणे, सोलापुर, पंढरपुर, अकोला, बुलढाणा, धुले, भुसावल, बैंगलोर, बेलगाम, धारवाड, भुवनेश्वर, कोलकत्ता, राँची, लखनऊ, कानपुर, चंदीगढ़, जयपुर, पणजी, म्हापसा, इंदौर, इटारसी, हरदा, विदिशा, बुरहानपुर।

इनके अतिरिक्त आप महाआसमानी की तैयारी फाउण्डेशन में उपलब्ध सरश्री द्वारा रचित पुस्तकें, सी.डी., कैसेटस् या यू ट्यूब के संदेश सुनकर भी कर सकते हैं। मगर याद रहे ये पुस्तकें, कैसेटस्, यू ट्यूब के प्रवचन शिविर का परिचय मात्र है, तेजज्ञान नहीं। आप महाआसमानी परम ज्ञान शिविर में भाग लेकर ही तेजज्ञान का आनंद ले सकते हैं। आगामी महाआसमानी परम ज्ञान शिविर में अपना स्थान आरक्षित करने के लिए संपर्क करें : 09921008060/75, 9011013208

सरश्री की प्रमुख पुस्तकों में से ये तीन पुस्तकें हैं -

** विचार नियम - आपकी कामयाबी का रहस्य*

'विचार नियम' पुस्तक के ज़रिए * अपने आंतरिक और बाहरी जीवन में ताल-मेल बिठाएँ। * अपनी इच्छानुसार शांत और स्थिर महसूस करें। * विचारों के पार जाकर अपने 'असली अस्तित्व' को पहचानें, जो आपकी मूल अवस्था है। * विचार

नियमों को अपने जीवन में उतारें ताकि आप अपनी उच्चतम संभावना की ओर सहजता से आगे बढ़ पाएँ। * मौनायाम की अवस्था में रहकर प्रेम, आनंद, करुणा, भरपूरता व रचनात्मकता जैसे गुणों को अपने अंदर से प्रकट होने का मौका दें।

आइए, बीस लाख से भी अधिक पाठकों के समूह में शामिल हो जाएँ, जिन्होंने विचारों के ७ शक्तिशाली नियमों तथा मत्रों द्वारा आंतरिक शांति और सफलता हासिल की है।

** अवचेतन मन की शक्ति के पीछे आत्मबल - मन का प्रशिक्षण और पाँच शक्तियाँ*

अवचेतन मन किसी अजूबे से कम नहीं। उसे सही प्रशिक्षण दिया जाए तो वह आपके जीवन में अनोखे चमत्कार कर सकता है। पर क्या आप जानते हैं कि मानव जन्म का लक्ष्य क्या है? यदि नहीं तो आपको इस पुस्तक की ज़रूरत है। यह पुस्तक अवचेतन मन की शक्तियों के साथ-साथ आपकी आगे की संभावनाओं पर भी रोशनी डालती है। इस पुस्तक में आप पढ़ेंगे - * अवचेतन मन को प्रशिक्षित क्यों और कैसे किया जाए? * इस मन के पार कौन सी ५ शक्तियाँ हैं जो आत्मबल प्रदान करती हैं? * अपने इमोशन्स को कैसे संभाला जाए? * अपनी ऊर्जा को एकत्रित क्यों और कैसे किया जाए? * आत्मबल से पहाड़ जैसे लक्ष्य को कैसे हासिल किया जाए? * आपकी सही उपस्थिति चमत्कार कैसे करे? * फल के प्रति उदासीन रहने के क्या फायदे हैं? * सहनशीलता, धैर्य और अनुशासन जैसे गुण स्वयं में कैसे लाएँ?

** मन का विज्ञान - मन के बुद्ध कैसे बनें*

विज्ञान की मदद से विश्व में आज तक कई चमत्कार देखे गए हैं और कई चमत्कारों पर संशोधन जारी भी है। किंतु क्या कभी आपने आदर्श और प्रशिक्षित मन का चमत्कार देखा है? अगर नहीं तो यह पुस्तक आपके लिए है। हर कल्पना से परे विश्व का सबसे बड़ा चमत्कार आदर्श तथा प्रशिक्षित मन के साथ ही हो सकता है, यह 'मन का विज्ञान' इस पुस्तक द्वारा जान लें। इस पुस्तक द्वारा आप सुप्त मन के अनोखे रूप से परिचित होंगे तथा मन के बुद्ध बनने का राजमार्ग जान पाएँगे, जो हमें मन सताने से पहले सीख लेना चाहिए।

www.ingramcontent.com/pod-product-compliance
Lightning Source LLC
LaVergne TN
LVHW041703070526
838199LV00045B/1174
* 9 7 8 9 3 8 7 6 9 6 0 3 7 *